En el último minuto

En el último minuto

David Baldacci

Traducción de Mercè Diago y Abel Debritto

GRUPO ZETA

Barcelona • Madrid • Bogotá • Buenos Aires • Caracas • México D.F. • Miami • Montevideo • Santiago de Chile

Título original: *King and Maxwell*
Traducción: Mercè Diago y Abel Debritto
1.ª edición: octubre de 2015
1.ª reimpresión: marzo de 2016

© 2013 by Columbus Rose, Ltd.
© Ediciones B, S. A., 2015
    Consell de Cent, 425-427 - 08009 Barcelona (España)
    www.edicionesb.com

Printed in Spain
ISBN: 978-84-666-5487-6
DL B 17657-2015

Impreso por QP PRINT

Para Shane, Jon, Rebecca,
y todo el reparto y equipo de rodaje
de la serie de televisión King & Maxwell.
Gracias por dar tanta vida a mis personajes.

1

Dos mil cien kilos.

Ese era el peso aproximado del contenido de la caja. Una carretilla elevadora la descargó del camión articulado y la colocó en la trasera de un camión más pequeño. La puerta posterior se cerró con llave y luego mediante una combinación. Se suponía que eran cerraduras inviolables. Lo cierto es que, si se disponía del tiempo necesario, no existían cerraduras inviolables ni puertas infranqueables.

El hombre se puso al volante y cerró la puerta con el sistema de seguridad, le dio al contacto y revolucionó el motor, encendió el aire acondicionado y ajustó el asiento. Tenía un largo trayecto por delante y no demasiado tiempo. Además, hacía un calor infernal. El brillo trémulo del calor resultaba visible en el ambiente y rielaba el paisaje. No le dio demasiadas vueltas a la situación por temor a que le entraran ganas de vomitar.

Habría preferido escolta armada. Incluso un tanque Abrams para ir sobre seguro, pero no estaba contemplado ni en el presupuesto ni en el plan de la misión. El terreno era rocoso y se veía montañoso a lo lejos. Las carreteras tenían más baches que asfalto. Llevaba armas y munición a mansalva. Pero no era más que un hombre con un solo dedo para apretar el gatillo.

Ya no vestía el uniforme. Se lo había quitado por última vez hacía aproximadamente una hora. Se palpó la ropa «nueva», usada y no demasiado limpia. Sacó el mapa y lo desplegó en el asiento delantero mientras el camión articulado se alejaba.

Se encontraba en medio de ninguna parte en un país que seguía anclado en su mayor parte en el siglo IX.

Mientras contemplaba el imponente terreno por el parabrisas, recordó cómo había acabado allí. En aquel entonces le había parecido valiente, heroico incluso. Ahora se sentía como el mayor idiota del mundo por aceptar una misión en la que tenía escasas posibilidades de sobrevivir.

La realidad era que ahí estaba, solo. Tenía un trabajo por hacer y mejor que pusiera manos a la obra. Y si moría, pues bueno, sus preocupaciones acabarían y por lo menos habría una persona que lloraría su muerte.

Aparte del mapa, tenía un GPS. Sin embargo, ahí no era muy fiable, como si los satélites no supieran que ahí abajo había un país por el que la gente necesitaba desplazarse. Por eso llevaba la versión en papel al estilo antiguo en el asiento delantero.

Puso la primera y pensó en lo que llevaba en la caja: más de dos toneladas de una carga muy especial. Sin ella podía considerarse hombre muerto. Incluso con ella podía acabar muerto, si bien estaría en una situación más ventajosa.

Mientras circulaba por la accidentada carretera calculó que tenía unas veinte horas de conducción por delante. Allí no había autopistas. Iría a paso de tortuga. Incluso podía haber alguien que le disparara.

También habría gente esperándole al final. La carga se traspasaría y él junto con ella. Se habían establecido las comunicaciones pertinentes y hecho promesas. Se habían formalizado alianzas. Ahora todo dependía de que él resultara convincente y los demás cumplieran su palabra.

Todo aquello había sonado bien en las interminables reuniones con hombres trajeados y móviles que no paraban de sonar. Una vez allí, solo y rodeado únicamente del paisaje más desolado del mundo, todo parecía un engaño.

Pero él seguía siendo un soldado y continuaría avanzando.

Se dirigió hacia las montañas que perfilaban el horizonte. No llevaba ninguna información personal encima. Sin embargo, portaba documentos que deberían permitirle recorrer la zona sin problemas, aunque nunca se sabía.

Si le paraban, tendría que espabilarse en caso de que consideraran que esos documentos no bastaban. Si querían ver la carga del camión, tendría que negarse. Si insistían, tenía una pequeña caja metálica de acabado negro mate provista de un interruptor lateral y un botón rojo en la parte superior. Cuando accionara el interruptor y pulsara el botón, todavía no habría problema. Si apartaba el dedo del botón mientras el dispositivo estuviera encendido, él y todo lo que hubiera a veinte metros a la redonda desaparecería.

Condujo doce horas seguidas y no vio ni un alma. Atisbó un camello y un burro vagando por ahí. Vio una serpiente muerta. Se encontró con un cadáver en proceso de descomposición, reducido a los huesos por acción de los buitres. Le extrañó que hubiera solo uno. Lo normal habría sido encontrar muchos más, dado que en aquel país se producían matanzas recurrentes. Cada dos por tres otro país intentaba invadirlo. Enseguida ganaban la guerra, perdían todo lo demás y se marchaban a casa con los tanques entre las piernas.

A lo largo de esas doce horas, vio que el sol se ponía y volvía a salir. Viajaba en dirección este, de cara al astro. Bajó la visera del parabrisas y siguió adelante. No dejó de poner CD tras CD de música rock a todo trapo. Escuchó *Paradise by the Dashboard Light* de Meat Loaf veinte veces seguidas al máximo volumen que fue capaz de soportar. Sonreía cada vez que sonaba la voz del comentarista de béisbol. Era un intento de sentirse como en casa.

A pesar de los aullidos de Meat Loaf, se le cerraban los párpados y tuvo que despejarse de una sacudida cuando el vehículo se salió repentinamente del trazado de la carretera, por suerte desierta. No había mucha gente que quisiera vivir en un lugar tan descorazonador, por no decir en extremo peligroso.

Cuando llevaba trece horas de viaje decidió parar en la cuneta para echar una cabezadita. Había avanzado a buen ritmo y disponía de un poco de tiempo. Pero cuando estaba a punto de parar, miró carretera abajo y vio lo que se avecinaba. El cansancio le desapareció de inmediato. La cabezada tendría que esperar.

Una camioneta se acercaba a él a toda velocidad, circulando por el centro de la carretera.

Distinguió dos hombres en la cabina y tres de pie en la plataforma, todos armados con metralletas. Eran como un comité de bienvenida al estilo afgano.

Se paró a un lado de la carretera, bajó la ventanilla, dejó entrar la oleada de calor y esperó. Apagó el equipo de música, silenciando la voz de barítono de Meat Loaf. Esos hombres no apreciarían los gritos prodigiosos ni las letras lujuriosas del roquero.

La camioneta se detuvo a su lado. Mientras dos de los hombres con turbante le apuntaban con sus metralletas, el copiloto se apeó y se acercó a la puerta del camión. También llevaba turbante; las marcas de sudor de la tela ponían de manifiesto la intensidad prolongada del calor.

Miró al hombre mientras se acercaba.

Extendió el brazo para coger los papeles que tenía en el asiento. Estaban junto a la Glock cargada y amartillada. Confiaba en no tener que usarla, ya que si tenía que defenderse de una metralleta con una pistola, sería hombre muerto.

—Documentación —pidió el hombre en pastún.

Se la entregó. Llevaba las firmas necesarias y el sello característico de cada uno de los jefes de los clanes que controlaban aquellos parajes. Contaba con que se sentirían satisfechos. En aquella parte del mundo, desobedecer las órdenes del jefe de un clan solía tener como consecuencia la muerte. Y aquí la muerte era casi siempre cruel y nunca instantánea. Según decían, les gustaba que uno notara cómo moría.

El hombre del turbante, empapado de sudor, tenía los ojos

enrojecidos y la ropa tan sucia como la cara. Revisó los papeles y parpadeó rápidamente al ver firmas tan distinguidas.

Alzó la vista hacia el conductor y lo observó de hito en hito antes de devolverle la documentación. Dirigió entonces la mirada hacia la parte trasera del camión con expresión curiosa. El conductor cerró la mano alrededor de la pequeña caja negra y presionó el interruptor lateral. El hombre volvió a hablar en pastún. El conductor negó con la cabeza y dijo que no era posible abrir el camión. Estaba cerrado a cal y canto y él no tenía ni la llave ni la combinación.

El hombre señaló el arma que llevaba y le dijo que esa era su llave.

El conductor apretó el botón rojo. Si le disparaban, soltaría el dedo y aquella especie de «resorte para tontos» detonaría los explosivos y los mataría a todos.

—Los líderes de los clanes fueron tajantes. La carga no puede mostrarse hasta que llegue a su destino —dijo en pastún—. Muy tajantes —recalcó—. Si no te parece bien, tendrás que hablarlo con ellos.

El hombre caviló al respecto y deslizó la mano hacia el arma enfundada.

El conductor intentó respirar con normalidad y evitar que le temblaran las extremidades, pero estar a punto de pasar a mejor vida producía ciertos efectos fisiológicos difíciles de controlar.

Transcurrieron cinco tensos segundos sin que quedara claro si el del turbante se retiraría. Al final se contentó, regresó a su vehículo y le dijo algo al conductor. Al cabo de unos instantes, el vehículo arrancó levantando una nube de polvo.

El conductor desconectó el detonador y esperó a perderlos de vista antes de reanudar la marcha. Al principio condujo despacio y luego pisó el acelerador. Ya no se sentía cansado.

Ya no le hacía falta la música. Bajó el aire acondicionado porque de repente sintió frío. Siguió a rajatabla la ruta planeada. No le convenía desviarse del camino. Oteó el horizonte en busca de más camionetas con hombres armados que fueran hacia él. No vio ninguna. Confiaba en que hubiera corrido la voz a lo largo de la ruta de que su camión tenía vía libre.

Al cabo de casi ocho horas llegó a su destino. Empezaba a anochecer y se había levantado viento. Las nubes racheaban el cielo y la lluvia parecía inminente.

Al llegar se suponía que tenía que pasar algo muy concreto. Pero no fue así.

2

Lo primero que salió mal fue que se quedó sin combustible mientras franqueaba la puerta abierta del cobertizo de piedra. Tenía depósitos adicionales pero, al parecer, alguien se había equivocado al hacer los cálculos.

Lo segundo que salió mal fue la pistola con que lo encañonaron. No se trataba de ningún hombre con turbante armado con metralleta. Era un hombre de raza blanca como él, con una pistola de calibre 357 ya amartillada.

—¿Algún problema? —preguntó el conductor.

—Para nosotros no —repuso el hombre, que era corpulento, mofletudo y aparentaba estar más cerca de los cuarenta que de los treinta.

—¿Nosotros? —Miró en derredor y vio a otros tipos blancos que aparecían entre las sombras. Todos iban armados y le apuntaban. Allí tantos rostros blancos destacaban como un planeta fuera de órbita—. Esto no forma parte del plan —añadió el conductor.

El mofletudo le tendió sus credenciales.

—Ha habido un cambio en el plan.

El conductor observó la credencial y la placa, según las cuales el hombre se llamaba Tim Simons y era agente de la CIA.

—Si estamos en el mismo bando, ¿por qué me apuntas con una pistola?

—En esta zona del mundo he aprendido a no fiarme de nadie. ¡Baja!

El conductor se colgó la mochila bien cargada al hombro y se apeó del vehículo con dos cosas en la mano.

Una era la Glock, que resultaba inútil mientras le apuntasen con tantas armas.

El segundo objeto era la caja negra, que sí sería útil. De hecho, era el único elemento con el que podía negociar. Activó el detonador y pulsó el botón rojo.

Se la enseñó a Simons.

—Si suelto el botón rojo todos saltaremos por los aires —explicó—. El camión está cableado con pastillas de Semtex. Suficientes para reducir esto a un boquete en el suelo.

—Memeces —espetó Simons.

—Supongo que no te informaron de todos los detalles de la operación.

—Me parece que sí.

—Pues piénsatelo dos veces y mira debajo del hueco de los neumáticos.

Simons asintió hacia uno de los suyos, que sacó una linterna y se arrastró bajo una rueda.

Se retiró y su expresión no requería palabras.

Los hombres dirigieron la vista hacia el conductor. Su superioridad numérica acababa de convertirse en irrelevante. Él lo sabía, así como que su ventaja era frágil. En el juego de ver quién se acobardaba antes solo podía haber un ganador, o dos perdedores. Y a él se le estaba acabando el tiempo. Lo notaba en los dedos que se deslizaban hacia los gatillos, en los pasos hacia atrás que los demás daban de forma subrepticia. Con cada movimiento adivinaba sus pensamientos: salir del alcance explosivo del Semtex y dejar que él lo detonara, o abatirlo con un tiro preciso y, con un poco de suerte, salvar la carga. Con cualquiera de esos métodos, ellos sobrevivirían, lo cual era su objetivo principal. Habría otros cargamentos que interceptar, pero no podrían revivir por arte de magia.

—A no ser que corráis más rápido que Usain Bolt, no conseguiréis salir del radio de la onda expansiva a tiempo —dijo, y alzó la caja—. Y tendremos una eternidad para pensar en nuestros pecados.

—Queremos lo que hay en el camión. Si nos lo das, puedes irte —dijo Simons.

—Me parece que no podrá ser.

Simons miró la caja con nerviosismo.

—Como ves, hay dos furgonetas estacionadas ahí. Las dos tienen el depósito lleno y bidones extras de combustible, las dos con GPS. Las hemos usado para venir aquí pero puedes llevarte una.

El conductor miró las furgonetas. Una negra y otra verde.

—¿Y adónde la llevaría exactamente? —preguntó.

—Pues supongo que lejos de este sitio de mierda.

—Tengo un trabajo que hacer.

—El trabajo ha cambiado.

—Así pues, ¿acabamos con esto de una vez? —Empezó a aminorar la presión sobre el botón.

—Un momento —dijo Simons—. Tranquilo. —Alzó la mano.

—Estoy esperando.

—Coge una furgoneta y lárgate. No vale la pena que mueras por esto, ¿no?

—A lo mejor sí.

—Tienes familia en Estados Unidos.

—¿Cómo lo sabes?

—Lo sé. Y supongo que tienes ganas de volver a verles.

—¿Y cómo explico la pérdida del cargamento?

—No hará falta que expliques nada, créeme —repuso Simons.

—Ese es el problema. Que no te creo.

—Entonces vamos a morir todos. Así de sencillo.

El conductor miró las furgonetas. No se creía nada de lo que le habían dicho. Pero deseaba salir vivo de esa situación, luego ya se ocuparía de lo que hiciera falta.

—Mira, está claro que no somos talibanes. Joder, soy de Nebraska. Mis credenciales son auténticas. Estamos en el mismo bando, ¿vale? ¿Por qué si no iba a estar yo aquí?

—¿O sea que quieres que me retire discretamente? —repuso el conductor.

—Eso mismo.

—¿Y cómo sugieres que lo haga?

—Para empezar, no sueltes el botón —aconsejó Simons.

—Entonces no apretéis los gatillos. —Se dirigió hacia las furgonetas. Los hombres se separaron para permitirle el paso—. Me llevo la verde —decidió. Vio que Simons parpadeaba casi de forma imperceptible, lo cual era buena señal. Había tomado la decisión correcta. Era obvio que la furgoneta negra tenía una bomba trampa.

Llegó a la furgoneta verde y miró el contacto. Las llaves estaban puestas. También había un GPS en el salpicadero.

—¿Qué alcance tiene el detonador? —preguntó Simons.

—Eso lo sé solo yo.

Soltó la mochila en el asiento delantero, subió al vehículo y puso el motor en marcha. Miró el indicador de combustible. Lleno. Mantenía la mano libre preparada con el detonador.

—¿Cómo podemos fiarnos de que no lo vas a detonar cuando te alejes? —preguntó Simons.

—Es una cuestión de alcance.

—Que no nos has dicho.

—Pues tendrás que fiarte de mí, Nebraska. Igual que yo tengo que fiarme de que esta furgoneta no está manipulada para saltar por los aires en cuanto salga de aquí. O a lo mejor era la otra.

Apretó el acelerador y el vehículo salió del cobertizo de piedra con un rugido. Esperaba que le dispararan pero no fue así.

Supuso que creerían que eso sería como suicidarse si él soltaba el botón como represalia.

Cuando estuvo a una distancia prudencial, miró la caja negra. Si aquellos tipos eran de la CIA, ahí estaban pasando cosas más gordas de lo que le apetecía pensar en ese momento. Pero quería saberlo. Y la única manera era dejar que los acontecimientos se fueran sucediendo y sobrevivir.

Desconectó el detonador y lo dejó a su lado.

Ahora solo quería largarse de allí.

Esperaba que fuera posible. Muchas personas iban a esa parte del mundo a matar o a acabar muertas.

3

Sean King iba al volante y Michelle Maxwell en el asiento del copiloto.

Era lo contrario de lo que solían hacer, dado que lo habitual era que ella condujera como si estuviera participando en una carrera de Fórmula 1. Sean se agarraba a lo que fuera mientras mascullaba sus oraciones, aunque sin mucha confianza en que fueran respondidas.

Había un motivo de peso para que condujera él, al igual que durante las últimas veintiuna noches. Michelle no estaba del todo bien, por lo menos no todavía. Se recuperaba poco a poco, aunque más despacio de lo que a ella le habría gustado.

Sean la miró.

—¿Qué tal estás?

Ella tenía la mirada fija al frente.

—Voy armada, así que si me lo vuelves a preguntar, te pego un tiro.

—Estoy preocupado, ¿vale?

—Lo sé, Sean, y te lo agradezco. Pero acabé la rehabilitación hace tres semanas. Creo que estoy bien, así que ya puedes dejar de preocuparte.

—Sufriste heridas muy graves, Michelle. Estuviste a punto de morir. Casi te desangras. Así que tres semanas después de acabar la rehabilitación no es tanto después de lo que te pasó.

Michelle se tocó la zona lumbar y luego un muslo. Las cicatrices no le desaparecerían. El recuerdo de lo que le había causado tales heridas era tan vívido como la puñalada inicial en la espalda. Se lo había hecho alguien a quien consideraba un aliado.

Pero seguía con vida. Y Sean la había acompañado en todo momento. Solo que ahora su insistencia empezaba a molestarle.

—Lo sé. Pero fueron dos meses de rehabilitación. Y yo soy de las que se cura rápido. Tú precisamente lo sabes mejor que nadie.

—Es que te fue por los pelos, Michelle. Por los pelos.

—¿Cuántas veces he estado a punto de perderte? —replicó ella, mirándolo enfurecida—. Forma parte de nuestro trabajo, ya se sabe. Si queremos seguridad, tendremos que dedicarnos a otra cosa.

Sean se centró en conducir. Seguía lloviendo a cántaros. La noche era fría, tenebrosa, y las nubes eran evasivas como un coyote. Circulaban por una zona especialmente solitaria del norte de Virginia después de reunirse con un antiguo cliente, Edgar Roy. Lo habían salvado de la pena de muerte. Se lo había agradecido tal como cabía esperar del sabio autista con capacidades extraordinarias y habilidades sociales limitadas que era.

—A Edgar lo he visto bien —comentó Michelle.

—Se le veía muy bien, teniendo en cuenta la alternativa de la inyección letal —repuso Sean, que pareció agradecer el cambio de tema.

Tomaron una curva demasiado rápido en la carretera mojada y sinuosa y Michelle se agarró al reposabrazos.

—Reduce la velocidad —advirtió.

Sean fingió sorpresa.

—Nunca pensé que te oiría pronunciar esas palabras.

—Conduzco rápido porque sé cómo hacerlo.

—Tengo la lista de heridas y las facturas de la terapia para demostrarte lo contrario —espetó él.

Michelle frunció el ceño.

—Bueno, ¿y ahora qué hacemos? Ya hemos terminado con el asunto de Edgar Roy.

—Continuamos con nuestro trabajo como investigadores privados. Tanto Peter Bunting como el gobierno federal han sido muy generosos con el pago, pero lo vamos a guardar para la jubilación o para un momento turbulento.

Michelle alzó la mirada hacia el cielo tormentoso.

—¿Turbulento? Pues vamos a comprarnos un barco. A este paso lo vamos a necesitar para volver a casa.

Sean habría respondido con alguna ocurrencia, pero algo le llamó la atención.

—¡Maldita sea!

Dio un volantazo hacia la izquierda y el Land Cruiser se deslizó lateralmente por la calzada resbaladiza.

—Sigue el giro —aconsejó Michelle tan tranquila.

Sean lo hizo y rápidamente recuperó el control del vehículo. Pisó el freno y paró en el arcén.

—¿Qué demonios era eso? —espetó.

—Querrás decir «quién» era —repuso Michelle, que abrió la puerta y se asomó a la lluvia.

—Michelle, espera.

—Enfoca los faros hacia la derecha. ¡Rápido!

Ella cerró la puerta de golpe y Sean sacó el coche a la carretera.

—Pon las largas —ordenó la mujer.

Él obedeció. Los faros ganaron en intensidad y les permitieron ver más allá con claridad a pesar de la oscuridad y la lluvia.

—Ahí —dijo Michelle, señalando hacia la derecha—. Ve, ve.

Sean pisó el acelerador y el Land Cruiser salió disparado.

La persona que corría por el arcén derecho miró hacia atrás una sola vez. Pero fue suficiente.

—Es un niño —dijo Sean con asombro.

—Un adolescente —corrigió Michelle.

—Bueno, pues ha estado a punto de ser un adolescente muerto —añadió Sean con severidad.

—Sean, lleva pistola.

Él se inclinó más hacia el parabrisas y vio el arma que el joven empuñaba en la mano derecha.

—Esto no pinta bien —dijo.

—Se le ve aterrado.

—Está corriendo en medio de una tormenta con un objeto metálico en la mano. No me extraña que esté asustado. Y encima casi lo atropello, o sea que podría estar muerto.

—Acércate más.

—¿Qué?

—Acércate más.

—¿Para qué quieres que me acerque? Lleva pistola, Michelle.

—Nosotros también. Acércate más.

Aceleró mientras ella bajaba la ventanilla.

Un relámpago iluminó el cielo con un estallido de energía descomunal, seguido de un trueno tan fuerte que pareció un rascacielos derrumbándose.

—¡Oye! —le gritó Michelle al chico—. ¡Oye, tú!

El muchacho volvió a mirar atrás con el rostro blanco por el haz de los faros.

—¿Qué ha pasado? —gritó Michelle—. ¿Estás bien?

La respuesta del chico fue apuntarles con la pistola. Pero no disparó. Salió de la carretera y atajó por un terreno de cultivo, aunque fue resbalando y patinando por la hierba mojada.

—Voy a llamar a la policía —dijo Sean.

—Espera. Para el coche.

Sean aminoró y paró a escasos metros.

Michelle salió del vehículo de un salto.

—¿Qué coño pretendes? —gritó Sean.

—Está claro que tiene un problema. Voy a averiguar de qué se trata.

—¿No se te ha ocurrido que a lo mejor tiene un problema porque acaba de disparar a alguien y huye de la escena del crimen?

—No creo.

Sean la miró con expresión incrédula.

—¿No crees? ¿Y en qué te basas?

—Ahora vuelvo.

—¿Qué? Michelle, espera.

Intentó cogerla del brazo pero no lo consiguió. Salió corriendo a campo traviesa. Al cabo de unos segundos estaba calada hasta los huesos.

Sean golpeó el volante con la palma en gesto de frustración.

—¿Acaso tienes ganas de morir?

Pero Michelle ya no podía oírle.

Se tranquilizó, observó el terreno unos instantes y salió a toda velocidad, giró a la derecha en la siguiente intersección y pisó el acelerador tan bruscamente que la trasera del vehículo patinó. Lo enderezó y siguió conduciendo, despotricando contra su compañera con cada giro del volante.

4

Michelle había perseguido muchas cosas en su vida. Como estrella del atletismo y posterior remera olímpica se había medido en la alta competición. Como policía en Tennessee, había dado alcance a una gran cantidad de criminales que huían de la escena del crimen. Como agente del Servicio Secreto había corrido al lado de las limusinas que transportaban a líderes importantes.

No obstante, esa noche competía contra un adolescente de piernas largas, energía ilimitada y rodillas ágiles, que además le llevaba una ventaja considerable y corría como alma que lleva el diablo, mientras que ella resbalaba una y otra vez en el terreno mojado.

—Espera —le dijo cuando lo atisbó antes de que cambiara de dirección y desapareciera por un sendero flanqueado de árboles.

Él no esperó, sino que apretó el paso.

Michelle, a pesar de lo que había proclamado ante Sean, no estaba al cien por cien. Le dolía la espalda y la pierna. Los pulmones le ardían. Y el hecho de que el viento y la lluvia la cegaran no ayudaba.

Corrió por el sendero y desenfundó la pistola por si acaso. Siempre se sentía mejor empuñando la Sig. Redobló sus esfuerzos, intentó vencer el dolor y la fatiga y redujo de forma considerable la distancia que los separaba. Un relámpago seguido de un trueno la distrajo unos instantes. Un árbol que estaba a la vera del camino, azotado por el fuerte viento, empezó a derrumbarse; hizo un nuevo acopio de velocidad y pasó rápidamente por su lado. El árbol con la raíz superficial cayó contra la tierra a unos tres metros detrás de ella pero las gruesas ramas, que fácilmente habrían podido aplastarle el cráneo, estuvieron a punto de alcanzarla.

Le había ido por los pelos.

El muchacho se había caído cuando el árbol se vino abajo, pero ya se había levantado y otra vez corría. No obstante, la distancia que los separaba era cada vez menor.

Recurrió a unas reservas que no sabía si todavía le quedaban y se impulsó como si la hubieran lanzado desde un mortero. Dio un salto y alcanzó a placar al joven por las pantorrillas. Él cayó hacia delante mientras Michelle se lanzaba a un lado y luego se levantaba. Le ardían los pulmones y respiraba con dificultad. Se inclinó sin perderlo de vista y con la pistola preparada, porque vio que él seguía armado. Le bastó una mirada para dejar de plantearse la posibilidad de que él le disparara.

El joven se dio la vuelta con el trasero en el suelo y las rodillas dobladas contra el pecho.

—¿Quién coño eres? ¿Por qué me persigues?

—¿Por qué vas por ahí corriendo con una pistola en plena tormenta? —replicó ella.

Se le veía muy joven, de unos quince años. Tenía el pelo caoba pegado al rostro pecoso.

—Déjame en paz —contestó.

Se levantó y Michelle se irguió. Estaban a menos de un metro de distancia. Con su metro setenta y siete, Michelle le sacaba casi diez centímetros, aunque a juzgar por las piernas largas y el tamaño de sus pies, era probable que acabara midiendo más de metro ochenta.

—¿Cómo te llamas? —preguntó Michelle.

Él empezó a retroceder.

—Déjame en paz, por favor.

—Intento ayudarte. Mi socio y yo casi te atropellamos.

—¿Tu socio?

Michelle decidió que en esa situación era mejor una mentira que la verdad.

—Soy policía.

—¿Policía? —La miró con suspicacia—. Venga, enséñame la placa.

Introdujo la mano en el bolsillo de la chaqueta y sacó la licencia de detective. Esperó que en la oscuridad diera el pego. Se la enseñó muy rápido.

—¿Vas a decirme ahora de qué va esto? A lo mejor puedo ayudarte.

El joven bajó la mirada, el pecho delgado le subía y le bajaba rápidamente a causa de los jadeos.

—Nadie puede ayudarme.

—Eso es mucho decir. Las cosas no pueden ser tan malas.

Al chico empezaron a temblarle los labios.

—Mira, yo... tengo que volver a casa.

—¿Es de donde huyes?

Asintió.

—¿Y de dónde sacaste la pistola?

—Era de mi padre.

Michelle se apartó el pelo húmedo de los ojos.

—Podemos llevarte si nos dices dónde es.

—No; iré caminando.

—No es buena idea con la que está cayendo. Te puede atropellar un coche o caerte un árbol encima, y ambas cosas han estado a punto de pasarte. ¿Cómo te llamas?

No respondió.

—Yo me llamo Michelle. Michelle Maxwell.

—¿De verdad eres policía?

—Lo fui. Y después agente del Servicio Secreto.

—¿En serio? —Entonces sonó como un adolescente. Un adolescente impresionado.

—Sí. Y ahora soy detective privado. Pero a veces sigo comportándome como policía. Bueno, ¿cómo te llamas?

—Tyler. Tyler Wingo.

—De acuerdo, Tyler Wingo, vamos por el buen camino. Ahora vamos a mi coche y... —Miró más allá del chico, pero no tuvo tiempo de decir nada.

Sean agarró a Tyler por detrás, le hizo soltar la pistola, la apartó dándole un puntapié e hizo que el muchacho se diera la vuelta.

Anonadado, Tyler intentó salir corriendo pero Sean le sujetó por la muñeca. Con su metro noventa y sus cien kilos no le costó inmovilizarlo.

—¡Suéltame! —gritó Tyler.

—Sean, no pasa nada —dijo Michelle—. Suéltale.

Sean lo soltó a regañadientes, se agachó y cogió la pistola. La observó.

—¿Qué coño es esto?

—Una Mauser alemana —dijo Tyler con el ceño fruncido.

—Sin gatillo —comentó Michelle—. Lo he visto con los faros. Resulta un poco difícil de usar como arma a no ser que se arroje contra alguien.

—Cierto —reconoció Sean.

—Tyler estaba a punto de decirme dónde vive para que lo llevemos —informó Michelle.

—¿Tyler?

—Tyler Wingo —dijo el chico, enrabietado—. Y más vale que no hayas estropeado la pistola de mi padre. Es una pieza de coleccionista.

Sean se colocó la pistola en la cinturilla.

—Lo cual hace incluso más insensato corretear por ahí con ella bajo la lluvia —señaló.

Tyler miró a Michelle.

—¿Podéis llevarme a casa?

—Sí —dijo ella—. Y a lo mejor de camino puedes contarnos qué ha pasado.

—Ya te he dicho que no podéis hacer nada.

—Tienes razón, no podemos hacer nada si no nos cuentas qué pasa —repuso Michelle.

—Vamos al coche —sugirió Sean—. O acabaremos en el hospital con una neumonía. A no ser que algún rayo nos mate antes —añadió cuando otro relámpago precipitó un trueno ensordecedor.

Regresaron al Land Cruiser. En el maletero había algunas mantas. Michelle cogió tres y le tendió una a Tyler, que se envolvió con ella. Le tendió otra a Sean y se quedó la última.

—Gracias —musitó el chico.

Subió a la parte posterior mientras Michelle se sentaba a su lado. Sean conducía.

—¿Adónde vamos? —preguntó.

Tyler se lo dijo.

—¿Puedes indicarme el camino? —pidió Sean—. No estoy familiarizado con esta zona.

Tyler le fue guiando hasta girar a la izquierda por un camino en que había unas cuantas casas viejas situadas al final.

—¿Qué casa es? —preguntó Sean.

Tyler señaló una a la derecha. Tenía todas las luces encendidas.

Michelle y Sean intercambiaron una mirada. En el sendero de entrada había un Ford verde claro con matrícula del ejército. Al llegar, una mujer y dos oficiales uniformados salieron al porche cubierto.

—¿Qué hacen aquí? —preguntó Michelle a Tyler.

—Han venido a decirme que mi padre murió en Afganistán —dijo Tyler.

5

La mujer corrió hacia ellos bajo la lluvia mientras bajaban del coche. Resbaló en uno de los escalones de cemento, pero enseguida recuperó el equilibrio y cruzó corriendo la pequeña extensión de césped empapado. Despedía vaho por la boca a cada respiración.

—¡Tyler! —llamó. Era baja, menos de metro sesenta, y menuda, pero estrujó a Tyler con un fuerte abrazo—. Gracias a Dios estás bien. Gracias a Dios.

Tanto Sean como Michelle se fijaron en que la expresión de Tyler permanecía inmutable. Enseguida se quitó de encima a la mujer.

—Basta ya —dijo—. No hace falta fingir más. Está muerto.

La mujer se quedó parada, empapada por la lluvia, mientras se le descorría el rímel por la cara. Entonces le dio un bofetón.

—Maldito seas, Tyler Wingo, me has dado un susto mortal.

Michelle se interpuso entre ambos.

—Bueno, esto no va a servir de nada.

—¿Y vosotros quiénes sois? —preguntó la mujer, mirando a Michelle.

—Un par de personas que han encontrado a tu hijo y lo han devuelto a casa sano y salvo. Ya nos marchamos —dijo Sean.

Los soldados del porche llevaban el uniforme de gala y lucían una expresión adusta. Uno era un oficial de notificación cuyo ingrato trabajo consistía en informar a la familia de la muerte de uno de los suyos. El otro era un capellán cuya labor era ayudar a los supervivientes a sobrellevar ese momento tan duro.

Michelle rodeó a Tyler con un brazo.

—¿Estás bien?

Él asintió con la mirada fija en los dos hombres del porche. Daba la impresión de que los veía como alienígenas llegados para abducirlo.

Michelle sacó una tarjeta de la chaqueta y se la tendió a Tyler.

—Si necesitas algo llámanos, ¿vale?

Tyler no dijo nada pero se guardó la tarjeta en los vaqueros. Se dirigió al porche.

—No quería darle un bofetón, pero es que estaba muy preocupada. Gracias por traerle a casa —dijo la mujer.

Sean le tendió la mano.

—Me llamo Sean King y ella es Michelle Maxwell. Te acompañamos en el sentimiento. Estas situaciones nunca son fáciles, sobre todo para los más jóvenes.

—No es fácil para nadie —reconoció la mujer—. Soy Jean Wingo. Tyler es mi hijastro.

Sean se dispuso a sacar la Mauser alemana pero Michelle lo fulminó con la mirada y dijo:

—Lo sentimos mucho, señora Wingo. Tyler parece buen chico. Si podemos ayudar en algo...

—Gracias, pero tenemos el apoyo del ejército. El oficial nos estaba informando del programa de asistencia a los familiares. Mañana mismo se pondrán en contacto con nosotros.

—Me alegro —dijo Sean—. Os serán de gran ayuda.

—¿Cuánto hace que Tyler se había marchado? —preguntó Michelle.

—Se fue de aquí hace unas dos horas. No tenía ni idea de adónde había ido. Estaba muy preocupada.

—Entiendo. —Michelle miró con ceño a Tyler, que estaba

de pie en el porche. Los dos oficiales intentaban hablar con él, pero el chico no los escuchaba.

—Lo sentimos mucho —repitió Sean. Se giró hacia Michelle—. ¿Preparada para marchar? Seguro que el ejército y los Wingo tienen asuntos que tratar.

Michelle asintió sin apartar la vista de Tyler. Luego subieron al coche y se marcharon.

Michelle observó por el retrovisor a los Wingo y a los oficiales entrando de nuevo en la casa. Cuando Sean aceleró, Michelle se acomodó con cuidado en el asiento. Sean se dio cuenta de que sentía molestias.

—¿Un poco dolorida? La culpa es tuya por perseguir a un chico durante una tormenta. Probablemente hayas utilizado todos los músculos que tienes. A mí me están matando las rodillas y no he corrido ni la mitad que tú.

—MEC —dijo Michelle.

—Muerto en combate, sí —repuso Sean—. Vaya mierda. Otro soldado caído, y ya son muchos.

—Da la impresión de que Tyler y su madrastra no se llevan bien.

—¿Porque le dio un bofetón? Se había escapado. Y tal como ha dicho, estaba muy preocupada. Se ha propasado, pero es que están viviendo un momento muy duro, Michelle. Deberías ser más comprensiva con ella.

—Ya, estaba muerta de preocupación. Sin embargo, Tyler se había marchado hacía dos horas y ella ni siquiera había salido a mojarse. Si hubiera sido mi hijo, habría salido corriendo a buscarlo. Se ha ido a pie, no en coche. ¿Ella no podía haber ido tras él? ¿Acaso le daba miedo que estuviera lloviendo?

Sean estuvo a punto de decir algo pero se calló.

—No sé. Los militares tampoco estaban mojados —dijo al final—. Pero su trabajo no es perseguir niños. No estábamos ahí. No sabemos cómo ocurrió todo. Quizás ella salió a buscarlo en coche.

—Aun así se habría mojado. No tienen garaje. Ni siquiera

una zona techada para el coche. ¿Te acuerdas de lo que dijo Tyler? Después de apartarla dijo que podía dejar de fingir ahora que su padre estaba muerto. ¿Dejar de fingir qué? ¿Que quería al padre de Tyler?

—Vete a saber. Pero no es asunto nuestro.

—¿Y por qué iba Tyler a coger precisamente la pistola de coleccionista de su padre?

—¿Qué parte de «no es asunto nuestro» no has entendido?

—No me gustan las cosas que no tienen sentido.

—Mira, no sabemos nada de él. Quizá la pistola significa algo para Tyler. A lo mejor el chico se quedó tan destrozado con la noticia de la muerte de su padre que cogió lo primero que vio de él y se largó. ¿Y por qué estamos siquiera hablando de este asunto? Ya ha vuelto a casa, que es donde tiene que estar. —Sean se miró la cinturilla—. Mierda, todavía tengo la pistola. Iba a devolverla cuando me fulminaste con la mirada. ¿Se puede saber por qué?

—Porque así tenemos una excusa para volver allí, preferiblemente mañana.

—¿Volver? ¿Para qué?

—Quiero saber más.

—Encontramos al chico y lo devolvimos a su casa. Nuestro trabajo ha terminado.

—¿No sientes ni una pizca de curiosidad?

—No. ¿Por qué iba a sentirla?

—Vi cómo miraba a su madrastra y oí lo que le decía. Ahí no hay amor.

—La vida es así. Todas las familias están desestructuradas en mayor o menor grado. Pero eso no hace que me apetezca husmear en la situación traumática que están atravesando. Ahora mismo lo que necesitan es el apoyo de parientes y amigos.

—Podríamos ser amigos de Tyler.

—Oye, ¿por qué demonios haces esto?

—¿Hacer qué?

—Meterte en la vida de gente que ni siquiera conocemos.

—¿Acaso no lo hacemos continuamente como parte de nuestro trabajo?

—Sí, de nuestro «trabajo». No algo así. No es un caso, así que no lo plantees como si lo fuera. Nadie nos ha contratado, Michelle. Así que sigamos nuestro camino.

—Me siento como si conociera a Tyler, por lo menos el momento que está viviendo.

—¿Cómo es eso? Tu padre está vivo... —Sean se interrumpió.

Efectivamente, el padre de Michelle estaba vivo, pero su madre no. La habían asesinado. Al principio Michelle había sospechado de su padre, lo cual había acabado haciéndole asimilar un recuerdo de la infancia que la había corroído como un cáncer toda su vida adulta.

Un amigo psicólogo de Sean la había tratado y había averiguado ciertas cosas sobre su pasado. Con su ayuda, además de pasar por algunos momentos traumáticos en la casa donde se había criado, Michelle por fin había superado la situación. Pero nada de todo aquello había resultado fácil. Y Sean no quería que volviera a pasar por algo similar.

Las heridas de arma blanca habían cicatrizado, pero el daño emocional que había sufrido nunca desaparecería. El peso de todo aquello era enorme. Sean no sabía cuánto podría soportar antes de venirse abajo.

Tamborileó el volante al ritmo de la lluvia que repiqueteaba en el techo del coche. Miró a Michelle. Tenía la mirada perdida, la expresión ensimismada. Una parte de él sintió que la estaba perdiendo de nuevo, justo cuando acababa de recuperarla.

—Bien, podemos devolver la pistola —cedió Sean con voz queda. Se apartó el pelo húmedo de la cara—. Hagámoslo mañana, a lo mejor no llueve.

—Gracias —dijo ella sin mirarlo.

Fueron hasta el apartamento de Michelle, donde Sean había dejado su Lexus descapotable. Cuando se apearon del todoterreno en el garaje, él le entregó las llaves.

—¿Estás bien para pasar la noche? —preguntó.

—Con un baño quedaré como nueva. Deberías ponerte hielo en las rodillas.

—Esto de envejecer es una putada.

—No eres viejo.

—Pero me falta poco. —Jugueteó con las llaves de su coche—. Aunque hace frío mañana deberías ir a remar con espadillas al Potomac. Eso siempre te hace sentir mejor.

—Sean, deja de preocuparte. No voy a volverme majara otra vez.

—Nunca te has vuelto majara.

—Pero me ha faltado poco —replicó ella, parafraseando lo que él había dicho hacía muy poco.

—¿Quieres compañía esta noche? —preguntó Sean, mirándola de reojo.

—Esta noche no. Pero gracias.

—Estoy seguro de que lo de Tyler Wingo no es nada.

—Seguramente tengas razón.

—Pero devolveremos la pistola y ya veremos.

—Gracias por seguirme la corriente.

—No te sigo la corriente. Soy diplomático.

—Entonces gracias por ser diplomático.

Michelle se dirigió al ascensor que la llevaría a su planta.

Sean la observó hasta que subió al ascensor. No tenía por qué haberse preocupado. La había visto liquidar a cinco tipos sin siquiera despeinarse.

De todos modos, se la quedó mirando. Se preocupaba por ella. Supuso que en eso consistía que fueran socios.

Subió a su coche y se marchó a una velocidad lenta y segura.

6

Sam Wingo se quedó mirando el mapa.

Para empezar, había perdido la carga y casi la vida. Para continuar, la furgoneta que había cogido se había quedado sin combustible a medio cruzar Afganistán, un lugar no demasiado recomendable para quedarse seco.

Sus opciones a partir de ese momento se habían reducido considerablemente. Hacia el norte había tres países acabados en «-stán», al oeste estaba Irán, y Pakistán al este y al sur. Resultaba difícil decidir cuál era la mejor ruta para escapar. Como estadounidense que era, probablemente fuera preferible estar en uno de los países «-stán» que en Irán o incluso Pakistán. Pero Wingo sabía adónde quería llegar en última instancia: la India. Sin embargo, cruzar uno de los «-stán» y pasar a la India a través de China no iba a solucionarle la papeleta. Estaba demasiado lejos.

Después de quedarse sin gasolina, había abordado a un hombre que iba con un camello de sobra. Le había pagado más en moneda local de lo que probablemente hubiera visto en su vida. Luego Wingo había montado al animal en un terreno de lo más accidentado del país, bajo un sol implacable, lo que le había dejado la piel enrojecida y seca.

Llegó a las afueras de Kabul a primera hora de la mañana. Por fin tenía cobertura de móvil. Había apagado el teléfono durante el viaje para conservar la batería ya que el camello no iba provisto de enchufe.

Llamó a su superior, el coronel Leon South.

—¿Qué coño ha pasado allí fuera? —preguntó South.

—Esperaba que tú me lo dijeras.

—¿Dónde estás?

—Me han tendido una emboscada. Doce a uno.

—¿Dónde estás, Sam?

Resultaba preocupante que el hombre le hubiera hecho la misma pregunta dos veces.

—¿Y tú dónde estás?

—Esto es peor que un desastre —espetó South.

—No pude hacer nada. Como he dicho, eran doce contra uno. Y el cabecilla tenía unas credenciales de la CIA. Parecían de verdad pero aun así no me creí el rollo.

—Gilipolleces.

—Tim Simons. Me dijo que era de Nebraska. Compruébalo.

—No pienso comprobar nada hasta que te presentes personalmente.

—No pude hacer nada, señor.

—Tenías un dispositivo de seguridad, Wingo. Pero dado que estás hablando conmigo, supongo que no lo activaste aun habiendo recibido la orden de hacerlo si la cosa se ponía fea. Si tuviste dudas acerca de quiénes eran, ¿por qué sigues con vida?

—El tío llevaba credenciales de la CIA. Aunque no me lo acababa de creer, no quise arriesgarme a cargarme a uno de los nuestros.

—Me importa un cojón si en las credenciales ponía que era Jesucristo. ¿Eres consciente de lo que has hecho?

—Sí, se me ha ocurrido.

—¿Dónde está el camión?

—No lo sé.

—¿Y la carga?

—En el camión, que yo sepa.

—Esto no va bien, Wingo, nada bien.

—Sí, eso también se me ha ocurrido.

—Si hiciste algo con la carga... —empezó South.

Wingo lo interrumpió.

—Si la hubiera robado, ¿crees que perdería el tiempo llamándote?

—Si quisieras cubrirte las espaldas, sí.

—Con esa carga, ¿por qué iba a hacer tal cosa?

—Vete a saber. Yo no pienso como un criminal ni como un traidor.

—Lo cual yo tampoco soy.

—Me alegra oírlo. Ninguna consecuencia, entonces. Pero de verdad que tienes que presentarte.

—No hasta que sepa más.

—Te reclutamos especialmente para esta misión. Preparamos el terreno, dedicamos sabe Dios cuánto tiempo y dinero, asumimos más riesgos de los que debíamos y ahora se ha ido todo al garete. Y tú estás en medio de todo. Sabía que no debíamos enviar a un solo hombre. La tentación era demasiado grande.

—Nunca me he sentido tentado.

—Sí, unos tipos aparecen en medio del puto Afganistán y resulta que se produce la gran coincidencia de que te lo quitan.

—Se supone que tenían que recibirme unos luchadores por la libertad, no la CIA.

—¡No eran de la CIA! —gritó South.

—¿Lo sabes seguro?

Oyó la respiración pesada de South, pero el coronel no respondió.

—Estaban ahí. Sabían lo que había en el camión. Sus credenciales parecían auténticas. El tal Simons dijo que el plan había cambiado.

—El plan no había cambiado. Yo me habría enterado.

—No me estoy inventando este puto lío, señor. Es lo que pasó.

South guardó silencio unos instantes.

—Bueno, descríbeme a ese tipo y a los que iban con él.

Wingo lo hizo sin problemas, le habían enseñado a recordar detalles como esos. La verdad es que cuando alguien te apunta a la cara con una pistola, te acuerdas del aspecto que tiene porque puede ser la última cara que veas en tu vida.

—Veré qué averiguo, Wingo. Pero el hecho de que estés ahí ya ha confirmado tu culpa para muchos peces gordos de aquí.

—¿Qué pasó con quienes debían recibirme?

—Estaban en el punto de encuentro.

—No, no estaban.

—Seré más concreto: los encontraron en unas fosas poco profundas detrás del edificio que era el punto de encuentro.

Wingo suspiró.

—Entonces la CIA debe de haberlos matado.

—O a lo mejor fuiste tú.

—Señor...

—¿Los mataste? —bramó South.

—No —espetó Wingo—. Si esos tipos no eran de la CIA y el plan no ha cambiado, entonces estaban al corriente de toda la operación. Lo cual significa que ha habido una puta filtración.

—Mira, Wingo, tu parte se ha acabado. Tienes que venir, presentar tu informe y a partir de ahí ya veremos.

—Tengo que hacerlo bien —repuso Wingo.

—Lo que tienes que hacer es presentarte en persona, soldado.

—¿Por qué? ¿Para que puedas meterme en la trena? Me huelo que estás convencido de mi culpabilidad.

—Da igual si eres culpable o no. La has cagado hasta el fondo y has desobedecido órdenes directas. Hagas lo que hagas, vas a pasar mucho tiempo en chirona.

Wingo apoyó la cabeza en el muro de piedra del viejo edificio junto al que estaba. Se le cayó el alma a los pies en el suelo afgano.

«¿Una prisión militar para el resto de mi vida?»

—Necesito que te pongas en contacto con mi hijo y le digas que estoy bien —pidió Wingo—. No quiero que se preocupe.

Oyó que South carraspeaba.

—No puede ser.

—¿Por qué no? Le dijeron que estaba desaparecido en combate. Decidle que me habéis encontrado. No quiero que se preocupe por mí.

—No piensa que estás desaparecido. —South hizo una pausa—. Le dijeron que estabas muerto.

Wingo guardó silencio varios segundos.

—¿De qué coño estás hablando? —susurró con tono lúgubre.

—Había muchas posibilidades de que no salieras de esta, Wingo.

—Todavía no estoy muerto.

—Ya está hecho. No se puede deshacer sin causar un gran daño a la misión. Más daño todavía —añadió.

—No me lo puedo creer. ¿Mi hijo piensa que estoy muerto? ¿Qué imbécil ha autorizado tal cosa? —bramó Wingo.

—El único culpable eres tú. Te dimos por muerto. No diste señales de vida.

—No he podido hacerlo hasta ahora.

—Bueno, tienes muchas más preocupaciones que esa, soldado —dijo South—. ¿Sigues en el país? Puedo enviar un helicóptero o un Humvee, dependiendo de dónde estés.

—No estoy en el país —mintió Wingo, todavía confundido.

South habló despacio y con determinación:

—Dime dónde estás exactamente y enviaré a gente a buscarte.

—No creo, señor.

—¡Wingo!

—La próxima vez que llame, agradecería respuestas verdaderas, en vez de gilipolleces. Y si le pasa algo a mi hijo, lo que sea, por culpa de esto, tú serás el culpable.

—¡Wingo!

Pero Wingo ya había colgado. Acto seguido, apagó el teléfono. Ya había deshabilitado el GPS. Sabía que South estaba destinado en Kabul, así que era probable que el buen coronel estuviera a quince minutos en coche de allí. Pero Wingo no pensaba quedarse en Kabul, ni en Afganistán.

Echó a caminar. A juzgar por lo que South había dicho y dejado de decir, quedaba claro que Wingo iba a servir de chivo expiatorio en todo aquello.

Pero lo que a él le hacía sentir como si una docena de balas de un fusil AR-15 le acribillaran el cuerpo era pensar que Tyler creyera que su padre había muerto.

Se ciñó la cinta de la mochila y aligeró el paso. La mochila contenía todas sus pertenencias. Pero South sabía qué documentos de identidad le habían dado, lo cual le impedía usarlos si no quería ser sometido a un consejo de guerra. Tenía que salir de Afganistán, pasar a Pakistán y de ahí a la India. Podía perderse en Nueva Delhi o Bombay y luego decidir qué hacer a continuación. Así también tendría tiempo de cambiar de aspecto y conseguir una nueva identidad, porque no tenía intención de permanecer en la India. Su destino final era su casa. Pensaba enderezar aquel entuerto al precio que fuera.

Encendió el teléfono. ¿Debía llamar a su hijo? Vaciló y caviló las consecuencias de tal llamada. Al final, decidió correr el riesgo. Tecleó con cuidado un mensaje de texto y lo envió antes de apretar el paso de nuevo.

A miles de kilómetros de distancia, el teléfono de Tyler Wingo emitió un pitido. Y una mano cogió el aparato.

Nada volvería a ser como antes.

7

Los remos cortaban limpiamente el agua turbia. La lluvia había pasado y el cielo estaba despejado. Los vientos que se habían llevado la tormenta soplaban del suroeste, más templados, pero seguía haciendo suficiente frío como para exhalar vaho por la boca.

Michelle manejaba los remos con un movimiento fluido fruto de muchos años de pilotar embarcaciones estrechas con un calado de apenas treinta centímetros. No tenía que pensar qué hacer. Solo tenía que tirar y retroceder, tirar y retroceder, desplazándose en una línea recta perfecta porque desviarse del rumbo significaba perder un tiempo precioso. En el ejercicio participaban todos los músculos de su cuerpo, sobre todo el abdomen y la parte inferior del cuerpo, donde se aloja la verdadera fuerza de las personas. Trabajaría los músculos oblicuos y los de los muslos, además de lucir un cuerpo de lo más tonificado con una camiseta de tirantes.

El único barco en el Potomac era una embarcación de la policía que surcaba el río lentamente en dirección sur hacia el Memorial Bridge. Michelle iba en dirección contraria, siguiendo una ruta hacia los viejos cobertizos para barcas que flanqueaban la costa cerca de Georgetown.

Encaramado al capó de su Lexus, Sean observaba cómo su compañera regresaba al punto de partida. Le alegraba ver que había hecho caso de su consejo a pesar del frío que hacía. Sean sabía que aquel era uno de los pocos lugares en que ella encontraba la serenidad. Solo apartó la vista de Michelle cuando una bandada de gaviotas empezó a arremolinarse en el aire, girar, descender para luego ascender rápidamente.

Sean pensó que aquello era la libertad verdadera, que debía de estar bien.

Volvió a fijar la vista en su compañera. Se habían acostado una vez y nunca más. Había pensado muchas veces en las razones de ello. Eran muchas y variadas. El sexo había sido fantástico. A la mañana siguiente se habían sentido raros, como si los dos fueran culpables de traspasar una frontera prohibida poniendo en peligro una asociación que funcionaba de maravilla.

Michelle se paró en la rampa de uno de los cobertizos, pintado de amarillo y verde. Sean bajó del capó del Lexus y se acercó a ayudarla. Ella vestía un traje de buzo azul oscuro con unos botines que permitían libertad de movimientos y la protegían del frío. No tenía ni un gramo de grasa en el cuerpo esbelto, pero también se notaba lo delgada que estaba.

Juntos colocaron la canoa en la baca del Land Cruiser y Michelle introdujo los remos por la ventanilla trasera. Eran tan largos que llegaban a los asientos delanteros.

Sean miró dentro del todoterreno. Estaba lleno de porquería que ella debería haber tirado hacía tiempo.

Michelle se percató de la mirada.

—No entres. Ya lo limpiaré algún día.

—Ya. ¿Cuando no veas ni el volante?

—Muy gracioso, Sean. Y tú siempre has dicho que no te gusta madrugar.

Él sacó dos cafés de su coche y le tendió uno. Michelle bebió un sorbo.

—Te he visto muy bien ahí fuera.

—Ahórrate las gilipolleces.

—¿A qué te refieres?

Ella estiró el hombro hasta que oyó un chasquido.

—Estoy más lenta que nunca. Ahora mismo no me aceptarían ni en un equipo de instituto.

—Todos nos hacemos viejos.

—No todos. El padre de Tyler no.

Sean fue tomando café y miró hacia el agua.

—Oficialmente nos estamos retirando de Afganistán. Pero todavía se producen bajas. ¿Morir para qué?

—Puedes plantearte la misma pregunta en referencia a todas las guerras.

—No me di cuenta de que a la Mauser le faltaba el gatillo —reconoció, mirándola.

—Probablemente tuviera un ángulo mejor que el tuyo. Estaba en mi lado de la carretera. Si hubiéramos estado en Inglaterra, lo habrías visto tú en vez de yo.

—Mentir sigue dándosete muy bien.

—Resulta útil en nuestra profesión.

—Ya sé que dije que teníamos que volver a encargarnos de algún caso, pero a lo mejor me equivoqué. Quizá deberíamos coger parte del dinero y marcharnos a algún sitio.

Michelle lo miró desconcertada. Se apoyó en el capó de su coche.

—¿Por qué este cambio de planes tan repentino?

—Soy una persona espontánea.

—Tu idea de la espontaneidad es elegir gasolina de 98 octanos en vez de 95.

—No has logrado descansar, Michelle. El hospital, las operaciones y la rehabilitación. Ha sido duro. Necesitas un respiro. Los dos lo necesitamos.

—¿Y nuestro fondo para cuando lleguen las vacas flacas?

—Tenemos dinero suficiente para largarnos una temporada y que todavía nos quede mucho. Voto por algún lugar cálido y con playa donde te sirvan las bebidas con mucha lima y sal. Podrás verme en bañador y podrás ponerte el bikini.

—¿Para qué? ¿Para que se me vean mejor las cicatrices? —repuso ella con dureza.

Sean ensombreció el semblante.

—Sabes que no me refería a eso.

Michelle suavizó la expresión.

—Lo sé —repuso con voz queda.

—Además, yo también tengo cicatrices —reconoció él—. Y las has visto todas —añadió con una sonrisa.

—Incluso diría que una de las que tienes es muy mona.

—Así pues, ¿te plantearás al menos que nos tomemos un descanso en algún sitio?

—Pues no estaría mal, la verdad.

—¿Y Tyler Wingo?

—Supongo que intentaba meterme donde no me llaman. Tal vez podríamos enviarle la pistola por correo.

—Esta es mi chica. Puedo mirar lo del viaje y concretamos en un par de días. ¿Has estado alguna vez en Nueva Zelanda?

—No.

—Viajé ahí en una ocasión cuando hacía de escolta para el vicepresidente. La palabra «paraíso» se queda corta. Y ahora allí es verano.

El teléfono de Michelle sonó y ella miró la pantalla.

—Espera un momento. ¿Diga? Sí, soy Michelle Maxwell. —Escuchó con atención antes de decir—: De acuerdo, entiendo. —Guardó silencio mientras seguía escuchando—. Sí que podemos. Dame la dirección.

Vio que Sean le hacía una seña para indicarle que no se comprometiera, pero no le hizo caso. Colgó y se guardó el teléfono en la riñonera impermeable.

—¿Quién era? —preguntó Sean.

—Tyler Wingo.

—¿Tantas ganas tiene de recuperar la pistola?

—No, no ha dicho nada de la pistola.

—¿Y entonces qué?

—Quiere contratarnos.

Sean se la quedó mirando.

—¿Contratarnos? ¿Para qué?

—Para averiguar lo que le sucedió a su padre.

—Ya lo sabemos. Murió en acto de servicio en Afganistán. Y no vamos a ir a Afganistán a confirmar su muerte, si es eso lo que quiere que hagamos. El ejército lo puede hacer perfectamente sin nuestra ayuda. Y acabas de decir que estabas metiéndote donde no te llamaban. Íbamos a subirnos a un avión para volar a Nueva Zelanda.

—Pero eso fue antes de que Tyler llamara. Quiere vernos.

Sean exhaló un largo suspiro.

—¿Vernos dónde? ¿En su casa?

—No, por ahora quiere que esto quede entre nosotros. No mencionó a nadie en concreto pero está claro que no quiere que se entere su madrastra.

—Para empezar, es un menor y no está capacitado para firmar ningún contrato. Luego no podríamos demandarlo por incumplimiento.

Michelle lo miró decepcionada.

—Eso son monsergas legales. Ya no eres abogado.

—Nunca se deja de serlo. Y no son monsergas. Así es como conseguimos que nos paguen.

—Estoy segura de que nos pagará.

—Me alegro de tu seguridad. Pero no tengo intención de aceptar dinero de un adolescente desconsolado cuando no hay nada que investigar. Su padre ha muerto en acción. El Pentágono es muy bueno identificando restos. Y los soldados llevan perros adiestrados y ahora tienen muestras de ADN de todo. Si dicen que está muerto, es que está muerto.

—No sé si Tyler duda de que su padre esté muerto. Desea contratarnos por otro motivo.

—¿Cuál?

—Quiere saber cómo murió.

—¿El ejército no se lo comunicó a él y su madrastra? Es lo que suelen hacer cuando informan a los parientes más cercanos.

—Según parece, a Tyler no le satisfizo la explicación.

—Esto es una locura, Michelle. Está claro que el pobre chico está hecho un lío.

—Quizá sea una locura —convino ella—. Pero no tiene nada de malo ayudar a un adolescente en apuros a superar un trance como este.

—¿Y crees que seremos capaces de hacerlo?

—Lo hemos hecho muchas veces para mucha gente distinta, algunos incluso más jóvenes que Tyler.

—Es verdad —admitió Sean sin mucho convencimiento—. Entonces si no es en su casa, ¿dónde quiere que quedemos?

—En el instituto.

—¿Instituto? ¿Ayer se enteró de que habían matado a su padre y hoy ha ido al instituto?

—Sí, a mí también me ha parecido raro. Pero de todos modos, si él y su madrastra no se llevan bien, quizá no quiera estar en casa con ella. Y tal vez piense que si continúa con su rutina, no tendrá que pensar demasiado en el hecho de no volver a ver a su padre.

—Supongo que cada persona se enfrenta al dolor como puede —dijo Sean.

—Supongo. Y no es más que un niño.

—¿A qué hora quiere quedar exactamente?

—Sale a las tres y cuarto. Empieza natación a las cuatro y media. Podemos vernos en ese intervalo.

Sean rio entre dientes.

Michelle sacó las llaves del coche de la riñonera.

—¿De qué te ríes?

—Oh, es que temía tener que mantener una reunión confidencial con un cliente en el patio de un colegio.

—Va al instituto, no a la guardería. Y a esas edades ya no salen al patio.

—Disculpa. Pero no creo que con esto vayamos a ningún sitio.

—Por lo menos podremos devolverle la pistola, aunque probablemente no sea buena idea entregarle un arma estando en un recinto escolar. A lo mejor podemos quedar con él en otro sitio.

—¿A qué instituto va? —preguntó Sean. Michelle se lo dijo—. Anoche pasamos por delante. Hay un centro comercial al otro lado de la calle con un café Panera. Llámalo y dile que quedemos ahí.

—No voy a llamarlo. Le enviaré un mensaje. Así se comunica la juventud hoy en día.

—Como quieras.

—Tú no quieres meterte en este caso, ¿verdad? —preguntó Michelle.

—No hay caso —repuso él.

—Podría haberlo. Dependiendo de lo que averigüemos.

—Erre que erre, ¿verdad?

—No sé por qué este tema me ha enganchado, pero es la verdad. Y tengo que hacerlo, ¿vale?

—Vale. De perdidos, al río.

—Ahora sí que pareces un viejo.

—Nuestro nuevo «cliente» apenas ha superado la pubertad. ¿Cómo no voy a sentirme viejo?

Michelle le dio un golpecito en el hombro.

—Gracias por consentirme el capricho.

—Es el objetivo de mi existencia —repuso él—. Pero tienes que prometerme que si este caso está vacío, y ya te digo ahora mismo que no hay nada, lo olvidarás y nos iremos de vacaciones. Quiero que me lo prometas.

—Tienes mi palabra. Si no hay caso, nos vamos a Nueva Zelanda y me pondré un bikini. Pero tú tienes que ponerte un Speedo.

—Eso no sería favorable para el turismo de Nueva Zelanda —dijo, aunque en realidad estaba pensando en lo mucho que se alegraba de no estar llorando su muerte.

8

Tyler se reunió con ellos en el café Panera delante del instituto. Llevaba el uniforme escolar, compuesto por pantalones caqui, polo negro con la insignia del colegio y zapatos negros.

—¿Tomas café? —le preguntó Michelle mientras entraban juntos.

—Tomaré agua —dijo Tyler.

—¿No tienes suficiente con la piscina? —terció Sean en tono jocoso.

Dio la impresión de que Tyler no le oyó y siguió caminando.

Sean y Michelle pidieron sendos cafés y Tyler un botellín de agua, que insistió en pagarse él. Se sentaron a una mesa al fondo del local. Los únicos clientes de la cafetería eran estudiantes con sus portátiles y dos madres con hijos pequeños en un carrito. Una guapa morena de edad similar a la de Tyler le saludó con la mano. Él le devolvió el saludo con timidez antes de centrarse en Sean y Michelle.

—Quiero contrataros.

Sean se reclinó en el asiento y cruzó los brazos.

—Eso me ha dicho Michelle. ¿Por qué?

—Ya se lo he dicho a ella —contestó Tyler—. Para saber qué le pasó a mi padre.

—¿Dices que el ejército no te dijo cómo había muerto?

—No; dicen que murió de un disparo.

—Bueno. Fue en Afganistán, ¿no?

—Eso dicen.

—¿Y no te lo crees? —inquirió Sean.

—Supongo que sí. Bueno, no sé.

—Tyler, no estamos en Afganistán. No hay forma realista de ir a Afganistán y mirar por encima del hombro del ejército en este asunto. No tenemos jurisdicción. No tenemos recursos. Nada.

Tyler bebió un trago de agua y se tomó su tiempo para responder.

—Pero sois detectives privados. ¿No tenéis la manera de descubrir cosas? Me refiero a que de eso va vuestra profesión, ¿no?

—Sí, de eso va —dijo Michelle, acercándose a él. Miró a Sean antes de añadir—: Vamos por partes. ¿Cómo se llama tu padre?

—Samuel, pero todo el mundo le llama Sam.

—¿Qué te dijeron los militares exactamente acerca de tu padre?

—Dijeron que estaba con su regimiento en Kandahar. Salió a patrullar una noche y alguien le disparó.

—¿Ese alguien era un talibán, Al Qaeda, un soldado afgano traidor? —preguntó Sean.

—Dijeron que no lo sabían. El que le disparó, huyó, pero están buscándolo.

Sean asintió lentamente.

—Por desgracia, eso es lo que ocurre en el campo de batalla, Tyler. El ejército hará todo lo posible por descubrir quién mató a tu padre y asegurarse de que recibe el castigo correspondiente.

—¿Cuándo llegan sus restos a la base de las Fuerzas Aéreas en Dover? —preguntó Michelle.

Tyler negó con la cabeza.

—No hablaron de eso.

Michelle frunció el ceño.

—Pero todos los caídos en acto de servicio llegan a Dover. El ejército suele permitir a los familiares que estén allí cuando llegan los restos. Y luego el funeral se celebra en el cementerio nacional de Arlington. Todos los soldados muertos en combate reciben ese honor.

Sean la miró con expresión curiosa.

—¿Cómo sabes todo eso?

—Ayer por la noche lo investigué rápidamente.

Sean frunció el ceño y dijo en voz baja:

—¿Antes o después del baño relajante?

Tyler negaba con la cabeza.

—No dijeron nada de Dover.

—Bueno, a lo mejor esos detalles vienen después —apuntó Sean—. Tu madre... —Tyler lo miró con sequedad. Sean continuó—: Perdón, tu madrastra dijo que el ejército iba a enviar a más gente. Tal vez tengan esa información. ¿Has hablado con ella del tema?

—No. Me marcho temprano al instituto. A esas horas ella siempre está en la cama —refunfuñó.

Sean lo miró fijamente.

—Me sorprende que hoy hayas asistido al colegio, Tyler. Después de lo de anoche, debe de haber sido duro.

El chico se encogió de hombros y masculló algo en voz tan baja que no lo entendieron.

—Bueno, a lo mejor tendrías que llamar a tu madrastra y averiguarlo. Aprovecha ahora que estamos nosotros.

En vez de llamar, Tyler escribió un mensaje y lo envió.

Sean miró a Michelle, que esbozaba una sonrisa pícara. Sin hablar, articuló las palabras «te lo dije».

—No va a contestar, por lo menos hasta dentro de un rato —aseveró Tyler.

—¿No lleva el móvil encima? —preguntó Michelle.

—Oh, sí. Pero como el mensaje es mío, no es ninguna prioridad.

Michelle y Sean intercambiaron otra miradita.

—Bueno, vayamos al grano. ¿Estamos ante el síndrome de la madrastra malvada? —preguntó Sean.

Tyler se puso casi tan rojo como su pelo.

—No digo que sea mala, lo que pasa es que no tiene ni idea. Es mucho más joven que mi padre. Ni siquiera sé por qué se casó con ella.

—¿Qué pasó con tu madre? —preguntó Michelle con dulzura.

Tyler jugueteó con la etiqueta del botellín de agua, la despegó y fue apilando los restos de papel en la mesa.

—Se puso enferma y murió. Hace cuatro años.

—Lo siento —dijo Michelle.

—¿Cuánto hace que tu padre se volvió a casar? —preguntó Sean.

—¿Qué más da? —espetó Tyler—. Solo quiero saber qué le pasó. El resto es una mierda. No tiene nada que ver.

Había alzado la voz y la guapa morena lo miró con expresión preocupada.

Tyler la vio, se quedó cortado y bajó la mirada hacia el papel desmenuzado que tenía delante.

Michelle le puso una mano en el hombro.

—Sé lo duro que es, Tyler. Yo también perdí a mi madre de forma inesperada. Pero cuanto más sepamos, más ideas se nos ocurrirán. Por eso formulamos estas preguntas que ahora parecen irrelevantes. En un caso nunca se sabe lo que acabará siendo importante. Te das cuenta, ¿no?

Tyler se humedeció los labios y tomó otro sorbo de agua.

—Se casaron hace un año más o menos. No celebraron boda. Fueron a un juez o algo así. Mi padre ni siquiera me lo dijo hasta después de hacerlo. Yo a ella prácticamente no la conocía. Y tampoco llevaban saliendo demasiado tiempo. Y ella es como quince años menor que él. Fue raro.

—Entiendo que te parezca raro —comentó Sean.

—Sí —dijo Tyler—. Muy raro.

—¿Tu padre era militar de carrera? —preguntó Michelle.

El chico negó con la cabeza.

—Estuvo en el ejército mucho tiempo y luego pasó a la reserva. Después lo volvieron a llamar. Cuando estaba en el ejército regular lo destinaron allí un par de veces. Luego volvió a casa. Pensaba que iba a quedarse aquí para siempre, pero tuvo que volver como reservista.

Sean sacó una libreta y empezó a tomar notas. Michelle le dedicó una mirada de agradecimiento.

—¿Qué edad tenía tu padre? —preguntó.

—Cuarenta y cinco.

—Es duro volver a combatir a esa edad.

—Supongo que para algunos tipos sí. Pero mi padre está muy en forma. Corre y levanta pesas y también hace karate. Es algo así como triple cinturón negro. Y salía a nadar conmigo. Al final no podía seguirme el ritmo, pero estaba mucho mejor que la mayoría de los tíos de su edad. Incluso participó en algunos triatlones.

—Dudo de que yo fuera capaz de hacer un largo en la piscina. Da la impresión de que tu padre era realmente un hombre de hierro.

—Sí, lo es. —Tyler se mordió el labio inferior y le brillaron los ojos.

—¿Qué hacía antes de que lo llamaran al servicio? —preguntó Sean.

—Trabajaba en una empresa llamada DTI en Reston. Era comercial, nada del otro mundo.

—¿Qué rango tenía tu padre en el ejército?

—Es sargento.

—¿Estás seguro?

Tyler sacó un sobre de la mochila.

—He anotado varias cosas. Su unidad, dónde lo destinaron, cosas de esas.

Se lo tendió a Michelle.

—Muy perspicaz por tu parte —comentó ella con una sonrisa—. Ojalá todos nuestros clientes estuvieran tan bien preparados como tú.

—¿Investigaréis para mí, entonces? No sé cuánto cobráis pero puedo pagaros. Tengo dinero en una cuenta que mi padre me abrió. Y he trabajado todo el verano como socorrista. He ahorrado casi mil dólares.

—Qué bien, Tyler —dijo Michelle—. Podemos dejar esos detalles para más adelante.

—¿O sea que lo único que quieres es saber más sobre su muerte? —preguntó Sean.

—Bueno, sí.

—La cuestión es, Tyler, que el ejército es quien te dará esa información. No nos necesitas. Y no quiero que te gastes el dinero pagándonos por información que recibirás gratis.

Tyler se frotó los ojos pero no respondió.

Sean dio un sorbo al café y esperó en silencio. Dedicó una mirada cómplice a Michelle e inclinó la cabeza hacia el chico.

Michelle le tocó el brazo.

—¿Hay algo más? ¿Algo que no nos hayas dicho que te preocupe?

Tyler empezó a decir algo, pero se encogió de hombros y consultó su reloj.

—Tengo que irme. He de coger el autobús para ir a entrenar a la piscina. No puedo llegar tarde.

—¿Qué estilo nadas? —preguntó Michelle.

—Los cincuenta libres y los doscientos estilos. No soy demasiado bueno. Quiero decir que otros miembros del equipo son mucho mejores que yo. ¿Nadas? —añadió.

—Prefiero flotar en el agua y secarme —respondió Michelle.

—Entonces... ¿trabajaréis para mí? —insistió Tyler.

Sean fue a responder pero Michelle se le adelantó.

—Indagaremos, te informaremos y entonces ya veremos, ¿de acuerdo?

—Sí, vale —dijo Tyler, que parecía un poco decepcionado.

Se levantó y salió caminando encorvado con la mochila colgada de un hombro.

Sean miró a Michelle.

—Aquí pasa algo raro.

—Me alegro de que empieces a darte cuenta.

—Anoche el chico estaba hecho polvo. Corriendo bajo una tormenta con una pistola y medio enloquecido. Y hoy va al instituto y se sienta aquí a hablar de la muerte de su padre como si fuera una transacción comercial. ¿Dónde está la emoción? ¿Dónde están las lágrimas?

—Las chicas lloran con más facilidad que los chicos, Sean.

—No las chicas como tú.

—Yo tengo cuatro hermanos mayores. Nunca fui oficialmente una chica. —Hizo una pausa y se quedó mirando por donde se había ido Tyler—. Pero ya entiendo por dónde vas.

—¿Qué indagaciones piensas hacer?

—¿Tienes algún contacto en el Pentágono?

—Un par.

Michelle sostuvo el sobre.

—Bueno, echemos un vistazo a estas notas y luego veremos qué hacer.

—¿Y si todo lo que conseguimos es confirmar lo que el ejército ya le ha dicho?

—Entonces tendrá que bastar. Pero no creo que pase eso.

—¿Por qué no?

—El chico oculta algo, Sean. Algo que le asusta.

—Mueren soldados continuamente. Y se notifica a los parientes más cercanos. Es el procedimiento estándar.

—Bueno, pues a lo mejor esto resulta ser la excepción que confirma la regla. Pero hay algo más —dijo ella.

—¿Qué cosa?

—Te referiste a su padre empleando el pasado. Tyler respondió hablando de él en presente. Como si siguiera vivo.

—Quizá fuera una proyección de sus deseos.

—No me ha parecido de esos.

Sean suspiró.

—Vale. Haremos lo que podamos. Pero recuerda nuestro trato acerca de Nueva Zelanda.

—No te preocupes. Esta mañana he pedido tu Speedo por internet.

9

Sean dejó el teléfono y contempló su escritorio. Estaba solo en la oficina espartana de King & Maxwell, Investigación Privada. El escritorio de Michelle era contiguo al de él, que tenía la mesa impoluta. Todo bien colocado en su sitio. Miró hacia la mesa de su socia y frunció el ceño. Parecía que habían vaciado una papelera encima y luego habían revuelto la porquería para repartirla mejor.

—No entiendo cómo encuentra las cosas —masculló.

—¿Ya estás alimentando otra de tus fantasías acerca de mi mesa?

Sean miró hacia la puerta y vio a Michelle con dos cafés en la mano y un periódico doblado bajo el brazo.

—¿Tan fácil es leerme el pensamiento? —preguntó inocentemente.

—Dentro de poco terminaremos las frases el uno del otro —repuso ella—. Y eso que ni siquiera estamos casados.

—En muchos sentidos estamos más casados que un matrimonio.

Michelle le tendió uno de los cafés, dejó el periódico encima de su mesa y se sentó frente a él.

—¿Has llamado a tus contactos del Pentágono?

Sean asintió.

—De hecho acabo de hablar con uno.

—¿Y?

Sean se reclinó en el asiento y observó la pantalla del ordenador que tenía delante.

—Lo que me pareció que estaba muy claro dista mucho de estarlo.

Michelle dio un sorbo al café y reprimió un escalofrío. El pronóstico meteorológico anunciaba lluvia helada o incluso nieve. Y el cielo parecía a punto de cumplir tal predicción de un momento a otro.

—¿Qué quieres decir?

—Le he enviado el nombre de Sam Wingo junto con la información que Tyler nos dio sobre el regimiento, rango, etc. Pensé que se tomaría su tiempo para responderme.

—¿Y no ha sido así?

—No, de hecho no me ha dado ninguna respuesta.

—¿Ha dado alguna explicación?

—Se ha excusado hablando de parientes cercanos, políticas de privacidad y cosas así. Pero le dije que los parientes cercanos ya habían sido informados.

—¿Y qué dijo entonces?

—Que no podía ir más allá.

—¿No podía o no quería?

—¿Importa?

—¿Ha confirmado al menos que Sam Wingo está muerto?

—No.

—Vale, pues esto sí que es raro.

—A lo mejor es que son reacios a difundir información sobre una muerte en acción, Michelle. Es una situación sensible. No quieren que se les acuse de dar información a la ligera.

Ella cogió el periódico y lo abrió por una de las primeras páginas.

—No sé si es una excusa válida. Mira esto.

Se lo tendió a Sean, que bajó la mirada. Era una página con fotos de las bajas en las guerras de Oriente Medio.

—Cuarta fila, quinta foto —indicó.

Sean miró y leyó:

—«Samuel Wingo, de cuarenta y cinco años, sargento de primera, componente de un batallón de la 82.º División de Fort Bragg. Muerto a consecuencia del fuego de armas cortas en la provincia de Kandahar.»

—Más o menos lo mismo que nos contó Tyler —apuntó Michelle.

—O sea, lo que le dijeron.

—¿Ahora también tienes tus dudas?

—No te embales. Podría no ser nada.

—Han publicado su foto, su nombre y su rango junto con la información de su muerte. ¿Qué tiene esto de confidencial? ¿Ni siquiera quieren confirmarte que está muerto, pero todos los lectores del *Washington Post* se enteran? ¿Qué sentido tiene?

—Quizá no lo tenga —reconoció—. Pero ten en cuenta que ahí se han producido miles de bajas. Es posible que mi contacto ni siquiera supiera qué se ha publicado hoy en el periódico. El Pentágono es una organización mastodóntica.

—Vale, pero sé que Tyler nos oculta algo.

—¿Qué quieres hacer?

—Le dijimos a Tyler que indagaríamos y le informaríamos. Hemos indagado y ahora tenemos que informarle.

—No tenemos nada que informarle, Michelle.

—Tenemos que conseguir que se sincere con nosotros. Quizá sea mejor que vaya yo sola.

—¿A su casa? ¿Con la madrastra malvada delante? A lo mejor ni te deja entrar.

Michelle alzó el teléfono.

—Le enviaré un mensaje y le propondré quedar en el mismo sitio antes del entrenamiento de natación.

—No lo veo nada claro, Michelle.

—Se ha quedado huérfano. Necesita ayuda, Sean.

—No estoy diciendo que no lo hagas, pero ten cuidado.

—No creo que Tyler Wingo sea peligroso.

—No me refiero únicamente a él.

Ella miró por la ventana.

—Parece que va a nevar.

—Fantástico. Los conductores de Washington ya lo tienen bastante difícil incluso cuando hace sol.

—Mientras estoy con Tyler, ¿por qué no pruebas con algún otro contacto del Pentágono?

—Veré qué puedo hacer. Pero allí suelen cerrar filas bastante rápido. —Sean lanzó una mirada desaprobatoria al escritorio desordenado de Michelle—. Venga, Michelle. ¿No puedes hacer algo con esta pocilga? Al menos como gesto simbólico.

Michelle desplegó una amplia sonrisa, cogió un único papel entre las montañas que había y lo tiró a la papelera que tenía al lado.

—¿Te sientes mejor?

—Por algo se empieza.

Por la tarde Michelle estacionó en el garaje contiguo a Panera, apagó el motor y observó el instituto donde estudiaba Tyler. Era un colegio bastante nuevo, pero probablemente ya habría sobrepasado su capacidad máxima. A la ciudad de Washington le costaba seguir el ritmo de crecimiento constante de la población.

Sacó la página del *Washington Post* con el artículo sobre Sam Wingo del bolsillo de la chaqueta. Pensó que era un hombre bien parecido: de una belleza tosca, facciones duras, mirada intensa y con el paso de los años reflejado en el rostro. Se parecía un poco a Sean. En comparación, la mayoría de los demás fallecidos de la página se veían tristemente jóvenes. Apenas habían tenido la oportunidad de vivir y ya no tenían más oportunidades.

Consultó la hora. A las 15.16 vio a Tyler Wingo salir por una puerta del instituto y caminar en su dirección. La lluvia helada se había convertido en una ligera nevada, por lo que el chico llevaba capucha.

Ella se apeó cuando él pasó junto al vehículo.

—Hola —saludó.

Tyler se volvió y la vio.

—¿Dónde está tu socio?

—Siguiendo otras pistas.

Entraron juntos en el café Panera, que estaba más concurrido que la anterior vez. Michelle supuso que se llenaría aún más ya que habían acabado las clases. Sin duda era una mina de oro: una cafetería con una carta bastante completa enfrente de un instituto lleno de adolescentes hambrientos.

En esta ocasión ambos pidieron botellines de agua. Michelle añadió una madalena.

—Hoy no he comido —aclaró.

Tomaron asiento al fondo del local. Ella abrió su botellín, dio un sorbo y atacó la madalena.

—¿Qué habéis averiguado? —preguntó Tyler.

—¿Has visto el periódico de hoy?

—No.

—Supongo que los adolescentes ya no leen la versión impresa de las publicaciones. Bueno, sale la foto de tu padre. —Sacó la página y la deslizó hacia él—. ¿Me confirmas que es él?

Tyler miró la página y apartó la vista.

—Es él.

—Abatido por fuego de arma corta con su unidad en Kandahar.

—Ya.

—Hola, Tyler.

Los dos alzaron la mirada. Era la misma morena guapa del día anterior. Miró de Michelle a Tyler y luego hacia la página.

—Siento mucho lo de tu padre —dijo.

Apenas llegaba al metro sesenta y tenía unos bonitos ojos castaños.

—Gracias —dijo él sin mirarla a los ojos.

—Michelle Maxwell —se presentó Michelle, tendiéndole la mano.

La joven se la estrechó.

—Soy Kathleen Burnett, pero me llaman Kathy.

—¿Vas a la clase de Tyler?

—Sí —intervino el chico—. Hemos quedado para hablar, Kathy —añadió con gesto contrariado—. Acerca de mi padre.

—Oh, lo siento. Nos vemos luego.

Se marchó presurosa.

—Es muy mona —comentó Michelle, mirándola.

—Supongo.

—¿Sois amigos?

—Coincidimos en algunas asignaturas.

—Ayer estaba aquí antes que nosotros, aunque tú viniste en cuanto acabaste las clases. ¿Cómo es eso?

—Es muy inteligente. La pasaron de curso y tal. Y no tiene que ir a la última clase. Sale antes.

—Qué bien. Pero además parece que le gustas.

Tyler estaba observando la página con las fotos.

Michelle dobló la página y se la guardó en el bolsillo.

—¿Le gustas, Tyler?

Él se encogió de hombros.

—No sé. ¿Por qué?

—Es bueno contar con gente que se preocupa de uno. Sobre todo en momentos como este.

—Ya. ¿Y qué has averiguado?

—Nada aparte de lo que has visto en el periódico. Al parecer, el Pentágono no quiere hablar de tu padre. Me pregunto por qué.

—Supongo que tienen sus motivos. —Vaciló—. Entonces ¿cuánto os debo?

Michelle lo miró con expresión inquisidora.

—¿Intuyo irrevocabilidad en la pregunta?

Tyler alzó la vista.

—¿Qué?

—Acabas de contratarnos y ahora parece que nos despides.

—No os estoy despidiendo.

—Me alegra saberlo. He venido a preguntarte una cosa, así que permíteme que lo haga. —Se inclinó hacia él—. ¿Qué nos ocultas?

—Eso ya me lo has preguntado.

—Y no me has respondido. ¿Sabes?, soy la clase de persona que cuando no obtiene una respuesta insiste hasta que la obtiene.

—Os lo he contado todo.

—Eso dices, pero tu expresión apunta en otra dirección. Fui agente del Servicio Secreto. Tenemos un sexto sentido para estas cosas, Tyler.

El muchacho apartó la mirada.

Michelle se reclinó en el asiento y se cruzó de brazos

—¿Y bien?

Tyler se miró las manos.

—Podrías haberme ahorrado el desplazamiento, ¿sabes? Tengo otras cosas que hacer —añadió Michelle.

Él resopló.

—Lo siento, es que... quiero decir que... supongo que ha sido una estupidez. Mi padre ha muerto. No podéis hacer nada para devolvérmelo, ¿verdad?

—No, no podemos hacer nada al respecto —reconoció Michelle con voz queda.

—Y anoche estuve pensando en cosas y... y... supongo que... —Adoptó una expresión tan cariacontecida que Michelle se compadeció de él.

—Tyler, si quieres que nos retiremos, no hay problema. Tú decides. No te martirices por ello. Ya tienes bastante con lo que lidiar.

—Supongo que... que eso es lo que quiero. Me refiero a que os retiréis.

—¿Estás seguro?

Tyler asintió.

—¿Cuánto os debo? He traído dinero.

—Las consultas son gratis.

—¿Segura?

—¿Seguro? —dijo ella secamente.

Tyler no se atrevía a mirarla.

—Tengo que marcharme.

—Sí, a natación.

Tyler se levantó.

—Oh, tenemos que devolverte la pistola de tu padre. No quería hacerlo aquí porque no es muy recomendable llevar un arma al instituto. ¿Estarás en casa más tarde?

Tyler la miró nervioso.

—Pues... no sé. A lo mejor no estoy.

—No pasa nada. Podemos dársela a tu madrastra. ¿Te parece bien?

Tyler se marchó sin más. Volvió la vista atrás un par de veces antes de salir por la puerta.

Michelle se quedó sentada un rato planteándose una pregunta:

¿Quién había molestado a Tyler Wingo?

10

Cuando Michelle salió del café nevaba con más intensidad.

Como agente del Servicio Secreto, se había pasado años diseccionando el mundo físico en cuadrículas discretas como parte de su matriz de seguridad, alerta ante cualquier peligro circundante. Aunque ya hacía tiempo que había dejado el Servicio, conservaba el mismo instinto y probablemente nunca lo perdería. Y en ese momento su antena le indicaba que algo pasaba.

El aparcamiento estaba medio lleno, aunque había muchos coches porque era muy grande. No obstante, un coche le llamó especialmente la atención.

Matrícula del gobierno, una silueta en el interior, el motor apagado; y el conductor llevaba allí un buen rato porque el sedán estaba cubierto de nieve. Y nadie se había apeado: no había huellas en la nieve a su alrededor. Era una zona comercial descubierta en la que la gente hacía paradas rápidas, salía y entraba y a otra cosa. Sin embargo, aquel conductor había aparcado y se había quedado allí con aquel tiempo, a la espera de algo.

O alguien. «Quizás a mí.» Se encaminó a su vehículo, subió y puso en marcha el motor. Miró disimuladamente el sedán del gobierno. La silueta no se había movido. Se estaba planteando si había llegado a una deducción equivocada cuando la situación cambió repentinamente.

La silueta se transformó en un hombre de espalda ancha y pelo de corte militar que vestía un abrigo largo y oscuro y los zapatos negros reglamentarios. Llevaba la insignia de su rango militar prendida en la solapa del abrigo: barras, no estrellas. De todos modos, Michelle no había esperado que enviaran a un general a lidiar con ella.

Cuando el hombre se le acercó, bajó la ventanilla.

—Debes de haber pasado frío sentado en el coche. ¿Quieres subir y calentarte un poco?

A modo de respuesta él le enseñó las credenciales:

«Capitán Aubrey Jones, policía militar», leyó Michelle.

—¿Qué puedo hacer por ti?

—¿Estabas con Tyler Wingo? —preguntó Jones.

—Si tú lo dices... Es confidencial.

—Tengo entendido que eres detective privado.

—Si tú lo dices... Pero sí lo soy y me he reunido con él, supongo que entiendes que no puedo revelar confidencias.

—Wingo es menor de edad. No puede ser tu cliente.

—Sí que puede.

—¿Para qué iba a necesitar a un detective privado?

—Por diversas razones. ¿A ti qué más te da?

—Acaba de perder a su padre.

—Lo sé.

—Es vulnerable y está asustado, y el ejército no quiere que nadie se aproveche de él. ¿Le has pedido dinero?

—¿Piensas que me dedico a desplumar adolescentes afligidos?

—¿Es eso?

—Sí, me dedico a eso. Busco soldados muertos en el periódico y luego quedo con los hijos destrozados para hacerme rica cobrando un dólar por factura. —Hizo una pausa—. ¿Satisfecho?

—Sabemos que perteneciste al Servicio Secreto y te pidieron que te marcharas.

—Lo cierto es que me ofrecieron la reincorporación, pero decidí renunciar por voluntad propia. Y eso es agua pasada.

—Tú y tu socio os habéis encargado de casos de alto nivel. Asesinos en serie, CIA, seguridad nacional.

—Para o me voy a sonrojar.

Jones se acercó más y se inclinó de tal manera que la cabeza y los hombros casi llenaron la ventanilla.

—Os pedimos educadamente que dejéis a los Wingo en paz. Están pasando por un momento muy duro. No necesitan este tipo de distracciones.

—¿Y cómo te has enterado de nuestra intervención?

—El ejército tiene sus recursos.

—¿Hacéis esto con todas las familias afectadas?

—No; solo con las que tienen a gente como vosotros intentando meterse en su vida en un momento especialmente trágico. Por suerte, no tantos caen tan bajo.

—Esa es tu opinión y que conste que te equivocas —replicó Michelle.

—Se le notificó que su padre murió en acto de servicio. No sé qué os ha pedido que hagáis pero, sea lo que sea, no deberíais haber aceptado. Que yo sepa, os estáis aprovechando de un chico desconsolado. A lo mejor lo hacéis para ganar unos pavos o para apuntaros algún tanto ante alguien. A lo mejor es que os da pena. No lo sé y lo cierto es que me da igual. Pero lo que sí me importa es que dejéis en paz a esta familia para que pasen el duelo como es debido. —Hizo una pausa antes de añadir—: ¿He transmitido el mensaje con claridad, señorita Maxwell?

—Alto y claro, capitán Jones.

El hombre giró sobre los talones y regresó al sedán. Al cabo de pocos segundos había desaparecido.

Michelle se quedó sentada en su vehículo tamborileando el volante con los dedos mientras cavilaba. La policía militar que vigilaba. La policía militar que transmitía el mensaje de dejar en paz a los Wingo. Seguro que ya habían hablado con Tyler. Tal vez le habían intervenido el teléfono y, al ver que había concertado una cita, habían ido directamente a por él. Aquello explicaría la decisión repentina de prescindir de Sean y de ella.

Llamó a Sean y le contó lo que acababa de ocurrir.

—¿Tú qué opinas? —preguntó él.

—Jones ha sonado auténtico, pero tal vez solo le han dicho que transmitiera el mensaje alto y claro.

—Bueno, combinado con el muro con que he chocado en el Pentágono, empiezo a pensar que esto es muy sospechoso. Ahora la cuestión es qué hacemos al respecto.

—Todavía no hemos devuelto la Mauser.

—Michelle, la casa de los Wingo debe de estar vigilada. Si nos ven aparecer, la siguiente visita que recibiremos no será de un policía militar con un mensaje educado.

—No creo que vayan a someternos a la tortura del submarino.

—Hay cosas peores que el submarino.

—¿Por ejemplo?

—¿Mutilación? ¿Muerte?

—Anda ya, estamos hablando de nuestro gobierno. Y yo no puedo dejar este asunto así, y creo que tú tampoco. Tyler nos oculta algo. Creo que necesita nuestra ayuda pero a él también le han disuadido. Dudo de que ni siquiera el ejército pueda permitirse el lujo de hacer esperar a su personal bajo la nieve en un aparcamiento para regañar a alguien que podría estar aprovechándose del familiar de un militar muerto.

—Lo sé. Esto huele muy mal.

—Pero tienes razón acerca del muro de contención alrededor de los Wingo. Si aparecemos, no será agradable. Así pues, ¿desde qué otro ángulo podemos abordar el asunto?

—Bueno, si no podemos contactar con Tyler ahora mismo, podemos investigar sobre el pasado de su padre. Tyler dijo que trabajó en una empresa de Reston llamada DTI. Podemos empezar por ahí.

—Pero si vamos allí, el ejército probablemente se entere.

—No hace falta que vayamos. Hay esa cosa que se llama internet. Contiene un montón de información a la que se accede desde un ordenador. ¿Te suena de algo?

—Vale, tú vete a darle al teclado. Yo voy a dedicarme a mis pesquisas de detective.

Michelle estaba mirando otra vez hacia el café Panera.

—¿Como qué? No quiero que lo eches todo por la borda. Hay que emplear mano izquierda. No puede ser la carga de la Brigada Ligera. Además, ¿no los exterminaron a todos menos a un hombre?

—Hombre es la palabra clave. Si hubiera estado dirigida por una mujer, esa matanza nunca se habría producido.

—Entonces, ¿qué piensas hacer?

—Hablar con una adolescente de otro adolescente. De mujer a mujer.

Michelle colgó, salió de nuevo a la nieve y se dirigió al café. Tenía la intención de averiguar hasta qué punto a Kathy Burnett le gustaba Tyler Wingo.

11

—Hola, Kathy.

Kathy Burnett alzó la vista del ordenador y vio acercarse a Michelle. Traía una bandeja con una taza de café, un cuenco de sopa y un panecillo.

—Ah, hola.

—¿Te importa si me siento contigo?

Kathy miró en derredor.

—Pensaba que tú y Tyler os habíais marchado.

—Él sí, a natación. Y yo estaba pensando en marcharme pero me ha parecido mejor esperar a que remita la nevada. Y entonces me han entrado ganas de un café y una sopa.

Michelle se sentó frente a ella y tardó unos segundos en situar el café y la sopa mientras Kathy apartaba el portátil y la mochila.

—Gracias —dijo Michelle. Cogió una cucharada de sopa y sonrió—. Pocas cosas hay mejores que esto en un día de nieve.

—Supongo que no —dijo Kathy, sonriendo incómoda.

Michelle miró el ordenador.

—Espero no interrumpir los deberes.

—No, no pasa nada. Tengo toda la semana para hacerlos. Intentaba adelantar. —Bajó la tapa del portátil y miró a Michelle con expresión inquisidora—. ¿Has quedado con Tyler para hablar de su padre?

Michelle mojó un pedazo de pan en la sopa y dio un mordisco.

Asintió, tragó y dijo:

—Es una terrible tragedia. No hay nada peor para un joven que perder a un progenitor, sobre todo de este modo.

—¿Eres del ejército?

—No. No ayudaba a Tyler con eso. Eran otras cosas. Me ha dicho que coincidís en algunas asignaturas. También me ha dicho que eras muy inteligente y que te habían adelantado un curso.

—¿Ha dicho eso? —preguntó Kathy mientras desplegaba una sonrisa.

Michelle tomó un sorbo de café y asintió lentamente.

—Pues sí.

—Él también es un alumno brillante, muy inteligente. Pero no va fardando por ahí como hacen otros. Es más bien discreto.

—Entiendo que sois buenos amigos.

—Nos conocemos desde primaria.

—Ahora las amistades son importantes para Tyler, supongo que lo sabes.

—Sí, por supuesto.

—¿Conocías a su padre?

—Él y Tyler vinieron a cenar a casa unas cuantas veces. Y a veces nos recogía a Tyler y a mí en el colegio. Siempre era muy amable. Sabía que lo habían destinado al extranjero. Mi madre estuvo allí hace dos años. Ahora ha vuelto y espero que no tenga que marcharse de nuevo.

—¿Tu madre también es militar?

—Es piloto de las Fuerzas Aéreas.

—Pues qué bien, Kathy.

—Estoy muy orgullosa de ella. Pilota cualquier tipo de avión. Yo he volado con ella en un Cessna. Hizo unas cuantas cosas que me dejaron el estómago al revés pero ella ni se inmutó.

—No lo dudo. —Michelle tomó otra cucharada de sopa—. Supongo que en el instituto todo el mundo se ha enterado de lo del padre de Tyler, ¿no?

—Hoy lo han notificado. Todos se han quedado muy tristes. Pero Tyler se ha sentido muy incómodo.

—Si conoces a Tyler desde primaria, supongo que conociste a su madre, ¿no?

Kathy asintió.

—Sí. También fue una tragedia.

—Teniendo en cuenta la edad de Tyler cuando ella murió, debía de ser una mujer muy joven.

—Pues sí.

—¿Murió de cáncer?

Kathy se sorprendió.

—¿Eso te dijo Tyler?

—No, no me dijo nada en concreto. Pero por la cara que pones, supongo que no fue cáncer.

—Mira, si Tyler no te lo contó, no creo que yo deba.

—Bueno, me parece que en estos momentos Tyler no piensa con claridad. Entonces, ¿no murió a causa de una enfermedad?

—Bueno, supongo que se podría llamar enfermedad.

—No te entiendo.

—Enfermedad mental. Depresión. —Kathy hizo una pausa—. La señora Wingo se suicidó.

Michelle tomó otra cucharada de sopa. No es que tuviera tanta hambre, pero necesitaba tiempo para digerir la información y pensar qué decir.

—Dios mío —dijo finalmente—. Su madre se suicidó y ahora su padre muere en combate.

—Ya —dijo Kathy con voz un poco temblorosa—. Lo siento mucho por él.

—Al menos tiene a su madrastra —soltó Michelle.

Kathy frunció el ceño.

—No sé si eso es bueno para Tyler.

Michelle asintió con aire pensativo.

—Ya he notado que no se lleva bien con ella.

—¿Por qué iba a hacerlo? —repuso Kathy, levantando la voz—. Resulta que el señor Wingo va y se casa con una mujer mucho más joven cuando ni siquiera se conocían desde hacía tanto tiempo. Tyler no la conocía de nada. ¿Y te contó que se casaron en un juzgado? Ni siquiera hubo boda. Aparecieron en casa un día y estaban casados. Tyler se llevó un buen disgusto.

—¿Y su padre nunca le explicó por qué lo había hecho?

—No, que yo sepa. —Kathy miró a Michelle de hito en hito—. No me has dicho en qué estás ayudando a Tyler.

Michelle sacó una de sus tarjetas y se la tendió a Kathy. La joven la miró y abrió unos ojos como platos.

—¿Para qué necesita Tyler un detective?

—Para obtener respuestas. Para eso se contrata a un detective.

—¿Respuestas a qué?

—Creo que todavía no lo sabe, Kathy. Tyler me contó que su padre estaba en la reserva, pero que también había pertenecido al ejército regular.

—Cuando íbamos a segundo, el señor Wingo vino a nuestra clase y nos habló de servir al país. Iba con el uniforme. Se lo contó a mi madre y ella también vino a hablar con la clase.

—Entonces, ¿tus padres le conocían bien?

—Mi madre lo conocía muy bien por el vínculo militar. Y vinieron a cenar unas cuantas veces después de la muerte de la madre de Tyler. Les llevábamos paquetes con provisiones y demás. A veces Tyler se quedaba a dormir en casa. Cocina muy bien. Incluso enseñó unas recetas a mi madre.

—¿Vivís cerca?

—No en el mismo barrio, pero estamos a unos cinco minutos en coche. —Se le iluminó la expresión—. Tyler tiene un permiso pero le falta muy poco para tener el carné. Me ha dicho que algunos días podremos ir en coche juntos al instituto.

—¿Es un año mayor que tú?

—Sí. Yo cumplo dieciséis el mes que viene. Él cumple diecisiete en mayo.

—¿Te ha hablado alguna vez de algo que le preocupe?

—No he hablado demasiado con él desde la muerte de su padre, si te refieres a eso.

—¿Antes él estaba bien?

—A mí me lo parecía. Aparte de que no se llevara bien con su madrastra.

—¿Y con su padre? ¿Seguía enfadado con él porque se hubiera vuelto a casar?

—Sí, pero creo que Tyler había acabado aceptándolo. Quería a su padre. El enfado no iba a durarle mucho.

—¿Y ahora que ha muerto?

—Sí, ahora se ha quedado solo con su madrastra. No es un panorama demasiado alentador.

—¿Tiene algún otro pariente en la zona?

—No que yo sepa.

—¿Te importaría llamarme si se te ocurre algo que me sirviera para ayudar a Tyler?

—¿Como qué?

—Ahora mismo es difícil de decir. Pero si sale algo te darás cuenta.

—No está metido en ningún lío, ¿no?

—¿Algún motivo por el que pudiera estarlo? —preguntó Michelle.

—No. Es muy buen chico.

—Eso es lo que yo también pienso. Y por eso quiero ayudarle si puedo.

Kathy se guardó la tarjeta en el bolsillo del abrigo.

—A lo mejor te llamo.

—Estaría bien —dijo Michelle.

12

Michelle se reunió con Sean más tarde en un bar de Georgetown. Se sentaron a una mesa cerca de la ventana, cerveza en
mano, para cotejar lo que cada uno había averiguado acerca del
caso.

—¿Alguna noticia del Pentágono? —preguntó Michelle.

—Nada comparado con lo tuyo. Pero eso no quiere decir
que mañana no salga algo. Huelga decir que durante un tiempo
ninguno de mis otros contactos en el Pentágono me devolverá
las llamadas.

Michelle dio un sorbo a la cerveza y se reclinó en el asiento.
Había dejado de nevar y la temperatura había subido lo suficiente como para derretir la nieve acumulada.

—Entonces si no podemos ver ni a Tyler ni a su madrastra y
el Pentágono es un muro, solo nos queda la empresa donde trabajaba el padre, DTI. Dijiste que ibas a buscarla por internet.

—Sí. Es un contratista del gobierno.

—Prácticamente todas las empresas ubicadas aquí son contratistas del gobierno. ¿A qué sector se dedican?

—Ofrecen servicios de traducción para el ejército.

—He oído que es un negocio muy lucrativo.

—Sin duda puede serlo. Pero siempre dependerá de nuestra
presencia en otros países. Está especializada en Oriente Medio,
así que si nos retiramos, el negocio se resentirá.

—¿Y Wingo era comercial, tal como dijo Tyler?

—No he podido preguntárselo a nadie. —Bebió más cerveza—. Creo que nos encontramos en un callejón sin salida, Michelle.

Ella introdujo el dedo en el cuello del botellín de cerveza y lo balanceó adelante y atrás en la mesa.

—No me gusta darme por vencida.

—¿Crees que a mí sí?

—Tú sabes obrar milagros, Sean. Conoces a todo el mundo. ¿Me estás diciendo que no se te ocurre desde qué otro ángulo podríamos abordar esto?

—En realidad intento decidir si vale la pena o no.

—Pensaba que ese análisis ya lo teníamos superado.

—Quizá tú sí.

—A lo mejor tengo una vía de entrada con su amiga Kathy Burnett. Ya he preparado el terreno con ella.

—¿Y no te da vergüenza implicar a una joven inocente en todo esto?

—Si supiera lo que es «todo esto», a lo mejor. El huevo y la gallina.

—Sigue sin parecerme bien.

—No le he pedido que espíe a Tyler. Solo le he pedido que se ponga en contacto conmigo si cree tener alguna información que pudiera ayudar.

—No sé si está en la mejor posición para decidir tal cosa.

—Entonces puedo decirle que se mantenga al margen, si es lo que quieres.

Los dos se miraron con frialdad.

—Mira —dijo Sean—, no me estoy rajando. Lo que pasa es que no estoy seguro de que podamos conseguir algo.

—Bueno, teniendo en cuenta que no hemos conseguida nada hasta el momento, no hará falta gran cosa para subir el listón.

—Ya veo que no vamos a ponernos de acuerdo.

—Estoy siendo muy razonable.

—¿Seguro? Porque yo no tengo esa impresión.

Michelle lo miró con dureza.

—¿Qué quieres decir?

Sean se inclinó hacia delante.

—Apenas conoces a este chico y es como si de repente fuera tu hermano pequeño. ¿Acaso te parece razonable? —Ella dejó la cerveza y miró fuera por el ventanal—. ¿Quieres explicarme qué está pasando aquí, Michelle?

—¿Te parece mal que quiera ayudar a este chico?

—Yo no digo que esté bien o mal. Lo único que digo es... que está un poco fuera de lugar.

Michelle volvió la vista hacia él.

—Sé lo que es ser joven y estar asustada, Sean. Cuando lo vi corriendo bajo la tormenta vi el terror en sus ojos. —Apartó la mirada—. Y la pistola —añadió con voz queda—. Podría haber sido yo la que corría con esa pistola.

—Pero no lo eras, Michelle —repuso Sean con firmeza.

Ella dio la impresión de no oírle.

—La única diferencia es que él no podía disparar con la suya, yo sí.

—Eso fue hace mucho, mucho tiempo. Y ¿cuántos años tenías? ¿Seis?

—Seis o dieciséis, ¿qué más da? Ocurrió.

—Sabes perfectamente que no es tan sencillo —declaró Sean.

—Necesité mucho psiquiatra y mucho tiempo en un centro de salud mental, e incluso regresar a la antigua finca para recordar. Y ni siquiera así soy capaz de comprenderlo en su totalidad. Y como no lo acabo de entender, es algo que me asusta mucho.

—¿O sea que vinculas tu experiencia de niña con la situación actual de Tyler?

—A lo mejor sí. ¿Hago mal?

—No sé si haces mal o no. Pero ¿por qué quieres pasar por esta situación? Es demasiado.

—Ojalá tuviera una respuesta para ello, pero no la tengo. La vida no es ni tan sencilla ni perfecta como nos gustaría.

—De acuerdo.

Michelle negó con la cabeza como si quisiera ahuyentar pensamientos peligrosos.

—Mira, siempre he podido contar contigo. Siempre. Pero no tengo derecho a implicarte en algo de lo que no quieres formar parte. No es justo.

—Tienes todo el derecho. Sí, has podido contar conmigo, pero yo también contigo. Y me has salvado la vida unas cuantas veces. —Sean terminó la cerveza y tamborileó la mesa con los dedos—. Tengo otro contacto que quizá pueda ayudarnos.

—Pero dijiste que cerrarían filas en este asunto.

—Mi contacto no siempre se ciñe al protocolo militar.

—¿Quién es?

Sean vaciló antes de responder.

—Mi ex mujer.

Michelle se quedó boquiabierta.

—¿Tu ex?

—Ya sabes que estuve casado.

—Sí, pero nunca hablas de ella.

—Nunca hablo de ella porque es mi ex mujer. No me gusta la autoflagelación.

—No sabía que era militar.

—Dana no es militar, pero su actual marido sí. Volvió a casarse hace unos ocho años. Es un general de dos estrellas que acaba de estrenarse en el Pentágono. El general de división Curtis Brown.

—Me suena.

—A veces actúa de portavoz para el Pentágono. Tiene pinta de general. Alto, guapo y recto como un palo. Ex combatiente. De todos modos, me sorprende que haya sobrevivido a Dana. Es de armas tomar.

—¿Fuiste a la boda?

—¿Tú qué crees? Lo sé porque por fin dejé de pasarle una pensión.

—¿Conoces personalmente al general Brown?

Sean negó con la cabeza.

—Si lo conociera, le desearía suerte. Dana no es precisamente comprensiva.

—Pues no parece alguien a quien llamar para pedirle un favor.

—Soy capaz de hacer lo que sea con la motivación adecuada.

—¿Qué quieres decir?

—Quiero decir que si tú quieres, llamaré a Dana para ver si nos puede ayudar. A lo mejor me cuelga el teléfono. A lo mejor me manda al infierno y luego me cuelga. Pero es la única vía que veo ahora mismo. Así que dime: ¿vale la pena correr el riesgo por Tyler Wingo?

—Me estás poniendo en un aprieto.

—No; te he planteado la realidad de la situación.

Michelle suspiró y bajó la mirada hacia el botellín vacío.

—¿Una sola llamada?

—Dalo por hecho.

—¿Sabes cómo ponerte en contacto con ella?

—Tengo maneras, sí. De todos modos, siempre puedo contratar a un detective privado.

Michelle le dedicó una sonrisa pícara.

—Oye, tú conoces a mis hermanos y a mi padre, pero yo nunca he conocido a tu familia.

—Mis hermanas están en Ohio. Nunca vienen aquí y yo no he encontrado un buen motivo para desplazarme hasta allí. Mis padres disfrutan de su jubilación en Florida.

—¿Hablas con ellos a menudo?

—Casi nunca. Cuando me expulsaron del Servicio Secreto, digamos que no vieron la necesidad de brindarme su apoyo.

—Vaya familia.

—¡Mira quién fue a hablar! —exclamó Sean.

Michelle hizo una mueca antes de decir:

—Siento estar tan jodida.

—Pues es una de tus cualidades más atractivas.

—Mejor que nunca averigüemos cómo es no tenernos el uno al otro.

—Yo siempre estoy pendiente de ti.

—Lo sé —repuso ella con voz queda.

Sean desvió la mirada.

—No me he muerto, Sean. Sigo aquí —añadió, intuyendo su pensamiento.

—Pero no eres consciente de lo poco que te faltó para no estar aquí —replicó él, mirándola otra vez.

—Lo cierto es que sí lo soy. Lo vi en tu rostro cuando por fin recuperé la conciencia. Y no olvides que yo también he estado junto a tu cama en el hospital preguntándome exactamente lo mismo.

Sean volvió a apartar la mirada.

—Supongo que es a lo que nos apuntamos.

—No lo he dudado ni un segundo. Ahora centrémonos en Tyler Wingo.

—Voy a recurrir a mi ex.

—Creo que yo también debería hacer algo.

—Michelle, nos han disuadido de ello. Por lo menos a ti.

—Tenemos que devolver una pistola.

—Entonces, ¿quieres ir a su casa?

—No hace falta ser tan directo, ¿no?

Sean caviló al respecto.

—No. ¿Se te ocurre algo?

—Creo que sí. Pero será mejor que vaya yo sola.

13

Tyler Wingo braceaba lo más rápido posible durante el entrenamiento en un polideportivo local que utilizaba su instituto. El centro contaba con varias piscinas, pero como esa era la mayor, también había adultos. Tyler tocó la pared de azulejos y salió a tomar aire. Se quitó las gafas de natación, las limpió y se las volvió a poner.

En la calle contigua había una nadadora con gorro y gafas a punto de impulsarse en el agua. Tyler sonrió y calculó el tiempo para impulsarse a la vez. Sentía la necesidad de rasgar el agua como un delfín. Encima, la mujer era alta, esbelta y atractiva, por lo menos por lo que había visto. A pesar de sus tribulaciones, tenía dieciséis años y las hormonas a punto de explotar, por lo que de repente le entraron ganas de lucirse.

Mientras surcaba el agua no sabía cuánto llegaría a adelantar a la mujer. Se planteó qué hacer cuando ella saliera a la superficie y viera que él ya había llegado. ¿Podía decirle algo ingenioso? En realidad era muy tímido y seguro que no se atrevería a decir nada. De todos modos, al menos ella le vería.

Sin embargo, cuando miró a su derecha vio a la altura de su cabeza unos pies femeninos aleteando. Atónito, redobló sus esfuerzos nadando como nunca. Puso todo su empeño y aun así ella seguía llevándole ventaja.

Cuando tocó la pared y se incorporó, ella estaba apoyada en

la cuerda divisoria entre calles. Se había quitado el gorro y tenía las gafas apoyadas en la frente. Lo miraba de hito en hito.

—Vaya. Qué casualidad encontrarte aquí —dijo Michelle.

—Ni siquiera jadeas —observó Tyler, boqueando por el esfuerzo—. Pensaba que habías dicho que la natación no era lo tuyo.

—Dije que prefería mantenerme por encima del agua y estar seca. No que la natación no fuera lo mío.

—Eres muy rápida para la edad que tienes.

—Lo tomo como un cumplido a medias.

Tyler miró alrededor.

—¿Dónde está tu socio?

—No le gusta el agua ni la mitad que a mí.

—Sé que no es casualidad que estés aquí. ¿Qué quieres? Pensaba que... en fin... que habíamos zanjado el asunto.

—Todavía tengo la Mauser de tu padre.

—Oh, mierda. Es verdad.

—La tengo en la bolsa. Puedo dártela cuando acabe aquí.

—¡Eh, Tyler!

Dirigieron la vista hacia donde estaba el entrenador de Tyler, un hombre mayor con vaqueros y camiseta con un silbato colgado del cuello.

—¿Sí, entrenador?

—Dado que estamos entrenando, ¿qué te parece si te apartas de la amable señora para seguir nadando?

Tyler se sonrojó.

—Muy bien, entrenador.

—Te esperaré en el vestíbulo —dijo Michelle—. ¿Cómo sueles volver a casa?

—Con un amigo.

—Te llevaré.

—No me parece buena idea.

—Creo que es una gran idea, Tyler. Estaré en el vestíbulo. Tú decides si vienes conmigo o no. Te daré la Mauser de todos modos. La he puesto en una bolsa de lona para que no se vea.

Michelle volvió a ponerse las gafas, se volvió y se impulsó para hacer más largos.

Tyler admiró su buen estado físico mientras la veía nadar. Luego se dejó caer al agua y empezó a nadar hacia el otro lado aunque con brazadas menos vigorosas.

Cuando salió del vestuario al cabo de una hora, Michelle le esperaba en el vestíbulo con la bolsa en una mano y una mochila colgada del hombro. Llevaba el cabello húmedo recogido en una gorra de punto, vaqueros, una chaqueta North Face y una bufanda alrededor del cuello.

Tyler se había peinado hacia atrás, llevaba unos vaqueros caídos, deportivas sin cordones y la chaqueta con capucha del instituto. Cruzó el vestíbulo hacia ella.

Michelle le tendió la bolsa.

—Aquí está. ¿Vienes conmigo o vuelves a casa como de costumbre?

Tyler miró hacia los otros componentes del equipo que pasaban por ahí. Asintió hacia algunos y entrechocó los nudillos con un chico que miró con lujuria a Michelle, sonrió y luego dijo a Tyler moviendo los labios «mona».

—Hasta mañana, Ty —añadió.

—¿Te llaman Ty? —preguntó Michelle al quedarse solos.

—Algunos chicos —respondió él con actitud ausente.

—¿Qué decides entonces?

—¿Podemos parar a tomar un chocolate caliente? El agua estaba helada.

Ella le entregó la bolsa con la Mauser.

Fueron a un Starbucks cercano. Michelle pidió un chocolate caliente para Tyler y un café con leche para ella. Volvieron al Land Cruiser. El muchacho se quedó mirando el desorden del asiento y el suelo.

Michelle recogió la porquería del asiento y la arrojó a la parte de atrás.

Tyler miró hacia el asiento trasero, donde la mugre se acumulaba.

—¿Eso de ahí atrás es una escopeta? —preguntó con los ojos como platos.

—Sí, pero no está cargada. Hace unos dos años que tengo intención de limpiar el coche.

—Probablemente eso tardarás en limpiarlo —masculló Tyler mientras contemplaba la suciedad.

—Mi socio ya es lo bastante pesado con este tema, así que déjalo correr.

—¿Qué quieres?

—Me parece que lo sabes.

—Pues no.

—Un policía militar me estaba esperando fuera del Panera después de nuestro encuentro. Me leyó la cartilla y me acusó de querer birlarte dinero.

—Vaya.

—Pero alguien habló contigo, ¿verdad?

Tyler sorbió el chocolate caliente y no contestó enseguida. Miró el cielo por la ventanilla.

—Parece que va a nevar más —apuntó Michelle. Se le veía tan confundido que la empatía que sentía por él iba en aumento.

«¿Acaso se me ha despertado el instinto maternal? Uy, qué miedo.»

Siguió conduciendo en silencio.

—Enseguida llegaremos a casa —añadió.

Tyler seguía mirando por la ventanilla.

—Me dijeron que no hablara contigo.

—¿Quiénes?

—El ejército.

—¿Unos tipos uniformados?

Tyler la miró.

—No vestían uniforme. Llevaban traje.

—¿Y cómo sabes que eran militares?

—Porque vinieron a hablar de mi padre. ¿Qué iban a ser si no?

—¿Te enseñaron alguna placa?

—Sí, pero no vi qué ponía. No me fijé en eso.

—¿Tu madrastra estaba presente? —Tyler asintió—. ¿Y qué más te dijeron?

—Que probablemente intentabas aprovecharte de mí. Que era imposible que averiguaras algo que ellos no me hubieran dicho ya.

—¿Acerca de la muerte de tu padre?

—Sí.

—¿Y tú qué dijiste?

—Pues... nada.

—¿Qué más te dijeron?

—Que podías causarnos problemas. Que tu presencia quizá nos hiciera perder ventajas del ejército... ya sabes, prestaciones y tal.

Michelle suspiró y luego se enfadó.

—O sea que te hicieron sentir culpable. Eso sí que es aprovecharse de ti.

—No quiero empeorar las cosas.

—Créeme, yo tampoco. ¿Vas a ir a Dover a recoger los restos? Tyler negó con la cabeza.

—¿Por qué no?

—Por las otras cosas que dijeron.

—¿Qué cosas?

—Prefiero no hablar de ello.

—Vamos, Tyler. Has decidido que te lleve a casa. Tienes ganas de hablar conmigo.

Recorrieron un kilómetro y medio en silencio.

—Dijeron que no quedó suficiente de mi padre para ponerlo en un ataúd —dijo el chico al final.

Michelle dio una sacudida al volante y el coche zigzagueó ligeramente antes de que volviera a enderezarlo.

—¿Cómo? Pensaba que había recibido un disparo.

—Así es. Pero un mortero explotó justo en el sitio donde fue abatido. Y... y quedó destrozado.

Entonces Tyler se tapó la cara con la manga y lloró discretamente.

Michelle paró juntó al bordillo y le tendió unos pañuelos de papel de la consola, que él cogió sin mirarla. Tenía ganas de acercarse y darle un abrazo, pero supuso que sería un poco embarazoso dadas las circunstancias.

Así pues, Michelle se quedó mirando al frente y observó el brillo trémulo del vapor que despedía el capó.

—Gracias.

Se volvió hacia Tyler y cogió los pañuelos arrugados y mojados. Los arrojó al asiento trasero.

—¿Por qué no te lo dijeron antes? —preguntó—. ¿Por qué esperar hasta ahora?

—No sé —murmuró Tyler.

—¿Qué dijo Jean?

—No gran cosa. Lo aceptó y luego se puso a llorar con tanto desconsuelo que los hombres se marcharon.

—Qué gran compasión por su parte, arrojan la bomba y luego huyen de la escena. ¿Qué hiciste tú?

—Subí y me encerré en mi habitación.

Michelle le tocó ligeramente el hombro.

Él la miró. Ella advirtió el miedo en su expresión.

—Tyler, ¿por qué querías contratarnos a Sean y a mí? Tu padre está muerto. Eso no se puede cambiar. Y sería difícil descubrir más detalles puesto que murió en Afganistán. No es que Sean y yo podamos coger un avión hasta allí y empezar a investigar.

Él se encogió de hombros.

—Venga, Tyler, eres un muchacho listo. No te veo como el típico adolescente que se precipita en una decisión así. —Como él no decía nada, preguntó—: ¿El año que viene llevarás a Kathy en coche al instituto?

Tyler la miró sorprendido.

—¿Kathy? ¿Cómo te has enterado de eso?

—Hablé con ella en el café. Le caes muy bien. Y está preocupada por ti.

—Pensaba llevarla al instituto, sí. De vez en cuando.

—A ella le gustaría —dijo

Michelle guardó silencio, a la espera. Quizá se ensimismaba o quizá se lo contaba todo. Cruzó los dedos disimuladamente esperando esto último.

—Lo curioso es la fecha que me dieron esos tipos.

—¿Qué fecha y qué tipos?

—Los del ejército que vinieron la primera noche a decirme lo de mi padre.

—Vale. ¿Qué pasa con la fecha?

—Murió el día antes de que vinieran a decírnoslo.

—A veces se tarda ese tiempo en confirmarlo. No quieren equivocarse.

—Sí, lo sé.

Dejó de hablar, pero Michelle no dijo nada, pues tenía la impresión de que él estaba a punto de decir algo importante.

—La cuestión es que mi padre me envió un correo electrónico.

Michelle lo fulminó con la mirada.

—¿Cuándo te envió un correo?

—Después de muerto.

14

Sean la observó entrar en el restaurante. Estaba más delgada y presentaba un aspecto más saludable que la última vez que la había visto. El peinado y el maquillaje, impecables. Vestía con un estilo moderno que no reflejaba su edad. Las medias de red y los zapatos de tacón de aguja le alargaban las piernas, dándole un aspecto más sexy. La falda era demasiado corta para el gusto de Sean y el escote demasiado pronunciado. Varios hombres de otras mesas se la quedaron mirando, lo cual provocó el ceño instantáneo de sus esposas o acompañantes.

Sean tuvo que reconocer que su ex iba más arreglada que cuando estaban casados y que seguía siendo una mujer muy guapa.

Por fuera.

Se levantó para recibirla. Cuando ella hizo ademán de darle un abrazo, él le tendió la mano. A ella pareció divertirle la situación y se la estrechó. Se sentaron. Ella colgó el abrigo en el respaldo de la silla.

—Ha sido una gran sorpresa saber de ti, Sean.

—Supongo que me sorprendí a mí mismo, Dana.

Ella se inclinó hacia delante y lo miró de hito en hito.

—A ver si lo adivino, ¿quieres que te devuelva parte de la pensión alimenticia?

Sean se rio por lo bajo.

—Un poco tarde para eso. Mi derecho a reclamar ya ha prescrito.

—Qué suerte la mía.

—Además, ¿qué motivos tendría?

—No voy a ser yo quien te lo diga. —Lo repasó con la mirada—. Te mantienes en forma.

—Tú también.

—¿Te gusta mi nuevo color de pelo? El rubio nunca pasa de moda, así que he cambiado... para siempre.

—Te sienta bien.

—Un comentario muy comedido, gracias.

—¿Qué tal está el general?

—Acumulando millas aéreas y trabajando más horas de las que me gustaría.

—Es lo que toca. ¿Quieres beber algo?

—Te debe de fallar la memoria si tienes que preguntarlo.

Sean hizo una seña a la camarera para que les tomara nota.

Él pidió un gin-tonic de Bombay Sapphire; ella, un Johnie Walker Etiqueta Negra solo con hielo.

—Eso es capaz de hacerte crecer el pecho.

—¿Quieres verlo con tus propios ojos?

Sean se reclinó en el asiento.

—Siempre tan coqueta.

—No tiene nada de malo. Me alegra la vida.

—Pero cada noche vas a casita con el general, claro está.

—Lo haría, lo que pasa es que casi nunca está. El ejército es como la bigamia a gran escala. Curtis está casado conmigo y con el Departamento de Defensa.

—¿Y por qué te casaste con él?

—Porque viene de una familia renombrada y porque tiene un fondo fiduciario que ayuda a mantenernos. Vivimos en una bonita casa con servicio incluido. Tengo un SL550 Roadster. Viajo donde quiero cuando quiero. Nos invitan a grandes fiestas y me codeo con la gente más interesante e influyente. Y además me quiere.

—Veo que la parte amorosa es la última.

—Me gusta establecer prioridades.

—Ya veo.

—¿Y tú qué has estado haciendo? ¿Sigues siendo detective privado con aquella?

—Se llama Michelle Maxwell.

—Eso. Leí algo sobre un caso en el que trabajasteis recientemente. Casi la matan, ¿no?

—Está vivita y coleando.

—Qué alivio —repuso ella a la ligera.

Sean apretó los dientes y no dijo nada.

Cuando les sirvieron las bebidas, él dio un sorbo. Ella tomó un buen trago de whisky.

—Pensaba que pedirías un Etiqueta Dorada. Es todavía más caro —dijo Sean.

Ella dejó el vaso y se humedeció los labios.

—En el fondo soy una chica sencilla. Tengo ciertos caprichos pero no todos son caros. De hecho, algunos de los mejores son gratis.

—No hay nada realmente gratis.

—Bueno, eso es lo que descubriste, ¿no?

—Pues sí. Me trataste a patadas y te quedaste la mitad de mi dinero y cobrando una pensión durante más años de los que quiero recordar. No parece muy justo, ¿no?

—Lo cierto es que nunca deberíamos habernos divorciado. Fuiste excesivamente sensible.

Sean ensombreció el semblante.

—¿Cuando te acostabas con otros hombres mientras yo estaba fuera trabajando? Yo no diría excesivamente sensible, yo diría cabreado con razón.

—No estabas y yo me aburría. ¿Qué esperabas que hiciera? Ya sabes que soy insaciable en la cama. Es pura matemática, uno más uno te lleva a dos. Cualquier cosa inferior a eso, no funciona.

Un hombre mayor sentado a una mesa contigua que había

estado mirando a Dana con expresión lasciva estuvo a punto de atragantarse con un trozo de carne.

—¿Alguna vez pensaste en tener una mascota? —preguntó Sean.

—No. Y para que conste, ahora tampoco tengo mascota.

—O sea que, ¿ojos que no ven, corazón que no siente también con el general?

Dana se encogió de hombros, bebió un sorbo y dijo:

—¿Podemos pasar al motivo de tu llamada?

—Necesito un favor.

Dana se mostró tan sorprendida como correspondía.

—Pues entonces tus halagos han sido bastante tibios. ¿Quieres volver a empezar?

Sean se inclinó hacia delante.

—Tengo un cliente, un cliente muy joven que acaba de perder a su padre en Afganistán.

—Supongo que su padre era militar.

—Sí.

—Entonces en realidad quieres que Curtis te haga un favor, no yo.

—Indirectamente, sí.

—¿Qué quieres decir con «indirectamente»?

Sean bebió otro sorbo de gin-tonic.

—Es confidencial.

—Pensaba que estas cosas eran bastante sencillas. Un soldado muere, el ejército notifica a sus parientes cercanos. Van a Dover a ver los ataúdes envueltos en la bandera y entierran a los muertos en Arlington, si así lo desean.

—Muy aséptico por tu parte.

—Desde que me casé con Curtis estamos en guerra. He visto esta película una y otra vez. Detesto saber que perdemos a hombres y mujeres jóvenes cada puto día. Ni te imaginas cómo ha hecho envejecer a Curtis. Hace años, cuando éramos novios y no tenía ni una sola estrella en el pecho, era comandante de campo ahí. Estuvo en combate. Resultó herido de gravedad. Estuvo a punto de volver a casa en un ataúd. Me pasé más de un mes sentada a su lado en el hospital Walter Reed sin saber si iba a sobrevivir.

—Lo siento, no lo sabía.

—Quizá no sea la esposa perfecta, pero le quiero. Estamos bien juntos. —Apartó la mirada—. Y lo cierto es que, bueno... —Hizo una pausa y bajó la vista unos instantes antes de mirarlo directamente a la cara—. Lo cierto es que he sido fiel a Curtis. Le espero en casa como una buena esposa hasta que vuelve, sea cuando sea. Y aunque está destinado en el Pentágono, va a Oriente Medio con regularidad y yo le espero conteniendo la respiración y rezando para que vuelva entero. No sé por qué me van los tíos que llevan pistola y reciben disparos.

Sean le dedicó una mirada de desconcierto.

—Entonces, ¿por qué vas vestida como si fueras a desfilar para Victoria's Secret? ¿Y a qué viene eso de que eres «insaciable»?

Dana hizo una mueca.

—Porque hace tiempo que no nos veíamos y pensé que eso era lo que querías ver.

—¿Cómo es posible que pienses eso, Dana?

—Porque sé que nunca te creerás que he cambiado, así que para qué molestarme en convencerte. La vieja Dana era más fácil y no tan reflexiva. Y hoy ha sido un día largo y supongo que no tenía ganas de hacer el esfuerzo.

—Por descabellado que suene, creo que tiene sentido.

—Oh, cielos. —Se puso el abrigo sobre los hombros y se cubrió el pecho—. Estoy helada. Tenía que haberme puesto un jersey, además estos zapatos de tacón me están matando. —Se los quitó y se frotó un pie contra el otro—. Y estas medias quedan muy bien pero son un martirio, es como ser un atún pillado en una red.

Sean sonrió.

—Tengo la impresión de estar hablando con una persona totalmente distinta.

—¿No te das cuenta de que sé que te hice mucho daño?

—Nunca me lo he planteado. Tus actos resultaron sumamente elocuentes.

—Fui egoísta y estúpida. Podíamos haber tenido hijos.

—Podíamos haber tenido muchas cosas, Dana.

—Ahora soy demasiado vieja para eso.

—No tan vieja. Ahora muchas mujeres tienen hijos a tu edad.

—Curtis es un hombre de costumbres y yo no estoy segura de tener la energía para correr detrás de un niño que gatea.

—Todos tomamos decisiones.

Dana acabó su bebida.

—¿Pedimos algo de comer? Luego podemos seguir hablando de tu chico que necesita mi ayuda indirecta.

Más tarde, cuando les retiraron los platos y les trajeron el café, Dana lo animó:

—Bueno, desembucha.

—Se llama Tyler Wingo.

Sean se dispuso a contarle buena parte de lo que había ocurrido. Estaba a punto de añadir algo más cuando su teléfono emitió un pitido. Bajó la mirada hacia el mensaje que acababa de enviarle Michelle, en el que le contaba lo que Tyler le había dicho acerca de su padre.

Dana le vio la cara.

—¿Alguna novedad?

—Podría ser. Ahora le han dicho que primero su padre recibió un disparo y luego le alcanzó fuego de mortero. Que no quedan restos que traer a casa.

—Siempre traen los restos a casa, Sean, créeme. Si le alcanzó un mortero, el ataúd estará cerrado y sellado. Pero al ejército se le da muy bien identificar a los muertos. Sé por Curtis que el Pentágono se obsesiona con eso.

—No lo dudo. Lo curioso es que no se lo dijeran la primera vez.

—Quizá no quisieron decir al hijo o a la mujer algo tan perturbador en el primer momento. Tienen protocolos para ello, pero cada situación es distinta. Dices que Tyler estaba corriendo bajo la lluvia con la vieja pistola de coleccionista de su padre. Es posible que a los representantes del ejército les pareciera imprudente hablarle del estado del cadáver de su padre en ese momento de ofuscamiento. Supongo que no quisieron arriesgarse a traumatizarlo todavía más. Ni a su madre.

—Madrastra —corrigió él—. Pero ¿por qué me he encontrado un muro en el Pentágono?

—Confidencialidad. Se lo toman muy en serio, sobre todo las muertes en acto de servicio.

—Pues da la impresión de que Tyler oculta algo. Algo que solo él sabe y no quiere compartir.

—¿Algo acerca de su padre?

Por el mensaje de Michelle, Sean sabía exactamente qué había ocultado. Su padre le había enviado un mensaje supuestamente de ultratumba. Se planteó si contárselo a Dana, pero decidió que no. Al fin y al cabo, estaba casada con un general y le debía mucha más lealtad que a Sean.

—No sé. Es lo que cree Michelle, y tiene buen instinto.

Dana tomó el café y lo repasó con la mirada.

—¿Sois pareja además de socios?

—¿Y a ti qué más te da?

—Lo tomo como un sí. He visto su foto y he leído sobre ella. Muy guapa. Muy ambiciosa. Quiero decir que es una atleta olímpica capaz de apuntar bien con la pistola. Menuda combinación.

—¿Por qué leíste sobre ella? Hace un momento parecía que ni siquiera sabías su nombre.

—Estoy segura de que es muy fogosa entre las sábanas.

—Esta es la Dana que conozco.

—No he dicho que hubiera cambiado del todo. ¿Qué quieres que haga exactamente con lo de Tyler Wingo?

—Te agradecería cualquier cosa que pudieras averiguar.

—No soy una espía. Trabajo con soldados heridos y sus familias y participo en muchas organizaciones en las que suelen implicarse las esposas de los generales. Pero no tengo los permisos de seguridad ni los conocimientos para entrar en los círculos del Pentágono o *hackear* las bases de datos.

—No infravalores tus habilidades, Dana.

—¿A qué te refieres?

La repasó con la mirada.

—Estaba pensando en algo más parecido a una conversación entre las sábanas.

Dana sonrió.

—Eso sí lo sé hacer. Curtis está obsesionado con el protocolo, pero a todos los hombres se les puede manipular con el aliciente... adecuado.

Sean sonrió.

—Para ti está chupado. —Y al punto Sean enseguida adoptó una expresión seria—. Bien, intenta dejarlo caer en una conversación con el general y a ver qué sale. No quiero que te impliques ni asumas riesgos innecesarios. No vale la pena.

—Lo pintas como si fuera peligroso.

—Podría ser muy peligroso.

Dana lo miró fijamente.

—Ahora me miras con la expresión dura del Servicio Secreto.

—Me sorprende que aún la reconozcas después de tantos años.

—Tenías muchas cosas inolvidables, Sean. Y resulta que esa es una de ellas.

—Si decides ayudarnos y te enteras de algo, llámame. —Le deslizó la tarjeta por encima de la mesa.

—Vale, me estás asustando de verdad —repuso ella con tono de regocijo, aunque su mirada preocupada transmitía otra cosa.

—Bien —dijo Sean.

15

Michelle dejó a Tyler a tres manzanas de su casa. Lo observó alejarse y luego lo siguió lentamente para asegurarse de que llegaba bien. No vio ningún vehículo federal acechando. Aunque eso no significaba que no estuvieran allí.

Se marchó con una idea en mente.

Tyler se había negado a contarle lo que su padre le había escrito. Se lo había preguntado amablemente y luego de forma menos educada a medida que la impaciencia la ganaba. Sin embargo, cuanto más insistía, más se mantenía el chico en sus trece. Se habían despedido con cierta tensión entre ambos. Ella le había prometido que seguiría investigando y él se había mostrado indiferente al respecto.

Tyler se había marchado con la cabeza gacha y arrastrando los pies con el aspecto de un joven que ha perdido prácticamente todo lo que valora en la vida.

Michelle se sentía molesta y compasiva al mismo tiempo, y esas emociones encontradas le hacían sentir cierto vértigo.

Le había enviado toda aquella información a Sean en un SMS y se preguntó qué tal le estaría yendo el encuentro con Dana. Al comienzo le había sorprendido que hubiera hablado de su ex mujer. Al poco de conocer a Sean, Michelle se enteró de que había estado casado. Pero desde entonces el nombre de Dana nunca había vuelto a aparecer. Era como si se la hubiera tragado la tierra, y resultaba un tanto desconcertante darse cuenta de que no era el caso y que Sean iba a verla de nuevo.

No era celos lo que sentía, sino aprensión. Aunque quizás en el fondo fuera lo mismo. También se planteaba si Dana estaría dispuesta a aprovechar el rango de su esposo en el ejército para ayudar a su ex.

Le sonó el teléfono en el trayecto de vuelta a su apartamento. Era Sean. Acordó reunirse con él en la oficina.

—¿Qué tal ha ido con Dana? —añadió.

—No como me esperaba —repuso él.

Michelle colgó el teléfono sin saber muy bien cómo interpretar esa frase.

La oficina de King y Maxwell estaba en la segunda planta de un edificio anodino de poca altura en Fairfax. Las vistas eran escasas, el edificio no destacaba por su limpieza pero el alquiler era barato, o al menos lo que se consideraba barato para la zona.

Cuando Michelle abrió la puerta y entró, él ya estaba allí. Solo había una estancia grande. Una secretaria no entraba dentro de su presupuesto, ni tampoco la necesitaban, en opinión de Michelle. Se las apañaban bastante bien ellos solos; añadir a una tercera persona podría destruir aquel equilibrio tan delicado.

Michelle se sentó a su desordenado escritorio frente al de Sean. Él estaba sentado con los pies encima de la mesa.

—¿En qué sentido ha sido inesperado? —preguntó, mirándolo de hito en hito.

Él dejó de contemplar el techo y se centró en ella.

—Me he sentido como un sacerdote escuchando una confesión.

—¿Una catarsis espiritual por parte de tu ex?

—Creo que quiere de verdad a su marido.

—Resulta reconfortante. ¿Nos va a ayudar?

—Sí, pero le he dicho que se anduviera con cuidado.

—¿Sabe lo del mensaje de ultratumba?

—Preferí no mencionarlo. Le conté lo del fuego de mortero. Me ha dado una explicación razonable acerca de por qué no se lo dijeron a la familia la primera noche.

—¿Qué crees que puede conseguir ella?

—Ni idea. Lo cierto es que tampoco sé qué podemos conseguir nosotros. —Quitó los pies de la mesa y se sentó erguido en el asiento—. ¿O sea que no ha querido decirte qué ponía el mensaje?

—No. Y créeme que he insistido. A lo mejor me he pasado y todo.

—¿Le crees?

Michelle se sorprendió.

—¿Por qué iba a mentir acerca de una cosa así?

—Cabe como posibilidad. Dado que no disponemos de una verificación independiente de ello, no podemos considerarlo un hecho.

—Sí, le creo.

Sean asintió.

—Tenemos que ver ese mensaje. Podría darnos muchas pistas.

—Cabría pensar que el ejército controla esa clase de cosas. Los correos de los soldados que están en el campo de batalla seguro que están bajo su radar.

—Pues no, no los controlan. Al menos no por defecto. Se puede utilizar la cuenta que proporciona el gobierno o incluso una cuenta de Gmail para enviar y recibir mensajes.

—Aun así, ¿podría ser que Wingo recibiera un trato distinto?

—No lo sé. Pero a lo mejor encontró la manera de evitarlo y envió un mensaje a su hijo que no pudiera rastrearse.

—O a lo mejor hubo algún fallo técnico en algún sitio. Tal vez el correo se retrasó aunque Sam lo enviara antes de morir y por eso el hijo lo recibió más tarde.

—¿El correo indicaba la hora y el día de envío? —preguntó Sam.

—Supongo que sí. No lo he visto.

—Ya. Pero alguien que tuviera acceso a la cuenta de Wingo podría haberlo enviado después de su muerte.

—Se lo pregunté a Tyler. Estaba convencido de que solo pudo haberlo enviado su padre.

—¿Basándose en qué?

—No lo dijo. ¿Y por qué iba alguien a querer enviarle un mensaje así haciéndose pasar por su padre? Es muy cruel.

—Necesitamos saber por qué Tyler cree que lo escribió su padre.

—Se negó rotundamente a decírmelo.

—Es duro tener un cliente que no coopera.

—¿Alguna vez tenemos clientes cooperantes? —espetó ella—. El último que tuvimos al principio ni siquiera quería dirigirnos la palabra.

—Edgar Roy. Es verdad. —Giró en la silla y luego volvió a girar para quedar de cara a Michelle—. Me pregunto si Edgar podría acceder a ese mensaje de correo.

—¿Cómo?

—¿Sabemos la dirección de correo electrónico de Tyler?

—La puedo conseguir a través de su amiga Kathy. Creo que los jóvenes de hoy en día ni siquiera se escriben correos, ni usan Facebook. Y tampoco hablan por teléfono. Se envían SMS o de Tumblr o lo que sea.

—Hablas como una vieja —señaló Sean.

—Comparado con esa edad, soy una antigualla. Soy como la Maggie Smith de *Downtown Abbey* preguntándose dónde están el caballo y el carruaje cuando aparece un Ford T.

—Pues consigue la dirección a través de Kathy y se la daremos a Edgar. Si es capaz de sentarse ante un muro de pantallas que proyectan datos de todo el mundo y encima encontrarles el sentido, podrá *hackear* el email de un adolescente.

—¿Y cómo has quedado con Dana?

—Verá qué puede averiguar. Le he dicho que fuera cautelosa, podría ser peligroso.

Michelle enderezó un sujetapapeles del escritorio.

—¿Qué tal ha sido ver a tu ex después de tanto tiempo? —preguntó sin alzar la vista.

—Me he sentido afortunado.

—¿Afortunado? —Michelle alzó la mirada con el ceño fruncido.

—Sí, afortunado de haber conservado la cordura y la virilidad.

—¿Crees que volverás a dar el sí alguna otra vez?

—No sé. Tú nunca lo has dado.

—Soy mucho más joven que tú —repuso sonriendo.

—Es cierto.

—Pero a ambos nos han envejecido las circunstancias de la vida —añadió, menos sonriente.

Sean se inclinó y apoyó los codos en el escritorio.

—Es verdad. ¿Te arrepientes?

—No me habría perdido ni un minuto. Bueno, quizá los minutos en los que me dolía mucho.

—Me pregunto si Jean Wingo sabe de la existencia de ese mensaje fantasma —planteó Sean.

—Me atrevería a decir que no. Parecen dos personas que no comparten gran cosa, aparte del mismo techo. Pero si Sam está vivo —añadió Michelle—, ¿por qué dice el ejército que murió?

—Y que luego fue víctima del fuego de mortero —dijo Sean—. Lo cual les ahorra el trámite de enseñar unos restos que la familia tenga que identificar.

—Estaba pensando lo mismo —reconoció Michelle.

—¿Por qué, entonces? Porque el ejército está empleando un subterfugio. Seguro que saben si el hombre está vivo o muerto, igual que los demás miembros de la unidad.

—Lástima que no podamos preguntarles directamente.

—Nos convendría averiguar cuándo regresa su unidad a nuestro país.

—¿Crees que Dana podría sonsacarle eso a su maridito?

Sean asintió.

—Los militares son duros, pero Dana sabe cómo ablandar a los hombres.

—¿Ah, sí? —dijo Michelle con expresión de fastidio.

Sean no reparó en esa señal de advertencia. Miró el techo esbozando una sonrisa.

—Ha aparecido en el restaurante vestida con minifalda, medias de red y tacones de aguja, con un escote hasta el ombligo y un peinado de rubia muy estiloso. La verdad, estaba fabulosa. Por un momento pensé que todos los hombres del restaurante se iban a caer de la silla. Un tío casi se atraganta cuando Dana se autodefinió como insaciable en la cama.

—¿Insaciable en la cama? —espetó Michelle—. ¿Cómo demonios salió eso en la conversación?

—Estábamos... bueno, hablando... hablando de lo que no funcionó entre nosotros, y yo...

Michelle se levantó.

—Estoy agotada. Me voy a dormir. —Se encaminó hacia la puerta.

—Michelle, no seas tonta.

—Genial, Sean, eso es precisamente lo que nos gusta oír a las mujeres.

Cerró de un portazo al salir.

16

Por la mañana, Michelle salió tan temprano de su apartamento que el sol apenas despuntaba.

Pero ahí estaba Sean, al lado de su Lexus y con dos vasos de café en la mano. Tiritaba a causa de la frialdad del aire.

—¿Por qué estás aquí? —preguntó Michelle.

—Para pedirte perdón por ser un imbécil anoche. —Le tendió un vaso—. No es gran cosa pero al menos está caliente. He calculado bien tu aparición. No eres precisamente de las que remolonea en la cama.

Después de mirarlo fijamente, Michelle se acercó y le cogió de la mano el vaso de plástico.

—Lo siento —dijo él con voz queda.

—No tienes nada de qué disculparte. Somos socios. Las fantasías que tienes en tu tiempo libre son cosa tuya.

—No fantaseo con ella. Que te quede claro que me puse en contacto con ella porque me lo pediste.

El enfado de Michelle se desvaneció al oír aquello. Dio un sorbo al café y se quedó mirando la calle.

—Mira, Michelle, Dana está felizmente casada. Sé que parece increíble pero quiere de verdad al general. No paró de hablar de él.

—¿Y tú?

—Yo me alegro de que quiera a su marido.

Se miraron.

—Vale, lo capto —dijo Michelle.

—Créeme, los años que pasé con Dana fueron de los peores de mi vida. No me queda tanto tiempo como para volver a pasar por eso, aunque quisiera, que no lo quiero.

Michelle bebió otro sorbo de café.

—Bueno, ¿y ahora qué? Estamos a la espera de noticias de Dana y Kathy. Ahora mismo no podemos abordar a Tyler. —Su teléfono emitió un pitido. Ella miró la pantalla y luego se la enseñó a Sean—. Kathy acaba de enviarnos el correo de Tyler.

—Entonces nuestra siguiente parada es Edgar Roy.

—¿En su granja?

—No; he hecho averiguaciones. Trabaja en Washington D. C. el resto de la semana.

—¿Bunting Enterprises?

—Una oficina satélite de esa empresa —precisó Sean.

—¿Podemos verle ahí? ¿No es un lugar protegido con perros dispuestos a comerse a los intrusos?

—Seguro que sí. Pero podemos llamar y quedar con él fuera de la ciudad Esmeralda. Le diré que traiga el portátil. Y su gran cerebro.

Sean se dispuso a ponerse al volante de su Lexus.

—Ya conduzco yo —dijo Michelle.

—Pero...

Michelle ya estaba subiendo a su todoterreno.

Cuando Sean abrió la puerta del pasajero del Land Cruiser un montón de porquería cayó a la calzada. Dio un respingo cuando un tetrabrik de zumo de naranja medio vacío le salpicó los zapatos.

—Tíralo al asiento de atrás —dijo Michelle.

—¿Qué tal si lo dejo todo en ese cubo de basura de ahí? —sugirió él, enfadado.

—Pero es que no todo es basura.

—Parece basura y huele a basura.

—En el asiento de atrás, Sean. Gracias.

Él miró ceñudo el montón de desechos y procedió a lanzarlos al asiento trasero. Cuando acabó, se sentó y cerró la puerta de golpe.

—¿Te sientes mejor? —preguntó ella.

—No, la verdad es que no —repuso él con los dientes apretados y mirando al frente—. Tengo zumo de naranja en los calcetines.

—Pues así no se te resfriarán los pies.

Sean llamó a Edgar mientras iban en el coche. No hacía un horario normal y ya llevaba varias horas en el trabajo.

Cuando llegaron al edificio de oficinas situado a una manzana de la calle K, los dos lo vieron. Edgar Roy no pasaba desapercibido. Medía más de dos metros, una estatura inusual fuera de la NBA. También estaba muy delgado, lo cual le hacía parecer incluso más alto. Llevaba un portátil bajo el brazo.

Pararon junto a la acera y Sean bajó la ventanilla.

—Hola, Edgar.

Edgar le lanzó una mirada. Medio ocultos por unas gafas gruesas había unos ojos que pertenecían a una de las mentes más brillantes del país, por no decir del mundo. Edgar Roy era el analista de inteligencia más valioso de Estados Unidos. La cantidad de material que su mente era capaz de asimilar para identificar unos cuantos datos que acababan siendo pepitas de oro no tenía parangón.

No obstante, Sean solo aspiraba a que fuera capaz de *hackear* el correo electrónico de un adolescente.

Sean y Michelle bajaron del vehículo y se le acercaron. Aunque los dos eran altos, tuvieron que alzar la vista para mirarlo a los ojos.

Edgar observó a Michelle.

—No lo dije la última vez que nos vimos, pero me alegro de que estés tan bien, señorita Maxwell.

Ella había intentado en vano conseguir que la llamara por su nombre de pila.

—Gracias, Edgar. Pero te recuerdo que fuiste tú quien me

salvó la vida. Y te agradecemos que tengas el detalle de quedar con nosotros. Seremos breves.

—Tengo un correo electrónico que espero que puedas *hackear* —explicó Sean—. Necesitamos acceder a unos mensajes recientes.

Edgar miró la dirección de correo y Sean notó que la memorizaba al instante. Se sentó con su portátil en un banco cercano, lo abrió y empezó a teclear.

—No hace falta que lo hagas ahora, Edgar —dijo Sean—. Puedes ocuparte cuando tengas un momento en el trabajo, no hace falta que sea aquí a la intemperie. Y luego...

—Ya está —dijo Edgar.

Volvió el portátil para que vieran la pantalla, donde aparecía la correspondencia de Tyler Wingo.

—¿Cómo lo has hecho tan rápido? —preguntó Sean asombrado.

—No sé si lo entenderías.

—En eso tienes razón —convino Michelle.

Ambos se sentaron a ambos lados de Edgar. Recorrieron la pantalla con la mirada. No había muchos mensajes.

—No lo veo —dijo Sean—. Quizá lo haya borrado. Mala suerte.

—Lo dudo —dijo Edgar—. Es posible cargarse un disco duro, pero si no lo haces, eliminar un elemento no significa que desaparezca. —Pulsó unas teclas más y apareció una nueva lista de mensajes—. También lo eliminó de la papelera, pero hay otra memoria caché en la que se copió. Es fácil si uno sabe dónde buscar.

—Me alegro de que lo sepas —dijo Sean.

—Ahí está —anunció Michelle, señalando el tercer mensaje empezando desde arriba—. Es de Sam Wingo.

Lo leyeron y acto seguido intercambiaron una mirada.

—No veo nada que Tyler quisiera ocultarnos a nosotros o a nadie. Es bastante corto y su padre le habla del instituto y de la natación.

—A lo mejor por eso se limitó a borrarlo y no lo eliminó del todo —sugirió Edgar.

—¿Respondió al mensaje? —preguntó Sean.

Edgar pulsó unas teclas más y negó con la cabeza.

—No.

—Sean, mira la hora del envío —indicó Michelle—. Lo envió después de que le dijeran que su padre había muerto. Tal como dijo Tyler.

Sean volvió a releer el mensaje y se le ocurrió una idea.

—Podría estar codificado, Edgar. ¿Crees que puedes ayudarnos?

—Claro. —Edgar analizó el mensaje con la mirada. Movía los labios en silencio. Abrió otra pantalla y escribió las letras LSPFPM—. Lo he pasado por las típicas cien posibilidades iniciales más o menos. Parece que es cada siete palabras, un cifrado que sustituye a la letra inicial. Tiene un nivel de seguridad bajo, pero es tan viejo y se emplea tan poco que podría tener algún valor. Inútil contra un ataque cibernético auténtico, por supuesto. Y cualquier descodificador tradicional lo habría descubierto enseguida. Pero es un poco más complejo porque deletrea un acrónimo y no las palabras reales, por lo que se trata de un encriptado de doble capa.

—¿Qué significa acrónimo? —preguntó Michelle.

—Pues letras que se usan para abreviar por internet —explicó Edgar—. Letra inicial basada en una extrapolación directa. Pensaba que lo sabríais.

—Me salté esa clase —dijo Michelle.

—Yo también —se apresuró a decir Sean—. Junto con todos los cursos de matemáticas y ciencias.

—Significa «Lo siento, por favor, perdóname» —tradujo Edgar.

Sean y Michelle intercambiaron una mirada.

—¿Ayuda en algo? —quiso saber Edgar.

—Al menos no está de más —dijo Sean.

17

Acababan de regresar a la oficina cuando sonó el teléfono.

Era Peter Bunting, director de una gran empresa contratista de Defensa para la que trabajaba Edgar Roy.

Y estaba un poco enfadado.

De hecho, Sean se alejó el teléfono de la oreja mientras Bunting vociferaba.

—¿De quién estamos hablando exactamente, señor Bunting? —preguntó cuando el hombre se interrumpió para tomar aire.

Bunting respondió y Sean asintió.

—De acuerdo, lo miraremos. Y lo siento.

Bunting espetó algo más y colgó.

Sean se giró hacia Michelle.

—¿Qué pasa? —preguntó ella.

—El Departamento de Defensa acaba de llevarse a Edgar Roy de su puesto de trabajo.

—¿Qué? ¿Cómo?

—Causa y efecto, por lo que parece.

—¿Te refieres a que nosotros hemos sido la causa?

Sean asintió.

—Teniendo en cuenta el momento, a Bunting no se le ocurre otro motivo por el que hayan podido llevárselo, y lo cierto es que me inclino por compartir su opinión. Edgar le habló de nuestro encuentro. Ahora mismo Bunting está furioso —añadió.

—Ya. ¿Qué ha dicho antes de colgar?

—Algo sobre perjudicar mis testículos, pero de una forma menos educada.

Michelle se dejó caer en la silla del escritorio y miró hacia la puerta.

—¿Deberíamos prepararnos también para una invasión?

—Como empleado de un contratista del gobierno, técnicamente Edgar trabaja para el gobierno. Nos hizo un favor durante su jornada laboral. Quizá le regañen un poco, pero no lo sacarán de circulación. Es un activo demasiado valioso.

—Lo cual no responde a mi pregunta. Nosotros no somos tan valiosos, así que no tendrían ningún miramiento en encerrarnos y tirar la llave al mar.

—Pero nosotros no trabajamos para el gobierno, y luego está el tema del hábeas corpus, que todavía significa algo en este país.

—Sí, pero hemos hecho que un genio del gobierno nos *hackee* una cuenta privada. ¿Eso no es ilegal?

—También tenemos el permiso del titular de la cuenta para investigar. Tyler nos contrató.

—Y luego nos despidió —le recordó Michelle.

—Eso solo es un detalle técnico.

—Eso lo dirás tú.

—Soy abogado.

—Y los abogados son una panda de liantes.

—Si echan la puerta abajo, creo que tendré argumentos para la defensa y evitar males mayores.

Michelle fingió sonreír.

—Cinco años en prisión en vez de diez, menudo alivio.

—Me inclino por pensar que el mensaje era de Sam Wingo. Lo cual significa que el ejército miente como un bellaco.

—Pero ¿qué es lo que siente y por qué le pide perdón a su hijo? —preguntó Michelle.

—¿Por mentirle? ¿Por meterle en este lío y hacer sufrir a Tyler?

—Bueno, pero eso son corazonadas, no pistas que seguir.

—Tenemos a Tyler. Tenemos a Kathy. Tenemos a Dana. Y tenemos a DTI —enumeró Sean.

—Empecemos por lo que tenemos más a mano.

—¿Dana?

—Estaba pensando en Kathy.

—¿Quieres que nos dividamos?

—Yo abordo a Dana y tú a Kathy.

—Muy graciosa —repuso Sean.

—¿Tú crees? —Michelle lo miró de hito en hito.

—Kathy no me conoce. Y quedaría un poco raro que quede con una adolescente.

—Entonces iremos juntos. Siempre he querido conocer a tu ex.

—¿Siempre?

—Siempre desde ayer.

—Quizá todavía no haya averiguado nada.

—Por lo que dijiste, puede resultar muy convincente, sobre todo según el modelito que se ponga.

—¿Por qué no le mandas antes un mensaje a Kathy? Si ha averiguado algo, podemos quedar con ella. Yo le mandaré un mensaje a Dana.

—¿Y DTI?

—Me encantaría ir a por esa gente, pero seguro que el Departamento de Defensa los tiene en el punto de mira.

—¿Existe alguna ley que impida hacer preguntas? La gente no está obligada a responder.

—A veces la gente promulga sus propias leyes. Para cuando esté todo aclarado, ya tendremos derecho a las prestaciones de la Seguridad Social.

—No estaría de más que supiéramos el nombre de algunos de los compañeros de trabajo de Sam Wingo.

—Bueno, según he averiguado, la oficina donde trabajaba no es tan grande. Unas veinte personas. Seguro que todos se conocen, por lo menos un poco.

—¿Esperamos fuera y vemos quién parece prometedor cuando salgan del trabajo?

—Es una opción. Pero eso será después de que nos hayamos reunido con Kathy, si tiene algo. Envíale un mensaje ahora mismo.

Michelle obedeció.

Transcurrieron cinco minutos.

—A lo mejor nos ha bloqueado —dijo Michelle contemplando el teléfono.

—Dale tiempo.

Pasó otro minuto y entonces apareció un mensaje en el móvil de Michelle.

—Ha hablado con Tyler. Se reunirá con nosotros en el mismo café.

—Deberías sacarte una tarjeta del Panera.

Michelle frunció el ceño.

—Este asunto se complica cada vez más. No quiero acabar en una celda fantasma de la CIA.

Sean entrecruzó las manos detrás de la cabeza y se reclinó en el asiento.

—La verdad es que me preocupan más Tyler y su madrastra que nosotros.

Michelle le lanzó una mirada.

—¿Por qué?

—Tyler recibió ese correo. Edgar lo *hackeó* y lo descifró. ¿Quién nos asegura que un tercero no haga lo mismo?

—¿O sea que saben que el padre se comunicó con el hijo?

—Después de su supuesta muerte.

—Y Tyler lo sabe porque me lo dijo. ¿Crees que podría decírselo a alguien más?

—Dudo de que le confíe algo a su madrastra.

—Kathy ha dicho que había hablado con él. A lo mejor se lo ha dicho a ella.

—Espero que no se hayan comunicado a través del móvil o el ordenador.

Michelle asintió, preocupada por lo mismo.

—El Pentágono tendrá todo eso intervenido. La cuestión es

que hoy día parece que la juventud no habla cara a cara. Se envían mensajes y punto.

—Pues, por la cuenta que les trae, espero que sean la excepción que confirma la regla.

—Sean, ¿por qué va el ejército a decir que un soldado ha muerto si no es verdad?

—Se me podrían ocurrir unos cuantos motivos, pero ninguno tiene mucho sentido.

—Y papá quería el perdón de su hijo. ¿Por fingir estar muerto? ¿Por hacerle pasar por todo ese horror?

—A lo mejor. Y ahora Tyler cree que su padre está vivo —señaló Sean.

—Ojalá. Porque ¿si no lo está y Tyler averigua la verdad...?

Sean asintió.

—Habrá perdido a su padre dos veces.

18

—¿Qué tal está Tyler? —preguntó Michelle.

Estaban sentados frente a Kathy Burnett en la cafetería.

—No demasiado bien. Está de un humor muy cambiante y no quiere hablar.

—Pero has dicho que había hablado contigo, ¿no? —apuntó Sean.

Kathy jugueteó con la lata del refresco.

—Un poco.

—¿Cara a cara? —preguntó Michelle—. Me refiero a que no fue por teléfono.

—No; hoy fue en coche a mi casa. Hablamos en el jardín trasero.

—¿Qué te dijo?

—¿Tyler está metido en algún lío? —espetó Kathy.

—No —dijo Sean—. ¿Él lo piensa?

—Sé que está preocupado.

—Dinos lo que te ha dicho y a lo mejor podemos comprender mejor —sugirió Michelle.

—Vosotros queréis ayudarle, ¿verdad?

—Él fue quien acudió a nosotros, Kathy —explicó Michelle—. Nos contrató para que investigáramos sobre el tema.

Sean asintió para mostrar su acuerdo y los dos miraron a la chica.

—Me dijo que pasaba algo raro con la muerte de su padre.

—¿Raro cómo?

—El ejército dice que murió, pero Tyler cree que hay algo más.

—¿Basándose en qué? —preguntó Michelle, aunque ya sabía la respuesta.

—No me lo ha dicho. Pero lo que sí me ha dicho es que el ejército le está mareando. Que cambian la historia de cómo murió su padre. Se supone que iban a ir a Dover a recibir el ataúd. Pero ahora dicen que ha habido un retraso.

—¿Le han dicho de cuánto tiempo? —preguntó Sean.

—No me lo dijo. Estaba muy disgustado por eso.

—¿Mencionó haber recibido correos de alguien? —preguntó Sean.

Kathy lo miró.

—¿Correos? ¿De quién?

—No sé. Solo pregunto. Intento calibrar la situación.

Kathy dedicó a ambos una mirada suspicaz.

—Si Tyler os ha contratado, ¿por qué no se lo preguntáis a él?

Sean y Michelle intercambiaron una mirada.

—Es un poco complicado, Kathy.

—Queríamos obtener algo de información de una de sus amistades para calibrar cómo está, de qué habla. Sabemos que está muy disgustado y quizá no piensa con claridad. Pero lo que nos acabas de contar encaja con lo que Tyler ya nos ha dicho.

Kathy asintió, aparentemente satisfecha con la explicación.

—Me ha dicho que no confía en el ejército.

—Lo entiendo —convino Sean—. ¿Qué tal se lleva con su madrastra?

—No sé. Nunca habla de ella. Ya sé que viven en la misma casa, pero no hay mucha comunicación entre ellos.

—¿Cuándo entró su padre en la reserva del ejército?

—Hace un año más o menos.

Cuando pareció que Kathy volvía a ponerse suspicaz por culpa de las preguntas, Sean se apresuró a decir:

—¿Qué tal tu madre? ¿Cuánto tiempo le queda?

—Le faltan dos años para jubilarse. Entonces podrá disfrutarla antes de que sea... pues... un vejestorio, cincuenta años o algo así.

Sean intercambió una mirada con Michelle.

—¡Esperemos que no tenga que esperar a ser tan vieja! —exclamó.

—Con un pie en la tumba —añadió Michelle con una sonrisa.

—Me pregunto si Wingo ya había cumplido sus veinte años en el ejército —caviló Sean.

—No creo —respondió Kathy—. Tyler dijo que su padre había entrado en el ejército con veinticinco años cumplidos. Según el periódico, tenía cuarenta y cinco años cuando murió. Eso significa que no había servido veinte años si dejó el ejército hace un año.

—Vale, pero entonces dejó el ejército cuando solo le faltaba un año para jubilarse. ¿Por qué hacer tal cosa después de dejarse la piel durante diecinueve años?

—Tal vez encontró un trabajo mejor donde ganaba más dinero —sugirió Kathy.

—Ya —dijo Sean no demasiado convencido.

—¿Has visto indicios de un aumento de ingresos en el hogar de los Wingo? —preguntó Michelle—. Me refiero a que no se han mudado, ¿no? Pero ¿y un coche nuevo, ordenadores, reformas?

—No. Y Tyler nunca mencionó nada. Su casa está bien pero es una casa normal.

—Pues si no fue por el dinero, ¿por qué otro motivo lo habría dejado? —planteó Sean—. ¿Tyler te habló alguna vez de lo que hacía su padre en el trabajo? ¿En DTI?

—Me dijo que se dedicaba a las ventas. Se reunía con clientes y tal y vendía cosas.

—DTI está especializada en traductores extranjeros, sobre todo para Afganistán —dijo Michelle—. No parece que se necesite un gran equipo comercial para vender ese producto.

Kathy se encogió de hombros.

—Mi madre dice que venderle lo que sea al gobierno es lentísimo por culpa de todas las normas y la burocracia. Pero cuando consigues vender algo, puedes ganar mucho dinero. Pero hay que tener contactos, me dijo.

—Lo cual hace que tenga sentido emplear a un veterano del ejército para venderle al ejército —afirmó Michelle, mirando a Sean.

Él asintió lentamente.

—Kathy, ¿se te ocurre algo más que pudiera sernos útil?

Se dispuso a negar con la cabeza pero se detuvo.

—Bueno, Tyler me dijo una cosa. Quizá no sea importante, sobre todo dado que su padre ha muerto.

—¿El qué? —preguntó Michelle.

—Él y su padre utilizaban un lenguaje en clave que solo ellos dos comprendían. Lo empleaban en los emails cuando su padre estaba fuera.

—¿Y por qué utilizar un código? —preguntó Michelle.

—Se supone que el ejército no controla los mensajes personales, aunque mucha gente opina que sí. Y creo que para Tyler significaba mucho que él y su padre utilizaran ese lenguaje. Yo hice algo parecido cuando mi madre estuvo allí.

—¿Te dijo cuál era ese lenguaje? —preguntó Sean.

—No. —Kathy exhaló un largo suspiro—. No sé por qué le está pasando todo esto, pero sé que no es culpa de él.

—No, no lo es —convino Michelle.

La chica consultó su reloj.

—Tengo que marcharme. Mi madre me está esperando.

—¿Quieres que te llevemos?

—No, el autobús para justo enfrente.

—Podemos llevarte —insistió Sean. Kathy lo miró con recelo y él añadió—: Haces bien en no aceptar que te lleve gente que realmente no conoces.

La chica le dedicó una sonrisa tímida, recogió su bolsa y se dispuso a marcharse.

—Espero que podáis ayudar a Tyler —declaró.

—Lo haremos —respondió Michelle.

Cuando se hubo marchado, Sean dijo:

—Bueno, nos hemos enterado de muchas cosas pero casi nada útil.

—Lo que me intriga es por qué dejó el ejército a solo un año de poder jubilarse. ¿Quién hace una cosa así?

—Bueno, quienquiera que lo haga debe de tener una razón de peso. Y en el caso de Wingo no pueden ser problemas de disciplina —observó Sean.

—Cierto. Estuvo en la reserva y luego lo volvieron a mandar allí, o sea que no es que la hubiera cagado o lo hubieran licenciado por mala conducta.

Miró hacia la puerta y se puso rígida.

—Esto está a punto de complicarse un poco más.

Sean siguió su mirada.

Había dos hombres vestidos de militares y armados ahí plantados. Vieron a Sean y Michelle y se dirigieron hacia ellos.

19

—¿Un poco de café? —ofreció Sean cuando los uniformados se pararon delante de su mesa—. Ahí fuera hace frío. Casi tanto como el que ha empezado a hacer aquí dentro.

—¿Sean King y Michelle Maxwell? —preguntó uno de ellos.

—El ejército lo sabe todo —respondió Sean con simpatía.

—¿Les importaría salir fuera? —Sus galones e insignia mostraban que era un sargento de la policía militar.

—Lo cierto es que aquí estamos bien —intervino Michelle.

—¿Quieren salir fuera, por favor? —insistió el hombre.

—¿Por qué? —preguntó Sean.

—Tenemos que hablar con ustedes.

—Podemos hacerlo aquí perfectamente. —Señaló los dos asientos vacíos de la mesa.

—Preferimos hablar fuera.

—Pues entonces tenemos disparidad de opiniones. Pero dado que sois policías militares y ninguno de nosotros pertenece al ejército, no veo cómo vais a hacernos salir contra nuestra voluntad cuando no estamos incumpliendo ninguna norma que os autorizara a proceder a detener a un civil.

—¿Eres abogado? —preguntó el otro militar—. Hablas como ellos —añadió cuando Sean asintió.

El sargento colocó la mano encima de su pistola.

—Eso sería un grave error que acabaría con tu carrera, sargento —advirtió Sean—. Y ninguno de nosotros desea algo así.

—Entonces lo haremos por las malas.

—¿Qué forma es esa? —preguntó Michelle con recelo.

El sargento sacó su móvil y envió un SMS.

Al cabo de cinco segundos la puerta de la cafetería se abrió y entraron tres hombres trajeados.

—¿Sean King y Michelle Maxwell? —preguntó el cabecilla.

—¿Quién lo pregunta? —quiso saber Sean.

Les enseñaron tres placas de Seguridad Nacional.

—Vamos —ordenó el agente al mando.

Mientras los hacían levantar de las sillas, el sargento dijo con sorna:

—Así es por las malas.

El trayecto de cuarenta minutos en un todoterreno con cristales tintados les condujo a unas instalaciones de Loudoun County, Virginia, rodeadas de hileras de árboles altos. Les hicieron cruzar rápidamente las puertas, pasaron por el control de seguridad, donde les confiscaron las armas, y los condujeron por un pasillo.

—¿De qué coño va esto? —preguntó Sean por enésima vez, en vano, pues por enésima vez no recibió ninguna respuesta.

Los llevaron a una sala de reuniones pequeña y austera y les dijeron que se sentaran. Cerraron la puerta a cal y canto al salir.

Sean contempló el lugar.

—¿Departamento de Seguridad Nacional? ¿Qué tienen que ver con esto? ¿Acaso el Departamento de Defensa no tiene suficiente peso ya de por sí?

Sean se llevó un dedo a los labios y señaló un pequeño dispositivo de escucha que sobresalía de la moldura próxima al techo.

Al cabo de unos minutos la puerta se abrió y entró un hombre. Tenía una altura similar a la de Sean, unos cincuenta años, esbelto y de piernas fornidas que ponían a prueba la elasticidad de sus pantalones. No llevaba americana. Una pistolera vacía colgaba de su camisa blanca.

Traía una carpeta. Se sentó frente a ellos y se puso a leer un documento largamente. Sean estaba a punto de decir algo cuando el hombre alzó la vista.

—Interesante —dijo—. Soy Jeff McKinney, agente especial del Departamento de Seguridad Nacional.

—Y yo soy un ciudadano de a pie especialmente cabreado —repuso Sean.

—Ya somos dos —dijo Michelle.

McKinney se reclinó en el asiento.

—¿Café, agua, té?

—Una respuesta o disculpa no estaría de más —repuso Sean—. Empezando por las disculpas, a poder ser.

—¿Disculpas por qué? ¿Por hacer nuestro trabajo?

Sean negó con la cabeza.

—No cuela, McKinney. No creo que el trabajo de Seguridad Nacional consista en sacar de una cafetería a unos ciudadanos respetuosos de la ley sin decirles por qué o leerles sus derechos. Estrictamente hablando, nos han secuestrado. A no ser que hayan añadido los delitos a tus responsabilidades oficiales, te va a caer un juicio como la copa de un pino. A ver si deletreo bien tu nombre: ¿Mc o Mac?

McKinney sonrió y tamborileó la carpeta.

—Hablemos de Tyler Wingo.

Sean se inclinó hacia delante.

—Hablemos de que nos dejes salir de este dichoso sitio.

—Aún no he hecho mis preguntas —repuso McKinney amablemente.

—Puedes formulárselas a mi abogado. Voy a llamarlo ahora mismo.

—No os hace falta. No estáis arrestados.

—Nos han detenido contra nuestra voluntad. A mi entender, es lo mismo. Pero si no estamos arrestados, entonces no tienes poder para retenernos. —Se dispuso a ponerse en pie.

—La Seguridad Nacional está por encima de muchos artículos de la Constitución, señor King. Así que por favor, siéntate. No quiero recurrir a ligaduras si no es imprescindible.

—Estás cavando tu tumba.

—Creo que ambos queremos lo mismo. El bienestar de Tyler Wingo.

Sean volvió a sentarse mientras Michelle observaba cautelosa a ambos hombres.

—Bueno, si trabajas para el ejército, tengo serias dudas al respecto.

—¿Qué tienes contra el ejército? Son buena gente.

Sean se reclinó y pareció cambiar de opinión.

—De acuerdo, pregunta.

—¿Qué relación tenéis con Tyler Wingo?

—Confidencial.

—No tiene edad suficiente para ser vuestro cliente.

—Si bien es cierto que no podemos suscribir un contrato con Tyler Wingo porque todavía no ha alcanzado la mayoría de edad, concedemos a todos los clientes, independientemente de su edad, la misma cortesía profesional de la confidencialidad.

—Entonces esta conversación será breve.

—Es lo que esperaba —repuso Sean.

McKinney abrió la carpeta, extrajo un papel y se lo pasó a Sean, que lo miró mientras Michelle lo leía por encima de su hombro.

—Como podéis ver, Tyler Wingo ha renunciado a todos los derechos de confidencialidad. O sea que ya puedes responder a mi pregunta. ¿Qué relación tienes con él?

Sean apartó el papel.

—¿Cuántas engaños han hecho falta para hacerle firmar esto?

—No engañamos a niños, señor King. Lo firmó porque quiso. Insisto, ¿qué relación hay?

—Nos contrató para investigar la muerte de su padre.

—Su padre murió en acto de servicio en Afganistán. Él y su madrastra fueron debidamente informados. No podéis añadir nada a eso. No existe la posibilidad de que toméis un avión a Afganistán para fisgonear. Es una zona en guerra y militarizada y allí no tendríais ninguna jurisdicción dado que vuestra licencia de investigadores privados no tiene validez en el extranjero.

Sean no dijo nada.

—Así que ¿intentabais aprovecharos del chico? ¿Os ha pagado? ¿Pedisteis un anticipo?

—No hemos recibido ni un centavo de Tyler.

—¿Quieres decir «no todavía»? Pero le habríais facturado, ¿no?

—¿De verdad te has informado sobre nosotros? —intervino Michelle—. Supongo que sí. Así que debes de saber que somos legales. No vamos por ahí buscando víctimas inocentes que desplumar. Nos encontramos a Tyler corriendo por el arcén en medio de una tormenta. Estaba muy alterado y lo llevamos a casa. Luego se puso en contacto conmigo y me dijo que quería que investigáramos la muerte de su padre. Respondimos que no podíamos hacer gran cosa.

—¿Y por qué la cosa no acabó ahí?

—Porque insistió. En realidad no queríamos hacernos cargo —reconoció Sean—. Pero al mismo tiempo, si el chico quería seguir adelante, era preferible que fuera gente como nosotros en vez de otros que quizá se aprovecharan de él.

—¿Qué creísteis que podríais llegar a saber sobre la muerte de su padre? Por el amor de Dios, fue abatido durante un combate en Kandahar.

—A primera vista, no parecía haber nada extraño. El ataúd iba a llegar a Dover. —Hizo una pausa y miró a Sean—. Pero entonces la cosa empezó a torcerse.

—¿Torcerse cómo? —preguntó McKinney.

—Bueno, ahora el ejército le dice que su padre también fue alcanzado por fuego de mortero y que en realidad no queda nada de su cadáver. Así que no hay Dover.

—¿Y qué? —preguntó McKinney—. Los combates no son

limpios y ordenados. El hombre está muerto de todos modos. No es nuestra primera baja, ni será la última, por desgracia.

—Cierto —convino Sean—. Entonces, ¿por qué el ejército y ahora el Departamento de Seguridad Nacional están tan interesados? Has dicho que era un asunto de seguridad nacional. ¿En qué sentido?

—¿De verdad crees que puedo responder a eso?

—Bueno, si es un asunto de seguridad nacional es como si acabaras de reconocer que esta situación es distinta, porque la mayoría de los soldados muertos en combate no suelen afectar a la seguridad nacional. Hay algo que no cuadra, McKinney.

—Al contrario, aquí cuadra lo que yo quiera. Lo que os digo es que os retiréis y dejéis en paz a Tyler Wingo.

—¿O sea que al chico no le vais a decir la verdad?

—Su padre ha muerto. Eso es todo lo que necesita saber. Ahora dejadle pasar el duelo.

—Pero ¿murió realmente? —preguntó Michelle. La frase provocó una mirada de advertencia de Sean que ella pasó por alto.

—¿Qué coño quieres decir? —espetó McKinney.

Michelle se inclinó hacia delante, cara a cara frente a él.

—Bueno, las afirmaciones de seguridad nacional suelen ir tan a menudo acompañadas de patrañas que me lo he planteado. ¿Vais a volver a lanzar las amenazas con colores? No me acuerdo de lo que significaba el naranja... aniquilación inminente o riesgo extremo. Nunca acabé de aclararme.

—¿Sabes hasta qué punto puedo amargarte la vida? —advirtió McKinney, señalándola con el dedo.

—Mucho —repuso Sean mientras tomaba a Michelle por el brazo—. Ya nos vamos, a no ser que tengas más preguntas u objeciones.

McKinney fulminó a Michelle con la mirada.

—No quiero volver a veros. Si os vuelvo a ver, no será agradable. Os lo prometo, y siempre cumplo mis promesas.

—¿Eso es todo? —preguntó Sean.

McKinney se inclinó.

—Es mi última advertencia. Estáis al borde de un acantilado. No deis el siguiente paso.

Al cabo de unos instantes eran conducidos al exterior del edificio.

Los dejaron de nuevo en la cafetería. El todoterreno negro se marchó con un bramido y se quedaron mirándose en la zona de aparcamiento.

Michelle se cruzó de brazos y se apoyó en el Land Cruiser.

—Estoy oficialmente que trino —declaró.

Sean se frotó las sienes con aire de cansancio.

—¿Por qué te ha parecido buena idea insinuarle que dudamos de la muerte de Wingo?

—Porque estaba que trinaba y él se ha comportado como un cabrón engreído. He perdido los papeles.

—Tienes que controlar mejor tus emociones, Michelle, o nos van a machacar. Estamos lidiando con los departamentos de Defensa y Seguridad Nacional. Juntos son como un gorila gigante que arrasa con todo lo que se interpone en su camino.

Ella se apartó del coche.

—¿Cómo vamos a olvidarnos del tema ahora? Aquí pasa algo, Sean. Lo sabes tan bien como yo.

—No te lo discuto. La cuestión es cómo seguir adelante sin acabar con nuestros huesos en chirona.

—No hemos hecho nada malo.

—¿Crees que necesitan una razón de peso para encerrarnos? Me parece que nos lo ha dejado claro. Seguridad Nacional, Michelle. Como ha dicho McKinney, está por encima de la Constitución. Si les da la gana, incluso pueden enviarnos a Guantánamo. Nadie nos encontraría.

—Pues no pienso dar el brazo a torcer.

—Yo no he hablado de darnos por vencidos, solo digo que tenemos que ser astutos.

—¿Cuál es el plan, entonces?

—Oh, no te preocupes. Cuando se me ocurra alguno, serás la primera en saberlo.

20

Tyler Wingo se sentó en la cama de su habitación y observó el trozo de papel. Había escrito el mensaje que había recibido de su padre antes de borrarlo. Tampoco es que fuera a olvidarlo. Pero lo había escrito porque así le parecía más real que teniéndolo solo en su cabeza.

El mensaje era directo y desconcertante a la vez: «Lo siento. Por favor, perdóname.» «¿Perdonarte por qué, papá? ¿Qué quieres que te perdone? ¿Por morir? Pero no es posible que estés muerto. No estás muerto.»

Tyler dobló el papel dos veces y se lo guardó en un bolsillo de los vaqueros. Se tumbó en la cama y miró en derredor. Todas las superficies le traían recuerdos de su padre, desde los pósteres de deportes y música en las paredes hasta el guante de béisbol y el balón de fútbol que acumulaban polvo en la estantería, pasando por la foto enmarcada de ellos dos en un certamen de natación en el que su padre había sido cronometrador.

Tyler introdujo la mano bajo la camiseta y extrajo el par de placas de identificación que su padre le había hecho. Frotó el metal plano entre los dedos y se preguntó dónde estaría su padre en esos momentos. ¿Llevaría sus placas de identificación? ¿Estaría a salvo? ¿El correo que había recibido después de su supuesta muerte era realmente de él? ¿O se trataba de algún error descomunal? Sabía que lo había escrito su padre porque había empleado su código especial.

Se volvió y contempló las gotas de lluvia en la ventana. Había hecho un día gris y ahora era una noche fría y oscura que encajaba con su ánimo sombrío. Siempre había pensado que sabría si su padre resultaba herido en aquel país, que lo notaría. Pero también había creído saber eso sobre su madre, y él y su padre se la habían encontrado en el suelo del baño con una bala en la cabeza y la pistola al lado. La escueta nota que había dejado estaba bien doblada en la repisa contigua al lavamanos: «No puedo seguir así. Lo siento. Os echaré de menos.»

Meneó la cabeza para librarse de la imagen de aquel último mensaje materno. Pero siempre estaba allí, en el fondo de su mente, dispuesto a asomar cuando menos se lo esperaba. Era capaz de borrarle la sonrisa de la cara en una fracción de segundo o ahogarle una risa en la garganta.

Se levantó y se acercó a su escritorio, un antiguo modelo militar de metal que su padre le había conseguido cuando el ejército se había deshecho de inventario sobrante durante la ampliación de Fort Belvoir en Alexandria.

Se sentó, abrió el cajón superior y extrajo la foto.

Observó los rostros de su padre, su madre y el suyo propio. Habían estado en el 5K del ejército en el que él había participado con su padre. Se les veía felices, todo sonrisas; lucía el sol y lo celebraban con helados de cucurucho después de la carrera. Abrazos, sonrisas y helado hacía apenas cinco años. Pero al cabo de menos de un año todo había cambiado, mejor dicho, todo se había desmoronado. Su vida había dado un giro de 360 grados. Era como si aquella habitación, la foto incluso, no le perteneciera. Como si contara la historia de otra persona, porque en realidad Tyler ya no se reconocía.

Para empezar, la muerte de su madre. Luego la boda de su padre con una mujer que Tyler ni siquiera conocía. Y ahora su padre había desaparecido. En cierto modo cada una de las personas de esa foto, su padre, su madre e incluso él mismo, habían dejado de existir.

—¿Tyler?

No se movió. Permaneció sentado observando la foto.

Jean entró en la habitación y se sentó en el extremo de la cama.

—¿Tyler? —repitió con un hilo de voz.

Él siguió sin moverse.

—¿Puedes mirarme al menos?

Al final la miró con expresión inescrutable.

—No has cenado —dijo ella.

—No tenía hambre.

—Nadas kilómetros durante el entrenamiento. Es imposible que no tengas hambre.

—Pues no.

—Me han contado lo de esa gente.

—¿Qué gente?

—El hombre y la mujer que te trajeron a casa aquella noche. No me acuerdo de cómo se llaman.

—Sean King y Michelle Maxwell.

—Eso. Bueno, pues ya no te molestarán más.

—No me han molestado. Yo les contraté.

—¿Para qué exactamente?

—No lo entenderías.

—Prueba a ver.

—No, no voy a probar nada.

—Tu padre ha muerto, Tyler. No podemos remediarlo.

—Es verdad, no podemos.

—Entonces, ¿para qué contratar a esa gente? —Jean se levantó—. ¿No crees que yo también lo echo de menos?

—No lo sé. ¿Lo echas de menos?

—¿Cómo eres capaz de cuestionar una cosa así? Yo le quería.

—Si tú lo dices...

—¿Por qué eres así conmigo?

Tyler giró en la silla.

—Porque no te conozco realmente. Es como si viviera con una desconocida.

—He sido tu madrastra durante casi un año.

—Vale, pero eso no significa que te conozca. Nunca hemos intercambiado más de unas pocas palabras. No me invitasteis a la boda. Ni siquiera sabía que os casabais. ¿No te parece raro? Soy su único hijo.

—Tu padre así lo quiso.

Tyler se levantó con el rostro encendido.

—No —espetó—. Mi padre no lo habría querido así. Habría querido que yo estuviera presente.

—Temía que estuvieras disgustado por el hecho de que volvía a casarse.

—¿Y la solución era traerte a casa un día y decirme que eras mi madrastra? ¿Qué sentido tiene eso?

—Sea como sea, cariño, tenemos que entendernos. Solo nos tenemos el uno al otro.

Tyler sintió ganas de vomitar.

—No nos tenemos el uno al otro. Nunca nos hemos tenido. Ahora soy huérfano. No tengo a nadie.

Se produjo un silencio incómodo antes de que Jean hablara.

—Mañana el ejército va a enviar a unos voluntarios de apoyo.

—¿Voluntarios de apoyo? ¿Para qué?

—Para ayudarnos. Pueden hacer recados. Llevarte al instituto. Ayudar en la cocina. Ahora mismo tengo muchos temas de los que ocuparme. Muchas cosas que digerir.

—Pues puedes quitarme de tu lista de ocupaciones. No necesito ayuda. Y puedo ir solo al instituto.

—Tyler, no puedes aislarte de todo el mundo.

—Voy a averiguar lo que le pasó realmente a mi padre. Y conozco gente que me ayudará. Voy a descubrir la verdad. ¡Lo haré! —añadió con un súbito grito.

Se levantó de un salto y bajó corriendo las escaleras.

Jean se planteó ir tras él pero desistió. Se acercó al escritorio de Tyler, miró la foto de los tres Wingo y luego sacó su móvil del bolsillo de los vaqueros.

Tecleó un SMS y lo envió. Solo eran tres palabras pero decían mucho:

«Tenemos un problema.»

Tyler cogió un juego de llaves del gancho junto al frigorífico, salió por la puerta lateral y montó en la furgoneta de su padre. En la ventanilla trasera había un soporte para armas y un adhesivo con la bandera estadounidense en la esquina inferior derecha del parabrisas. Del retrovisor interno colgaba un par de botas militares de plástico en miniatura.

En las dos alfombrillas del suelo ponía: «Tengo la fuerza del ejército.» Puso en marcha el vehículo y salió marcha atrás del camino de entrada. Miró el reloj del salpicadero: casi las ocho de la tarde. Paró junto a la acera y escribió un SMS. Esperó. Recibió respuesta al cabo de unos segundos. Pisó el acelerador y salió a toda velocidad.

Al cabo de cinco minutos paró delante de casa de Kathy Burnett, que le esperaba en la acera. Subió al vehículo y cerró la puerta.

Tyler la miró.

—¿Qué le has dicho a tus padres?

—Que iba a ver a mi vecina Linda. Es mi coartada.

Él asintió y arrancó.

—¿De qué querías hablar? —preguntó Kathy.

Tyler no respondió de inmediato.

—De cosas —dijo al final.

—¿Qué tipo de cosas? ¿De tu padre? —Él asintió—. Tyler, ¿qué está pasando aquí realmente?

La miró y aminoró la velocidad.

—¿A qué te refieres?

—A esos dos detectives que contrataste. ¿Para qué los necesitas?

—Cosas sobre mi padre, ya te lo dije.

—Pero tu padre murió en combate. El ejército ya te lo dijo. Soy hija de militares, como tú. Todos somos conscientes de que puede pasar. No tiene ningún misterio.

—Pues aquí puede haber algún misterio.

—¿Por ejemplo?

—Contraté a esos detectives porque creía que el ejército no me estaba diciendo la verdad sobre mi padre.

—Sé que estás disgustado por lo que te dijeron. Pero ¿por qué ibas a pensar que mienten acerca de una cosa así?

—Porque al principio me dijeron que había muerto de un disparo. Luego dijeron que había saltado por los aires y que no quedaba nada de él y que no había necesidad de ir a Dover. No entiendo cómo es posible que el ejército cometiera una equivocación así.

—Bueno, a lo mejor es lo que pasó. Hasta los militares cometen errores. Mi madre podría contarte muchas historias.

—Sí, bueno, pero no deberían equivocarse en cosas tan serias —insistió Tyler con voz ronca.

La chica le puso una mano en el hombro.

—Tienes razón, no deberían.

—Luego vinieron a vernos más militares. Y también tíos trajeados que dijeron que eran de otra agencia, no sé cuál.

—¿Por qué fueron a verte?

—Para decirme que despidiera a King y Maxwell.

—¿Por qué?

—Me parece que no querían que investigaran sobre mi padre. —Miró a Kathy—. Aquí está pasando algo muy raro.

—¿A qué te refieres?

Él dirigió el vehículo hacia el arcén y paró. Se volvió hacia ella.

—Recibí un correo de mi padre.

—¿Cuándo?

—Después de muerto.

Kathy se lo quedó mirando al tiempo que palidecía.

—¿Cómo es posible?

—La fecha así lo indica. Me dijeron cuándo se supone que murió. El mensaje era de varios días después.

—A lo mejor lo envió otra persona.

—Imposible. Estaba escrito en el código que solo yo y mi padre sabíamos descifrar.

Kathy miró por la ventanilla y se estremeció.

—Esto es espeluznante, Tyler. —Volvió a dirigir la mirada hacia él—. ¿Crees... crees que es posible que tu padre esté vivo?

Tyler no respondió enseguida. Temía que si lo decía no se haría realidad.

—Sí, es lo que creo —dijo al fin.

—Pero tu padre era sargento en la reserva. No me malinterpretes, pero ¿por qué iba a ser tan importante para el ejército? No era un general.

—Creo que era un pez más gordo de lo que la gente pensaba.

—No entiendo.

—Dejó el ejército justo antes de acabar los veinte años de servicio. ¿Quién hace una cosa así? Se cargó su jubilación.

—La señora detective dijo lo mismo.

—¿Has hablado con Michelle? —preguntó él, sorprendido.

—Y con Sean. Hoy mismo. Saben que somos amigos.

—O sea que siguen trabajando en el caso —caviló el muchacho.

—Al ejército quizá no le guste.

—Me importa un bledo lo que no le guste al ejército. Estamos hablando de mi padre. Si no está muerto, quiero saber dónde está. Y que vuelva a casa. No voy a cruzarme de brazos.

—Supongo que si fuera mi madre, yo tampoco pasaría.

—No le cuentes esto a nadie.

—Te lo prometo.

La miró fijamente antes de dar la vuelta con el coche y llevarla a casa.

Cuando Tyler regresó a casa, su madrastra no estaba y su

coche tampoco. Subió a su habitación y cogió su móvil. Se dispuso a hacer una llamada pero se contuvo. ¿Y si le habían intervenido el teléfono?

Corrió abajo, subió al coche y volvió a marcharse.

En un 7-Eleven, a unos tres kilómetros de su casa, había una de las pocas cabinas que quedaban en la zona. Introdujo las monedas y marcó el número.

Michelle respondió al segundo tono.

—Quiero volver a contrataros —dijo Tyler.

—¿Estás seguro?

—Muy seguro.

—Bien, porque nunca hemos dejado el caso.

21

Sam Wingo por fin se había quedado medio dormido en el autobús en que iba, pero casi saltó del asiento cuando el vehículo pasó por un bache grande. Miró el despuntar del alba por la ventanilla. El paisaje era desolador. Aquello parecía la luna.

Se volvió hacia la persona sentada a su lado. Era una mujer mayor vestida con el atuendo tradicional musulmán. Llevaba una caja con verduras sobre el regazo. Roncaba suavemente. Estaba acostumbrada al terreno accidentado.

Años atrás había viajado de Turquía a Irán para un trabajo clandestino con una unidad a su mando. Habían pasado al pie del monte Ararat donde Noé, según el Antiguo Testamento, había finalizado su viaje en el Arca. El viaje de Estambul a Teherán podía hacerse normalmente en tres días por tierra. Pero la unidad de Wingo no había podido recurrir a los medios de transporte normales ni cruzar ningún puesto fronterizo: habrían arrestado a sus hombres de inmediato. Así pues, un viaje de tres días se había prolongado una semana.

Seis horas después de que llegaran a su destino en Irán, tres terroristas huidos de la justicia estadounidense fueron abatidos. Wingo y su equipo habían salido del país mucho más rápido de lo que habían entrado. El plan de salida se había urdido cuidadosamente, pero aun así no les había resultado nada fácil porque las fuerzas de seguridad iraníes les habían pisado los talones.

Su viaje actual no era fruto de una planificación cuidadosa. Iba haciendo las cosas sobre la marcha. Era consciente de que sus posibilidades de éxito eran ínfimas. Pero le daba igual. Iba a conseguir que funcionara porque quería volver con su hijo.

De Kabul a Peshawar, en Pakistán, solía tardarse unas diez horas en coche, con un paso fronterizo en medio. Los autobuses eran lentos y relativamente baratos. Los taxis eran más rápidos pero más caros. A Wingo le daba igual el dinero; la diferencia de unos euros no importaba. El problema era cruzar la frontera. Y aunque inicialmente le habían dado una documentación apropiada, ahora no podía utilizarla. No podía fiarse de nadie, ni siquiera, por lo que parecía, de su propio gobierno.

Si bien la carretera entre Kabul y Jalalabad no era la mejor, recientemente habían vuelto a asfaltar algunos tramos. Sin embargo, la ruta se consideraba una de las más peligrosas del mundo debido a la gran cantidad de accidentes de tráfico que registraba, muchos de ellos mortales. Y el conductor de aquel autobús parecía empeñado en aumentar esa cifra. Conducía con una temeridad apenas contenida, maldiciendo y girando bruscamente con frecuencia y dando unos acelerones capaces de revolver el estómago, seguidos de frenazos bruscos que sacudían a los pasajeros. En ocasiones parecía que el chirriante trasto iba a volcar.

Wingo miró por enésima vez a los demás pasajeros, que no parecían preocupados por el agresivo conductor. Parecían típicos afganos y paquistaníes que viajaban entre los dos países. Wingo era el único occidental a bordo, lo cual hacía que destacara. Había intentado pasar más desapercibido oscureciéndose el rostro y cubriéndose con una capucha y gafas. Y desde su llegada al país se dejaba crecer una buena barba.

La principal ciudad entre Kabul y la frontera paquistaní era Jalalabad, la segunda mayor ciudad del este de Afganistán, además de capital de la provincia de Nangarhar. A pesar de ser una de las ciudades afganas más hermosas, con una situación privilegiada en la confluencia de los ríos Kabul y Kunar, no se consideraba segura para los occidentales debido a la gran inestabilidad política, incluso a pesar de la presencia de la mayor base estadounidense en Afganistán, la Base de Operaciones de Avanzada Fenty, contigua al aeropuerto de Jalalabad.

Wingo sabía que los muyahidines habían tomado la ciudad a comienzos de los años noventa tras expulsar a los soviéticos. Desde entonces, prácticamente todos los hombres afganos disponían de un arma automática, en su mayoría AK-47 de fabricación rusa. Los talibanes habían tomado el control de la ciudad tras la expulsión de los soviéticos antes de ser derrotados por Estados Unidos y obligados a dejar el poder como represalia por el 11-S. Wingo también sabía que los talibanes anhelaban volver a hacerse con el control de Afganistán. Y la cercanía de Jalalabad a la frontera lo convertía en un objetivo prioritario para los planes de los insurgentes de recuperar el país, motivo de la inestabilidad actual.

La carretera terminaba en la frontera. Los viajeros la cruzaban a pie y luego los recogían taxis o autobuses para continuar el viaje, a no ser que fuera la hora del almuerzo, cuando la frontera estaba cerrada. Sin embargo, Wingo se enfrentaba a otra complicación. Aquella parte de Pakistán no estaba controlada por el gobierno.

Era Jáiber Pajtunjuá, anteriormente llamada Provincia de la Frontera del Noroeste, zona que se encontraba bajo control estricto de las tribus locales. Los viajeros extranjeros tenían que obtener permiso para pasar por ahí, siguiendo el legendario Paso Jáiber entre los dos países. El viaje se realizaba en taxi, en compañía de un soldado. El permiso era gratis pero el trayecto en taxi y el soldado acompañante no. De todos modos, el precio era ridículamente barato para los estándares europeos. Pero ¿qué valor tenía la vida de uno?

Wingo no podía cruzar la frontera. No tenía permiso ni documentación que enseñar y no estaba en situación de pedir un permiso, por mucho que fuera gratis. Así pues, se bajaría en Jalalabad. El autobús continuaría y alcanzaría la frontera antes de que cerrara al mediodía. Si era posible, él cruzaría por la noche.

Sin embargo, tenía un contacto en la ciudad y la intención de sacarle el máximo provecho. Debía andarse con cuidado debido a la fuerte presencia estadounidense. Habría ojos avizores por todas partes, tanto americanos como locales. Y en ese momento ninguno de los dos bandos era su aliado. Hablaba pastún con fluidez, el idioma más utilizado en el país. También tenía conocimientos de dari, la segunda lengua. Pero no sabía el dialecto nativo en ninguno de los dos idiomas, ningún americano lo sabía. Intentaría mantener la boca cerrada la mayor parte del tiempo.

Había quedado con su contacto en la habitación de un hotel lejos del aeropuerto. Llegó antes para comprobar si algo iba mal. Tenía que confiar en su contacto hasta cierto punto, pero no confiaba totalmente en nadie.

Era temprano pero la temperatura ya rondaba los 20 °C. En las horas medias del día, la temperatura ascendía a los 30 °C en aquella época del año. Wingo había soportado temperaturas mucho más extremas; un termómetro que se aproximara a los 40 °C no le suponía un obstáculo.

Esperó en el pasillo fuera de la habitación, manteniéndose en la penumbra. Por una ventana veía los aviones que despegaban del aeropuerto. Solían ser aeronaves militares, pero los americanos habían devuelto el aeropuerto a los afganos y poco después habían empezado a operar vuelos comerciales. Wingo deseó subir a uno de esos aviones. El vuelo hasta Nueva Delhi duraba solo unos noventa minutos. Por tierra, la distancia de casi mil kilómetros tardaba mucho más en cubrirse. Pero los viajes en avión, sobre todo en aquella región, implicaban pasar por numerosos controles de seguridad y exigían documentos específicos, de los que él carecía. O sea que por el momento no podía volar.

Siguió aguardando en la penumbra hasta que oyó que alguien se acercaba. Cuando el hombre llegó a la puerta, Wingo se colocó junto a él con una mano en la culata de la pistola. Los dos entraron en la habitación y Wingo la cerró con llave.

El hombre era un pastún al que había conocido hacía tres años, durante una misión que había concluido favorablemente y permitido al pastún ascender en su organización. Se habían hecho tan amigos como era posible en tales circunstancias. Se llamaba Adeel y en ese momento era la última y única esperanza de Wingo para salir del país.

Adeel se sentó en la desvencijada cama y alzó la vista hacia él.

—Tengo entendido que la situación está mal —dijo con aire de gravedad.

—¿Qué has oído por ahí?

—Tu nombre por los canales de comunicación oficiales. Los comentarios no eran halagadores.

—¿Qué decían?

—Una chapuza de misión y activos perdidos.

—¿Dónde creen que estoy?

—Da la impresión de que nadie lo sabe. Dudo de que piensen que estás en Jalalabad.

—No quiero quedarme aquí demasiado tiempo. Tengo que cruzar la frontera, de forma extraoficial. Lo más normal es que mi foto esté en los puestos fronterizos. Y aunque ahora tengo una pinta un poco distinta, no me fío.

—¿Puedes contarme qué ocurrió?

—La misión se fue al garete, Adeel. Pero me tendieron una emboscada. Ahora mismo, no sé quién. Pero no puedo fiarme de los míos, así de mal está la cosa.

Adeel asintió.

—¿Confías en mí?

—Es el único motivo por el que estás aquí.

Adeel sacó un fajo de papeles de la chaqueta.

—Con esto podrás llegar a Nueva Delhi. Es todo lo que puedo prometer.

—Si consigues que llegue a la India, desde ahí puedo viajar a Estados Unidos.

Adeel se mostró sorprendido.

—¿Piensas volver aunque no te fíes de los tuyos?

Wingo cogió los documentos, los examinó, asintió y los introdujo en el bolsillo interior de su talega.

—Tengo un hijo ahí que piensa que estoy muerto.

Adeel asintió.

—Yo tengo cuatro hijos. Muchas veces piensan que su padre está muerto. Lo entiendo. Y ahora sé que eres inocente. Los culpables nunca regresan a casa.

—¿Y por qué no creíste en mi inocencia desde el comienzo?

Adeel se encogió de hombros.

—Esta zona del mundo no inspira confianza en nada ni en nadie.

—Tengo que enderezar este entuerto, Adeel.

El hombre se levantó y dijo:

—Entonces que Alá esté contigo, amigo.

Aquella noche Wingo cruzó a Pakistán en Torkham, por una ruta que le indicó Adeel, mientras dos guardas uniformados, debidamente sobornados, miraban hacia otro lado.

Wingo había salido del fuego para caer en las brasas, es decir, Pakistán en vez de Afganistán. Su próximo destino era Peshawar, a unos cien kilómetros por las carreteras zigzagueantes del Paso Jáiber. Viajaba en un taxi, con un guarda de los fusileros de Jáiber sentado a su lado. El trayecto duraría casi dos horas. Sin el guarda local, Wingo no podía ir a ningún sitio. Aquella protección le costaba dos euros y el taxi, ocho. Lo consideró un dinero bien empleado. Con la ayuda de Adeel, había evitado pasar por el control fronterizo de inmigración. Viajar de Afganistán a Pakistán era más caótico que hacerlo a la inversa.

Miró por la ventanilla mientras recorrían el paso. Era la misma ruta que habían seguido personajes como Alejandro Magno y Gengis Kan para anexionarse vastas zonas del mundo conocido. El paso había estado cerrado durante buena parte de la ocupación soviética y seguía cerrado a veces para los extranjeros. Wingo notó el derroche lumínico de las espectaculares fincas de los narcotraficantes, que salpicaban las colinas desoladas y yermas, provistas de artillería antiaérea. Era consciente de que las drogas siempre serían un negocio pero en esos momentos no le preocupaba.

El guarda no lo miró ni una vez, quizá porque Adeel así se lo había ordenado. A Wingo ya le parecía bien. No era una persona locuaz y nunca decía con diez palabras lo que podía decir con una, o mejor incluso con solo una mirada.

Tras Peshawar llegaría la ciudad de Islamabad. Desde allí cruzaría al norte de la India con los documentos proporcionados por Adeel. Allí podría ir directamente al sur hasta Nueva Delhi. Y después, un largo viaje hasta su país con escala en Doha, siempre y cuando consiguiera un pasaporte falso. El tiempo de vuelo para cruzar medio mundo sería de unas veinte horas. Había tardado mucho más en recorrer trescientos kilómetros.

Sin embargo, todavía le quedaba mucho para subir al avión que le conduciría a Estados Unidos.

Cuando miró hacia atrás y vio el vehículo que se acercaba al taxi, de repente se dio cuenta de que quizá ni siquiera llegara a Peshawar.

22

De inmediato pensó que le habían tendido una encerrona y que el guarda que iba sentado a su lado formaba parte de la conspiración. Cuando el disparo entró por la ventanilla y atravesó el cogote del guarda, Wingo se quitó esa idea de la cabeza.

Gritó al taxista en pastún que pisara el acelerador a fondo si quería seguir con vida. El coche siguió adelante a pesar de los disparos.

El guarda muerto se desplomó contra él y Wingo le cogió la AR-15. Apuntó por la ventanilla hecha añicos, esperó que el otro coche estuviera más cerca y disparó. Había tres hombres en el otro coche, pero él solo apuntaba a uno.

La sangre del conductor perseguidor salpicó por completo el parabrisas. El vehículo se desvió a un lado, chocó contra una barrera, se incendió, volcó y explotó al cabo de unos segundos.

Wingo se volvió y miró al taxista.

—Mierda.

Notó que el coche se desviaba y pasó rápidamente al asiento delantero para acomodarse al lado del taxista. Era un hombre mayor que no vería ningún otro amanecer por culpa de una bala en la cabeza, probablemente rebotada.

Wingo sujetó el volante, estiró la pierna al máximo y pisó el freno. Guio el coche hacia un lado. Por suerte, aquel tramo de carretera estaba desierto. Sacó los dos cadáveres, los arrojó al otro lado de la valla y los vio rodar por la ladera polvorienta hasta acabar en el fondo rocoso. No tenía tiempo que perder, por lo que se limitó a musitar una breve oración.

Acto seguido lanzó una mirada al coche incendiado. Su primer impulso fue acercarse y averiguar quiénes eran y por qué lo perseguían. Pero la bola de fuego iba en aumento y no dejaría nada útil. Solo cuerpos ennegrecidos, huesos y metal retorcido.

Se marchó conduciendo sin guarda ni chófer y con la ropa manchada de sangre. Tenía una de las ventanillas traseras destrozadas, el interior empapado de sangre y ninguna garantía de no haber sido traicionado. Si sabían dónde estaba, enviarían otro coche tras él. O quizá le esperaran más adelante. Y el «más adelante» era ya tremendo incluso sin que hubiera hombres armados.

Wingo había leído a Rudyard Kipling, que describía el Paso Jáiber como una «espada que corta las montañas». Le pareció una descripción apropiada con la salvedad de que la carretera no era ni mucho menos recta como la hoja de una espada. Aquella zona podría haber sido perfectamente el paisaje de algún planeta desierto. Era más que desolado, más que ominoso. No crecían árboles. Ningún animal tenía aquí su guarida. Tampoco vivían humanos. La única función del lugar era permitir pasar de un país a otro, aunque la rapidez fuera relativa.

Normalmente el paso quedaba cerrado desde finales de otoño hasta la primavera. La pendiente era demasiado empinada y las condiciones climáticas demasiado adversas durante esa época. Y Wingo se acercaba peligrosamente a «esa época». El viento silbaba entre las montañas y sacudía ligeramente el coche. El paso era una serie de zigzags conectados por tramos cortos de carretera recta y túneles bajo la cordillera del Hindu Kush. Resultaba mareante incluso conduciendo a poca velocidad.

Wingo no conducía despacio. Estaba sacando al piloto de Fórmula 1 que llevaba dentro. El viento entraba a raudales por la ventanilla rota y le hacía castañetear los dientes a pesar de llevar la calefacción encendida.

Mientras avanzaba a todo trapo iba sopesando sus opciones y qué hacer en cada caso. Consultó la hora y calculó lo que quedaba para llegar a Peshawar. Acto seguido se planteó si realmente necesitaba ir allí. Peshawar era una ciudad de más de dos millones y medio de habitantes repartidos en mil trescientos kilómetros cuadrados. Lo bueno era que resultaba fácil ocultarse entre tanta gente. Pero lo malo era que había muchos más ojos espiando y las autoridades estaban siempre cerca.

Decidió dirigirse directamente a la frontera india. Los documentos que Adeel le había entregado deberían bastarle. Sin embargo, si Adeel le había traicionado, avisando a sus perseguidores, aquella documentación no le serviría de nada.

Wingo tenía que decidirse: confiar o no en Adeel.

En circunstancias normales, le habría resultado muy fácil: uno no puede fiarse de nadie. Pero había mirado a Adeel a los ojos y había escuchado sus palabras. Así pues, decidió confiar en él. Los hombres del coche que lo perseguía debían de haber sido criminales que intentaban robar o secuestrar a un americano para pedir un rescate. Era algo habitual en esa zona.

En cuanto dejó atrás el paso, paró junto a la carretera, se puso ropa limpia que llevaba en la mochila y enterró la ensangrentada. Llegó a un pueblo por la noche y dejó el maltrecho taxi en una calleja lateral. Cogió una habitación en un hotelucho donde aceptaban dinero en efectivo y no hacían preguntas. Por la mañana alquiló una motocicleta empleando el documento que Adeel le había proporcionado. Su siguiente objetivo era la frontera india. La red viaria de Pakistán era buena y podía circular a una velocidad considerable. Paró para comer y repostar. Fue aminorando la velocidad al acercarse a la frontera.

Aquella sería la verdadera prueba de la lealtad o traición de Adeel.

Wingo había cruzado aquella frontera con anterioridad. El paso estaba justo en medio del pueblo de Wagah. Había quedado dividido en dos partes cuando se realizó la Partición en 1947 y se creó Pakistán en un territorio que hasta entonces pertenecía a la India. Wagah tenía una curiosa ceremonia para cerrar el paso fronterizo. Se llevaba a cabo todos los días justo antes del anochecer y durante la misma los guardas fronterizos, indios y paquistaníes, realizaban un acto muy elaborado marchando con un grotesco paso de ganso. La gente acudía a presenciarlo como si fuera el cambio de guardia en Buckingham Palace, sonaba música y los guardas de ambos lados se plantaban unos frente a otros con posturas agresivas y expresión adusta, como gallos de riña.

A Wingo le daba igual la representación. Lo único que quería era llegar a la frontera poco antes del inicio del espectáculo porque la muchedumbre se habría reunido y los guardas estarían más pendientes de la ceremonia que de la vigilancia fronteriza. Calculó el tiempo con precisión, ya que fue la última persona que cruzó la frontera antes de su cierre. Una vez en territorio indio, no volvió la vista atrás hasta que empezó a sonar la música y los guardas empezaron a representar el baile batallador. Nadie recordaría al único americano en moto que tantas ganas tenía de marcharse de Pakistán.

23

—Ahora te entiendo —dijo Michelle mientras observaba a la fémina que se les acercaba.

Estaban sentados en la zona de restaurantes de un centro comercial. Era por la tarde y no había muchos clientes. Estaban en una mesa alejada del resto de los comensales.

Dana Brown se acercaba desde el otro extremo. Iba más informal que la última vez que Sean la había visto, pero las medias negras y la larga camisola blanca ponían de manifiesto sus curvas y pecho prominente.

—Un paquete de lo más completo, al menos por fuera —añadió, mirando a la mujer.

—Sí —reconoció Sean—. Pero guárdate los comentarios de ese estilo. Hemos venido a recabar información y para ello tenemos que ser amables.

—Yo siempre soy amable.

Sean la miró, negó con la cabeza y volvió la vista a su ex en cuanto llegó a la mesa. Se levantaron.

—Michelle Maxwell. Dana Brown —presentó Sean.

Ambas mujeres intercambiaron una sonrisa educada y se estrecharon la mano. Sean habló en cuanto estuvieron todos sentados.

—Supongo que, dado que nos llamaste para quedar, tienes algo que contarnos, ¿no?

Dana mantuvo la vista fija en Michelle un segundo más de lo necesario antes de volverse hacia Sean.

—Ha sido más duro de lo que imaginé.

—¿Pensabas que sería fácil? —preguntó Michelle.

—Pues teniendo en cuenta que se trata de mi esposo, la verdad es que sí. Seguramente sabes lo fácil que es para una mujer manipular a un hombre si atiende sus necesidades más básicas. —Miró recatadamente a Sean—. Entre las sábanas, según tus palabras.

Michelle fulminó a Sean con la mirada y dijo:

—No lo dudo. Pero parece que en este caso no bastó con eso.

Dana sonrió y se reclinó en el asiento.

—Por eso siempre hay que tener un plan B. No voy a entrar en detalles sobre cómo lo conseguí, pues supongo que solo os interesan los resultados. —Se volvió hacia Sean—. El asunto del tal Wingo se trata con mucha seriedad en el Pentágono.

—Pero ¿cómo lo sacaste a colación? Ya te dije que no quería que corrieras peligro.

—Le dije que estaba preocupada por él. Últimamente come poco y está malhumorado. Sabía que algo pasaba. Por eso le pregunté qué pasaba y le dije que no pensaba contentarme con que me dijera que era un asunto de seguridad nacional. Que yo era su esposa y estaba por encima de eso. Y que si no podía confiar en mí, entonces teníamos un problema.

—¿Y qué te dijo?

Dana bajó la mirada con una expresión no tan segura.

—Ya sé que puede sonar sorprendente que diga esto a estas alturas, pero me siento culpable por hacer esto, Sean. Me contó ciertas cosas confiando en mi discreción y ahora esto me provoca ciertas dudas.

—Nunca se enterará de que nos lo has contado, Dana. Te lo prometo. Me da igual si nos citan y tenemos que cometer perjurio y acabar en prisión. Tu nombre nunca saldrá de nuestros labios.

Sean miró a Michelle y ella asintió.

—También tienes mi palabra, Dana. Como bien sabes, somos ex agentes del Servicio Secreto, con énfasis en el «secreto». Solo intentamos ayudar a un joven que intenta averiguar la verdad sobre lo que le ocurrió a su padre.

Dana respiró hondo y se inclinó hacia delante.

—Sam Wingo no estaba realmente en la reserva. Seguía en activo, pero lo dejó un año antes de que le tocara jubilarse.

—¿Por qué? —preguntó Sean.

—Para establecerse como civil. Para tener un empleo en una empresa.

—¿Y también para casarse con una mujer que apenas conocía?

—Curtis no lo dijo tan claro pero supongo que sí.

—Muchos subterfugios. ¿Con qué objetivo? —preguntó Michelle.

—Algo pasó en Afganistán. Wingo estaba en una misión de alto secreto para entregar algo a alguien. Pero nunca llegó a pasar.

—¿Qué sucedió?

—Curtis fijó ahí la línea y no quiso decirme más. Es posible que ni siquiera lo sepa. Sí, es un dos estrellas, pero hay muchos dos estrellas y parecen haber erigido un muro alrededor de este asunto, al menos acerca de los elementos más importantes.

—¿Y Sam Wingo?

—No lo localizan.

—¿Sospechan que podría haber estado jugando a dos bandas? —preguntó Michelle.

—Curtis cree que es buena persona. Pero como no ha dado la cara, la situación no pinta bien para él. —Miró a Sean—. ¿Qué sabéis vosotros?

Sean y Michelle intercambiaron una mirada.

—Dado que has sido sincera con nosotros, seré sincero contigo. Tyler cree que su padre está vivo.

—Bueno, según Curtis, parece que el Pentágono también lo

cree. Lo de la muerte en acto de servicio pueden habérselo inventado para encubrir la situación.

—¿Mientras buscan a Wingo? —comentó Michelle.

Dana asintió.

—Y con el Departamento de Defensa tras él, dudo de que el hombre pueda andar suelto durante mucho tiempo. —Miró con severidad a Sean—. Pero ¿por qué piensa Tyler que su padre sigue con vida? Es imposible que esté enterado del funcionamiento interno del Departamento de Defensa.

Sean vaciló.

—Si te lo digo, ¿se lo contarás a tu marido?

—Claro que no. No puedo contarle a Curtis nada sin revelarle todo esto. Y me temo que eso acabaría con mi matrimonio. Así que te guardaré el secreto.

—Wingo envió un mensaje de correo electrónico a Tyler. Supuestamente después de muerto.

—¿Qué decía?

—«Por favor, perdóname. Lo siento.»

—¿Era una confesión por haber hecho algo malo?

—O una disculpa por el hecho de que los militares dijeran a su hijo que había muerto en acto de servicio.

—Supongo que si tuviera un hijo y pasara tal cosa, también sentiría la necesidad de disculparme —reconoció Dana—. Tamborileó la mesa con las uñas—. ¿Qué vais a hacer ahora?

—Lo que nos acabas de decir ayuda a responder algunos interrogantes. Pero no nos acerca a Wingo ni a la verdad.

—Supongo que estabas en lo cierto cuando me dijiste que me anduviera con cuidado —reconoció Dana—. Todo esto suena muy clandestino.

—Cierto —reconoció Michelle. Miró hacia la izquierda y se puso ligeramente rígida. Su preparación dentro del Servicio Secreto la había ayudado una vez más.

Cogió la taza de café y dijo en voz baja:

—Tres tíos, a las seis, a las nueve y a la doce, armados y con mochila. Y aunque parecen legales, algo me dice que no lo son.

Sean se limitó a mirar fijamente a Dana.

—Dana, quiero que hagas exactamente lo que te digo.

El tono la sorprendió, pero Dana recobró rápidamente la compostura.

—Te escucho —dijo, con la respiración un poco entrecortada.

—Hay un pequeño puesto de policía a la izquierda al final del pasillo. Hay dos agentes ahí. Quiero que te levantes y vayas hasta allí. No te apresures y no mires alrededor. Camina con normalidad. Cuando llegues, diles que has visto a tres hombres armados en la zona de restaurantes y que te has asustado. Pedirán refuerzos y vendrán a investigar. Dirígete a tu coche por el camino más corto y vete directamente al Pentágono. ¿Curtis está ahí?

Ella asintió.

—Vale, llámale por el camino y dile que estás preocupada, que tienes que hablar con él.

Dana frunció el ceño.

—¿Y vosotros?

—No te preocupes.

—Eso es lo que siempre me decías cuando estabas en el Servicio Secreto.

—Sean —siseó Michelle—. Casi los tenemos encima.

—Haz lo que te he dicho, Dana. Ya.

Su ex sonrió, se levantó y dijo:

—Hasta la próxima. Cuidaos. —Y se encaminó hacia el puesto de policía que estaba justo al doblar la esquina.

Sean se levantó y Michelle también. Se dirigieron hacia los tres hombres que se les acercaban. Ambos se separaron, uno hacia la derecha y el otro hacia la izquierda, lo cual implicaba que sus oponentes tenían que vigilar dos objetivos en vez de uno.

Sean sabía que si hubieran sido policías normales, ya se habrían identificado. Pero no. Le escudriñó el rostro a cada uno de ellos y llegó a la conclusión de que eran militares. Pero si así era, ¿dónde estaban sus insignias de identificación?

Podían ser ex militares.

Ya estaban a un par de metros. Sean vio de reojo que Michelle se llevaba la mano a la cintura. Él también acercó la mano a la pistolera. Preferiría hacerlo en el exterior, pues aunque en la zona de restaurantes había muy poca gente en ese momento, seguía existiendo la posibilidad de causar daños colaterales.

Uno de los hombres se paró delante de Sean y dijo:

—Tienes que acompañarnos. Y también la mujer que estaba contigo. Llámala por teléfono y dile que venga.

—¿Y quién lo dice?

—Todo quedará claro en cuanto nos acompañes fuera.

—Mi madre me enseñó que no fuera a ningún sitio con desconocidos.

—No tienes opción.

—Siempre hay opciones.

De pronto alguien gritó:

—¡Quietos! —Eran los policías del puesto.

Los tres hombres hicieron ademán de coger las pistolas, pero Michelle se abalanzó y desarmó de un puntapié al tipo que tenía delante. A continuación lo tumbó con un golpe en la garganta. Cayó al suelo jadeando.

El hombre del medio sacó el arma y disparó a los dos policías que se aproximaban, derribando a uno. El otro se parapetó tras los mostradores de comida rápida. Sean dio un salto, cogió al hombre que le había hablado por la mano con que sostenía el arma y forcejeó para hacerse con la pistola.

—Soltad las armas —dijo el policía parapetado.

Por única respuesta recibió más tiros. Los esquivó mientras los transeúntes de la zona se marchaban corriendo y gritando.

—¡Pide refuerzos! —le gritó Sean al policía.

Michelle se había agachado. Se apoyó en un brazo y, girando sus largas piernas, dio una patada en los tobillos al tirador del medio, que se desplomó sin soltar el arma. Apuntó a Michelle desde el suelo pero ella ya no estaba. Se deslizó boca arriba, con los pies por delante y le empotró un talón en una mejilla. El hombre gritó y la agarró por un tobillo. Michelle se dio la vuelta y le asestó un codazo de campeonato en la coronilla. El hombre chocó contra el duro suelo y se quedó tendido. Michelle se levantó a tiempo de ver que el hombre con que peleaba Sean se zafaba de él.

El hombre desenfundó una segunda pistola, apuntó pero no disparó. Básicamente porque Sean, volviéndose, le disparó en el pecho con la pistola que le había quitado a él mismo.

Sean y Michelle se giraron a tiempo de ver que el hombre con que ella se había enfrentado primero apuntaba al policía mientras intentaba pasar por encima del mostrador de comida rápida.

Michelle le disparó en la sien justo en el momento en que disparaba él también. Se desplomó en el suelo, pero la bala había rozado el brazo del policía, que cayó sangrando.

Michelle se acercó al tirador muerto y le registró los bolsillos.

—Nada —anunció—. Ni cartera ni documentación.

Sean corrió hacia el policía caído, le desgarró la camisa y le examinó la herida.

—La bala ha entrado y salido. Te pondrás bien —le dijo. Le practicó un torniquete con la manga rasgada—. ¿Has pedido refuerzos?

El policía asintió con las facciones rígidas por el dolor.

—¿Qué coño está pasando aquí? —preguntó.

—Ojalá lo supiera.

Michelle se arrodilló a su lado.

—¿Está bien?

—No es grave. No puede decirse lo mismo de su compañero.

Al cabo de un instante oyeron un sonido ominoso a su espalda: una pistola al amartillarse. Se giraron. Uno de los agresores había vuelto en sí y les apuntaba.

—¡No! —gritó alguien.

Sean no dio crédito a sus ojos cuando vio que Dana se abalanzaba sobre el hombre y lo golpeaba con el bolso.

—¡Dana, no! —gritó Sean.

El hombre se revolvió y disparó a Dana en el pecho. Se quedó paralizada unos instantes antes de desplomarse en el suelo.

Sean abatió al hombre de un disparo en la cabeza.

Bajó el arma y observó a Dana en el suelo, con la herida sangrante.

Corrió hacia ella.

—¡Dana!

24

Cuando Sean llegó junto a Dana, empleó todos los recursos aprendidos en sus días en el Servicio Secreto para cortar la hemorragia. Pero había perdido mucha sangre, quizá demasiada. En cierto momento, Dana dejó de respirar y Sean le practicó un masaje cardíaco, logrando que el corazón le volviera a latir. Llegaron los sanitarios, se hicieron cargo de ella y la estabilizaron.

Sean fue en la ambulancia y Michelle los siguió en su coche.

Ahora estaban en la sala de espera del hospital. Habían sido interrogados tanto por la policía de Virginia como por las autoridades federales. Contaron parte pero no todo lo que sabían. Por suerte, los testigos de lo sucedido en el centro comercial habían declarado que los tres hombres muertos eran los agresores y que Sean y Michelle habían actuado en defensa propia y que, de hecho, habían salvado la vida del policía superviviente.

De todos modos, aquello siguió sin darles demasiados puntos, sobre todo de cara a los federales.

Michelle, abatida, alzó la vista al oír la puerta de la sala de estar. Deseó que fuera un médico con buenas noticias. Pero se deprimió todavía más al ver quién era.

Ahí estaba el agente McKinney de Seguridad Nacional.

—¿Qué parte del «manteneos al margen» no pillasteis? —espetó.

—Estábamos en el centro comercial tomando un café —dijo

Sean con aire cansino—. Si existe una ley que lo prohíba, me declaro culpable.

McKinney se dejó caer en una silla.

—Sabéis exactamente a qué me refiero. La mujer herida es la esposa de un dos estrellas y tu ex.

—Había quedado con Dana, sí —repuso Sean con rigidez—. Nos estaba echando una mano en un asunto.

—¿En el asunto Wingo? ¿En el asunto del que os dije que apartarais las narices?

—No sabía que eras el encargado de decirnos qué casos podemos o no aceptar —replicó Sean con sequedad.

—Pues precisamente lo soy. O sea que os estaba echando una mano. ¿Sonsacándole información a su maridito? ¿De verdad habéis caído tan bajo? Porque parece que la podéis haber matado en el intento.

Sean no respondió porque en realidad McKinney tenía razón. Había utilizado a Dana y ahora su vida corría peligro. Todo por culpa de él. Lo que le había parecido una forma inocua de conseguir información útil se le antojaba ahora la idea más descabellada que había tenido nunca. Y la más egoísta.

La puerta de la sala se abrió y entró el general Curtis Brown, uniformado, los ojos enrojecidos y un rostro delgado que era la viva imagen de la desesperación. Era obvio que había oído la conversación.

—¿Sean King?

Sean se levantó, pálido.

—¿Sí? ¿Cómo está Dana?

A modo de respuesta, Brown lo embistió y le dio un puñetazo en la cara, lo cual derribó a Sean sobre una silla y después al suelo.

Michelle se colocó entre ambos hombres.

—¡Basta! —espetó.

—Voy a matarte —masculló Brown, e intentó alcanzar a Sean.

Michelle lo cogió de la muñeca, se la torció y le inmovilizó el brazo a la espalda. El general soltó un grito ahogado, se encorvó y liberó el brazo de un brusco tirón. Intentó asestar un manotazo a Michelle, pero ella se agachó y le dio un golpe seco en los tobillos que le hizo caer al suelo. Acto seguido le plantó una bota en la espalda.

—No se mueva —le ordenó.

Brown intentó incorporarse, pero Michelle le dio una patada para que se estuviera quieto.

—Para, Michelle, para.

Sean se había levantado. Tenía un corte en la mejilla, que ya se le había hinchado. Brown también se levantó.

Sean se acercó a él.

—Si quiere darme otro puñetazo, adelante. Me lo merezco. —Cogió la mano del general y le cerró el puño—. ¡Adelante!

Pero Brown retrocedió, confundido por el arrebato de Sean. Se dejó caer pesadamente en una silla, se cubrió el rostro con las manos y sollozó en silencio.

McKinney se levantó y le enseñó su placa, aunque Brown no podía verla.

—General, soy de Seguridad Nacional. Mis condolencias por lo que le ha sucedido a su esposa. Le aseguro que haré todo lo que esté en mi mano para que los responsables reciban su merecido.

Y fulminó a Sean con la mirada.

Sean se la sostuvo, aun con el rostro amoratado e hinchado. Luego miró al general.

En ese momento apareció un cirujano vestido con ropa de quirófano.

—¿General Brown?

Brown alzó la mirada con los ojos humedecidos por las lágrimas.

—Sí —dijo tembloroso.

El cirujano se acercó y le habló en voz baja, aunque Sean y Michelle podían oírle.

—La intervención ha terminado. Ha ido bien. La bala ha causado bastante daño y su esposa todavía no está fuera de peligro, pero confío en una recuperación prácticamente total. No se ha desangrado de milagro. Quien le cortó la hemorragia después del disparo le salvó la vida.

Michelle miró a Sean, que tenía la vista fija en el suelo.

—¿Desea verla? —preguntó el cirujano a Brown—. No está consciente, por supuesto, pero...

—Sí, por favor —respondió el general, y salió de la sala tras el cirujano sin mirar a ninguno de los presentes.

Sean se sentó. Michelle cogió unos pañuelos de papel de la caja que había en una mesa, los humedeció en una fuente y le limpió la cara. Él ni se lo impidió ni colaboró, parecía no darse cuenta de lo que ella estaba haciendo.

McKinney se sentó frente a ellos.

—Joder, te has ganado una buena torta. Agradece que tu socia te ha defendido; si no habrías acabado también en el quirófano.

—No puede decirse que Sean se mostrara insolente, ¿no? —espetó Michelle—. Y que conste que la persona que cortó la hemorragia fue él.

—Pero la esposa del general estaría ilesa si vosotros no la hubieseis enredado.

—Sean le dijo que llamara a la policía y luego se dirigiera al Pentágono. Si Dana le hubiera hecho caso, no le habría sucedido nada.

—Le sucedió porque la involucrasteis.

—Tiene razón, Michelle —intervino Sean. Apartó la mano de su socia y se levantó. Miró a McKinney—. Tienes razón.

—Me alegro de que estemos de acuerdo en algo. Ahora vayamos al grano.

—¿A qué grano exactamente? —preguntó Michelle.

—Al asunto en que estáis metidos.

—Ya te lo dijimos, McKinney —repuso Michelle exasperada—. Todo empezó con la desaparición de Sam Wingo y su regreso de ultratumba.

—¿Regreso de ultratumba? —preguntó McKinney enarcando las cejas.

Sean lo miró.

—¿Por qué te llamaron para que nos ahuyentaras? ¿Quién hizo la llamada?

—Eso no te incumbe.

—Bueno, al menos deberías intentar responderte a ti mismo. ¿Los tipos del centro comercial llevaban alguna documentación?

—Forma parte de una investigación en curso, no es asunto vuestro.

—Tenían pinta de militares pero no llevaban distintivos —dijo Sean.

—¿Militares como Wingo? —preguntó McKinney con curiosidad.

—Que no estaba en la reserva.

—¿Cómo lo sabes?

—Eso es confidencial y yo respeto las confidencias. Así pues, ¿algún pez gordo del Pentágono te ordenó que nos acosaras?

—No es asunto vuestro.

—Oh, por supuesto que lo es. Esos hombres iban a matarnos, McKinney. Y estuvieron a punto de matar a una persona que me importa. Esas cosas me las tomo muy a pecho.

McKinney tomó a Sean por el brazo.

—Si os empecináis, haré que os detengan.

Sean se zafó de la mano de McKinney.

—Y si sigues violando mis derechos constitucionales me pondré las botas contigo y el Departamento de Seguridad Nacional en los juzgados y ante la prensa.

Sean se limpió un reguero de sangre de la cara y se dirigió a la puerta.

Michelle lanzó una mirada a McKinney.

—Eres un capullo integral.

Él ignoró el comentario y dijo:

—Oye, King. ¿Qué va a ser lo próximo? ¿Que disparen al chico?

Sean no se detuvo.

Michelle lo siguió y cerró de un portazo al salir.

25

Se sentaron en el coche. Estaban en el párking del hospital.

—Respira hondo. Necesitas ponerte un poco de hielo en la cara antes de que se te hinche más.

—Ha sido culpa mía. Lo sabes, ¿verdad? —Siguió mirando al frente por el parabrisas.

—No, no lo sé. Creo que fue culpa del imbécil que le disparó.

—De no ser por mí, ella nunca se habría involucrado en esto.

—Creo recordar que fui yo quien te obligó a llamarla. Así que si quieres culpabilizar a alguien, cúlpame a mí. Pero esta conversación no nos lleva a ningún sitio. Si quieres compensar a Dana, tenemos que llegar al fondo de este asunto.

Sean puso en marcha el Land Cruiser.

—Tu lógica es aplastante, pero esta vez no bastará con la lógica. Vamos a ir al ataque, pero no de frente.

—¿Por qué no?

Sean salió del párking.

—Los tres tíos del centro comercial no eran federales, más bien ex militares. Tenían la planta, el corte de pelo, las armas y el barniz de la autoridad.

—Ex militares. ¿Por qué se iban a implicar en esto unos ex militares?

—Bueno, Sam Wingo no estaba en la reserva, sino en activo. El Departamento de Defensa ideó un subterfugio y lo mandó a una misión para entregar algo. La misión falló y Wingo se salió del guion. Se puso en contacto con su hijo para decirle que lo sentía. Así pues, ¿qué tenía que entregar y en manos de quién acabó ese envío?

—¿Crees que Wingo se lo quedó?

—No lo sé. Si se escoge a un hombre para una misión como esa, se suele tener el convencimiento de que es trigo limpio.

—O sea que igual la misión fue una trampa desde el comienzo y Wingo el chivo expiatorio. Eso quizás explique el mensaje que recibió Tyler.

Sean asintió.

—El hombre que Tyler nos describió no parece un traidor. Pero si la misión hubiera salido como se esperaba, ¿qué habría dicho el ejército a los Wingo? ¿Que Sam había muerto en acto de servicio, que había desaparecido?

—Si eso era parte del plan —dijo Michelle—, apuesto a que un padre como Wingo habría querido que alguien estuviera con Tyler. No tienen otros parientes, así que...

—Así que aparece Jean Wingo como madrastra.

—Lo cual explicaría las extrañas circunstancias de la boda. Que Tyler no fuera invitado. Que se celebrara solo por lo civil y sin aspavientos.

—Joder, a lo mejor ni siquiera están casados realmente —señaló Sean.

—Cierto. Dudo incluso que Jean sea su verdadero nombre.

—Tanto engaño... Lo que está en juego debe de ser realmente importante.

—Pero ahora tenemos a unos posibles ex militares en la ecuación. ¿Qué querrían?

—¿Crees que podrían tener lo que está en juego?

Michelle se encogió de hombros.

—Quizá. Y si es así, ¿tienen también a Sam Wingo?

—Él le envió un mensaje a Tyler. ¿Y si escapó y ahora es un fugitivo?

—Entonces tiene a los militares y a esos otros tipos detrás de él.

—Pues le deseo suerte. —Sean suspiró—. Hoy hemos estado a punto de morder el polvo.

—Lo sé. Nos ha ido por poco.

—O sea que esos tíos son buenos.

—Más que buenos, diría yo —precisó Michelle—. Pero podemos plantarles cara. Ya lo hemos hecho.

Sean le lanzó una mirada.

—En el futuro dependerá de cuántos sean. Yo dejé mis superpoderes en mi planeta natal.

—Bueno, después de lo de hoy tienen tres cuerpos menos que echarnos encima. —Se frotó la mandíbula hinchada.

—Cuando el general se entere de todos los hechos, Sean, lamentará haberte dado un puñetazo.

—Lo dudo. La próxima vez probablemente me pegue un tiro.

—Bueno, ¿cómo vamos a lidiar con esto si no podemos hacerlo directamente?

—Tyler es vulnerable, Michelle. Si fueron a por nosotros, irán tras él en menos que canta un gallo.

—Entonces, ¿nos mantenemos alejados de él?

—No; creo que necesitamos protegerle.

—No podemos vigilarlo las veinticuatro horas todos los días de la semana —replicó Michelle.

—No, pero podemos intentarlo.

—¿Y resolver el caso?

—Tengo un idea —dijo Sean.

—Vaya.

—Si Sam Wingo se comunicó con su hijo...

Michelle lo pilló.

—Entonces Tyler puede comunicarse con su padre dándole a la tecla de respuesta.

—Eso es. Solo que nosotros seremos quienes haremos las preguntas.

—Sean, ¿tú qué crees que está pasando?

Él exhaló un largo suspiro.

—Tal como dijo Dana, creo que el ejército tenía alguna misión ultrasecreta y todo se fue al garete. Y lo que Wingo tenía que entregar ha acabado en las manos equivocadas.

—Pero ¿qué podría ser? ¿Un arma nuclear? ¿Un agente biológico?

—No lo sé, Michelle. Pero si es un arma nuclear o una versión turbo de la Peste Negra, quizá nos enteremos de ello mucho antes de lo que nos gustaría.

—¿Por qué nos complicamos tanto la vida los humanos?

—Porque tememos que simplificar las cosas nos vuelva demasiado simples y carentes de interés.

—Podrías ser filósofo. Pero ¿cómo implicamos a Tyler sin que se convierta en un objetivo?

—No hay forma de hacerlo, así que tenemos que mantenerlo a salvo al tiempo que nos ayuda.

—Pero vive con su madrastra.

—¿Acaso he dicho que fuera a ser fácil?

Sean miró por la ventanilla con aspecto sombrío. La situación pintaba tan mala como cuando había visto a Michelle debatiéndose entre la vida y la muerte en una cama de hospital. También se culpaba de ello. Si se hubiera percatado antes de la situación, nunca habría resultado herida.

—Envíale un mensaje a Tyler para ver si puede quedar con nosotros más tarde. Tendremos que ser muy discretos.

Michelle tecleó el texto y lo envió.

Recibió respuesta al cabo de cinco minutos.

Michelle leyó el SMS dos veces porque no daba crédito.

—Sean...

—Sí.

—Creo que Tyler estará mucho más disponible para nosotros de lo que pensábamos.

—¿Por qué?

—Porque al parecer su supuesta madrastra también ha desaparecido.

26

No quedaron en la cafetería ni en la piscina.

Era un lugar contiguo a una carretera local a unos quince kilómetros al oeste de donde vivía Tyler. Cuando llegó en la furgoneta de su padre, Sean ya estaba allí.

Tyler se apeó del vehículo y lo miró.

—¿Dónde está Michelle? —preguntó.

Sean señaló por encima de su hombro.

—Justo detrás de ti.

Michelle apareció en su Land Cruiser y bajó.

—¿Algún problema? —preguntó Sean.

—Nadie lo ha seguido —informó.

Tyler la miró con ceño.

—No me he percatado de que me seguías.

—De eso se trata.

Era un día frío y húmedo y el cielo estaba cubierto.

—Hablemos dentro de uno de los coches —propuso Michelle.

—En el tuyo, no —se apresuró a decir Sean—. Me niego a mantener reuniones en un vertedero. Vamos a mi sedán.

Ella arrugó la nariz y los siguió al Lexus. Se sentó en la parte trasera mientras Tyler y Sean se sentaban delante.

—Háblanos de Jean —instó Sean—. ¿Por qué crees que ha desaparecido?

—Siempre está en casa cuando vuelvo de natación. Prepara la cena y me riñe si no hago los deberes.

—¿Y hoy no estaba? —preguntó Michelle—. Ni cena ni responsos.

—Su coche no estaba. Y su ropa tampoco.

—¿Alguna nota? —preguntó Sean—. ¿Un SMS, un mensaje de voz?

Tyler negó con la cabeza.

—Pregunté a una vecina, la señora Dobbers, la anciana de enfrente, y dijo que la vio marcharse al mediodía. Vio cómo metía una maleta en el coche.

—¿Algún motivo para que se fuera? —preguntó Michelle—. ¿Algún pariente enfermo? ¿Ocurrió alguna cosa entre vosotros?

—No sé nada de ningún pariente enfermo, nunca me ha dicho nada de eso. El otro día tuvimos una pelea, nada del otro mundo. No se puso como una loca ni a chillar ni nada.

—¿Qué dijo exactamente? —preguntó Sean.

—Que ella también sentía que mi padre hubiera muerto. Que solo nos teníamos el uno al otro. Yo me enfurecí y le dije que prefería ser huérfano. —Se mostró compungido—. No debería haberle dicho eso. Fue una estupidez.

—Pero ¿no se echó a llorar ni nada por el estilo? —quiso saber Michelle.

—No. Yo me marché. Oh, le dije que iba a llegar a la verdad. Y que os había contratado para que investigarais.

—Bingo —dijo Michelle.

Sean asintió y miró a Tyler.

—Creo que por eso se ha marchado.

—No entiendo. ¿De qué tiene que preocuparse? Solo quiero encontrar a mi padre.

—Solo es una especulación —dijo Sean.

—Y podríamos estar equivocados —matizó Michelle.

—¿De qué habláis?

—Tu padre se casó con ella muy rápido. No parece que tuvieran gran cosa en común. Ni siquiera te invitaron a la ceremonia. No parece propio de tu padre, ¿verdad?

—Eso es lo que yo decía. —Se calló de repente y puso unos ojos como platos—. ¿Insinuáis que todo fue una farsa?

—Podría ser —repuso Sean—. Pero ahora mismo no es más que una hipótesis. No tenemos pruebas. No todavía.

—¿Por qué iba mi padre a hacer una cosa así?

—Hoy nos hemos enterado de algunas cosas sobre tu padre, Tyler.

—Contadme.

—En realidad no estaba en la reserva. Seguía en activo.

—¿Qué? —exclamó Tyler, asombrado—. Él nunca me lo contó.

—Probablemente lo tuviera prohibido. Creemos que fue en misión especial a Afganistán.

—Pero ¿por qué iba a necesitar fingir casarse con alguien para eso?

—Puede haber varias razones. Iba a desaparecer, Tyler. Tenía que haber alguien aquí para cuidar de ti. No puedes vivir solo a tu edad. Quizá fue su única opción. Y tal vez ni siquiera se casaron. No asististe a la ceremonia civil, ¿verdad? Dijiste que aparecieron y dijeron que estaban casados.

Tyler apartó la mirada con labios temblorosos.

—O sea que fue una mentira. Me mintió.

Sean advirtió lo dolido que se sentía y añadió:

—Lo cual demuestra lo mucho que tu padre te quería. No quiso que estuvieras solo...

—¡Eso son gilipolleces! —espetó—. Si me hubiera querido no me habría engañado. Me habría dicho la verdad. Me dijo que se había casado. Me hizo vivir con Jean durante un puñetero año. ¿Y todo era una farsa?

—No lo sabemos a ciencia cierta, Tyler —intervino Michelle—. Tal como ha dicho Sean, no es más que una hipótesis.

—Pues seguro que es verdad. Notaba que mi padre no la

quería de verdad. Nunca se cogían de la mano. Nunca los vi dándose besos ni abrazándose. Fue todo una patraña.

Sean miró a Michelle y suspiró.

—La misión debe de haber sido muy importante, Tyler, y muy lenta de preparar si supuestamente dejó el ejército hace un año y luego se «casó» con Jean como parte de los preparativos. Ya sabes que cuando los soldados entran en combate no pueden decirle a nadie dónde están, ni siquiera a su familia.

—Ya. Pero esto es distinto.

—Es un poco distinto pero no tanto. Por lo que parece, la misión de tu padre era muy peligrosa y clandestina. Le escogieron para ello, lo cual demuestra lo valioso que lo consideraba el ejército. Hizo un gran sacrificio, pero sobre todo por dejarte.

—Y por no poder contarte nada —añadió Michelle—. Seguro que le corroía por dentro.

El chico la fulminó con la mirada.

—Lo dices para hacerme sentir mejor. Pues no me siento mejor, ¿vale? Mi padre me mintió. Así de claro. —Permaneció callado unos instantes y luego saltó—: ¿Qué clase de misión? ¿Y ya ha terminado?

—No sabemos exactamente de qué misión se trata —reconoció Michelle—. Al parecer, era una entrega en Afganistán.

—Entonces, ¿volverá a casa? ¿De verdad que está vivo?

—No lo sé, Tyler —repuso Sean—, desconozco las respuestas. Lo que sí sé es que algo salió mal. El ejército cree que tu padre está vivo, pero no saben dónde.

—¿Fue capturado?

—No creo. Si lo hubieran capturado, dudo de que hubiera podido enviarte un email.

—Quizá lo capturaron después de que me enviara el mensaje.

—Sí, es posible —convino Michelle.

—Hay algo más que deberías saber —dijo Sean.

Tyler lo miró con recelo.

—¿Qué?

—Una amiga mía que me dio información sobre tu padre fue tiroteada hoy en el centro comercial. Michelle y yo también estábamos allí. Eran tres pistoleros, pero conseguimos doblegarlos.

—Acabamos con los tres —precisó Michelle—. Antes de que nos mataran.

—¿Matasteis a tres tíos? —preguntó Tyler, sorprendido—. ¿En el centro comercial?

—Pues sí. Y un agente de policía también resultó muerto.

—¿Y creéis que esto tiene que ver con mi padre?

—No estamos trabajando en ningún otro caso —dijo Michelle—. Y los pistoleros... parecían ex militares aunque no llevaban documentación.

Tyler miró a Sean.

—¿Y ese morado que tienes en la cara? ¿Te lo hicieron ellos?

—No te preocupes —repuso Sean con voz queda.

—¿Podréis averiguar quiénes eran esos tres hombres?

—Si constan en alguna base de datos, sí. De lo contrario, no es seguro.

—¿Y fueron al centro comercial a por vosotros?

—Querían que les acompañáramos y nos negamos —contestó Michelle.

El muchacho volvió a mirarla con el rostro pálido.

—Lo siento. Nunca pensé que podría pasar algo así.

Ella le puso la mano en el hombro.

—Descuida, no es culpa tuya. Son gajes del oficio.

Tyler miró ansioso a Sean.

—Espero que tu amiga se recupere.

—Gracias. Yo también.

Se quedaron sentados en silencio durante unos instantes.

—Ahora no sé qué hacer —reconoció Tyler al final.

—Bueno, lo más apremiante es qué pasa contigo ahora que Jean no está. Tienes dieciséis años. No creo que puedas vivir solo.

—Pero en realidad nadie sabe con certeza que Jean se haya marchado —repuso.

—Tienes razón —dijo Michelle. Miró a Sean—: Puede alojarse con uno de nosotros.

—Tengo que ir al instituto.

—Eso lo podemos arreglar —dijo Sean antes de mirar a Michelle—. Creo que necesitamos estar juntos en esto. Cuando Tyler esté en el instituto haremos nuestro trabajo.

Ella asintió.

—De acuerdo.

—¿Que me vaya a vivir con vosotros? —preguntó Tyler nervioso—. Eh, a lo mejor podría ir con la familia de Kathy —añadió esperanzado.

—¿Y ponerles en peligro?

Tyler ensombreció el semblante.

—No había pensado en eso.

—Hay una cosa más —dijo Sean.

—¿Qué?

—¿Has intentado ponerte en contacto con tu padre? ¿Después de recibir su mensaje?

El chico negó con la cabeza.

—Lo pensé. Quería hacerlo, pero... —Se le apagó la voz.

—¿Temías que no respondiera? —aventuró Michelle.

Tyler asintió con la cabeza.

—Y si intento enviarle ahora un mensaje, otra gente podría enterarse. Probablemente controlan mi email. Habéis dicho que estaba en una misión importante y tal.

—Probablemente. Pero puedes escribirle desde otra cuenta de correo. Y puedes emplear vuestro código para que sepa que eres tú.

—¿Cómo sabes lo de nuestro código? —preguntó Tyler con expresión suspicaz.

—¿No te lo dijimos? Somos unos maestros de la decodificación.

—Bueno, por lo menos conocemos a un crack de la decodificación —puntualizó Sean.

—Pero ellos también podrán descifrar el código —insistió Tyler.

—Todo es posible. Pero creemos que vale la pena contactar con tu padre y ver qué dice.

—No podemos estar seguros de que es mi padre, no con un solo mensaje.

—Ya, pero un careo no es viable en estos momentos. Bien, tenemos que coger tus cosas y llevarte a un lugar seguro.

Tyler alzó la vista hacia él.

—¿Un lugar seguro?

Sean lo miró.

—Sí, porque después de lo que ha pasado hoy en el centro comercial, toda precaución es poca. Ahora mismo, ninguno de nosotros está realmente a salvo.

27

El hombre tenía un problema, un problema grave, pero no insoluble.

Los más de dos mil kilos eran buena parte del mismo, pero no lo único. Por lo menos había ido a parar donde tocaba. Pero Sam Wingo seguía desaparecido. Y luego estaba su hijo. Encima, había perdido a tres hombres en un centro comercial.

Tenía recursos pero no eran infinitos, y tampoco era posible encontrar sustitutos de forma rápida y discreta. Todo llevaba su tiempo. Y eso era lo que no le sobraba: tiempo. Tenía mucho por hacer y las horas pasaban rápidamente. La ventana de oportunidad no era más que eso, una ventana. En un momento dado se cerraba y no volvía a aparecer. Todos los elementos de su plan tenían que combinarse en el instante preciso.

En ese momento tenía los dos rostros grabados en su mente: Sean King y Michelle Maxwell. Habían pertenecido al Servicio Secreto y ahora eran investigadores privados. Le habían fastidiado el plan hasta límites insospechados y le habían hecho perder recursos muy valiosos sobre el terreno.

Problemas por todas partes. No le gustaban los problemas. Le gustaban las soluciones.

Encontraría la solución para cada uno de esos problemas, incluidos King y Maxwell, y su misión volvería a encauzarse. Tenía todos los incentivos para ello. Llevaba mucho tiempo planeando todo aquello, reuniendo las piezas que necesitaba. Pero, si las cosas se daban como correspondía, podría salirse por fin con la suya.

Tomó un taxi al aeropuerto y enseguida estuvo en un jet que ascendía hacia el cielo. Llegó a su destino y se tomó unos instantes para colgarse la placa de identificación y las credenciales sobre el pecho que lo acreditaban como un contratista del gobierno con todas las autorizaciones de seguridad. En el pasado había servido a su país con un uniforme. En la actualidad se servía a sí mismo.

Recogió su coche en el garaje del aeropuerto y condujo hasta la «casa grande», tal como la llamaba. Pasó por el control de seguridad. Allí sus credenciales le permitían entrar en muchos sitios. Por lo menos, en todos los que necesitaba. Recorrió un pasillo largo, giró a la izquierda y siguió adelante pasando junto a personal militar.

Como ya no iba uniformado, nunca tenía que parar y saludar. Pero ahí había tantos soldados rasos y oficiales que se habían designado «zonas sin saludo». De lo contrario, el personal se habría pasado el día saludando.

Asintió hacia varias personas que conocía pero no dijo nada. Todo el mundo iba de camino a algún lugar. Era ese tipo de sitios. No sobraba tiempo para estar de cháchara.

Llamó a la puerta antes de entrar al despacho situado en el último pasillo por el que había girado.

—Adelante —dijo una voz.

Abrió la puerta y miró en derredor.

Era la oficina del secretario adjunto del ejército para adquisiciones, logística y tecnología. El secretario adjunto era ahora un civil, un dos estrellas retirado que gestionaba un programa que decidía cómo gastar los miles de millones de Defensa en Oriente Medio. Durante las guerras de Irak y Afganistán había habido escándalos, fraude y derroches en ese sector. Se habían realizado investigaciones y creado comisiones. Algunos habían perdido su trabajo y arruinado sus carreras; otros habían acabado en prisión. El actual secretario adjunto, Dan Marshall, tenía más de sesenta años y una reputación admirable como administrador de honradez intachable. Desde su llegada, había saneado la institución y, a decir de todos, ahora todo funcionaba mucho mejor.

La mujer que ocupaba el escritorio alzó la vista hacia el hombre, sonrió y le saludó. Él preguntó por Marshall. Ella cogió el teléfono y llamó.

Al cabo de unos instantes Marshall salió de su despacho. Sonrió y se le acercó, no con la mano extendida sino con los brazos abiertos.

—Alan, mi yerno preferido, bienvenido de nuevo. ¿Qué tal el viaje?

Alan Grant sonrió, abrazó a su suegro y dijo:

—Interesante, Dan. Interesante y productivo.

—Pasa y cuéntamelo todo —pidió Marshall.

Grant lo siguió al despacho y cerró la puerta.

Le contaría a su suegro una parte pero, por supuesto, no todo.

Lanzó una mirada a la estantería que contenía una serie de fotos. Se fijó especialmente en una, como siempre.

Marshall siguió su mirada y sonrió entristecido.

—Sigo echando de menos a tu padre, por muchos años que hayan pasado. Era amigo de tu padre antes incluso de que tú y mi pequeña nacierais. Era el cadete más listo de nuestra clase de West Point.

Grant se acercó a la foto y la cogió. Su padre llevaba el uniforme y las hojas de roble recién recibidas en sus anchos hombros. Se lo veía feliz. Pero la felicidad no le duró. No después de hacerse civil e ir a trabajar a Washington D.C.

Grant dejó la foto y se volvió hacia Marshall.

—Sí, yo también lo echo de menos. Quizá más que nunca.

—En algún momento, Alan, tendrás que superarlo. Leslie me ha dicho que últimamente estás muy tenso. ¿Todo bien?

—Tu hija es una gran esposa, pero se preocupa demasiado por mí. Ya soy mayorcito. Sé cuidarme solo.

—Bueno, volviste vivo de Irak. Nadie pone en duda tu dureza.

—Allí murieron muchos soldados duros. Yo solo fui uno de los afortunados.

—Doy gracias a Dios de que así fuera. No sé qué haría sin ti. Y Leslie estaría perdida.

—Es una mujer fuerte. Lo superaría.

—Dejémonos de charlas morbosas, Alan. Tienes que superar lo que les pasó a tus padres. Han pasado más de veinte años.

—Veinticinco —corrigió, antes de añadir—: y lo estoy superando, Dan. De hecho, creo que dentro de nada lo habré superado del todo.

—Me alegro.

«Y tanto», pensó Alan Grant.

28

El avión de transporte iba dando botes por las turbulencias a veinte mil pies mientras cruzaba el Atlántico.

Sam Wingo iba sujeto a un precario asiento de loneta. Le había resultado imposible conseguir billete en un vuelo regular que saliera de la India. Una vez en Nueva Delhi, había dedicado un día a cambiar de aspecto al máximo y luego había conseguido una nueva documentación en la tienda de un callejón llena de ordenadores e impresoras de alta resolución. De todos modos, le habría resultado complicado pasar por los controles de seguridad del aeropuerto. Había oído rumores por la calle de que se había iniciado la búsqueda oficial de un soldado americano; se creía que podía estar refugiado allí o en Pakistán.

Bueno, él no quería refugiarse sino largarse de allí.

Después de pasar un día intentando salir del país, se le había presentado una oportunidad. Había tenido que recurrir a un soborno, pero en rupias indias no había supuesto mucho dinero. Así pues, iba sentado en su asiento improvisado intentando no ir de un lado a otro del fuselaje y evitar vomitar la escasa comida que tenía en el estómago.

En esos momentos nada tenía sentido. No sabía quién había cogido su cargamento ni por qué. Ignoraba qué sabía su gobierno al respecto. Lo que sí sabía era que lo culpaban a él y que lo detendrían en cuanto lo encontraran.

No sabía que acababa de recibir un mensaje de correo electrónico en el teléfono porque lo había apagado en cuanto el avión había despegado. Ese mensaje no tendría respuesta. Al menos durante el largo vuelo.

Las largas horas de trayecto le darían tiempo para pensar sobre qué hacer en cuanto llegase a Estados Unidos. Tenía pocas opciones. No le cabía duda de que vigilaban a su hijo. Quizás hubieran interceptado el mensaje que había enviado a Tyler. Joder, quizá tuvieran a su hijo detenido en algún sitio. Aquella idea lo reconcomía tanto que tuvo la impresión de que iba a volverse loco a veinte mil pies de altitud. Aquella misión había sido una cagada desde el primer momento. Había estado en el punto de mira desde el principio y se preguntaba cómo es que no había visto venir todo aquello.

Su culpabilidad quedaría confirmada por su decisión de no presentarse tal como le había ordenado su superior. En la mente de aquellas personas ya lo habían sometido a un consejo de guerra. Probablemente pensaran que se había quedado con el cargamento. Bueno, en parte deseaba haberlo hecho. En esos momentos no le habría ido nada mal.

Pero no lo tenía. Lo tenía Tim Simons, de Nebraska, quienquiera que fuera aquel cabrón en realidad. Estaba convencido de que no se llamaba Tim y dudaba de que fuera oriundo de esa zona del país.

Wingo tenía que ponerse en contacto con su hijo y explicarle lo sucedido. Luego tenía que recuperar el cargamento interceptado. Si lo conseguía, quizá podría salvar su buen nombre y evitar pasar el resto de su vida en una celda del Centro Disciplinario de Kansas.

Mientras el avión recibía una fuerte sacudida por culpa de las turbulencias y descendía unos cien pies, Wingo también recibió una sacudida de cordura en su interior.

Todo lo que pretendía era imposible de hacer. No podría acercarse a su hijo de ninguna manera. Y no tenía forma de recuperar el cargamento. Probablemente en esos momentos estuviera muy lejos de allí, y para él era imposible localizarlo. Lo más probable era que la policía le estuviera esperando en cuanto aterrizara en Atlanta.

Pasaría el resto de su vida en prisión.

Se llevó una mano a la cabeza, cerró los ojos y rezó. Para que se produjera un milagro.

—Nada —dijo Tyler.

Había estado controlando el ordenador desde que le enviara el mensaje a su padre. Había utilizado una cuenta de Gmail que le había creado Michelle. Aunque su padre no reconocería al remitente, Tyler había empleado su código para escribir el mensaje. Sin embargo, no había dicho gran cosa por si alguien descifraba el mensaje de algún modo.

Alzó la vista hacia Michelle. Estaban en la casa de Sean en el norte de Virginia. Sean y Michelle habían pensado que era demasiado arriesgado permitir que Tyler regresara a su casa por sus cosas y habían ido allí directamente. Luego Sean se había marchado a casa del chico para recoger sus pertenencias.

Michelle no había parado de mirar el reloj durante los últimos treinta minutos.

—Puedes llamarle o mandarle un mensaje —dijo Tyler.

—No; entonces pensará que lo controlo.

—Es que es la verdad.

—Exacto. Pero se pone hecho una furia por eso.

Había oscurecido y a Tyler le gruñía el estómago.

Michelle debió de oírlo.

—Puedo preparar algo de cenar. Aunque no soy una gran cocinera.

—Yo te ayudaré.

—Un momento, Kathy me dijo que te gustaba cocinar. Que de hecho le habías enseñado a hacer algunos platos a su madre.

—Solía ayudar a mi madre. Era una gran cocinera.

—No me cabe duda —dijo Michelle en tono sombrío. Se animó y añadió—: Además, que sepas que cuando llegues al mundo real, las mujeres agradecerán mucho esa habilidad.

—¿Tú crees?

—Desde luego. No hay nada más atractivo que un hombre con delantal y un menú en mente. Por cierto, te has perdido el entrenamiento de natación.

—No pasa nada. No tenemos ningún torneo en perspectiva.

—Pero ¿el entrenador no llamará a tu madrastra?

—Ya le he enviado un correo diciéndole que estaba enfermo. Sabe lo de mi padre. Me dejará respirar.

Decidieron preparar una cena tipo desayuno. Mientras Michelle intentaba no quemar el beicon, Tyler preparó una sabrosa tortilla, maíz con mantequilla y panecillos, todo en menos de una hora.

—A Sean también le gusta cocinar, ¿verdad? —preguntó a Michelle.

—Sí, se le da muy bien, lo cual compensa el hecho de que yo apenas sepa freír un huevo. Pero ¿cómo lo has sabido?

—Tiene la despensa y la nevera llena de ingredientes que molan. Se nota por la disposición de la cocina y el tipo de electrodomésticos y cuchillos de cortar que tiene. —Sostuvo un cuchillo—. Esto no es para aficionados. Ni tampoco ese robot de cocina.

—Serías un buen detective. Kathy ya dijo que eras muy listo.

—¿Ah, sí? —dijo Tyler, intentando disimular una sonrisa.

—Sí, lo dijo.

Se sentaron a la mesa de la cocina a comer. Michelle tomó café y Tyler zumo de naranja. Cuando terminaron, enjuagaron los platos, el vaso y la taza y cargaron el lavavajillas. El chico limpió el resto de la cocina mientras Michelle consultaba el teléfono para ver si tenía mensajes.

—Sean llegará enseguida.

—¿Dónde ha estado? —preguntó Tyler.

—En el hospital para visitar a Dana, supongo. Y también iba a recoger unas cuantas cosas mientras yo estoy aquí contigo.

—Mañana puedo faltar al instituto.

—No; es mejor que mantengas tu rutina.

—¿Y qué pasará con Jean? Cuando la gente se dé cuenta de que ha desaparecido...

—Ya nos encargaremos de eso cuando llegue el momento.

—Quizá sea pronto.

—Podría serlo —respondió ella.

Al cabo de veinte minutos los faros de un coche iluminaron la ventana delantera.

Michelle atisbó al exterior y vio que Sean se apeaba.

Al cabo de unos segundos, entró con aspecto desaliñado y deprimido. Llevaba una talega de lona y se la tendió a Tyler.

—Creo que traigo todo lo que necesitas.

—¿Te ha visto alguien? —preguntó Michelle.

—No creo. Estacioné a una manzana y me acerqué a la casa por detrás. Me marché del mismo modo. Miré a ver si había vigilancia en la calle delantera pero no vi nada.

—¿Volviste al hospital?

Negó con la cabeza.

—No soy pariente, ya no. Por lo que dijo el cirujano en la sala de espera, las próximas cuarenta y ocho horas serán críticas.

—Bueno, tú ya no puedes hacer nada más al respecto —se apresuró a decir Michelle.

—Sí, ya he hecho suficiente por Dana, incluido casi matarla.

La frase quedó suspendida en el aire hasta que Michelle dijo:

—¿Has comido?

—No. No tengo hambre.

—Tyler ha preparado una cena muy rica. Ha sobrado algo.

—No tengo hambre, Michelle.

Ella se sentó y se lo quedó mirando mientras Tyler rondaba nervioso por detrás.

—Bueno. El mensaje de Tyler no ha recibido respuesta. Así que, ¿ahora qué? ¿Has ejercitado el cerebro durante tu ausencia?

—Sí, pero me temo que no ha salido gran cosa. —Miró a Tyler—. Espero que tu padre nos conteste. Sin eso, no tenemos nada a lo que agarrarnos.

—¿Se sabe algo sobre los tres tíos del centro comercial? —preguntó Michelle.

—Seguro que se sabe mucho pero no estamos enterados.

—Está claro que McKinney no piensa informarnos.

—Lo único que quiere es arrestarnos.

—O pegarnos un tiro —añadió Michelle.

—Tengo algunos contactos en la policía local. Quizá sepan algo al respecto.

—Incluso un nombre nos resultaría útil —dijo ella.

—Es más de lo que ahora sabemos.

—Pero si mi padre se pone en contacto conmigo, tendremos más con lo que trabajar —terció Tyler.

Sean intercambió una mirada con Michelle.

El chico se dio cuenta y añadió:

—Mi padre no hizo nada malo. Y va a volver para limpiar su nombre.

—Seguro que es lo que quiere —dijo Michelle con voz queda.

Tyler frunció el ceño.

—Vosotros no creéis que vaya a regresar. Pensáis que está muerto, ¿verdad?

—No lo sabemos, Tyler. Esperamos que no esté muerto —dijo Sean.

El muchacho apartó la mirada.

—He conseguido algo de información —añadió Sean.

Michelle y Tyler se animaron.

—¿Qué? —preguntaron.

—El nombre de alguien de DTI que trabajaba con tu padre.

—¿Cómo lo has conseguido? —preguntó Michelle.

—Sí, ¿cómo? —añadió Tyler—. Conmigo no hablaba de su trabajo.

—El amigo de un amigo.

Michelle miró a Tyler y dijo sonriendo:

—Sean tiene muchos amigos de amigos. Le invitan a muchas fiestas.

—La compañera de trabajo de tu padre era una mujer llamada Mary Hesse. ¿Alguna vez le oíste mencionarla?

Tyler negó con la cabeza y repitió:

—Nunca hablaba de su trabajo.

Sean asintió.

—Bueno, esta noche he quedado con ella. Quizá pueda contarnos algo.

—Yo también puedo ir —propuso Michelle.

—No, tú tienes que quedarte aquí con Tyler.

—¿Por qué no vamos los tres? —sugirió el chico.

—No. Ignoro si Hesse me dedicará siquiera cinco minutos. Por teléfono me ha parecido bastante reacia. Si aparecemos los tres, quizá se asuste.

—De acuerdo —dijo Michelle—. Yo haré de guardaespaldas y tú haces de detective.

Tyler no dijo nada, aunque no se le veía muy contento.

Al cabo de un rato, Michelle acompañó a Sean hasta el coche.

—Siento mucho lo de Dana, pero no fue culpa tuya.

—Por supuesto que sí, pero no quiero volver a hablar del tema. —Jugueteó con las llaves.

Ella le cogió una mano para tranquilizarlo.

—No te ofusques, Sean. Si sigues así acabarás resultando inútil para ti y para los demás.

—Lo sé —dijo con resignación—. Pero me cuesta olvidarme del asunto.

—Recuerda el Servicio Secreto. Visión unidireccional. Bloquea todo lo demás. Tal como dijiste, estamos en terreno pantanoso. Saca lo mejor de ti mismo, ¿vale?

Sean asintió secamente.

—Lo mejor de mí mismo, vale. Gracias por darme una cariñosa patada en el trasero.

—De nada. También puedo darte una patada fuerte.

—Y que lo digas. —Subió al coche—. Te llamaré cuando vuelva para casa.

—De acuerdo.

Él miró su casa.

—Tú también saca lo mejor de ti misma —dijo—. Tienes el cargamento más valioso.

29

Después de que Sean se marchara, Michelle hizo la ronda del perímetro y regresó a la casa. Cerró con llave todas las puertas y se aseguró de que su pistola tuviera una bala en la recámara. Miró a Tyler, que estaba sentado a la mesa con sus libros de texto.

—¿Tienes muchos deberes? —preguntó.

—Siempre tengo muchos —dijo con apatía. Sin embargo, no hizo ademán de abrir un libro o coger un lápiz.

—¿No deberías ponerte manos a la obra?

—Supongo. —Hizo una pausa, apretando los dientes—. ¿Dónde crees que está mi padre ahora mismo?

—Tal vez en un avión de vuelta de Oriente Medio.

Tyler hojeó maquinalmente unas páginas del libro de matemáticas.

Michelle dudaba de que pudiera centrarse en ecuaciones y fórmulas.

—Antes de que tu padre se marchara, ¿te habló de algo?

Tyler la miró desconcertado.

—¿De algo como qué? Hablábamos de muchas cosas.

—De algo fuera de lo común. Podría ser algo que pareciera nimio.

Tyler pensó y luego negó con la cabeza lentamente.

—Me dijo que me esforzara en los estudios y la natación. Que cuidara de Jane. Que no me metiera en líos. Cosas así.

Michelle asintió.

—Bueno, sigue pensando en ello. Debe de haber algo que te llamara la atención.

Michelle oyó el ruido antes que Tyler. Empujó al muchacho debajo de la mesa y, con un ágil salto, llegó al interruptor de la luz y sumió la estancia en la oscuridad.

Empuñó la Sig y parpadeó rápidamente para acostumbrar la vista a la falta de luz.

—¿Qué pasa? —susurró Tyler.

—Hay alguien fuera. Quédate ahí y coge el móvil. Si no he vuelto en cinco minutos, llama al 911.

—Pero...

—Chsss.

Michelle salió de la cocina gateando, mirando a uno y otro lado y captando lo máximo que le permitía su ángulo de visión. Le parecía oír pasos sigilosos. Sean tenía vecinos a ambos lados pero también había árboles colindantes entre las viviendas. Un buen escondite. Pensó que los tres tíos del centro comercial tenían amigos que habían regresado a acabar el trabajo.

Echó un vistazo rápido por la ventana delantera.

Vio un sedán aparcado, pero no distinguió si había alguien en el interior. Su Land Cruiser estaba en el camino de entrada pero no se podía arriesgar a intentar llegar a él. Siguió mirando por la ventana mientras mantenía los oídos bien aguzados.

Se puso rígida al ver un hombre que doblaba la esquina de la casa.

—¡Joder! —masculló. Abrió la puerta y espetó—: ¿Se te ha perdido algo, agente McKinney?

Él la miró con cara de pocos amigos.

—¿Qué pasa? —preguntó ella.

Él se acercó.

—¿Podemos hablar?

—¿Qué haces aquí? ¿Cómo nos has encontrado?

—El Departamento de Seguridad Nacional tiene sus recursos —gruñó.

—Sean no está. Pero puedes hablar conmigo.

Él asintió y entró en la casa. Michelle miró por encima del hombro y comprobó el perímetro una vez más antes de cerrar la puerta detrás de ella.

Dijo a Tyler que todo estaba bien. Encendió las luces y el chico entró en el salón con piernas temblorosas. Dio un respingo al ver a McKinney.

—¿Quién es este? —preguntó.

—Agente McKinney, de Seguridad Nacional.

—¿Seguridad Nacional? ¿Por qué estáis metidos en esto?

—Mantenemos la nación a salvo —respondió McKinney, y luego lanzó una mirada a Michelle—. ¿Por qué está aquí? ¿Es que no sabéis hacer caso de una advertencia?

—Tyler está más seguro con nosotros. ¿Por qué merodeas alrededor de la casa de Sean?

McKinney se sentó y sacó una cajetilla de Marlboro.

—¿Os importa si fumo?

—Sí, me importa. Y a Sean le molestaría mucho.

Dejó la cajetilla a un lado y se reclinó en el asiento.

—¿Tenéis idea de en qué estáis metidos?

—Estamos trabajando en ello —respondió Michelle—. Toda ayuda que quieras prestarnos será bien recibida.

—Se trata de un incidente internacional —añadió McKinney.

Michelle se sentó frente a él mientras Tyler permanecía de pie con aspecto aturdido.

—¿Qué tipo de incidente internacional?

McKinney la observó.

—No sé si puedo responder a eso.

—Entonces, ¿por qué narices estás aquí? —se acaloró Michelle—. ¿Para decirnos que no puedes ayudarnos? Créeme, esa idea ya nos ha quedado clara con anterioridad.

McKinney hizo crujir los nudillos.

—Los tíos del centro comercial eran ex militares.

—¿Los tres?

El agente asintió.

—Dejaron el ejército hace tiempo y se metieron en temas poco recomendables para quienes han vestido el uniforme de este país.

—¿De veras?

—Drogas y contrabando de armas. Y ciertas actividades como mercenarios con alguna dosis de terrorismo nacional añadido.

—¿Crees que se trata de eso?

—No, pero no puedo estar seguro.

—Mi padre no se metería en nada de eso —espetó Tyler.

McKinney lo miró.

—Pues parece estar en medio de «eso», sea lo que sea.

—¿En qué consistía la misión, McKinney? Sabemos que Wingo iba a entregar algo que nunca llegó a su destino.

—¿Quién coño te ha dicho eso?

—¿Importa?

—Quizá —espetó McKinney.

—Mira, ambos intentamos averiguar la verdad.

Él volvió a mirar a Tyler.

—Tu padre se puso en contacto contigo, ¿verdad? Te envió un mensaje cifrado.

El chico miró a Michelle. Ella vaciló para luego asentir.

—Sí, cuando se suponía que estaba muerto —admitió Tyler.

—¿Y qué decía el mensaje?

—Que lo sentía y que quería que Tyler le perdonara —respondió Michelle.

—¿Seguro que solo eso?

—Sí —confirmó Tyler con aire desafiante—. Ojalá hubiera habido más.

—Me suena a confesión —dijo McKinney.

—No creo —apuntó Michelle antes de que Tyler tuviera tiempo de intervenir.

—¿Por qué?

—Intuición.

McKinney soltó un bufido burlón.

Michelle no le hizo caso.

—¿Qué tenía que entregar? ¿Iba solo?

—Al parecer sí, iba solo. Lo cual no tiene sentido teniendo en cuenta el cargamento. Pero los militares hacen las cosas a su manera.

—¿Qué era el dichoso cargamento?

McKinney hizo crujir más nudillos.

—Todas las agencias del país están involucradas en esta mierda. Es grande, muy grande.

—No lo dudo. Lo bastante grande como para que del Pentágono te ordenen que nos leas la cartilla. Pero eso no explica tu presencia aquí. Eres de Seguridad Nacional, tenéis muchos recursos. No te hace falta venir a pedirnos nada.

—Lo que dices es cierto —reconoció.

—Pero aquí estás.

McKinney resopló.

—He recabado un poco más de información sobre vosotros. Tú y King. Por eso estoy aquí. Gente que respeto dicen que sois auténticos. Que sois listos y de fiar.

—Vaya. Pero ¿me equivoco si pienso que estás aquí porque te cuesta obtener respuestas claras de los de tu bando? A lo mejor hay falta de confianza.

McKinney arqueó las cejas pero no dijo nada.

—¿Cuál era el cargamento? —insistió Michelle—. Vamos, el suspense me está matando, McKinney.

Él miró a Tyler y luego a Michelle. Daba la impresión de que había tomado una decisión.

—Dos mil kilos.

Michelle frunció el ceño.

—¿Eso es el peso? ¿Dos toneladas?

Él asintió.

—¿Y qué era?

—¿Qué conoces que pese dos mil kilos?

—¿A qué estamos jugando? —espetó Michelle.

—¿Un arma nuclear o una bomba radiológica? —sugirió Tyler con impaciencia.

McKinney negó con la cabeza.

—No.

—Demasiado ligero para un tanque o un avión. ¿Armas biológicas? ¿Centrifugadoras? ¿Doscientos terroristas de Al Qaeda? —añadió con sarcasmo.

McKinney negó con la cabeza.

—Bueno, nos rendimos, ¿qué es? —lo apremió Michelle.

Él se aclaró la garganta.

—Mil millones de euros.

30

Sean estaba con Mary Hesse en un restaurante de Chantilly, Virginia. Era una mujer atractiva de unos cuarenta y cinco años, morena y esbelta. Evitaba mirar a Sean a la cara. Llevaba gafas pero no cesaba de quitárselas para limpiar los cristales con un pañuelo.

Estaba hecha un manojo de nervios.

—¿O sea que trabajabas con Sam Wingo? —preguntó Sean por segunda vez. Aquello empezaba a parecerse a extraer dientes, pensó. Pero en situaciones así la paciencia era una virtud aunque sentara como una úlcera.

Ella asintió.

—Sam era muy agradable. Solo que... —Se interrumpió con gesto un tanto aturdido.

Sean estiró el brazo y le dio una palmadita en la muñeca.

—Sé que es duro. Pero tal como te he dicho por teléfono, trabajo para Tyler, el hijo de Sam.

—Sam hablaba de él continuamente. Estaba muy orgulloso.

—No me extraña. Tyler es un gran muchacho. Pero está muy preocupado por su padre.

—Dijeron que lo habían matado en Afganistán.

—No es seguro. Y creo que ibas a decir que te parecía que pasaba algo raro con Sam, ¿verdad?

El comentario la sorprendió.

—¿Cómo lo has...?

—Estuve en el Servicio Secreto. Se nos da bien interpretar el lenguaje corporal.

—Bueno, apareció un día en DTI. Nadie le había visto antes. Nadie que yo conociera le había entrevistado para el trabajo. Y aunque no seamos una gran empresa, sí seguimos ciertos protocolos.

—¿Y no se siguieron con Wingo?

—Dio la impresión de que no.

—¿Qué más?

—Hablaba dari y pastún pero no... en fin, no al nivel de otra gente de la empresa.

—Tengo entendido que era comercial. Buscaba clientes para la empresa.

—No nos hace falta buscar clientes, señor King. Estamos desbordados, aunque se hayan reducido las guerras en Oriente Medio. Sigue habiendo una intensa cobertura militar. Y las empresas están empezando a ir allí. Todas necesitan traductores.

—O sea que el negocio está boyante y no necesitáis comerciales. Entonces, ¿a qué se dedicaba Wingo?

Hesse se quedó perpleja.

—Pues no lo sé seguro.

—¿No lo sabes seguro? Me dijiste que trabajabas con él.

La mujer palideció y Sean pensó que se había mareado.

—Toma un poco de agua y recobra el aliento —le aconsejó.

Ella lo hizo y se secó la boca con la servilleta.

—¿Te encuentras bien?

Ella asintió.

—Es que en realidad no trabajaba para nosotros.

—Entonces, ¿qué hacía?

—Yo le enseñaba pastún y dari. O sea, lo ayudaba a mejorar sus conocimientos.

—¿Le enseñabas los idiomas más usados en Afganistán?

—Y también en otros países de Oriente Medio, incluido Pakistán. En Irán, el dari se conoce como farsi. Es muy útil saber ese idioma allí, junto con el árabe, por supuesto.

—O sea que si no era comercial y no estaba preparado para ser traductor, ¿le dabas clases para que llegara a serlo?

—No; para eso tenemos academias. Lo que yo hacía era darle clases particulares tres horas al día, de lunes a viernes. Lo hice durante casi un año.

—¿Lo habías hecho antes con alguien más?

Negó con la cabeza.

—Era un reservista al que enviaban a Afganistán —añadió él—. ¿Quería aprender los idiomas?

—Pero no nos pagaba por ello. Nosotros le pagábamos un sueldo para que aprendiera los idiomas.

Sean se reclinó en el asiento, desconcertado por la afirmación.

—¿Cómo lo sabes?

—La contable de la empresa, Sue, es amiga mía. Ella me lo dijo. Pero lo cierto es que nos reembolsaban todo su sueldo.

—¿Quién?

—Una oficina del Departamento de Defensa. No sé seguro cuál pues hay muchas. Pero lo que está claro es que recuperábamos el dinero. No nos costaba ni un centavo. El dueño de nuestra empresa no se caracteriza por su generosidad. No pagaría por un empleado que no tiene ninguna función.

—¿Hablaste alguna vez con Wingo de... de este acuerdo tan peculiar?

—Me dijeron que no comentara nada. Lo consideraba un amigo, pasábamos mucho tiempo juntos. Me hablaba de su hijo y yo le hablaba de mi familia. Me sorprendió que un día desapareciera. Sabía que iba a marcharse a Afganistán en algún momento, pero no sabía cuándo. Y tampoco sabía que estaba en la reserva.

—Estaba en activo. Creo que le ayudaste a prepararse para una misión que exigía esos conocimientos lingüísticos.

—¿Qué misión era? —preguntó con un susurro.

—Buena pregunta. Ojalá lo supiera.

—¿Has dicho que no crees que Sam haya muerto? Pero salió en los periódicos.

—No, no creo que haya muerto. —Sean se inclinó hacia delante—. Pero eso no significa que no esté en peligro o en un atolladero. ¿Te mencionó algo en particular?

—Me dijo que esperaba jubilarse pronto. Quería dedicar más tiempo a su hijo.

—¿Algo más?

—Bueno, pasó algo extraño justo antes de su marcha de DTI.

—¿El qué?

—Dijo que pronto iba a volver a Afganistán. Le dije que tuviera cuidado con las minas y los francotiradores. Que rezaría para que volviera sano y salvo.

—¿Y qué respondió?

—Dijo que las minas y los francotiradores eran la menor de sus preocupaciones.

Sean se frotó el mentón.

—¿Qué habría querido decir con eso? ¿Que allí podía pasarle algo incluso peor?

—Supongo que sí. —Adoptó una expresión alarmada ante la trascendencia de tal afirmación—. Pero ¿qué hay peor que ser víctima de una explosión o un disparo?

—Algo debe de haber —respondió Sean.

Confirmó otros datos con Hesse antes de agradecerle la entrevista y marcharse. Ella se quedó contemplando su taza de café.

Cuando estaba a medio camino del coche, le sonó el teléfono. Era Michelle. Lo informó de la visita de McKinney.

—¿Mil millones de euros? —repitió él con escepticismo—. Eso son mil trescientos millones de dólares al cambio actual.

—Me lo creo. Y al parecer pesan dos toneladas.

—¿Y por qué McKinney nos ofrece esta información?

Sean se deslizó en el asiento delantero y se ciñó el cinturón antes de poner en marcha el motor mientras sujetaba el teléfono entre la oreja y el hombro.

—Creo que se siente confundido. No confía en nadie, ni en los de su bando —dijo Michelle.

—Aun así, me parece un poco raro que un tipo de Seguridad Nacional acuda a nosotros con esta información. Por esto lo podrían trincar.

—Ya. Me ha extrañado tanto como a ti.

—¿Cómo has quedado con él?

—No he quedado en nada. Se acaba de marchar y te he llamado.

—Llegaré en cuarenta minutos. No os mováis.

Sean arrancó sin mirar el retrovisor.

Si hubiera mirado, habría advertido el punto rojo que se movía en su frente.

31

Alan Grant bajó el arma con el apuntador láser mientras Sean se alejaba en el coche.

No sería tan sencillo como apretar el gatillo, aunque llegaría el momento en que se redujera a algo tan básico. Se guardó el arma en la pistolera y se quedó sentado con el motor en marcha mientras pensaba en otros asuntos.

Mary Hesse, de DTI. Enseñaba a Sam Wingo idiomas de Oriente Medio. Era un callejón sin salida, pero podía haber otros rastros por ahí capaces de llevar a King y Maxwell a algún sitio.

Arrancó su sedán Mercedes y se marchó de Chantilly en dirección oeste, hacia las montañas Blue Ridge. Las carreteras pasaban de interestatales a estatales para acabar en zigzagueantes carreteras secundarias.

Al final enfiló un camino de tierra, ascendió una colina, giró a la izquierda y paró delante de una cabaña pequeña y desvencijada. Bajó del coche y comprobó la hora: casi medianoche. El tiempo no significaba nada para él. Hacía tiempo que había dejado de seguir una rutina de nueve a cinco.

Abrió el maletero y miró a la mujer que yacía allí. Tenía los pies y las manos sujetos con esposas flexibles, la boca amordazada y los ojos vendados, lo cual era probablemente innecesario dado que estaba drogada. Pero era un hombre precavido, y la gente precavida valía por dos.

La levantó y la trasladó al porche. La dejó en el suelo, abrió la puerta —cerrojos triples y un sistema de seguridad conectado a un generador alimentado con propano que también proporcionaba luz—, la recogió y entró con ella en brazos.

Su gesto no tenía nada de conyugal.

La estancia estaba dominada por una mesa de metal, sobre la que colocó a la mujer. Le quitó la venda de los ojos y retrocedió. Se despojó del abrigo y dejó la pistola a un lado para que no le molestara. Encendió la lámpara del techo.

Ella fue despertándose bajo la atenta mirada de él, que consultó su reloj. Justo a tiempo.

Jean Wingo parpadeó varias veces antes de quedarse con los ojos abiertos. Al comienzo estaba aturdida, pero luego miró hacia un lado y le vio.

Se puso tensa y adoptó una expresión de miedo.

Grant le retiró la cinta que le tapaba la boca.

—¿Qué... qué te propones? —boqueó ella, y miró alrededor—. ¿Por qué me has traído aquí?

—Habla tú.

—Me has drogado y maniatado y ahora estoy tumbada en una mesa. Por el amor de Dios, te habría bastado con llamarme.

Grant notó que la mujer iba recuperando el coraje.

Intentó incorporarse. Él se puso unos guantes de piel y la obligó a tumbarse de nuevo encima de la mesa. Teniendo en cuenta que tenía las piernas y los brazos atados, no le costó demasiado.

—Por favor, deja que me levante.

—No hasta que hayamos hablado. Necesito información.

—¿Dónde estamos?

—En un lugar seguro.

Acercó una silla y se sentó junto a ella.

—¿Puedo incorporarme, por favor?

Le colocó un brazo bajo la espalda y la ayudó a sentarse.

Ella lo miró con recelo.

—¿Qué quieres saber que no te haya dicho todavía?

—Para empezar, ¿por qué te marchaste?

—Tyler contrató a esos detectives. Me puse nerviosa.

—Te marchaste sin permiso. No se pueden cambiar las reglas a mitad de partida.

—Lo siento, Alan, pero las condiciones sobre el terreno cambian. Y yo tuve que adaptarme. Esos detectives...

—Los tengo controlados. Tu marcha ha complicado las cosas. Ahora Tyler está con King y Maxwell. He perdido tres hombres por su culpa. Todo esto podría haberse evitado si hubieras controlado a Tyler. Si no hubiera sospechado, no habría contratado a nadie. Se habría creído lo que el ejército le decía y ahí habría acabado el asunto.

—Wingo le envió un mensaje.

—Lo sabemos. Pero podría haberlo enviado cualquiera. No necesariamente su padre. Insisto, si te hubieras ceñido al guion, que incluía esta eventualidad, nos habríamos hecho cargo del asunto.

—Mira, lo siento, ¿vale? No todos los planes salen como se espera.

—El mío sí. Hasta ahora.

—Vaya, ¿me has traído aquí para torturarme? ¿O matarme? ¿De qué va a servir eso?

Grant volvió a notar lo nerviosa que estaba aunque intentara disimularlo.

—No y no. Y no serviría de nada. Solo me interesa saber si tienes información útil que darme. Luego te destinaré a otro lugar. Eres consciente de que la cagaste, ¿verdad? Eso tiene consecuencias, Jean.

—He cumplido. Me tocó hacer de «novia» de Wingo y representé mi papel de forma impecable el año pasado. El chico nunca me cogió cariño. Y Wingo era Wingo. No ha sido precisamente un camino de rosas.

—Ya. Dime algo de lo que te hayas enterado y podremos volver a la ciudad.

—Me marché cuando la situación empezó a ponerse peliaguda. Te llamé y te dije lo que iba a hacer.

—Y yo te dije que te quedaras donde estabas.

—Fácil de decir.

—¿Qué más?

—Pues eso es todo.

—¿Wingo ha vuelto a comunicarse con su hijo?

—No. Wingo no ha vuelto a intentarlo. —Adoptó una expresión curiosa—. ¿Qué pasó exactamente en Afganistán? Nunca me lo contaste.

—Wingo perdió el cargamento, y mi gente lo perdió a él. Está por ahí. Probablemente intentando entender qué pasó y tratando de volver aquí. Se ha puesto en contacto con su superior directo, que no se creyó su versión. Tiene los días contados. El Departamento de Defensa está empeñado en encontrarle. Nosotros también lo estamos buscando, por supuesto.

—O sea que no andará por ahí mucho tiempo.

—Pero no nos conviene que Defensa lo encuentre, porque quizá comprueben que no se quedó con el cargamento. Entonces empezarán a buscar en otro sitio. Quiero que se centren en él.

—O sea que tienes que encontrarle antes que ellos.

—Tal como has dicho, fácil de decir.

—Entonces mejor que pongamos manos a la obra.

—Totalmente de acuerdo.

Grant sacó una navaja y le cortó las ligaduras de pies y manos.

Le lanzó la Glock de 9 milímetros.

Ella comprobó el cargador, puso una bala en la recámara y le apuntó.

—Lo siento, Alan. —Disparó, o por lo menos lo intentó, pues no pasó nada.

—Suerte que no lleva percutor —dijo Grant, a quien no pareció sorprenderle que ella intentara matarlo.

Acto seguido le hundió el cuchillo en el cuello, seccionándole las arterias principales. Se apartó del borbotón de sangre. Ella tenía la vista fija en él, que siguió observándola. A la espera.

Jean cayó al suelo y al cabo de unos segundos acabó de desangrarse.

Grant la miró unos instantes.

—Consecuencias, Jean.

La envolvió en plástico y la ató como si fuera un regalo.

La tumba excavada la aguardaba en el bosque a casi un kilómetro de distancia. Mientras echaba la última palada de tierra encima del hoyo, elevó una oración silenciosa y pensó que Sam Wingo se quedaba viudo por segunda vez.

Dudaba de que ahora el muy cabrón se preocupara por eso. Tenía otros asuntos de que ocuparse. Regresó a la cabaña, la limpió y volvió a su coche.

No se alegraba de perder a Jean, pero ciertas cosas eran sacrosantas. Las órdenes estaban para cumplirlas. Las reglas no se creaban sobre la marcha. Por algo había una estructura de mando. Por un motivo racional y verificado a lo largo de la historia.

Además, por encima de todo, Grant era un soldado disciplinado. Daba igual que ya no vistiera el uniforme. La vestimenta no era lo que importaba, sino lo que había dentro. Disciplina, honor, respeto, responsabilidad, profesionalidad.

Jean había incumplido todo aquello.

No tenía la elección de someterla a un consejo de guerra.

Solo quedaba una opción. Había recurrido a ella, pero solo después de que Jean suspendiera la prueba de lealtad. Él era un hombre justo. Si no hubiera intentado matarle, ella seguiría con vida. Pero no había sido así y por eso estaba muerta.

Siguió conduciendo.

Tenía una lista. La había comprobado dos veces. Había llegado el momento de dar un paso más.

Tenía mil millones de euros. Personalmente no los necesitaba todos, le bastaba con una décima parte.

Pero consideraba que sería dinero muy bien empleado.

32

A la mañana siguiente Michelle dejó a Tyler en el instituto.

—Si algo te parece raro o si aparece gente desconocida preguntando por ti, enciérrate en el despacho del director y llámame.

Tyler le prometió que lo haría y Michelle le observó hasta que entró por la puerta del centro educativo. Nunca había sido madre y nunca se había imaginado en ese papel. Pero en ese momento se sentía como una mamá sobreprotectora. De hecho, el peso de la responsabilidad que sentía era incluso mayor que el que sintiera cuando protegía a dignatarios estando en el Servicio Secreto.

Se marchó en el coche y telefoneó a Sean por Bluetooth.

—Ya he dejado al polluelo. ¿Qué hacemos ahora?

—¿Crees que McKinney querrá reunirse con nosotros otra vez?

—No sé. Me dejó la tarjeta. Puedo llamarle.

—Hazlo.

—¿Por qué?

—Necesitamos acceso oficial, Michelle, y él nos lo proporcionará. De lo contrario estaremos fuera del circuito y no tendremos pistas que seguir.

—No va a invitarnos a participar en la investigación.

—Quizá te sorprenda.

—¿Qué sabes tú que yo desconozco?

—Llámale. Nos vemos a mediodía en nuestra oficina.

—¿Qué vas a hacer mientras tanto?

—Iré a ver a Dana.

—Pero dijiste que ya no eres pariente.

—Siempre hay alguna fórmula.

—¿Qué quieres que haga aparte de llamar a McKinney?

—Jugar a los detectives e intentar averiguar algo sobre Jean Wingo.

—Vale. Te diría que te anduvieras con cuidado, pero sé que lo harás.

Sean colgó.

Michelle fue hasta el barrio de Tyler. Era igual que miles de barrios. Casas de clase media con gente de clase media. Aunque este barrio era un poco diferente. Ciertas personas que vivían aquí no eran lo que parecían.

Michelle llamó a la puerta de Alice Dobbers, la vecina que había visto a Jean marcharse el día anterior. Era una anciana de más de ochenta años, bajita, y le sobraban unos treinta kilos. Tenía las piernas y los brazos hinchados y parecía sufrir dolores. Llevaba gafas y un audífono en su oído derecho. Michelle le explicó quién era y qué quería.

—Estamos intentando ayudar a Tyler —dijo.

La vieja asintió.

—Lo sé. Tyler me habló de ti y de tu socio. Puedo decirte lo mismo que a él. La vi marcharse alrededor del mediodía, la telenovela estaba a punto de empezar. Ya no echan muchas, me refiero a las telenovelas, por eso me acuerdo de la hora. Miré por la ventana porque estaba la tanda de anuncios. La mayoría son de marcas de café. Yo ya no bebo café. Me acelera y me llena la vejiga. No me gusta estar acelerada y tener que ir al lavabo de noche. Me cuesta demasiado levantarme de la cama. Probé los pañales pero no me gustan. Me sentí como si volviera a nacer, pero no en el buen sentido, ya sabes. —Se deslizó las gafas hasta media nariz y miró a Michelle con picardía.

—No me extraña. Así que Jean llevaba una maleta...

—No. Primero sacó el reciclaje. Supongo que se confundió.

—¿Con qué?

—Ayer era el día de recogida de la basura, no del reciclaje. No entiendo por qué no pueden hacerlo todo el mismo día. Pero no me queda tanto tiempo en este valle de lágrimas para preocuparme por esas cosas.

—¿Y luego qué?

—Luego salió con una maleta y la metió en el coche. No era una bolsa de viaje sino un maletón. No creo que vaya a volver. Pero me da igual.

—¿Por qué lo dice?

Dobbers le dedicó otra mirada cómplice.

—He estado casada cincuenta y siete años. No con el mismo hombre. Con tres, pero sumaron un total de cincuenta y siete años de buenos momentos hasta que dejaron de serlo. O sea que sé qué es el amor. Y el compromiso. Lo veo cuando está y sé cuándo no está.

Michelle miró hacia el otro lado de la calle.

—¿Y allí no lo vio?

—Conocí a la primera esposa de Sam. Ahí sí que había una mujer enamorada y un hombre que la amaba. Pero no la segunda. No sé por qué se casó con Jean, pero no fue por amor.

—¿Hablaba con alguno de ellos?

—Hablaba mucho con Sam. El horno siempre me deja tirada cuando más lo necesito. Él venía y me lo arreglaba. Cuando yo todavía conducía, él y Tyler le cambiaban el aceite al coche, comprobaban los neumáticos y le daban un buen lavado. Buena gente. Pero Jean no tanto.

—¿Hablaba con ella?

—Lo intenté. Me cuesta moverme. Tengo artritis, diabetes, los riñones mal y el hígado hecho polvo. Di alguna enfermedad y seguro que la tengo. Cuando muera, los médicos van a ponerme en escabeche para estudiar todo lo que no me funciona. —Miró a Michelle con expresión inquisitiva—. Lapsus mental, ¿por dónde iba?

—Por que intentaba hablar con Jean.

—Sí, eso. Cruzar la calle es para mí como correr una maratón, pero lo hice más de una vez. Incluso le preparé un pastel para darle la bienvenida en el barrio, cuando por norma ya no hago pasteles porque si me despisto soy capaz de quemar la casa. ¿Y qué hizo ella? Cogió el pastel, me dio las gracias y me cerró la puerta en las narices. Otro día la vi en el jardín regando. Me acerqué para charlar un poco. Me miró como si yo fuera una apestada y entró antes de que yo acabara de cruzar la calle.

—Veo que no era una vecina muy amable —dijo Michelle.

—Ni vecina ni nada.

—¿Tiene idea de adónde puede haber ido?

—No. Pero ya era hora. Quien me preocupa es Tyler. Ese chico sí que quiere a su padre. Ahora él no está y la mujer con la que se supone que se casó se larga. Mucho movimiento. Vete a saber lo que nos espera.

—Eso digo yo —convino Michelle—. Bueno, gracias.

—Para servirte. —La anciana la observó con ojos entornados—. Vi a ese amigo tuyo. Tyler dice que sois socios. Que fuisteis espías o algo así.

—Ex agentes del Servicio Secreto.

—Pues menudo pedazo de hombre. Si fuera más joven, iba a por él para casarme por cuarta vez. Voy a darte un consejo. —Miró a Michelle de arriba abajo—. Tienes todo bien puesto. Yo en tu lugar, pillaría a ese guaperas y no lo dejaría escapar, antes de que otra se lo camele. Y seguro que alguna lo consigue. Hay mucha lagarta suelta. Bueno, tengo que ir al lavabo.

Se volvió y se internó en su casa con paso torpe y pesado.

Michelle se quedó allí con la libreta abierta inútilmente.

Luego cruzó la calle y observó el lugar donde había estado aparcado el coche de Jean. Sabía qué coche era y la matrícula, porque lo había visto con anterioridad, pero no podía emitir una orden de busca y captura para el vehículo. Eso solo podía hacerlo la policía. Pero estaba de acuerdo con la vecina: no creía que la tal Jean fuera a volver. Si la boda de Wingo había sido una tapadera para la misión, ¿qué la retenía allí?

Llamó a McKinney y le salió el contestador. Dejó un mensaje proponiéndole reunirse ese mismo día en la oficina de ellos.

Se dirigió a la parte posterior de la casa de los Wingo. Tyler le había dado una llave y permiso para entrar. Al menos esa sería su coartada si aparecía la policía.

Empezó por la planta baja y fue subiendo. No se molestó en buscar huellas porque no tenía ninguna base de datos para cotejarlas. Ser investigador privado tenía sus desventajas. Tampoco podía saber cuáles eran los antecedentes de Jean. Si la habían reclutado para interpretar un papel, quizá perteneciera al ejército o trabajara para algún contratista de Defensa. Aquello podría darles una pista acerca de su paradero. Tal vez McKinney pudiera aportar esos datos si decidía aliarse con ellos.

Dedicó unos minutos a recorrer la habitación de Tyler. Pensó en lo mucho que debía de estar sufriendo, preguntándose por la suerte de su padre. Esperaba que pudieran proporcionarle una respuesta.

Entró en el dormitorio conyugal. Si se limitaban a interpretar un papel, supuso que no dormirían juntos, lo cual no era sencillo en una casa tan pequeña. Rebuscó en la habitación y el armario pero no encontró nada útil. Jean se había llevado toda su ropa y, al parecer, la mayor parte de sus pertenencias, puesto que no quedaban demasiados objetos femeninos.

Ningún ordenador. Ningún teléfono fijo. Ningún móvil.

Se sentó en una silla del dormitorio y recorrió el espacio con la mirada preguntándose si se le escapaba algo. Miró por la ventana que daba al patio trasero.

Un cubo de basura verde junto a la puerta de atrás. Ya puestos, no le costaba nada revisarlo. Oyó sonidos de motor y de sistema hidráulico. Miró por la ventana que daba a la calle. El camión de las basuras bajaba resoplando por la calle. Miró el contenedor azul situado junto a la acera. O quizá fuera el camión del reciclaje.

Bajó las escaleras a todo correr, salió por la puerta, dio un salto desde el porche y fue a parar al jardín delantero. Llegó al cubo de reciclaje unos segundos antes de que el camión parara para recogerlo.

Cuando un basurero se apeó de la trasera del aparatoso vehículo y la miró, ella dijo:

—He perdido el anillo de casada aquí dentro. Puedes saltarme esta semana.

Subió el cubo por el camino de entrada hasta el patio trasero.

Cerró la verja y abrió la tapa. El cubo estaba medio lleno.

Michelle se había dado cuenta justo a tiempo de que ninguna persona que se dispusiera a desaparecer se tomaría la molestia de sacar el reciclaje. Así que quizás hubiera algo allí dentro de lo que ella quería deshacerse y que no quería que le encontraran encima. Tal vez en eso había estado pensando Jean al confundir el día de recogida de basura y de reciclaje.

Pasó veinte minutos rebuscando y al final encontró una carta, mejor dicho, un sobre. Iba dirigido a «Jean Shepherd» y otra dirección. Dobló el sobre y se lo guardó en el bolsillo.

Al cabo de un minuto iba a toda velocidad en su Land Cruiser.

33

No mucho tiempo atrás, Sean King había estado atornillado a una silla junto a la cama de hospital en que Michelle yacía debatiéndose entre la vida y la muerte. Desde entonces odiaba los hospitales. Si hubiera podido evitar entrar en uno el resto de su vida, lo habría hecho. Pero no podía, tenía que estar allí.

Dana seguía en la UCI, por lo que las visitas se limitaban a los parientes más cercanos; había que llamar antes para poder entrar. Le había dicho a la enfermera que respondió al teléfono que era un hermano de Dana residente en otra ciudad.

Lo condujeron a la habitación. Dana estaba en la cama con suero y unas vías conectadas por todo el cuerpo. La máquina que controlaba sus constantes vitales emitía zumbidos y pitidos al lado de su cama. Las persianas estaban bajadas. La habitación estaba prácticamente a oscuras. Dana llevaba una mascarilla de oxígeno que ayudaba al pulmón dañado.

Avanzó con paso vacilante, confiando en no encontrarse con el general Brown. Lo último que necesitaba era otro altercado. Todavía se le notaba en la cara la secuela del anterior. Y aunque Dana no estaba consciente, una pelea no iba a ayudar a su recuperación.

Acercó una silla y se sentó junto a la cama. El pecho de ella subía y bajaba lentamente pero de forma irregular. Pasó una mano por la barandilla de la cama y le cogió suavemente la muñeca. Estaba fría y, durante un momento aterrador, Sean pensó que había muerto. Pero seguía respirando y el monitor mostraba sus constantes vitales, aún débiles.

Se inclinó más y apoyó la cabeza ligeramente en la fría barandilla de la cama. Había adoptado esa postura durante más de dos semanas mientras esperaba que Michelle abriera los ojos. Nunca había imaginado que repetiría ese ritual tan pronto, y mucho menos con su ex mujer.

—Lo siento mucho, Dana —musitó. Le soltó la muñeca y dejó su propia mano colgando.

Cerró los ojos y le brotaron unas pocas lágrimas. Se quedaba azorado cuando algo lo afectaba tanto. Abrió los ojos y vio que ella había cerrado los dedos alrededor de los de él. Le miró la cara. Seguía con los ojos cerrados y respiraba de forma débil. Observó los dedos de ella una vez más, pensando que se lo había imaginado. Pero ahí estaban, entrelazados con los suyos.

No se movió hasta al cabo de unos veinte minutos, cuando ella le soltó los dedos y pareció sumirse en un sueño más profundo. Permaneció sentado junto a ella media hora más, antes de salir y secarse las últimas lágrimas.

Dobló la esquina del pasillo y se topó con la única persona a la que temía encontrarse.

Ese día el general Brown no llevaba uniforme. Vestía unos pantalones anchos y un *blazer* azul. Frunció el ceño nada más ver a Sean.

—¿Qué coño está haciendo aquí? —espetó. Miró más allá de Sean hacia las puertas dobles que conducían a la UCI—. ¿Ha ido a ver a Dana? ¡Cabrón!

Y se dispuso a darle otro puñetazo. Pero esta vez Sean no se quedó quieto: enganchó el brazo de Brown y se lo retorció a la espalda formando un ángulo que lo hizo gritar de dolor. Menos mal que en ese momento no había nadie en el pasillo.

—Sí, he visto a Dana —le dijo Sean al oído—. Ha movido la mano, por si le interesa. Ahora le soltaré el brazo, pero si quiere seguir con esto, le sugiero que espere a que estemos fuera.

Se apartó y Brown se le plantó delante mientras se frotaba el brazo y hacía una mueca.

—Si vuelve por aquí, haré que le detengan.

Sean lo miró.

—Aquellos hombres entraron en el centro comercial detrás de Dana. Nosotros llegamos primero. Nadie nos siguió, de eso estoy seguro. Eso significa que esos tipos la seguían a ella, no a nosotros. Me dijeron que la llamara después de que yo le indicara que fuera al puesto de policía a dar la alarma. Sabían que ella era importante.

—¿Usted la hizo ir a la policía? —preguntó Brown con expresión confundida.

—Sí, y luego ella volvió y nos ayudó. De hecho, nos acabó salvando la vida. Es una mujer muy valiente y me consta que a usted lo quiere mucho.

—Pero me traicionó proporcionándole a usted información que yo le di.

—Lo hizo porque yo se lo pedí. Fue un acto egoísta y estúpido por mi parte, pero lo hice para ayudar a un muchacho a encontrar a su padre.

Brown lo miró con suspicacia.

—¿A Wingo?

Sean asintió.

—Pero ¿cómo sabían esos hombres de la implicación de Dana? Y esos hombres la siguieron después de que ella hablara con usted acerca de Wingo. Ex militares.

Brown caviló al respecto.

—¿Sugiere que quizás haya un topo en mi oficina? Eso es imposible.

—¿Se le ocurre otra explicación, general?

—A usted no le debo ninguna explicación —espetó.

—Por supuesto que no. Pero su mujer está allí porque unos hombres que la siguieron le pegaron un tiro. Y el único motivo por el que creo que la seguían era porque sabía cosas de Sam

Wingo que usted le había contado. A los tres hombres los matamos, pero eso no significa que no haya otros por ahí.

—Esto es un asunto militar confidencial.

—Dígale eso a un chico de dieciséis años al que le han dicho que su padre está muerto aunque no lo esté.

La ira de Brown se fue aplacando.

—No era consciente de eso. Pero no puedo ayudarlo.

Sean lo observó intentando detectar algún titubeo en sus facciones.

—Tu mujer yace en un hospital porque un hombre le disparó —le dijo tuteándolo sin más—. Yo en tu lugar querría asegurarme de que todas las personas responsables reciben su merecido.

Brown se apoyó contra la pared y observó el suelo de linóleo estampado.

Sean se le acercó.

—El Departamento de Defensa está sepultando todo este asunto. No me extraña. Pero haciéndolo espero que no tapen también la verdad. Porque si es así, esto deja de ser un asunto de seguridad nacional para convertirse en un acto criminal.

Brown alzó la vista con brusquedad.

—No oculto nada.

—Por permitir que otros lo hagan, eres culpable por negligencia.

—Esa es su opinión, que no me importa en absoluto.

—No es una opinión sino un concepto básico. Decir la verdad es la mejor política.

—Ese enfoque es muy ingenuo —aseveró Brown con tono burlón.

—Pensaba que cuando uno llevaba el uniforme, el honor se daba por supuesto.

—Se da por supuesto —espetó Brown.

—Y si se cometen errores, ¿no deberían enmendarse aunque se desvele un secreto? ¿Sobre todo si estamos hablando de la vida de un inocente?

—Yo soy solo una persona, King.

—¿O sea que escondes la cabeza bajo el ala y miras hacia otro lado? ¿Eso es el honor para ti?

—¿Qué coño quieres de mí? —le espetó el general, dejándose de formalidades.

—Quiero tu ayuda para resolver este asunto.

—¿Mi ayuda? ¿Tienes idea de lo que me estás pidiendo?

—La verdad es que sí. Y si te niegas y te limitas a sentarte al lado de Dana, lo entenderé. Yo cargo con la enorme responsabilidad de que Dana estuviera a punto de morir por algo que le pedí. Tengo que compensarlo.

—Entonces quizá te des de bruces contra el Pentágono.

—Tengo licencia de investigador privado. Y no conozco ninguna ley que me impida investigar un asunto en nombre de un cliente.

—Menos cuando está en juego la seguridad nacional.

—Sí, me conozco esa muletilla. La gente la usa como la tarjeta que te permite salir de la cárcel en el Monopoly. Pero cuanto más se usa una cosa, menos efecto tiene. Y esto es América. La libertad está por encima de todo lo demás.

—Hasta que pierdes esa libertad.

—Ya he pasado por todo eso, general. Y sigo aquí.

—Sigues corriendo un gran riesgo. Muy grande.

—Me da igual. Gajes del oficio. Y le debo una a alguien.

—¿A quién? ¿Al chico?

—No; a Dana.

Brown apartó la mirada con expresión dubitativa. Sean casi veía cómo le salía humo del cerebro.

—No prometo nada, pero veré qué puedo hacer.

—Te lo agradezco. —Sean le tendió una tarjeta.

Brown la cogió y se dispuso a marcharse, pero antes añadió:

—Cuando me puse el uniforme, me puse también el honor. Y el deber. No solo con el ejército, sino también con mi país.

—Yo me sentía igual en el Servicio Secreto.

Brown jugueteaba con la tarjeta de Sean.

—Estaremos en contacto. —Y se marchó a la habitación de Dana.

Cuando Sean salía del hospital, le sonó el teléfono. Era Michelle. Habló con frases secas y enérgicas. Sean la escuchó y luego salió disparado hacia el coche.

34

A Michelle Maxwell no se le daba bien esperar. En el Servicio Secreto había sido una de las cosas que más la fastidiaban: el tedio.

Tamborileaba el volante con los dedos mientras observaba un motel al sur de Alexandria, Virginia, situado junto a la carretera 1, o Jeff Davis Highway, como se la conocía allí. La zona había estado bien en el pasado, pero ya no. Y también había dejado de ser segura. Las casas, las calles comerciales y los negocios habían visto tiempos mejores. Estaban raídos, gastados y, en ciertos casos, abandonados y cayéndose a trozos.

Michelle tenía la vista fija en el motel. En concreto, en la habitación 14 del Green Hills Motor Court. El nombre le había hecho gracia la primera vez que lo había visto puesto que por ahí no había colinas, ni verdes como indicaba su nombre ni de otro color. Había basura en la zona de aparcamiento, sobre todo latas de cerveza, jeringuillas usadas, paquetes de condones vacíos y botellas rotas de whisky y ginebra. La pintura de puertas y paredes estaba desportillada. Las luces de neón habían perdido el brillo hacía tiempo.

No obstante, Jean Wingo, o Shepherd, o quienquiera que fuera en realidad, había recibido cartas en esa dirección. Así que supuestamente se había alojado allí. Michelle seguía tamborileando con los dedos pero estaba deseando actuar, moverse, derribar una puerta, hacer prisioneros o patearle el culo a alguien.

Cuando el coche de Sean entró en el párking, ambos socios se reunieron en la zona central, que estaba casi vacía. Michelle le enseñó el sobre con la dirección del motel y le explicó con más detalle cómo la había encontrado.

—Buen trabajo —le dijo él.

—Muy amable de su parte —bromeó ella, pero se dio cuenta de que él seguía serio—. ¿Ha pasado algo con Dana?

—La he visto. Me ha cogido la mano.

—Qué bien, ¿no?

—Sí, está muy bien.

—Pero te veo abatido.

—Me he vuelto a topar con el general.

—¿Te ha dado otra colleja? Espero que esta vez se la devolvieras y...

Sean le tapó la boca con la mano para que parara.

—No ha habido collejas.

—¿Y qué ha pasado?

—Ha aceptado ayudarnos.

Michelle se quedó anonadada.

—Pues eso también está muy bien. Entonces, ¿por qué no estás contento?

—Porque podría costarle la carrera.

—Pero es decisión suya.

—Es posible que le haya avergonzado para que lo haga. Y hay algo más.

—¿Qué?

—El Pentágono. Pueden venir a por nosotros como hienas hambrientas.

—No sería la primera vez que mosqueamos a las altas esferas, Sean.

—Esta vez quizá sea distinto.

—¿Qué quieres hacer, entonces? ¿Dejarlo y echar a correr?

Sean se encaminó hacia el edificio.

—Ni hablar. Solo quería poner las cartas sobre la mesa por si te apetece dar carpetazo al asunto.

Michelle le alcanzó.

—¿De verdad piensas que te voy a dejar solo ante el peligro?

—No, no lo creo.

—¿Y a qué venía el sermón?

—Quizás haya sido para mí mismo. Para demostrar que cuando todo se vaya al infierno, ya lo sabía de antemano.

Se accedía a las habitaciones directamente desde el exterior. Subieron por unas escaleras oxidadas que conducían a un balcón que discurría por la fachada y los laterales de la primera planta. Giraron a la izquierda y luego a la derecha siguiendo el exterior de la planta superior del motel.

—La catorce es esta —indicó Michelle.

La puerta pedía a gritos una mano de pintura.

Sean llamó.

—No he visto el coche de Jean aquí —dijo Michelle.

—Solo para estar seguros —repuso Sean, y aguardó unos momentos antes de preguntar—: ¿tienes las ganzúas?

Sean se colocó detrás de Michelle para cubrirla mientras ella forzaba la cerradura. Al cabo de treinta segundos la puerta se abrió. Entró empuñando su arma y seguida por Sean, que cerró la puerta detrás de ellos. Comprobó el pequeño cuarto de baño adjunto mientras él abría el pequeño armario y miraba bajo la cama. No había otros sitios donde esconderse.

Michelle enfundó la pistola en cuanto salió del cuarto de baño.

—Despejado.

—No ha dejado gran cosa —dijo Sean mientras abría unos cajones en los que había algunas prendas de vestir—. Hay algo de ropa colgada en el armario.

Michelle le dio la vuelta al colchón y miró a ver si había algo escondido en el somier. Se enderezó sacudiéndose el polvo de las manos.

—Dudo de que haya nada que valga la pena.

—De todos modos, el hecho de que tuviera este sitio ya resulta significativo —repuso él.

—¿Quieres que seamos muy exhaustivos? Podemos arrancar la moqueta y el papel pintado y mirar detrás de los marcos de estas reproducciones baratas que cuelgan en las paredes. Comprobar el váter, las cañerías, el desagüe de la ducha...

—¿Para qué tener una segunda dirección en un lugar como este?

Michelle se sentó en el borde de la cama.

—¿En comparación con qué?

—Supongamos que era un topo del Departamento de Defensa. Cabe imaginar que Wingo lo sabría.

Michelle comprendió por dónde iba.

—¿Para qué tener entonces un refugio? Si la trajeron de fuera de la zona, lo normal es que los militares pudieran ofrecerle un lugar mejor que este antro. Me refiero a que el Pentágono tiene muchas instalaciones en esta zona. No puedes darte la vuelta sin toparte con alguno de sus edificios.

Sean se apoyó contra la pared.

—Basándote en eso, ¿a qué conclusión llegas?

Michelle recorrió la habitación con la mirada mientras pensaba. Habló cuando creyó tener una respuesta.

—Si estás en lo cierto, este asunto no para de complicarse.

—Porque a lo mejor Jean estaba jugando a dos bandas. Trabajando para el Departamento de Defensa mientras fingía ser la esposa de Wingo.

Michelle siguió aquel hilo.

—Y trabajando también para el otro lado. El lado que se quedó con los mil millones de euros que Wingo debía entregar. ¿O sea que es espía?

—No sé qué es. Espía, criminal. Ambos.

—Pero ¿para quién iba a espiar?

—Hasta nuestros aliados nos espían.

—Cierto, pero tenemos que desentrañar este misterio si queremos avanzar en el caso.

—Espero que el general Brown nos ayude. Y quizá tengamos la inmensa suerte de que Sam Wingo responda al mensaje que le envió su hijo.

—¿Crees que Wingo se ha pasado al otro lado?

—Por el aprecio que le tengo a Tyler, espero que no —repuso Sean.

Michelle miró hacia la puerta.

—¿Has oído algo?

Sean se acercó a la ventana y atisbó el exterior entre las cortinas. Lo que vio le hizo apartarse a un lado y empujar a Michelle al cuarto de baño. Cogió el colchón y se abalanzó también al cuarto de baño, donde su socia se había tumbado en el suelo.

—¿Qué coño está pasando? —siseó ella.

A modo de respuesta, la metió en la bañera con él y colocó el colchón encima de los dos.

Michelle no tuvo tiempo de volver a preguntar porque la habitación en la que acababan de estar desapareció en un torbellino de ondas de choque, un fuego asfixiante y escombros por doquier.

35

Sam Wingo caminaba presuroso.

Volvía a estar en suelo americano. Cruzó la calle, esquivando el tráfico, llegó al otro lado y apretó el paso. Se subió el cuello de la chaqueta y mantuvo alerta la mirada, oculta tras unas gafas. Cada escasos segundos miraba por encima del hombro. Si lo pillaban, estaba seguro de que nadie volvería a verle.

Y él no volvería a ver a Tyler.

Entró en una cafetería cuando empezó a llover. Pidió una taza de café y se la llevó al fondo del local. Se sentó de espaldas a la pared y con visión directa de la puerta.

Extrajo un teléfono desechable cargado con minutos y datos que le habían dado en la India, cortesía de Adeel. Abrió su email personal.

El mensaje le había llegado en cuanto activó el teléfono tras aterrizar en suelo americano. De inmediato había esperado notar una mano sobre el hombro, una pistola en las costillas y una voz en el oído: «Acompáñenos, señor Wingo.» Pero no había pasado nada de eso y Wingo empezó a pensar que realmente lo daban por muerto.

«Pues que lo sigan haciendo.» Miró el mensaje recibido. Procedía de una cuenta de Gmail desconocida, pero sabía que era de Tyler. Estaba escrito en el código que compartían y lo descifró enseguida.

Su hijo quería reunirse con él, lo antes posible.

Wingo deseaba lo mismo, aunque sabía que no resultaría tan fácil. Su cuenta de correo era conocida. Seguro que otras personas habían visto el mensaje. Si le contestaba, lo leerían también. Al menos, aquel teléfono no estaba provisto de GPS, por lo que no temió que lo localizaran.

Pero tendría que seguir moviéndose. Había modificado su aspecto de forma drástica y vestía ropa que lo cubría al máximo. No obstante, era consciente de que no solo el gobierno iba a por él. Había otros que él ni siquiera conocía.

Se tomó unos minutos para beberse el café y redactar mentalmente la respuesta al mensaje de su hijo. Luego la tecleó y la envió. Se terminó el café, se levantó y salió por una puerta lateral. Tomó un taxi y le indicó que lo llevara a un hotel cercano al barrio chino de Washington D.C., donde se había registrado con anterioridad.

Tenía dinero en efectivo y varias tarjetas de crédito con nombre falso. El sistema estaría controlado, así que ya no podía ser Sam Wingo. Confiaba en poder recuperar algún día su vida normal. Pero para eso todavía faltaba mucho.

Wingo fue a su habitación, se sentó en la cama y miró por la ventana. Al otro lado del río estaba el Pentágono, el mayor edificio de oficinas del mundo, lo cual resultaba sorprendente porque apenas tenía unas pocas plantas. Después del ataque a Pearl Harbour se vio la necesidad de disponer de un puesto de mando y control centralizado y se construyó en poco más de un año. Se trataba de un logro del que sentirse muy orgulloso.

Wingo se enorgullecía de su propio servicio al país. Siempre había cruzado las puertas del Pentágono con una alegría especial. Pero ahora se sentía enormemente desgraciado al pensar en aquel lugar. Tenía la corazonada de que gente que trabajaba en ese edificio le había tendido una trampa. Desconocía el motivo, pero sin duda la motivación estaba allí.

El viaje de los dos mil kilos —que es lo que pesaban los mil millones en billetes de quinientos euros sin marcar que podían circular libremente— había sido una misión complicada compuesta de múltiples pasos. La entrega del dinero era el primer paso. Wingo era uno de los pocos que estaban al corriente del plan completo.

En cierto modo era bueno, ya que la cantidad de personas que podían haberle traicionado era limitada. Y tenía intención de averiguar quiénes eran. Había intentado hacer su trabajo pero alguien lo había fastidiado. No pensaba poner la otra mejilla. Él era soldado. Los soldados no están preparados para sentir compasión ni para perdonar. Estaban adiestrados para responder cuando les atacan.

Bajó a la calle, caminó cuatro manzanas en dirección oeste y alquiló un coche utilizando su documentación falsa y una tarjeta de crédito que también le habían proporcionado en la India. Salió del garaje con el vehículo. Qué gusto ir en coche. Entonces sí tuvo la impresión de que podría conseguir algo.

Pero antes tenía que encargarse de cierto asunto. Condujo hasta un depósito de vehículos de la policía y escudriñó la zona. No vio ningún perro y la única cámara de vigilancia montada en un poste ni siquiera estaba conectada; los recortes de presupuesto debían de ser drásticos.

Escaló la verja y se dejó caer al otro lado. Manteniéndose ojo avizor, buscó hasta que encontró lo que necesitaba: un coche al fondo que parecía llevar allí mucho tiempo, con el guardabarros delantero derecho y la puerta del conductor abollados. Comprobó la matrícula y vio que seguía siendo válida. Al cabo de un momento tenía las placas en la mano y volvía a saltar al otro lado de la verja.

Cambió las placas del coche de alquiler por las que había cogido. Así, si alguien introducía la matrícula e intentaba localizarle, el alias de Wingo no aparecería.

Regresó al hotel en el coche, fue a su habitación, marcó un número y escuchó la señal de llamada.

—South —dijo una voz.

—Soy yo —respondió Wingo.

Hubo unos instantes de silencio mientras Wingo oía los jadeos de su intelocutor, sulfurándose, sin duda.

—¿Eres consciente de lo enlodado que estás? —bramó South.

—Pues tú también. Era tu misión. El ejército no elige chivos expiatorios, coronel. Se los cargan a todos y ya está.

—¿Piensas que no lo sé, cabrón de mierda? Me has puteado hasta límites insospechados.

—¿Encontraste a Tim Simons de Nebraska?

—La CIA nunca ha oído hablar de él. Y no sabían nada de nuestra misión en Afganistán. Calle sin salida.

—O sea que era un farsante.

—Si es que ha existido alguna vez fuera de tu mente. ¿Dónde coño está el dinero, Wingo?

—Te dije que me lo quitaron. Joder, ya lo sabes.

—Lo único que sé es que el equipo que tenía que reunirse contigo fue masacrado. El camión con el dinero ha desaparecido. Tú estás desaparecido. ¿De verdad te extraña lo que pensamos de ti?

—Si me hubiera quedado con el dinero, ¿por qué iba a seguir llamándote?

—Para evitar consecuencias.

—Si tuviera mil millones de euros, ¿qué necesidad tendría de cubrirme las espaldas?

—Si realmente eres inocente, preséntate ante mí. Te lo dije la última vez que llamaste. Podemos sentarnos y valorar lo ocurrido.

—Te refieres a que me enterrarás en algún lugar remoto para que la verdad nunca salga a la luz, ¿no?

—Somos americanos, no hacemos desaparecer a nuestros compatriotas.

—Si salen a la luz los hechos de esta misión, sabes tan bien como yo lo que va a pasar. Los efectos se notarán no solo en el Pentágono sino al otro lado del río, en Pennsylvania Avenue. Sé cuál era el destino de esos euros y en qué iban a emplearse, y tú también. Y el último lugar en que querrían verlo es en la portada del *Washington Post* o el *New York Times*.

—¿Me estás amenazando a mí y, por extensión, al gobierno? ¿Qué quieres, más dinero? ¿No te basta con mil millones? ¿O acaso me chantajeas por diversión?

—Lo único que intento es explicarte por qué no puedo asomar la cabeza. Aunque no hubiera hecho nada malo, que es la verdad, daría igual. Nunca volvería a ver la luz del sol.

—Entonces, ¿por qué te ofreciste voluntario para la misión?

—Para servir a mi país. No pensé demasiado en los detalles de lo que podía ocurrir si salía mal. Pero ahora he tenido tiempo de pensarlo.

—Si tú no robaste el dinero, ¿quién fue?

—Voy a averiguarlo, no te quepa duda.

Colgó y fue a guardarse el teléfono en el bolsillo cuando vibró. Leyó el mensaje que acababa de recibir.

Tyler le había respondido.

36

Sean apartó el colchón y se puso a toser en cuanto el humo les envolvió.

—¿Estás bien? —boqueó.

—Gracias a ti —repuso Michelle—. Pero tenemos que salir de aquí antes de que dejemos de estarlo. —También tosió.

Salieron de la bañera y se dirigieron tambaleantes a donde estaba, mejor dicho, había estado, la puerta. La pared entre el cuarto de baño y el dormitorio estaba llena de boquetes. En cuanto Sean llegó al umbral, retrocedió rápidamente. Michelle se agazapó detrás de él y también se echó atrás.

El dormitorio había desaparecido. El extremo del baño era ahora la parte delantera de la habitación. Delante de ellos había una caída a lo que quedaba de la habitación de la primera planta. Estaban aislados del resto del balcón, por lo que no podían escapar por ahí. Y las llamas estaban devorando las paredes del cuarto de baño y el humo era cada vez más denso.

Michelle atisbó por el borde.

—Tenemos que bajar aquí —dijo.

—Ya lo sé. Pero ¿cómo?

Oyeron sirenas de bomberos. Y un coche de policía que se acercaba con las luces reverberando.

—Si nos quedamos aquí moriremos achicharrados.

El fuego empezaba a rodearlos.

Michelle vio un coche de bomberos a lo lejos pero supuso que morirían mucho antes de que llegaran.

Cogió todas las toallas que encontró en el baño.

—Ayúdame —dijo a Sean.

Anudaron las toallas entre sí lo más fuerte posible y luego Michelle sujetó un extremo alrededor de una columna en la estructura de la pared.

—Yo iré primero —dijo Sean—. Si soporta mi peso, tú no tendrás problema.

—Y si se rompe te partirás la crisma. Déjame a mí.

Pero Sean ya había salido al borde y se había sujetado a la improvisada cuerda.

—Espero que las toallas sean mejores que el resto del establecimiento —dijo mientras empezaba a descolgarse. Bajó rápidamente. Michelle le siguió todavía más rápido y se dejó caer antes de llegar al final.

El motel debía de estar bastante vacío porque solo había unas pocas personas en el aparcamiento, un hombre descalzo en calzoncillos entre ellas.

—¿Lo hueles? —dijo Sean.

—Gas.

—¡Alejaos! ¡Fuga de gas! ¡Corred! —gritó a la gente.

Todos corrieron despavoridos. Sean y Michelle también. Al cabo de diez segundos el gas se incendió en medio de la estructura, lo cual abrió un boquete entre la primera y la segunda planta. Los escombros salieron disparados cien metros a la redonda, cayendo encima de los coches estacionados cerca.

El coche de policía entró en el aparcamiento y dos agentes se apearon. Los camiones de bomberos aparecieron al cabo de un minuto y entonces empezó la lucha contra el fuego.

—Creo que sería preferible que nos marcháramos —sugirió Sean.

Michelle asintió y se dirigieron a sus vehículos, que por suerte no habían resultado dañados. Mientras la policía y los bomberos intentaban controlar el incendio, se alejaron lentamente.

Al llegar a la carretera aceleraron y se cruzaron con más camiones de bomberos y dos coches de policía. Pararon unos ocho kilómetros más allá en un 7-Eleven. Sean bajó de su coche y subió al Land Cruiser. Se sacudió la ropa y Michelle tuvo un acceso de tos.

—Necesitamos una ducha y algo de oxígeno —resopló ella—. ¿Qué viste cuando te asomaste a la ventana?

—Un paquete de explosivos plásticos adherido a la fachada con un detonador.

—¿Quién lo habrá dejado allí?

—Amigos de los gorilas del centro comercial, diría yo.

—Pero eso significa que nos han seguido. Yo no vi a nadie.

—Yo tampoco. O sea que son buenos, muy buenos, Michelle.

Sean se reclinó en el asiento y se frotó la cara ennegrecida.

—Entonces tendremos que ser mejores que ellos —dijo ella con valentía.

—Fácil de decir. Hemos estado a punto de palmarla en ese motel.

—¿Y si resulta que ya sabían de la existencia de ese lugar y nos estaban esperando?

—¿Te refieres a que supieran de la implicación de la tal Jean? —preguntó Sean.

—A lo mejor ella trabajaba para ellos, como dijimos antes.

—Y querían librarse de todo rastro en ese lugar, junto con nosotros. Dos pájaros de un tiro de Semtex.

Michelle asintió.

—Suena lógico. ¿Y la motivación?

—Tienen mil millones de motivos, Michelle.

—Pero si ya tienen el dinero, ¿qué más les da todo esto? Ya ha pasado. ¿Por qué venir a por nosotros... o a por Dana? ¿Por qué no desaparecer con el dinero y comprarse una isla en algún sitio?

—Si desean eliminarnos, entonces es que temen que descubramos algo a través de nuestras investigaciones. Ten en cuenta que Jean desapareció después de que Tyler le dijera que volvíamos a encargarnos del caso.

—A lo mejor saben que nos hemos enterado de lo del dinero.

—El dinero desapareció en Afganistán, Michelle. Saben que no vamos a ir allí a ver qué pasó. O sea que es imposible que teman que podamos hacernos con la pasta.

—Entonces debe de ser por algo más que el dinero.

Sean se frotó las sienes y volvió a sufrir otro acceso de tos.

—¿Por qué robar el dinero?

—Motivo obvio: hacerse rico.

—Hay otro motivo.

Michelle caviló unos instantes.

—¿Para comprar algo?

—Eso es. Y no una isla o una flota de Bentleys.

—La pasta desapareció en territorio talibán. —Michelle lo miró—. ¿Crees que se trata de terroristas?

—Durante los últimos diez años se ha perdido mucho dinero en esa zona. Iban con camiones cargados de pasta. A lo mejor el dinero de nuestros impuestos ha estado financiando a los malos durante años.

—Vale, pero ¿qué me dices de este dinero en concreto?

—La misión consistía en llevarlo del punto A al punto B. Wingo sabía de qué puntos se trataba. Se supone que él sabía para qué era el dinero.

—Lo cual lo convierte en alguien valioso pero también en un objetivo.

—Si es inocente, quizá desee limpiar su nombre. No se habría metido en esto si no fuera una persona recomendada. Tyler dijo que su padre le daba mil vueltas a tíos de más edad y experiencia. Su conocimiento de lenguajes en clave, su matrimonio falso con Jean, el hecho de que dejara el ejército cuando le faltaba un año para cumplir los veinte de servicio... A este asunto se le ha dedicado mucha planificación y tiempo.

—Sean, si la misión salió mal, es obvio que el gobierno querrá encubrirla. A lo mejor hace años no habría importado tanto, pero lo último que les hace falta en época de recortes de presupuesto es perder más de mil millones de dólares salidos de los contribuyentes. En el Capitolio se los cargarían. Y si pensaban utilizar el dinero en algo ilegal, sería incluso peor.

—Los militares pueden considerarnos un problema, Michelle. Los tíos del centro comercial pertenecieron al ejército. Quizá les volvieran a llamar «a filas» para que se ocuparan del problema, es decir, de nosotros. Una operación siniestra, muy siniestra.

—¿O sea que los nuestros intentan meternos en una bolsa de cadáveres? —dijo ella, incrédula.

—Para ellos no estamos en el mismo bando. Suponemos una amenaza. Y las amenazas se eliminan.

Michelle se reclinó en el respaldo y arrugó el ceño.

—¿Nosotros contra el Pentágono?

—Quizá no sea el Pentágono al completo. Podría ser una pequeña parte que intenta limpiar este desaguisado antes de que salga a la luz pública.

—Dijiste que el general Brown se ofreció a ayudarnos.

Sean asintió.

—Ojalá no se lo hubiera sugerido.

—¿Por qué?

—Porque si nos ayuda, quizá también se convierta en un objetivo. Y no podemos contar con que estos tíos siempre fallen.

37

Alan Grant se despidió de su mujer con un beso por la mañana. Tenía en brazos al menor de sus tres hijos, un varón. Iban a tener más hijos. Él quería familia numerosa, para compensar la pérdida de sus padres.

—Alan, se te ve cansado. ¿Seguro que todo va bien? —se interesó ella.

Él sonrió.

—Tu padre me preguntó lo mismo.

—Ya sabes que te aprecia, como todos.

Grant se acercó y sostuvo con delicadeza el pequeño puño de su hijo. Miró a Leslie.

—Todo bien, cariño. Estoy un poco estresado, como todo el mundo hoy en día. Tengo que encargarme de unos asuntos, pero ¿qué te parece si después nos tomamos unas vacaciones? Tu padre incluido. A algún lugar cálido.

—Genial.

Él volvió a besarla y sonrió.

—Pues entonces decidido. —Soltó la mano de su hijo—. Hasta luego, pequeñín.

Se dirigió al cementerio de Arlington desde su domicilio en el oeste de Fairfax. Estacionó el coche y caminó hasta las tumbas. Se detuvo delante de una y leyó el nombre de las lápidas.

Franklin James Grant, su padre.

Eleanor Grant, su madre.

Muertos el mismo día, en el mismo minuto y en el mismo sitio.

Un pacto suicida. Un coche con una toalla mojada metida en el tubo de escape, las ventanillas cerradas y el motor en marcha dentro de un trastero de alquiler. Dejaron una nota explicando el motivo, pero era innecesaria. Todo el mundo sabía por qué habían decidido quitarse la vida.

Grant tenía trece años cuando sus padres le dejaron. Por aquel entonces, no sabía realmente por qué lo habían hecho. No comprendió la verdad hasta que alcanzó la edad adulta.

Tardó años en urdir un plan para vengar el sacrificio de sus padres. Hacía tiempo que les había perdonado por dejarle huérfano, al cuidado de unos parientes a los que no había agradado tener otra boca que alimentar. Pero la ira por los motivos que había detrás de su muerte había aumentado con el paso de los años.

Dejó las flores en la tumba y retrocedió. Su padre había sido un militar excepcional. Un pecho lleno de medallas de Vietnam y períodos de servicio por todo el país en distintos roles, incluida una temporada como oficial del Estado Mayor en el Consejo de Seguridad Nacional allá por la década de 1980. Pero entonces su vida se fue al garete y decidió ponerle fin. Y su esposa decidió acompañarlo.

Grant podía haberla culpado de haberlo abandonado. La vergüenza era para su padre. Grant consideraba que era una vergüenza mal entendida, pero aun así su madre había sido una mujer intachable. Eligió morir con su marido en vez de vivir sin él. Grant no veía nada malo en ello. Una mujer debe apoyar a su esposo. No le cabía duda de que su madre le quería con locura. Pero sencillamente quería más a su marido.

Grant había decidido permanecer en el ejército un solo período en el extranjero. Había luchado en una guerra. Había resultado herido, aunque no de gravedad, pero herido de todas formas. Había mostrado suficiente heroísmo, salvado la vida de compañeros de armas y ellos, a su vez, también le habían salvado en alguna ocasión. Todo había sido como debía ser.

Se había licenciado con varias medallas y una distinción honorable, además de una puerta abierta para entrar en el Pentágono que le había servido para ir construyendo su negocio de contratista privado en el sector militar. Había ido mejorando sus conocimientos cibernéticos a lo largo de los años. Y, como parte del plan, había formado un equipo con un talento para *hackear* muy superior al suyo.

A los treinta y ocho años no era millonario pero disfrutaba de una vida muy desahogada junto a su mujer e hijos. Esperaba ganar más dinero en años venideros, aunque lo cierto es que el dinero no le interesaba. Ni el poder. Eso lo convertía en una criatura inusual en los círculos oficiales de Washington, donde todos conspiraban y se apuñalaban entre sí para aumentar su riqueza e influencia.

Se alejó de los sepulcros con pensamientos positivos respecto a la energía que le había ayudado a seguir adelante. Regresó a su coche y fue hasta el aeropuerto nacional Reagan. Estacionó, entró en la terminal, pasó rápidamente por seguridad, llegó a su puerta y embarcó puntualmente.

Más tarde aterrizó en Florida. Le esperaba un coche que lo llevó bien lejos de la ciudad, hasta una casa demasiado suntuosa. A Grant no le entusiasmaban ni la arquitectura ni el jardín. Todo era demasiado ostentoso para su gusto, con tonos rosas, salmón y turquesas junto a estatuas dignas de museo.

Se apeó del coche y subió por la amplia escalinata de mármol que conducía a la puerta principal. Llamó una vez y le abrieron casi de inmediato. Un hombre con una librea negra le acompañó al interior, un mayordomo en el siglo XXI. Grant confió en que estuviera bien pagado por recrear aquel oficio arcaico. No se entretuvo en los bonitos cuadros colgados en las enormes paredes con molduras de medio metro de grosor. Las vistas al océano tampoco le llamaron la atención, ni el mobiliario exclusivo que tenía ante sus ojos o las alfombras orientales escandalosamente caras que iba pisando.

El mayordomo le acompañó a una sala revestida con paneles

de madera que debería haber sido una biblioteca, aunque no había ni un solo libro a la vista. Las estanterías lucían una colección de pisapapeles, monedas, relojes y maquetas de trenes. La puerta se cerró detrás de él cuando el mayordomo se retiró al sitio donde el servicio pasaba su tiempo de descanso. Tal vez le sacaría brillo a la plata, pensó Grant despreocupadamente antes de olvidarse del tema.

Se sentó en la silla que le indicó el ocupante del gran salón, desde el que también se disfrutaba de vistas sobre el Atlántico.

El hombre se llamaba Avery Melton. Había heredado una pequeña fortuna hacía más de treinta años y mediante el esfuerzo, la crueldad ocasional y los sobornos frecuentes, la había multiplicado por mil. Tenía sesenta y cuatro años pero parecía mayor. Pasaba demasiado tiempo en el campo de golf, donde el sol le caía con la misma implacabilidad que a los trabajadores que cuidaban de su hermosa finca. La naturaleza no hacía distinciones en ese sentido.

Medía un metro ochenta, tenía barriga y los hombros redondeados, pero la vista clara y la mente más clara todavía. Era un hombre de negocios con muchos intereses y pocos escrúpulos. Tenía productos y servicios que vender y necesitaba compradores. Grant era comprador y Melton vendedor. Así de simple.

—¿El vuelo, bien? —preguntó.

—El vuelo siempre va bien cuando el avión aterriza y se detiene —dijo Grant.

—¿Dinero?

Grant abrió el maletín y extrajo un papel. No iban a utilizar algo tan basto como billetes en fajos sujetos con una goma. Se lo tendió a Melton, que lo observó.

Era el resguardo de una transferencia bancaria que certificaba el ingreso de veinte millones de dólares en una cuenta controlada por Melton. Asintió. Nada de sonrisas, solo un asentimiento. Aquello eran negocios. Barajaba tales cantidades continuamente. Algunas veces más y otras menos.

—Ya me han informado del ingreso, pero está bien ver también el resguardo. Estoy chapado a la antigua. No utilizo ordenadores.

Grant asintió y esperó. El dinero se había entregado, pero eso no era más que la mitad de la transacción. Ahora necesitaba la otra mitad.

Melton abrió con llave uno de los cajones de su escritorio y extrajo un pequeño libro negro de tapa dura. Lo abrió, echó una mirada a la primera página y luego se lo tendió a Grant, que lo examinó de un modo similar.

—Todos los códigos y otros detalles necesarios están ahí. Lo único que tu gente tiene que hacer es llamar e introducir los códigos, y tendréis un satélite para vosotros solitos, el MelA3. —Alzó un dedo en señal de advertencia—. Solo durante el tiempo acordado. Luego volverá a ser mío. Los códigos caducan y el acceso ya no será válido.

—Entiendo.

—Es mucha potencia de fuego —declaró Melton—. El A3 pesa casi dos toneladas, costó más de mil millones de dólares construirlo, lanzarlo y mantenerlo, y le quedan quince años de vida útil en órbita. Me alegro de recibir tu dinero, pero hay espacio por alquilar en muchos pájaros que están por ahí arriba por un precio muy inferior. Y no tienes por qué arrendar la plataforma entera. Algunos de nuestros pájaros tienen hasta cinco mil arrendatarios por plataforma. Es bastante rentable aunque los costes iniciales sean muy elevados. Para ganar dinero hay que ser paciente... y yo lo soy.

—Te agradezco el consejo, pero nos gusta tener la tarta completa. Y ahí arriba tampoco hay tantos capaces de hacer lo que el A3 —repuso Grant.

—¿Por ejemplo?

—Confiaba en que veinte millones de dólares garantizaran cierto nivel de privacidad.

—Pero sigue siendo mi pájaro.

—Los parámetros del alquiler se han acordado. Los respetaremos en todo momento o iremos a juicio. Y te aseguro que no tengo intención de ir a los tribunales.

Melton asintió.

—¿Sabías que el gobierno está tan arruinado que también alquila espacio en mis plataformas? En el mundillo lo llamamos «carga explosiva hospedada». El ejército ya no puede permitirse enviar sus propias plataformas. Fíjate que los voy a quitar de esta por nuestro trato. Estaban en el A3 con un arrendamiento a corto plazo que tocaba renovar, pero no igualaron tu oferta.

—Interesante —dijo Grant—. No lo sabía —mintió. De hecho, era el motivo principal por el que alquilaba el A3.

Se levantó y estrechó la mano que Melton le tendía.

—En el contrato de alquiler el nombre de la empresa que consta es Phoenix Enterprises.

—Eso es.

—Phoenix, ¿como la ciudad?

—Más bien como el ave fénix que resurge de sus propias cenizas.

—Bien. Mi gente me ha dicho que te dedicas a algo de contratista. En el sector de la inteligencia militar.

—Sí.

—Entonces entiendo por qué necesitas espacio de trabajo ahí arriba.

—Me sorprendió que quisieras hacer esto personalmente. Estoy seguro de que dispones de un equipo de ejecutivos que podrían haberse reunido conmigo para cerrar el trato.

—Te daré un consejo, jovencito: en el mundo de los negocios, cuando se hace un trato de este calibre, y los he hecho mayores, me gusta mirar al hombre a los ojos y estrecharle la mano. Es bueno para él y bueno para mí. Y quizá volvamos a hacer negocios juntos.

—Sí, puede ser —respondió Grant, y pensó: «Nunca más.»

Cogió el siguiente vuelo y regresó a Washington D.C. Se dirigió directamente a su oficina y se sentó en el escritorio. Abrió el pequeño libro negro que Melton le había dado y miró la serie de códigos y claves de autenticación imprescindibles para acceder al A3. Era un pájaro único por distintos motivos. Y aunque teóricamente hubieran sacado a los militares y otras agencias federales de la plataforma, en realidad no era del todo cierto. Siempre dejaban atrás un pequeño rastro.

Y a Grant le bastaba con un rastro.

38

—¡Eh, Wingo!

Tyler estaba saliendo del instituto y miró. Varios chicos del último curso lo estaban observando. Algunos llevaban grandes mochilas colgadas del hombro. Uno sostenía un casco de fútbol americano y hombreras.

—He oído por ahí que tu viejo no ha muerto —espetó uno de ellos—. Que ha desaparecido y que es un mangante.

Tyler se encendió por dentro.

—¡Eso es una gilipollez! —gritó.

Los mayores se le acercaron, todos más altos que él. Tyler vio que todos eran del equipo de fútbol americano.

—Me lo ha dicho mi viejo. Es militar —dijo el más corpulento—. Está bien enterado.

Otro empujó a Tyler.

—¿Estás llamando mentiroso a su padre?

—Si dice que mi padre es un ladrón, sí.

—Desaparecido... eso es ser un cobarde, ¿no? ¿Tu viejo es un gallina, Wingo? —preguntó Jack, un chaval de dieciocho años corpulento y barrigudo. Empujó a Tyler tan fuerte que cayó al suelo, lo cual provocó la risa de todos.

Los demás chicos se arremolinaron a su alrededor. Uno lo cogió de los brazos y lo incorporó, mientras Jack se disponía a pegarle un puñetazo en el estómago.

—Va a ser que no.

Una mano cogió el puño de Jack y se lo retorció hacia atrás.

Los chicos se giraron y se encontraron con Michelle. Le soltó la mano a Jack y dijo:

—¿Os gusta unir fuerzas contra alguien?

—¿Y a ti qué te importa? —gruñó Jack.

—Tyler es amigo mío.

Jack se carcajeó mientras repasaba a Michelle de arriba abajo.

—¿Quieres decir que eres su guardaespaldas? ¿Necesitas que te proteja una tía, Wingo?

Los demás se echaron a reír.

—Puedo cuidarme solo —espetó Tyler mientras se levantaba y fulminaba con la mirada a Michelle.

—Ya lo sé. Pero seis contra uno no es justo. Así que vamos a ver. —Miró a los chicos uno por uno y al final se detuvo en Jack.

—Juegas al fútbol americano, ¿verdad?

—Soy de los que hacen placajes duros —se jactó Jack.

—Lo cual significa que eres grande y fuerte. —Jack ensanchó su sonrisa—. Y lento y gordo. Y te falta resistencia porque no eres capaz de correr más de diez metros sin caer rendido.

La sonrisa de Jack se esfumó.

Michelle miró a Tyler.

—Tyler no tiene tu envergadura, pero es fibroso y rápido, además de nadador, lo cual implica que tiene mucho aguante. Si te enfrentas a él y no lo liquidas rápido, te volverá loco, te agotará hasta que no puedas tenerte en pie y mucho menos golpear a alguien. Y el padre de Tyler, el supuesto cobarde, pertenece a las Fuerzas Especiales, y ya sabes cómo son de duros esos tíos en el combate cuerpo a cuerpo. ¿Crees que quienes practican artes marciales mixtas son duros? No aguantarían ni un asalto con un SEAL o un Ranger. Y los tíos de las Fuerzas Especiales no se limitan a darte una paliza, sino que te matan. Y apuesto a que el padre de Tyler le enseñó unas cuantas cosas.

Michelle lanzó una mirada a Tyler, que observaba a Jack con fiereza.

—Creo que has hecho enfadar a Tyler —declaró Michelle, volviéndose hacia Jack—. Bien, ¿por qué no dejamos que se enfrenten? Pero solo los dos. Si alguno de tus amiguitos intenta ayudarte, listillo, intervendré. Y aunque sea una «tía», no lo parezco cuando peleo.

Jack miró a Tyler, que le sostuvo la mirada. Al final Jack apartó la vista.

—A tomar por saco —dijo—. No quiero que me expulsen del equipo de fútbol por darle una paliza a este gilipollas en el recinto escolar.

Se volvió y se marchó con sus amigos.

Michelle y Tyler se los quedaron mirando.

—Gracias —masculló el chico.

—En realidad no me necesitabas. De hecho, si hubiera sido uno contra uno, lo habrías derrotado.

—¿De verdad lo crees?

—Tienes fuego en el vientre, Tyler. Ese imbécil no es más que un barrigón.

—¿Qué haces aquí?

—Te he traído por la mañana y ahora he venido a recogerte.

—Pero tengo otros planes.

—¿Por ejemplo?

—Otros planes.

—Tyler, de momento es mejor que estemos juntos.

—No quiero que estemos juntos.

Michelle lo miró de hito en hito.

—¿Qué ha cambiado? —Se fijó en el teléfono que Tyler sujetaba y cayó en la cuenta—. ¿Tu padre te ha contestado?

—Déjame en paz.

—Ni hablar.

—Me largo.

Se dispuso a marcharse pero ella lo cogió del brazo.

—Escucha, esta mañana Sean y yo hemos ido a comprobar

una pista. Una pista que encontré en tu casa y que llevaba a un motel que tu supuesta madrastra utilizaba como dirección para recibir correspondencia.

—¿Un motel?

—Cuando estábamos allí, alguien hizo detonar un explosivo en la fachada de la habitación. De no haber sido por Sean, yo no estaría aquí y esos chicos te habrían dado una buena tunda. Buena parte del motel ha quedado destrozado. Por suerte, no ha habido heridos.

—¿Una bomba?

—Sí, una bomba. Así que ¿cuándo has tenido noticias de tu padre?

—Vi el mensaje justo antes del almuerzo.

—¿Y qué pone?

—No gran cosa. —Tyler bajó la mirada al suelo.

—Mentir se te da fatal.

—¡No miento!

—Vale, si no es gran cosa, ¿por qué no me lo dices?

—¿Por qué iba Jean a tener otro lugar donde vivir?

—Ya te dijimos que al parecer ella y tu padre ni siquiera estaban casados.

—Cierto. Dijisteis que quizá mi padre la trajo a casa para que yo viviera con un adulto cuando él no estuviera. ¿Habéis cambiado de opinión?

—No. Pero la hemos modificado un poco. Creemos que era una infiltrada.

—¿Una infiltrada?

—Quizá trabajaba para la gente que tendió una emboscada a tu padre. Por eso ha desaparecido. Se asustó y se largó en cuanto volvimos a ocuparnos del caso. En el motel donde recibía la correspondencia no encontramos nada significativo, aparte de casi morir carbonizados.

—Pero ¿para quién trabajaba entonces? ¿No para el ejército?

—No creo, pero el ejército está implicado en todo esto.

Creemos que existe otro factor. El factor que quizá desbarató la misión de tu padre.

A Tyler se le iluminó el semblante.

—Entonces, ¿crees que mi padre es buena persona?

—Estamos llegando a esa conclusión, sí.

—Es que es buena persona.

—¿Aunque te mintiera? Te pusiste hecho una furia por eso.

—Supongo que se vio obligado. Servía a su país.

—Venga, vamos a ver a Sean. Querrá estar enterado de esto.

Tyler hizo una mueca.

—No quiero ir contigo.

—¿Y qué vas a hacer? ¿Quedar con tu padre?

—A lo mejor. No sé.

—Si no ha sido tu padre quien envió el mensaje, te meterás de lleno en una trampa.

—Está escrito en nuestro código.

—Que, tal como te dijimos, desciframos en pocos segundos. ¿No crees que otras personas también podrían hacerlo? Estamos jugando en la primera división, Tyler. Tienen recursos que ni siquiera se ven en las películas de Hollywood porque los cineastas ni siquiera alcanzan a imaginar lo que ciertos tipos tienen en la realidad.

—Puedo cuidarme solo.

—¿Igual que con esos imbéciles de antes? Los tíos con los que te enfrentarás te pegarán un tiro sin contemplaciones.

—Pretendes asustarme.

—No; intento ser sincera contigo.

El chico vaciló.

—Hagamos una cosa: vayamos a ver a Sean —propuso Michelle—. Dejemos que hable contigo y, si insistes en ir, vas. No podemos retenerte contra tu voluntad, sería un delito.

—¿Estás siendo sincera o es un truco?

—Desde que empezamos a ocuparnos de este asunto han estado a punto de matarnos dos veces. No creo que vayamos a sobrevivir a otro ataque. Así que, sí, soy sincera. Y tú eres nuestro cliente. Si quieres hacerlo solo, no podemos impedírtelo. Descuida, asistiremos a tu funeral. Lo cual será más de lo que habríamos tenido Sean y yo después de esta mañana.

—¿Qué quieres decir?

Michelle le puso una mano en el hombro y lo guio hacia el Land Cruiser.

—El Semtex no suele dejar nada que enterrar.

39

Fueron hasta la casa de Sean y lo informaron. A Michelle le sorprendió su reacción.

—¿Por qué esos gamberros dijeron que tu padre estaba desaparecido y que era un ladrón? —quiso saber Sean.

Tyler frunció el ceño.

—Mi padre no es...

—Yo no he dicho que lo fuera. No es eso a lo que voy. Lo que me pregunto es de dónde se sacó esa idea.

El chico parpadeó, sorprendido.

—Uno de ellos dijo que se lo había contado su padre, que es militar. Eso lo sé seguro. Es teniente coronel.

—O quizá se lo inventaron para acosarte, Tyler.

—No. Esos idiotas no tienen tanta imaginación. —Hizo una pausa antes de añadir—: Si se lo dijo su padre y su padre está en el ejército, habrá salido de allí.

Sean negó con la cabeza.

—Lo dudo. El ejército quiere silenciar todo este asunto. Incluso a nosotros, que no somos militares. No me imagino que los oficiales vayan comentando el tema. De hecho, ni siquiera creo que los oficiales estén al corriente de nada.

Sean sacó el portátil y empezó a teclear. Miró los resultados, tecleó un poco más y luego asintió.

—He buscado el nombre de tu padre en Google. Y ha salido el tema. Hay una filtración. —Giró el ordenador para que pudieran ver—. No está todavía en los medios convencionales pero aparecen tres artículos sobre el asunto. Bueno, es el mismo artículo repetido en cadena. Lo cual significa que otros medios digitales van a empezar a divulgarlo.

Tyler y Michelle leyeron el texto en la pantalla.

—Mierda —dijo el chico—, también saben que Jean ha desaparecido. ¿Cómo se han enterado?

—A lo mejor la fuente de esta noticia es quien la hizo desaparecer —sugirió Sean.

Michelle se reclinó en el asiento y resumió lo leído.

—O sea, dinero que se esfuma. Dinero no autorizado. Y en medio, un militar desaparecido, Sam Wingo. La Casa Blanca se niega a hacer comentarios, igual que el Pentágono, lo cual significa que están encubriendo el asunto. O sea que obviamente a eso se refería el padre de ese gamberro. Había leído este artículo.

—Cierto, pero ¿quién demonios fue la fuente? —planteó Sean.

Michelle miró el pie de autor del primer artículo.

—Si este es el original que copiaron los demás artículos, se llama George Carlton. Escribe un blog dedicado a asuntos políticos y militares. —Miró a Sean—. ¿Le conoces?

—No. No estoy muy metido en el mundo de los blogueros, pero me pregunto si el señor Carlton ha recibido una visita del Departamento de Defensa.

—Es de aquí. En su biografía pone que vive y trabaja en Reston, o sea que a lo mejor sí. Pero seguro que no les habrá gustado que escribiera esto.

—No he dicho que les gustara. Me refiero a después de publicarlo, para saber quién era. —Volvió a releer el artículo—. La Casa Blanca declina hacer comentarios. No sé por qué se molestaron en preguntarles siquiera.

—¿La Casa Blanca? —dijo Tyler—. ¿Qué tiene que ver con mi padre?

—Eso lo saben otras personas y a nosotros nos toca averiguar el motivo —respondió Michelle. Lanzó una mirada a Sean—. ¿Crees que deberíamos hacerle una visita al bloguero?

—Después de este artículo quizá permanezca en un segundo plano.

—¿En un segundo plano? ¿Por ejemplo en una tumba?

—¡Joder! —exclamó Tyler—. ¿Habláis en serio?

—¿En serio sobre qué? ¿Sobre lo peligroso que es esto? —dijo Sean con severidad—. Pues sí, hablamos muy en serio.

—¿Y si el padre de Tyler quiere reunirse con él? —aventuró Michelle.

—Es el siguiente punto de la lista —reconoció Sean—. ¿Quiere quedar contigo?

Tyler se encogió de hombros.

—No sé. No me lo dijo.

—Claro que te lo dijo —replicó Sean.

—¿Qué dices?

—Yo creé la cuenta de Gmail para ti. Y añadí una cuenta paralela...

El chico se lo quedó mirando.

—¿O sea que has leído el mensaje?

—Y lo he decodificado —añadió Sean.

Michelle miró a su socio asombrada.

—Sean, me encanta que empieces a parecerte a Steve Jobs. Muy sexy. Pero me fastidia que no lo hayas dicho hasta ahora.

—Lo vi cinco minutos antes de que regresarais. —Miró a Tyler—. Quiere reunirse contigo. Fijó una hora y un lugar. Está esperando tu respuesta.

Tyler se sintió incómodo.

—No creo que a mi padre le mole que aparezca con vosotros.

—Así pues, ¿pensabas quedar con él a solas? —dijo Michelle—. ¿Y quién iba a cubrirte las espaldas?

—Yo... pues todavía no había pensado en eso.

—Bueno, supongo que tu padre sí lo habrá pensado. Y no hará nada que te ponga en peligro. Así que ¿por qué no le respondes y le dices que te cubrimos las espaldas y que formamos parte del equipo y que debe reunirse con todos nosotros?

—Pero ¿y si se niega?

Michelle meneó la cabeza.

—No tiene muchas posibilidades de elegir. No podemos permitir que quedes con él a solas. Es demasiado peligroso.

—Supongo que tenéis razón. Mi padre no querría que me pasara nada.

—Me alegro de que lo comprendas —declaró Sean—. Así pues, respóndele. Dile que podemos quedar con él mañana por la noche en el sitio que te propuso. Aclárale que somos los investigadores que contrataste. Te acompañaremos y veremos qué nos dice.

—De acuerdo.

—Sean, mira esto. —Michelle señaló la pantalla del ordenador, donde había buscado las últimas noticias sobre la explosión del motel—. La policía busca a dos personas, un hombre y una mujer, a las que se vio saliendo del lugar.

—Tal vez deberíamos habernos quedado y contado nuestra versión a la policía.

—Ya no tiene arreglo —repuso ella—. Demasiado tarde.

—Eh, mirad —terció Tyler. Estaba mirando por una ventana—. Hay unos tíos en el jardín.

Sean y Michelle se acercaron para mirar.

Ella contuvo el aliento y él resopló.

—¡Mierda! —exclamaron al unísono.

—Parecen del SWAT —dijo Tyler, apartándose.

Sean negó con la cabeza.

—No, exactamente es el SWAT —dijo Sean. Se volvió hacia Michelle—. Coge la pistola, retira el cargador y déjalo en esa mesa. Rápido. —Ella obedeció y él hizo lo mismo con su arma.

—Tyler, ve a la cocina y siéntate a la mesa —indicó Sean—. Mantén las manos a la vista. Y haz lo que te pidan, ¿entendido?

El chico estaba tan pálido que Sean temió que se desmayara. Le apoyó una mano en el hombro y sonrió para tranquilizarlo.

—He pasado por situaciones como esta muchas veces, Tyler. Todo irá bien.

—¿Lo juras?

—Claro. Ahora ve a la cocina.

En cuanto se hubo marchado, Michelle habló.

—¿Cuándo te has enfrentado con un equipo del SWAT?

—Nunca.

—Fantástico.

—No pienso esperar la advertencia —dijo. Se acercó a la puerta delantera.

—Sean, espera.

Pero ya había abierto y salió al exterior con las manos en alto.

Se encontró con una docena de hombres que le apuntaban con armas de asalto.

—¿Algún problema? —preguntó Sean.

Uno de los hombres se le acercó. Llevaba protección antibalas en el cuerpo y la cara. Se retiró la protección del rostro y Sean lo reconoció.

El agente McKinney dijo:

—Un problema gordo. Y eres tú.

40

Sam Wingo estaba sentado en la cama de su hotel esperando la respuesta de su hijo. Tyler había empleado otra cuenta de correo, lo cual había sido una medida inteligente por su parte. Pero aún no le había contestado sobre el encuentro que quería mantener con él. Y la preocupación de Wingo aumentaba con cada minuto que pasaba. Tenía ganas de ir a su casa y comprobar que Tyler estaba bien, pero sin duda tenían el domicilio vigilado. Lo detendrían antes de que llegara al porche.

Resultaba exasperante haber llegado hasta allí para sentarse a esperar. Wingo tenía mucha paciencia cuando hacía falta, pero le costaba lo suyo.

El teléfono trucado que le habían suministrado en la India emitió un pitido y lo cogió. El mensaje era de Adeel, su contacto musulmán en Oriente Medio, el hombre que le había facilitado el paso por Pakistán y hasta la India. Pero Wingo había estado a punto de morir en el Paso Jáiber. Todavía no sabía si Adeel lo había traicionado. Tal vez aquel mensaje respondiera a su pregunta.

Leyó. «Cadáveres descubiertos en el lugar objetivo. Identificados como musulmanes. Lo interesante es que un grupo de hombres occidentales llegó a Afganistán en vuelo chárter desde Estados Unidos el día antes y cogieron transporte cerca del lugar objetivo. Heron Air Service, con sede en Dulles, Virginia, fue el servicio chárter en que volaron. Algunos de esos occidentales tenían credenciales estadounidenses. Se desconocen las agencias exactas. Varios jefes tribales les permitieron el paso. Pagos en efectivo, imposibles de rastrear. No dispongo de más información. Si estás de vuelta en Estados Unidos quizá puedas hacer seguimiento. Buena suerte. Espero que veas a tu hijo. A.»

Wingo borró el mensaje tanto de la bandeja de entrada como de la papelera. Se tumbó en la cama y contempló el techo. Un grupo de occidentales, algunos con credenciales americanas, había llegado a Afganistán el día antes de que él tuviera que realizar la entrega de los mil millones a un grupo de musulmanes. Estos habían sido asesinados y aquellos se habían apropiado del cargamento que llevaba él, enseñando también credenciales americanas. El dinero había desaparecido y los hombres también. Y ahora él era el chivo expiatorio de aquel tinglado.

Se le ocurrió otra idea, se incorporó y buscó en Google su propio nombre. Aparecieron los mismos tres artículos que Sean había encontrado, que ya se habían ampliado a diez.

Los leyó rápidamente. Parecían copias y se limitaban a regurgitar lo que decía el primero. En conjunto, resultaban devastadores.

Dinero desaparecido, militar desaparecido.

«Yo.» ¿Cómo demonios se había filtrado un asunto así? El coronel South no había mencionado que la noticia hubiera llegado a los medios. Se planteó llamarlo, pero al final decidió que no le resultaría de ayuda. El coronel estaba convencido de la culpabilidad de Wingo. A lo mejor todos lo estaban.

Y eso significaba que Tyler probablemente también lo supiera. ¿Qué debía de pensar su hijo? ¿Que su padre era un ladrón o un traidor?

La noticia añadía que el dinero y el militar desaparecidos quizá guardaran relación con una operación confidencial que apuntaba directamente a la Casa Blanca. Sin embargo, ni el presidente John Cole ni nadie del Pentágono iban a hacer comentarios al respecto, lo cual no hacía más que crear un caldo de cultivo de especulaciones y rumores.

Entonces se planteó otra cosa.

¿Dónde estaba Jean? ¿El Departamento de Defensa la habría retirado de la circulación después de que la misión se fuera al garete? Si era así, ¿quién estaba con Tyler?

Para Wingo aquello había sido lo más duro de todo aquel asunto. Fingir que volvía a casarse y llevar a casa a una desconocida para que fuera la madrastra de Tyler. Pero había sido inevitable. Tyler necesitaba a un adulto con él. Wingo se había negado a marcharse sin que se cumpliera esa condición. Lamentablemente, la forma más fácil de conseguirlo era fingir una boda. Pero se había arrepentido en cuanto Tyler conoció a Jean y él le dijo que, básicamente, aquella mujer iba a ocupar el lugar de su madre.

Encendió la tele de su habitación para ver si había noticias sobre el dinero desaparecido. Todas las cadenas locales daban una misma noticia: una explosión en un motel en el sur de Alexandria. Todavía se desconocía la causa del siniestro. Pero Wingo se incorporó cuando el presentador mencionó que la habitación estaba alquilada a Jean Shepherd, cuyo actual paradero se desconocía.

«¿Jean Shepherd? Ese era el nombre verdadero de Jean.» Escribió otro mensaje a Tyler, pidiéndole que se pusiera en contacto con él lo antes posible. Esperó. Y siguió esperando. El teléfono no vibraba.

Se planteó si acercarse a la casa en coche y echar un vistazo, consciente de que aquello sería casi un suicidio. No obstante, pensó seriamente en arriesgarse a fin de asegurarse de que su hijo estaba bien.

Contempló el correo de Adeel. Occidentales llegados a Afganistán en vuelo chárter. Heron Air Service con sede en Dulles, Virginia, que no estaba tan lejos. ¿Podría conseguir allí alguna pista de Tim Simons de Nebraska? Era lo único que tenía por ahora. Deslizó la pistola en la pistolera del cinturón y salió.

Más tarde, sin bajar del coche, Wingo observó a un jet alzando el vuelo y alejándose de una tormenta que se acercaba por el oeste. Realizó un ascenso airoso y luego se escoró hacia el sur antes de estabilizarse y continuar ascendiendo tras despegar del aeropuerto Dulles.

Tomó el desvío a la derecha y se dirigió a la sección de aviación general del extenso aeropuerto. Inaugurado en 1972, durante muchos años había estado prácticamente en desuso para el público en general, que prefería el aeropuerto Washington National por su cercanía. En la actualidad, Dulles era una de las terminales con mayor actividad del país, con vuelos de corto recorrido hasta Nueva York y rutas sin escala a Tokio. El techo de la terminal, con una forma similar a un ala, había sido ultramoderna en su momento pero ya estaba algo anticuada. La torre de control original con la enorme bola nacarada en lo alto ya no se usaba. Había sido sustituida por una torre nueva hacía cinco años, y actualmente contaba con seis controladores aéreos que organizaban el denso tráfico aéreo de la zona.

Wingo había viajado desde Dulles muchas veces a lo largo de los años. Hacía poco había aterrizado ahí en un avión de transporte. Su nombre constaba en la lista de tripulación de vuelo, algo que le había costado bastante dinero. En los vuelos privados, los agentes de Aduanas y Fronteras recibían a los pasajeros desembarcados en la puerta principal del operador encargado del vuelo. En el caso de los vuelos de transporte, subían directamente al avión. Comprobaban quién había a bordo y se centraban en la carga. Había sido una vuelta a casa ignominiosa pero al menos había arribado sano y salvo. Antes de la llegada de los agentes de Aduanas, había salido por una compuerta lateral y se había dirigido al aparcamiento cercano y desde allí a la agencia de alquiler de coches donde había recogido su vehículo.

Estacionó el coche, bajó la ventanilla a medias y se dispuso a observar con unos prismáticos. No cesaba de mirar alrededor para ver si alguien le vigilaba. Sabía que había cámaras por todas partes e intentó evitar situarse en la línea de visión directa de las que tenía a su alcance. Había una torre con rampa que albergaba a los encargados de la seguridad, atentos a cualquier cosa fuera de lo común que exigiera la presencia de la policía aeroportuaria. Wingo se mantuvo agachado en el asiento.

La gente entraba y salía de los cuatro edificios de la zona de carga. En aquellos estrechos almacenes trabajaban las empresas de consolidación de carga. Empaquetaban la mercancía y la cargaban en la panza de los aviones.

Heron Air Service estaba situada cerca de una de aquellas instalaciones de carga. En la zona de acceso restringido situada detrás del edificio, Wingo vio aviones de distintos tamaños estacionados o preparándose para el despegue; un jet se acercaba después de haber rodado fuera de la pista. Así era como viajaban los ricos y enchufados. Sin colas en los controles de seguridad, sin problemas de aparcamiento, sin tener que tratar con la gente normal y corriente.

Wingo desconocía si Heron era una empresa solo de vuelos chárter o si se dedicaba al flete de mercancías, pero se había situado de modo que alcanzara a ver ambos sectores del negocio. De todos modos, el aeropuerto de Dulles contaba con casi cincuenta mil metros cuadrados de almacenes y más de noventa mil de rampas para mercancías. Allí trabajaban cientos, quizá miles, de empleados. Por no hablar de los millones de pasajeros. Y aunque quizá no hubiera tantos vuelos chárter como en la zona comercial del aeropuerto, seguía buscando una aguja en un pajar.

Pero entonces se produjo un milagro.

Se puso tenso al ver al hombre que salía de las oficinas de Heron Air Service. Iba vestido de piloto y cruzó la zona de aparcamiento en dirección a su coche.

Wingo le sacó una foto con el móvil.

El hombre subió a un Audi último modelo.

Wingo anotó la matrícula e hizo una foto del coche.

Y luego lo siguió discretamente.

No era Tim Simons de Nebraska, pero sí uno de los hombres del edificio de piedra de Afganistán. Por consiguiente, era la única y mejor pista que Wingo tenía en ese momento. Y prácticamente le había caído del cielo.

41

—¿Sois conscientes del lío en que estáis metidos?

Quien formuló la pregunta no era McKinney, sino el agente especial del FBI Dwayne Littlefield, al menos según la placa que llevaba. No se había molestado en presentarse formalmente.

Tenía cuarenta y pocos años, de raza negra y aproximadamente un metro ochenta, de espaldas anchas, brazos robustos y cuello grueso. Parecía tener fuerza suficiente para agujerear de un puñetazo la puerta metálica de la sala en que estaban y lo bastante cabreado como para hacerlo.

Sean y Michelle estaban sentados en una silla de la oficina del FBI en Washington. Tyler no estaba con ellos, pues lo habían conducido a otra sala para interrogarlo, según supusieron.

Littlefield se inclinó hacia Sean.

—He hecho una pregunta.

—Supongo que era retórica. Pero si iba en serio, yo diría que somos debidamente conscientes de nuestro entorno y circunstancias, sí.

—¿Por qué coño habéis enviado un ejército a por nosotros? —espetó Michelle—. ¿No tenéis teléfono móvil?

Littlefield se dio la vuelta para mirarla.

—¿Me estás diciendo cómo hacer mi jodido trabajo?

—Pues sí, eso mismo.

—Menudos cojones tiene la dama.

—No es la primera vez que me lo dicen.

—Intentemos comportarnos como profesionales. Lo primero es lo primero... ¿Por qué estamos aquí?

Littlefield volvió a mirar a Sean.

—¿De verdad me estás preguntando esto a la cara?

—Pues sí. Estábamos en mi casa con un cliente sin hacer nada ilegal, que yo sepa, cuando miramos por la ventana y vimos al Tercer Ejército de Patton rodeando el lugar.

—Veo que tendré que refrescaros la memoria —dijo Littlefield. Cogió un mando a distancia y lo apuntó hacia una pantalla que colgaba de la pared.

Apareció una imagen.

Eran Sean y Michelle descolgándose de la habitación de motel destrozada antes de salir corriendo. Littlefield pulsó «pausa» antes de lanzar el mando encima de la mesa.

—Hoy en día resulta difícil estar en un lugar donde no le graben a uno. —Se dejó caer en una silla, colocó las manos detrás de la cabeza y continuó—: Así que, a menos que digáis que esos no sois vosotros, tenéis que dar alguna explicación.

Sean y Michelle se quedaron mirando su propia imagen.

—Alguien intentó enviarnos al otro barrio. ¿La cámara no le habrá grabado?

—¿Por qué iban a querer mataros?

—¿Has hablado con McKinney?

—Sé lo sucedido en el centro comercial. Y sé que un dos estrellas te zumbó en un hospital porque por tu culpa casi matan a su mujer. Y sé que tenéis por cliente a un chico cuyo padre está desaparecido en combate. —Se inclinó y colocó las palmas sobre la mesa—. Lo que no sé es el porqué de todo esto. Y McKinney tampoco parece saberlo.

—Están pasando muchas cosas. Y al parecer nosotros hemos contraído el virus de la ubicuidad.

Littlefield los miró.

—Ex del Servicio Secreto. Y expulsados por una cagada mayúscula.

—Eso es agua pasada —terció Sean—. Si te actualizas, verás que somos legales y buenos en nuestro trabajo. Mucha gente lo puede confirmar.

—Ya lo han hecho. Porque yo también soy bueno en mi trabajo y me actualicé antes de traer vuestros culos a mi terreno.

—Entonces, ¿por qué nos das la lata?

—Porque os marchasteis del jodido motel sin hablar con la policía. Ambos sabéis que no era lo más conveniente. ¿En qué coño estabais pensando? —Y continuó antes de que Sean pudiese responder—. Y ahora la madrastra del chico ha desaparecido. Lo cual significa que es un adolescente y está solo. Eso también lo sabíais y no se lo habéis dicho a nadie.

—Lo siento, no sabía que tuviéramos que sacarte las castañas del fuego —replicó Michelle.

Littlefield se levantó, se apoyó en la pared con los brazos cruzados y resopló.

—Y ahora no sé qué demonios hacer con vosotros.

—Podrías soltarnos y dejar que sigamos con nuestro trabajo —sugirió Sean.

Littlefield sonrió y negó con la cabeza.

—Va a ser que no. Lo último que me falta son dos balas perdidas.

—Entonces, ¿te han encomendado que busques a Sam Wingo? —preguntó Michelle—. Y, por cierto, no somos balas perdidas.

—No os incumbe qué me han encargado hacer.

Sean meneó la cabeza con aire de cansancio.

—Vayamos al grano. Te han encomendado que busques a Sam Wingo. Esto se está convirtiendo en un incidente internacional. Es demasiado peliagudo para los de Seguridad Nacional, por lo que han llamado al FBI. Se produjo una explosión. Hasta que se determine su causa, cae en la jurisdicción del FBI. Lo que Wingo hizo o dejó de hacer en Afganistán tiene a todos los de aquí con los pelos de punta planteándose el impacto que tendrá en sus carreras.

—Sabemos lo que perdió —añadió Michelle—. Dos mil kilos de euros. Mil trescientos millones de dólares.

—¿Quién coño os ha dicho eso? —saltó Littlefield.

—Lo siento, pero soy una tumba —repuso Michelle—. El Servicio Secreto nos machacó con eso.

—¿Y qué tal si consigo que un jurado de acusación os cite para quitaros esa mala costumbre?

—Podemos seguir haciéndonos los chulos o colaborar en este asunto.

—¿Colaborar? —repitió Littlefield con incredulidad—. ¿Os habéis vuelto majaras? ¿Acaso creéis que quiero asociarme con vosotros?

Michelle se levantó y le clavó la mirada.

—Nos han mentido: casi nos disparan, han estado a punto de hacernos saltar por los aires y unos gilipollas del ejército, de Seguridad Nacional y ahora del FBI nos maltratan. Así que, tanto si quieres «colaborar» con nosotros como si no, vamos a trabajar en este caso. ¿Te queda claro... —miró la identificación que le colgaba del cuello—: Dwayne?

—¡Joder! —masculló Sean mientras se tapaba los ojos con la mano.

Pareció que Littlefield iba a desenfundar la pistola y disparar, pero en realidad hizo algo que sorprendió a Sean: se echó a reír.

—Eres alucinante. Ya me habían dicho que eras de armas tomar, pero tengo que reconocer que se quedaron cortos. —Se sentó y se puso serio mientras los observaba a los dos—. Este asunto de mierda llega hasta tan arriba que es como navegar por internet y llegar al final. No se puede subir más.

—Ya hemos visto en la tele que la Casa Blanca rehúsa hacer comentarios sobre el tema —dijo Sean—. ¿Llega hasta ahí arriba?

Littlefield asintió levemente y miró a Michelle, que seguía de pie.

—¿Te apuntas a la fiesta o qué? —dijo.

Ella se sentó.

—¿Por qué enviar a un soldado con tanto dinero? ¿Quién no fue capaz de ver que eso solo podía traer problemas?

—Al parecer, las barras y estrellas del Pentágono. —Littlefield abrió una carpeta que tenía delante—. ¿Habéis llegado a alguna conclusión acerca de lo que es o fue Wingo?

—No es un reservista —respondió Sean—. Nadie cuelga el uniforme un año antes de conseguir su jubilación completa para trabajar en una agencia de traducción mientras el Departamento de Defensa le paga el sueldo en secreto.

—Habéis hecho los deberes —reconoció Littlefield, impresionado. Bajó la mirada hacia la carpeta—. ¿Estáis familiarizados con la DIA?

—Inteligencia militar —respondió Michelle—. Como la CIA pero con uniforme.

—La DIA tiene un presupuesto mayor que la CIA y actúa más en ciertas partes del mundo. Después del 11-S, las dos agencias han aprendido a llevarse bien. —Hizo una pausa—. Pero vosotros ya no tenéis autorizaciones de seguridad.

—Pues deja de lado las partes más jugosas —dijo Sean—. Y sé lo bastante listo para dejar caer lo demás de alguna manera.

Littlefield rio por lo bajo.

—No es ningún secreto. Salió en los periódicos no hace tanto. La DIA ha incrementado sus unidades de campo clandestinas. Trabajan con Langley en ciertas zonas conflictivas del mundo. Ya os podéis imaginar qué zonas.

—No sabía que la DIA estuviera autorizada para llevar a cabo operaciones encubiertas que fueran más allá de una reunión básica de inteligencia, ataques con drones, o entregar armas a los enemigos de nuestros enemigos.

—Es cierto. Pero ahí es también donde entra la CIA, porque están autorizados a hacer eso y mucho más. Sin embargo, también les han recortado el presupuesto y últimamente han cometido algunas meteduras de pata que se han hecho públicas. A pesar de los recortes, al Departamento de Defensa le quedan fondos para hacer más cosas.

—¿Estás diciendo que la CIA la encubre en el extranjero...?

—Y le ofrece instrucción en la Granja de Virginia —acabó Littlefield.

—¿Y la DIA suministra a los agentes secretos de campo? —preguntó Michelle.

—La DIA incluso ha copiado a Langley su iniciativa de Casa Persa, creando un organismo que fusiona recursos en países problemáticos. La dificultad ha estribado en cómo desembarazarse de los soldados cuando sus unidades regresen a casa. Una manera fue quitarles el uniforme de forma fingida, instruir al soldado y desplegarlo directamente sobre el terreno con la aquiescencia de la CIA.

—O sea que a Wingo lo reclutaron para una misión la DIA y la CIA. Le dieron mil millones de euros y él desapareció —resumió Sean.

—¿Tienes idea de dónde está ahora? —preguntó Michelle.

Littlefield negó con la cabeza.

—¿Todavía en Oriente Medio? ¿En la India? ¿De vuelta en Estados Unidos?

—¿A quién se supone que tenía que entregar esa fortuna? —preguntó Sean—. He intentado averiguarlo. Por ahora, sigo sin saberlo. Pero algo se entrometió, algo que no pertenece ni a la CIA ni a la DIA.

—¿Cómo es posible? —preguntó Michelle.

Littlefield resopló.

—Oye, la CIA y el ejército no son los únicos que actúan en el extranjero; el FBI también tiene recursos allí. —Levantó un papel de la carpeta—. Encontraron cadáveres en la ruta de Wingo. Todos abatidos por arma de fuego.

—¿Quiénes eran?

—Musulmanes.

—¿De dónde? —Littlefield volvió a dejar la hoja en la carpeta.

—No lo sé. Pero no eran de ningún gobierno de allí. Eran insurgentes.

Sean y Michelle procesaron la información.

—¿Insurgentes? ¿Insinúas que...? —dijo Sean.

Littlefield asintió con expresión sombría.

—Nuestros euros quizá, y solo digo quizá, han ido a un grupo que pretende derribar un gobierno islámico.

—¿Cuál?

—No sé. Ahora financiamos públicamente a los rebeldes sirios, tanto con armas como con suministros, así que no creo que sean ellos.

—Eso reduce las posibilidades —reconoció Sean—. A unas pocas realmente nefastas.

—¿Y si esto se hiciera público? ¿Y la identidad del país? —dijo Michelle.

—No sería positivo —respondió Sean.

—No sería la primera vez que enviamos ayuda al enemigo de nuestro enemigo. Pero intentamos mantenerlo en secreto. En este caso nadie quiere abrir la caja de los truenos. Por desgracia, ya se ha abierto en parte. Parte de la historia del dinero y Wingo ha acabado saliendo a la luz. Ese es otro motivo por el que tenemos que mantener protegido al chico. De lo contrario, los medios lo acosarían. Un agente vigila la casa de los Wingo. La prensa está por todas partes. Y cuando los periodistas van a la caza no paran hasta conseguir su presa. Y no quiero que eso pase.

—Menos mal que sacamos a Tyler de ahí —comentó Sean.

—Pero ¿el dinero nunca llegó a su destino? —preguntó Michelle.

—Según parece, no. O Wingo lo robó o alguien se lo quitó.

—¿Y por qué nos cuentas todo esto? Dudo de que sea por la elocuencia de mi socia.

—No ha sido por su elocuencia, aunque he de reconocer que es buena. Ha sido por el chico.

—¿Qué pasa con él? —dijo Sean.

—Solo está dispuesto a hablar con vosotros. Y le necesitamos para llegar al meollo de todo esto, es el único vínculo que tenemos con su padre. Y el FBI no quiere quedar como el que mangonea a un chico que quizás haya perdido a su padre en combate.

—O sea que nos necesitáis —concluyó Michelle.

—Por ahora —repuso Littlefield, y le dedicó una sonrisa forzada antes de levantarse—. Hasta que dejemos de necesitaros. Vamos.

—¿Adónde? —preguntó Sean.

—A ver al pez gordo.

—¿Al director del FBI?

—Apuntad más alto —repuso el agente especial de forma críptica—. Mucho más alto.

42

—Felicidades, es todo suyo —dijo el hombre.

Alan Grant le estrechó la mano y alzó la vista hacia el edificio que acababa de comprar. Era una vieja emisora de radio AM en una zona rural del oeste de Fairfax County, provista de una torre de transmisión de sesenta metros de altura. En otros tiempos había transmitido los precios de las cosechas y ganado junto con noticias locales y el tiempo en frecuencias débiles de AM, pero hacía años que estaba en desuso.

El hombre miró a Grant.

—Este lugar es una especie de monumento en esta zona.

—Seguro —dijo Grant.

—Espero que no piense derribarlo.

—No se me ocurriría.

—¿Va a instalr su propia emisora? Tendrá que pedir un montón de permisos a la Comisión Federal de Comunicaciones.

—Ya lo tengo todo previsto, gracias.

El hombre regresó a su coche y se marchó.

Grant se quedó a solas con su curiosa compra. Recorrió el perímetro y luego se detuvo en la torre para contemplar sus sesenta metros de altura. Había algunas partes oxidadas y varias barras transversales necesitaban repararse. Había estado en el interior del edificio, de ladrillo con varias ventanas y una puerta delantera parcialmente podrida. Había pintura de plomo y paneles en el techo de amianto, pero tampoco suponía un problema. No necesitaba realizar cambios estructurales en el lugar, pero alguno realizaría; muchos, en realidad. Y había que hacerlos rápido.

Comprobó la hora y envió un SMS.

Al cabo de cinco minutos aparecieron dos camiones articulados por el camino serpenteante que conducía al edificio. En la cabina de cada vehículo iban tres hombres. Los camiones se pararon y los hombres se apearon. Abrieron las puertas traseras de los tráileres y cinco hombres más bajaron de cada camión. Dieciséis hombres trabajando no tardarían demasiado.

De cada tráiler salió una rampa y los hombres empezaron a descargar materiales de construcción.

Grant abrió la puerta de la emisora y los hombres empezaron a introducir todos los materiales, generadores dobles de gasolina incluidos.

Grant hizo una consulta al capataz y luego se paseó por el interior del local para dirigir la colocación de los materiales. Algunos operarios empezaron a recoger trastos y desechos varios del interior del edificio y los fueron llevando a los camiones. Trabajaban a buen ritmo y de forma metódica, y al cabo de varias horas lo que había estado en la emisora estaba en los camiones y viceversa.

Grant observó algunos planos dispuestos en una lámina larga de contrachapado en lo que otrora fuera el vestíbulo de la emisora. Consultó al capataz, hizo anotaciones en los planos de construcción y dio algunas sugerencias.

Tenían un tiempo limitado y a Grant le satisfizo oír el gemido de las herramientas eléctricas cuando los hombres empezaron la rehabilitación necesaria.

Volvió a recorrer el interior con el capataz, al tiempo que señalaba dónde quería que estuvieran las paredes del vestíbulo.

—Cinco capas de SID —dijo, refiriéndose a «seguridad en profundidad»—. Desde el perímetro controlado del interior a la quinta capa.

El hombre asintió y señaló varios puntos.

—Puntos de detección de intrusión.

Grant asintió y señaló más puntos. Iban a adoptar un enfoque de seis lados en ese proyecto, refiriéndose a las cuatro paredes, el techo y el suelo. Utilizarían un aislante especial y un relleno acústico a prueba de corrimientos entre la primera y segunda capa de placas de yeso, con contrachapado ignífugo por encima.

Todos los orificios practicados en el espacio de seguridad, ya fuera para conductos, líneas de suministros o cualquier otra, se sellarían con espuma acústica. Todos los conductos tendrían barras metálicas para impedir el acceso. Todas las líneas de penetración se configurarían de forma que entraran por un solo punto de unión que se sellaría adecuadamente y todo se vigilaría electrónicamente.

Las ventanas se tapiarían y sellarían. Estarían conectadas a una alarma y equipadas para recibir la certificación TEMPEST, al igual que el resto de la instalación. Habría una única salida de emergencia trasera con candado de alarma conectado las veinticuatro horas.

Todas las puertas tendrían cinco centímetros de grosor, fabricadas con acero de calibre dieciocho, barrido y cierre acústico, autocierre, placa electromagnética, y conectadas a alarmas. Las bisagras de las puertas se reforzarían con acero de calibre siete, zonas de cerradura preperforadas en acero de calibre diez, y el cierre de la puerta con calibre doce.

Grant siguió recorriendo el interior mientras imaginaba todo lo que habría allí muy pronto. Sensores de movimiento, sistema auxiliar de energía en caso de emergencia, control de acceso. Nadie podría entrar sin una tarjeta electrónica, un PIN y la biometría requerida en la lista de comprobación de seguridad. Cualquier otra persona que se acercara al edificio saldría escaldada.

A unos doscientos metros del camino habría una verja perimetral con garita de seguridad. También en derredor habría sensores implantados en el suelo, líneas de láser, puestos de observación y otros dispositivos de detección de intrusiones.

El exterior del edificio contaría con generadores de ruido expandidos y dispositivos para camuflar el sonido que impediría todo intento de captar información sensible.

Grant se colocó en el centro del edificio y visualizó la ubicación de la cámara acorazada. Sería una sala modular revestida de acero con una puerta de entrada de Clase 6. Aquello era el núcleo de la operación, una operación que tendría lugar muy pronto.

Salió y observó el perímetro. El lugar apropiado para ese tipo de instalaciones era una base militar que contara con un equipo de respuesta dedicado. Sin embargo, Grant no tenía esa opción. Debía trabajar con lo que disponía y no contaba con un ejército.

Se acercó a la torre de transmisión. Pronto tendría varias antenas parabólicas conectadas. Todas estarían emitiendo y recibiendo información a través de un conducto electrónico de hormigón ideado por Grant. Con esa tecnología podía haber ganado miles de millones en el mundo de los negocios ya que, por el momento, nadie había sido capaz de proteger verdaderamente datos electrónicos, sobre todo en dispositivos móviles, mientras iban de A a B.

Era probable que las guerras del futuro se libraran en tierra, mar y aire, pero los enfrentamientos más críticos se producirían en el ciberespacio cuando los países emplearan ejércitos de cibersoldados para atacar infraestructuras, redes eléctricas, mercados financieros, centros de transporte y energéticos, etc., todo ello con un clic en un ordenador en vez de apretar un gatillo o lanzar una bomba.

Lo que Grant estaba haciendo era parecido a ese tipo de guerra futurista. Pero su objetivo era muy concreto. De hecho, era de lo más específico que cabía esperar.

Terminó de recorrer el perímetro, pasó un poco más con sus hombres y luego se marchó en el coche. Observó con satisfacción que ya estaban instalando el perímetro de seguridad. Grant había comprado cuatrocientas hectáreas junto con el edificio. La casa o negocio más cercanos estaban a kilómetros de distancia. Le gustaba aquella intimidad.

Llegó a la carretera principal y aceleró. Puso la radio y encontró la emisora de noticias que le interesaba. Esperó a que fuera la hora en punto y sonrió en cuanto oyó la noticia principal.

Era la vieja noticia de los mil millones de euros desaparecidos junto con el soldado que los transportaba. Sin embargo, ahora había nuevos elementos. El locutor hizo una pausa para dar énfasis y añadió con una floritura:

«Acaba de salir a la luz una información que apunta a la posibilidad de un complot urdido en las entrañas del gobierno de Estados Unidos, que podría tener graves ramificaciones a escala internacional.» Grant se alegraba de que la noticia hubiera abordado los puntos relevantes y salaces. Aquella había sido su intención al idear el golpe.

Apagó la radio y aceleró. Tenía información confidencial que comprar. Con el dinero suficiente ya no había nada en el mundo que pudiera mantenerse realmente en secreto.

43

Estaban en Washington D.C. y el coche que Wingo seguía entró en un garaje. Wingo vaciló un instante y entró detrás de él. Era un garaje de pago y los conductores tenían que sacar un tique para que se levantara la barrera. Aparcó a unas seis plazas del hombre.

La gente esperaba el ascensor. El hombre se puso a la cola y Wingo le siguió. Se encasquetó bien la gorra y se ajustó las gafas de sol. No pensaba quitárselas. Había cambiado de aspecto desde Afganistán, pero no podía arriesgarse a que lo reconocieran.

El grupo entró en el ascensor. Bajaron en el vestíbulo y subieron a otro ascensor. Wingo vio desde atrás que su objetivo pulsaba el botón de la sexta planta. Cuando se abrieron las puertas en esa planta, otras personas bajaron también. Wingo fue el último en salir. Observó al hombre mientras recorría el pasillo y giraba a la izquierda. Lo siguió y se detuvo en la intersección de los dos pasillos.

Lo vio entrar por una puerta que se cerró detrás de él. Wingo pasó por delante de la puerta y miró el nombre que constaba: «Vista Trading Group, LLC.»

Siguió pasillo abajo y se paró para plantearse qué hacer. Tenía una pistola. Quizá podía blandirla y arrestar él mismo al hombre, pero sería una estupidez. No tenía pruebas y además él mismo era un fugitivo de la ley. Carecía de licencia para el arma. La policía vendría y a quien detendrían sería a él.

Bajó en el ascensor y regresó al coche de alquiler. Salió del garaje y buscó Vista Trading Group, LLC por internet. Encontró el sitio web, que no ofrecía nada de interés. Era una empresa de consultoría para Defensa. Miró en la sección de Personal, pero no encontró la foto del hombre al que había seguido. Quizás hubiera ido allí para una reunión. Concluyó que tal vez no trabajara en esa empresa.

Aquello había sido un callejón sin salida, pero Wingo no daba todavía el asunto por concluido. Esperaría en la calle y, cuando el hombre saliera, volvería a seguirle. Entonces se fijó en una tienda al otro lado de la calle. Salió del coche, cruzó la calzada y entró. Al cabo de media hora, salió del local y volvió al párking.

Se acercó al coche del hombre y miró en derredor para asegurarse de que nadie le observaba. Luego se arrodilló y fijó el dispositivo de vigilancia bajo el parachoques.

Salió rápidamente del garaje y regresó a su coche. Entró en el vehículo y activó el dispositivo que acababa de comprar. Aquella tienda era uno de esos comercios donde se venden escáneres para la policía, varas electrónicas que detectan metal, esposas o porras, y también dispositivos de seguimiento.

Al cabo de una hora, el hombre salió del garaje y pasó por la calle en que estaba Wingo. Él le había observado por el retrovisor y se agachó antes de que el coche pasara.

Puso el coche en marcha y le siguió. Lo perdió de vista un par de veces entre el tráfico y en un semáforo en rojo. Pero gracias al dispositivo de seguimiento, consiguió localizarlo de nuevo cada vez.

Era hora punta; el tráfico era denso y se circulaba despacio. Wingo mantenía la mirada en el coche mientras avanzaba. Pensó que quizás el hombre regresara al aeropuerto de Dulles, ya que parecía ir en dirección a la interestatal 66, que le llevaría a la autopista de peaje de Dulles, en Virginia. Si ese era su destino, Wingo no sabía a ciencia cierta qué hacer.

Al mirar por el retrovisor, de repente reparó en que tenía que hacer algo. Algo drástico. Mientras él seguía a aquel tipo, alguien parecía seguirlo a él.

Un todoterreno negro. Cristales tintados. Los federales tenían vehículos como ese. ¿Era el FBI quien le seguía? ¿Los de su bando? ¿Después de fastidiarle en el otro extremo del mundo?

Perdió el coche que seguía y giró a la izquierda. Decidió que era mejor sobrevivir que seguir a aquel hombre.

El todoterreno también giró a la izquierda.

Bueno, estaba bien confirmarlo, pensó. Solo le faltaba oír las cámaras haciéndole fotos a su coche, la matrícula y la nuca. Si se trataba del FBI, podían detenerlo, y entonces él desaparecería para siempre. Nunca volvería a ver a Tyler. Nunca llegaría a demostrar su inocencia.

Aceleró, giró a la derecha y luego rápidamente a la izquierda. El todoterreno imitó sus maniobras. Pisó el acelerador y se arriesgó a que lo pararan por exceso de velocidad. Miró lo que tenía delante y luego a su izquierda.

La izquierda parecía prometedora por tres motivos: tráfico, un semáforo a punto de cambiar de verde a rojo y, lo más importante, un camión articulado que se disponía a girar.

Dio un volantazo y fue a la izquierda. Pisó el acelerador al tiempo que miraba por el retrovisor. El todoterreno le seguía a toda velocidad. Probablemente se disponían a darle el alto. Pero a Wingo le quedaban unos segundos. Y los necesitaría todos, sin excepción. Calculó el tiempo del semáforo, los coches en los distintos carriles y el camión grande que giraba a la izquierda.

El semáforo se puso ámbar. Un coche pasó zumbando por la intersección y cruzó la calle. Wingo no quería ir recto, sino a la izquierda. Y no pensaba esperar al camión. De hecho, iba a pasar a la parte delantera de la fila.

Pisó el acelerador cuando vio el parpadeo de la luz ámbar. «Allá voy.» Aceleró a fondo y giró el volante a la izquierda.

Cruzó la intersección por delante del camión y le bloqueó el paso. El conductor pisó el freno, giró el volante a la derecha e hizo sonar el claxon. La parte de atrás del camión se deslizó a un lado.

El semáforo se puso rojo. El tráfico que venía en la otra dirección empezó a moverse, pero el camión articulado bloqueaba toda la intersección. Se oían cláxones por todas partes. No cabía duda de que el conductor del camión estaba lanzando toda suerte de improperios a Wingo.

No obstante, Wingo estaba de lo más sonriente cuando giró a la derecha, luego a la izquierda y rápidamente regresó al hotel. Y si comprobaban la matrícula, lo cual estaba seguro de que harían, llegarían a un coche de desguace en el depósito de Washington D.C.

«Esta vez he ganado yo.»

44

El helicóptero sobrevoló la bucólica campiña de Maryland. Sean miró por la ventanilla hacia abajo.

—Maldita sea —masculló.

Michelle iba sentada a su lado.

—¿Qué ocurre? ¿No te gusta volar en helicóptero? —preguntó con sarcasmo. Sabía perfectamente que como agente del Servicio Secreto Sean había viajado en muchos helicópteros.

—No me gusta nuestro destino.

—¿Cuál es?

—Camp David.

Michelle le lanzó una mirada, se inclinó hacia él y miró por la ventanilla.

—Maldita sea.

—Pensaba que eso ya lo había dicho yo —bromeó Sean.

Ella se dejó caer en el asiento.

—¿Vamos a ver al presidente? ¿Él es el pez gordo?

—Eso parece.

—¿Te acuerdas del último presidente con quien te reuniste?

—Espero que este sea un poco mejor.

En cuanto el helicóptero aterrizó, fueron conducidos al edificio principal de Camp David, un lugar fortificado, bautizado en honor al nieto de Dwight Eisenhower y situado en la zona rural de las montañas de Catoctin.

Se acomodaron en una gran sala con paneles de pino nudoso.

—¿Alguna vez estuviste en una misión de protección aquí? —preguntó Sean a Michelle.

—Una vez. Vigilé al rey de Jordania dándole a los palos de golf en el campo que tienen aquí. Era como entretenerse viendo crecer una planta.

—Me lo imagino.

Ambos se pusieron en pie cuando el mandatario entró en la sala.

El presidente John Cole medía casi metro ochenta y era obvio que estaba librando la batalla de la cintura a sus cincuenta y cinco años de edad. De todos modos, tenía espalda ancha, facciones recias pero agradables, sonrisa contagiosa e irradiaba un estado saludable y una seguridad envidiables.

—Señor presidente —dijo Sean mientras Michelle asentía respetuosamente.

—Sentaos, por favor —dijo Cole.

Ambos socios miraron a los dos agentes del Servicio Secreto que escoltaban a Cole. Era obvio que estaban al corriente del pasado de Sean y Michelle, quien incluso reconoció a uno de ellos, un ex compañero. Pero también sabía que los dos agentes los mirarían con suspicacia y no tendrían ningún reparo en dispararles a la cabeza si la situación lo requería.

El presidente vestía de modo informal, con pantalones holgados, un polo y un *blazer* azul. Los guardaespaldas llevaban prendas similares; lo normal era seguir el estilo del jefe. Cole se sentó tras un escritorio mientras Sean y Michelle tomaban asiento frente a él.

Cole los observó con detenimiento.

—Sé que tratasteis con mi predecesor.

Sean asintió antes de decir:

—Sí, desgraciadamente, sí.

—La verdad está por encima de todo —declaró Cole—. Y es lo que el público quiere. Y está bien que así sea.

—¿Es el motivo por el que estamos aquí? —preguntó Michelle.

—Creo que los dos sabéis que sí. —Cole miró a uno de sus guardaespaldas—. Billy, tengo entendido que conoces a la señorita Maxwell, ¿verdad?

Billy miró a Michelle, le dedicó una sonrisa seca y asintió.

Michelle se saltó la sonrisa y le devolvió el asentimiento seco.

—¿En qué podemos ayudar? —preguntó Sean.

—Quizás en el asunto Wingo.

—Estamos al tanto de su desaparición.

—Con más de mil millones de dólares del erario público.

—Hemos tratado a su hijo.

—Estoy seguro de que el joven está muy preocupado por su padre.

—¿Y a usted le preocupa que su padre sea un traidor, un asesino, un ladrón, o todo a la vez? —preguntó Sean.

Cole apoyó los pies en el borde de la mesa y formó un triángulo con las manos.

—No es esto lo que imaginé que iba a pasar en mi primer año de mandato. Quiero hacer muchas cosas. Tengo cierto capital político para lograrlo. Y un escándalo de esta magnitud mina la moral. Los medios de comunicación ya han empezado a especular. Mis amigos del otro lado del pasillo huelen a sangre fresca. Yo no digo nada por ahora. Quiero ver qué pasa. En algún momento tendré que emitir un comunicado oficial. Pero antes, me gustaría tener algo que decir, algo positivo. Ahora mismo no tengo nada.

—¿Adónde se supone que iba el dinero? —preguntó Sean—. Tenemos entendido que unos insurgentes musulmanes aparecieron muertos en el lugar de reunión.

—Preferimos llamarles «luchadores por la libertad» —puntualizó Cole—. Aunque en esos lugares, tu aliado a la hora del desayuno es tu enemigo antes de la cena, así que no estoy seguro de cuán válida es esa descripción. De todos modos, yo hice la cama y ahora me toca dormir en ella.

—O sea que el dinero estaba destinado a ellos. ¿Para ayudar a luchar contra qué gobierno islámico? —preguntó Sean.

—No puedo revelaros eso. Vosotros no estaríais al corriente de esto de no ser por la relación que tenéis con Tyler Wingo.

—¿Y usted le necesita? —dijo Michelle.

—Necesito a su padre. Necesito que su padre me diga dónde diablos está el dinero y qué demonios pasó allí. Si se ha vuelto contra nosotros, necesitamos encontrarle a él y al dinero. Si es inocente, seguimos necesitando que se presente y explique lo ocurrido.

—¿Cree que es inocente? —preguntó Sean.

—Aquí las apuestas son de nueve a uno contra él —reconoció Cole con franqueza—. Personalmente no lo sé. Se le sometió a una investigación antes de ser seleccionado para la misión. Superó a todos los demás. Patriotismo intachable, todo eso. Pero el movimiento se demuestra andando. El dinero ha desaparecido y los luchadores por la libertad han muerto. Y cuanto más tiempo tarde Wingo en aparecer, más supondremos que está contra nosotros. Así es la naturaleza humana.

—Quizá tenga miedo de dar la cara —intervino Michelle—. Quizá piense que le tendieron una emboscada y no sepa en quién confiar.

—¿Se ha puesto en contacto con alguien del Departamento de Defensa? —preguntó Sean.

—Con su superior sobre el terreno, el coronel South.

—¿Y qué le dijo a South? —quiso saber Michelle.

—Que le habían tendido una trampa. Que alguien que se hizo pasar como agente de la CIA le recibió en el punto de encuentro, le dijo que la misión había cambiado y exigió el dinero. A punta de pistola.

—¿Y era de la CIA? —preguntó Sean.

—No que sepamos. Wingo pertenecía a la DIA. Y si bien la DIA ha trabajado con la CIA, no en este caso. La información estaba muy restringida: la DIA y yo. Y si bien es cierto que Langley siempre pide aumento de presupuesto, me cuesta creer que recurrieran a robar a Peter para pagarle a Paul a fin de conseguirlo —añadió Cole con sequedad.

—¿Wingo dio alguna indicación a South acerca de dónde podía estar o adónde podía ir? —preguntó Michelle.

—Al parecer quiere demostrar su inocencia. Pero no sé adónde le llevará eso.

—Supongo que eso depende en parte de quién le tendió la trampa —razonó Sean.

—Si es que alguien le tendió una trampa —matizó Cole—. Solo tenemos su palabra al respecto. Y a mí me siguen faltando mil millones de euros.

—Los euros se utilizaron como tapadera adicional, ¿verdad? —dijo Michelle.

—Los dólares habrían sido demasiado obvios. Y había un motivo muy práctico. Mil trescientos millones de pavos en billetes de cien dólares, que es el máximo valor que tenemos, habrían pesado mucho más de dos mil kilos.

—Lo cual nos lleva a lo que quiere que hagamos —dijo Sean.

—Contáis con el apoyo incondicional de Tyler. Creemos que su padre volverá a intentar ponerse en contacto con él. Querrán verse. Necesitamos estar allí cuando llegue el momento.

—¿O sea que quiere que le entreguemos a Wingo utilizando a su hijo como cebo? —resumió Michelle con crudeza.

—Ese es el plan básicamente, sí. Me han dicho que el chico se niega a hablar con mi gente. Solo confía en vosotros.

—¿Quiere que traicionemos esa confianza? —alzó la voz Michelle, lo suficiente para que los dos agentes del Servicio Secreto dieran un paso hacia ellos.

—Mejor que traicionar al país —señaló Cole.

—¿Jean Wingo formaba parte de esto? —preguntó Sean. Cole asintió.

—Ha desaparecido.

—Ya lo sabemos.

—Pero ¿no se presentó ante vosotros? —preguntó Sean. Cole

negó con la cabeza—. O sea que quizá tenga a otro socio en este asunto.

—¿Como Sam Wingo? —replicó Cole.

—Yo no he dicho eso.

—Pero yo sí. Así pues, ¿me ayudaréis?

Michelle y Sean intercambiaron una mirada.

—Tenemos que hablarlo —dijo él.

—Puedo dejaros a solas un momento —dijo Cole.

—Necesitaremos más tiempo —dijo Michelle mientras Sean la miraba con nerviosismo.

Cole alzó ambas cejas y se quedó mirando el techo unos instantes. Se levantó con una expresión de profunda insatisfacción.

—Me esperaba más, la verdad. Suponía que un llamamiento directo de vuestro comandante en jefe sería suficiente. Os podría haber enviado a cualquier subalterno, pero os he hecho venir hasta aquí para hablar cara a cara, para deciros que vuestro país os necesita. —Hizo una pausa—. Y me decís que tenéis que hablar del asunto. —Meneó la cabeza con indignación—. Bueno, supongo que ya no hay personas como las de antes.

—Estamos entre la espada y la pared, señor presidente —explicó Sean—. No es tan sencillo como parece.

—Billy os acompañará al exterior. Gracias por la conversación. Esperaré... vuestra respuesta.

Tras aquella seca despedida, Sean y Michelle se marcharon.

Mientras Billy los acompañaba pasillo abajo, Michelle preguntó:

—¿Qué tal tu familia, Billy?

—Bien.

—Recuerdo que tu mujer tuvo un embarazo duro.

—Está bien.

—Me alegro.

Michelle esperó, pero la pregunta no se formuló.

Al final, dijo:

—Yo también estoy bien, más que nada para que lo sepas.

Regresaron al helicóptero, que alzó el vuelo en cuanto la puerta se cerró.

Se acomodaron en sus asientos y se ciñeron el cinturón.

—Bueno, ahora ya sé lo que es que el presidente te deje KO —reconoció ella.

Sean se encogió de hombros.

—¿Qué esperabas? ¿Una medalla por servicio meritorio? Está a punto de quemarse y busca la manera de extinguir el incendio. Por eso se saltó la cadena de mando con nosotros.

—¿Y es culpa nuestra que haya ocurrido toda esta mierda?

—Nosotros hemos elegido, así que yo diría que somos responsables en parte.

—Ayudábamos a un chico a encontrar a su padre, Sean. Nunca imaginé que esto se convertiría en un incidente internacional.

Él suspiró.

—Lo sé. Yo tampoco. Pero ahora resulta que el hombre más poderoso del mundo está cabreado con nosotros. Eso para mí es motivo de preocupación. De gran preocupación.

45

Cuando regresaron a la central del FBI, Sean pidió a Littlefield que los llevara a ver a Tyler. La expresión del agente especial no resultó esperanzadora.

Sean se enfadó.

—Mira, no tienes derecho a impedirnos verle. Probablemente ahora mismo esté muy asustado.

—Ignoro si lo está o no —dijo Littlefield en tono evasivo.

—¿Y eso por qué? ¿No se lo puedes preguntar? —terció Michelle.

Littlefield se limitó a dirigir la vista a un punto del techo como si Sean y Michelle ni siquiera estuviesen presentes.

Sean miró a su socia.

—Creo que nos está enviando un mensaje por telepatía.

—Vale, pues a ver si captamos la señal. —Se llevó un dedo a la frente y cerró los ojos—. Espera, espera, vale, ya llega. —Se inclinó ante la cara de Littlefield, con los brazos en jarras.

—¿Cómo coño se lo ha montado el FBI para perder a un chico de dieciséis años?

Littlefield la miró a los ojos.

—No teníamos motivos para pensar que iba a fugarse.

—Ni tampoco para pensar que no iba a hacerlo —señaló Sean—. Pero ¿de la oficina de Washington? ¿En serio?

—¿Cómo? —quiso saber Michelle.

—¿Importa?

—Quizá sirva para ayudar a encontrarle.

Littlefield se desplomó en la silla.

—Ha dicho que tenía hambre. Que quería un perrito caliente y unas patatas del puesto de enfrente. Y tomar un poco de aire. Envié a un agente veterano con él. Nuestro hombre tenía dos perritos calientes y una ración de patatas en las manos e intentaba pagar cuando el chico cruzó la calle corriendo. Justo en plena hora punta. En menos de un minuto había desaparecido. Nuestro hombre dijo que era veloz como una flecha.

—Oh, claro, tiene dieciséis años y las piernas largas —apuntó Michelle—. Y practica la natación, lo cual significa que tiene una gran resistencia. Pero seguro que todo eso ya lo sabíais. ¡Lo cual hace que me plantee el motivo por el que enviasteis a un vejestorio con él!

—No estaba detenido.

—Vuestra obligación era que estuviera a salvo. Ahora puede estar en cualquier sitio —dijo Michelle—. Incluso muerto.

—Vale, ya lo entiendo —resopló Littlefield—. La he cagado. —Los miró alternativamente—. ¿Y ahora qué?

—Ahora debemos encontrar a Tyler antes de que lo encuentren otros —dijo Sean. Y añadió—: Supongo que podemos irnos, ¿no?

—Sí, pero os asignaré un par de agentes. Para vuestra protección, claro.

—No te ofendas —dijo Michelle—, pero el Servicio Secreto ofrece mejor protección que la vuestra, así que nos vamos.

—¿Y qué quería de vosotros el presidente? —preguntó Littlefield.

—Felicitarnos por el trabajo realizado hasta el momento.

—Venga ya. ¿Qué quería?

—Nos propuso algo —dijo Sean—. Y nos lo estamos pensando.

—El presidente os propone algo y ¿os lo estáis pensando? —dijo Littlefield con incredulidad.

—¿Sabes? —dijo Michelle—. Él tuvo la misma reacción que tú. Bueno, cuídate, nos vamos.

Michelle puso la mano en el pomo de la puerta y miró a Sean. Dio la impresión de que se telegrafiaban un mensaje.

—Te mantendremos al tanto de nuestras investigaciones si haces lo mismo.

—Ya sabéis que no puedo prometer tal cosa.

—Bien —dijo Sean—. Entonces no te contaremos nada sobre lo nuestro.

Se marcharon.

Mientras recorrían el pasillo, Michelle dijo:

—¿Adónde crees que ha ido Tyler?

—Su padre le contestó un mensaje. Supongo que le envió otro.

A Sean le faltó tiempo para sacar su teléfono y espiar la cuenta de Gmail de Tyler.

—Bingo. Y por desgracia no está codificado.

—¿Por qué por desgracia? Si no está en clave no necesitamos recurrir a Edgar.

—Eso cabría pensar, ¿verdad?

Le enseñó el teléfono. Michelle leyó el corto mensaje:

«Esta noche a las diez. Donde siempre.»

—Donde siempre —dijo con el ceño fruncido.

—La información directa sin contexto es inútil —comentó Sean—. No hay forma de descifrarla porque no sabemos dónde es ese lugar.

—Sí que la hay —replicó Michelle, lanzándole el teléfono.

Él lo cogió al vuelo y se la quedó mirando mientras ella apretaba el paso al salir de la oficina del FBI en Washington.

Tuvieron que coger un taxi para volver a casa porque el FBI, o por lo menos Littlefield, se había negado a llevarles.

Michelle se sentó impaciente en el asiento trasero, instando al taxista a pasarse los semáforos en rojo, a superar el límite de velocidad y a casi rozar el lateral de los coches que se negaban a cederles el paso.

—Es decir —comentó Sean—, quieres que conduzca como tú.

—Básicamente, sí.

—¿Y a qué viene tanta prisa?

—Tenemos que hablar con alguien.

—¿Con quién?

—Con la única persona que conozco que puede darnos algo de contexto para entender ese correo.

Al llegar a casa de Sean subieron al Land Cruiser. Él tuvo que apartar la porquería del suelo para poder colocar bien los pies. Parte de la basura cayó al camino de entrada cuando cerró la puerta.

—Que sepas que no pienso recoger lo que se ha caído —dijo.

—Buen chico, Sean. Me alegra saber que estás menos obsesionado con la limpieza. Demuestra una gran madurez y crecimiento personal.

—Sabes que no lo hago por...

No acabó la frase porque ella salió del camino de entrada haciendo marcha atrás a tumba abierta, puso la primera y pisó el acelerador. Empezó a tamborilear el volante con los dedos mientras movía la cabeza de un lado a otro y sonreía.

—Esto te pone, ¿eh? —observó Sean, contemplándola.

—¿Qué es «esto»?

—La velocidad, el peligro, hacer tonterías.

—Lo último sobra.

—Bueno, háblame del contexto.

—Kathy Burnett. Se criaron juntos. Son muy amigos. Estoy convencida de que ella sabrá decirnos cuál es el lugar habitual para Tyler y su padre.

—Pues muy buena idea —admitió él—. Bien, si aciertas y vemos a Sam Wingo, ¿qué hacemos entonces?

—Oficialmente, las autoridades le buscan. Nuestra obligación debería estar clara.

—Nuestra obligación nunca está clara.

—Tienes toda la razón —convino.

—Pues ya estamos otra vez... ¿qué hacemos?

—Dependerá de lo que cuente Wingo.

—Es de las Fuerzas Especiales, Sean. Lo seleccionaron para un operativo de alta seguridad. Y sobrevivió a lo que parece una emboscada y una matanza. Está claro que el tío posee sus habilidades. Si se ha pasado al otro bando...

—Entonces tendremos que andarnos con pies de plomo.

—A lo mejor, más que eso.

Sean la miró.

—¿A qué te refieres?

—Sean, deberíamos estar preparados para matarlo. Antes de que él nos mate a nosotros.

—¿Matarlo? ¿Delante de su hijo?

—Obviamente, no es mi primera opción.

Sean observó el paisaje que pasaba por la ventanilla a cien kilómetros por hora.

46

—¿Lugar habitual? —repitió Kathy Burnett en el porche de su casa, delante de Sean y Michelle.

Habían llegado allí en tiempo récord. En cierto momento Sean tuvo la impresión de que un policía iba a perseguirles cuando pasaron disparados por su lado, pero se quedó donde estaba. Sean pensó que a lo mejor dudaba si podría alcanzarles.

—Sí, el lugar habitual —dijo Michelle—. Un lugar al que solieran ir Tyler y su padre. Para quedar, hablar, hacer algo juntos.

—¿Por qué no se lo preguntáis a Tyler? —sugirió ella con cierta suspicacia.

Antes de que Michelle contestara, Sean dijo:

—Estamos recabando datos, Kathy. Es trabajo de fondo que hacen todos los detectives. Creamos un archivo sobre todo el mundo en el que se incluyen gustos y aversiones, preferencias, lugares habituales de encuentro. Quizás ahora no sea importante, pero podría serlo en el futuro. Es para tener protegido a Tyler.

Michelle lo fulminó con la mirada, pero él continuó con la vista fija en Kathy. Esperaba que la chica no pensara demasiado en aquella explicación porque, si así era, se daría cuenta de que no tenía sentido.

Kathy asintió lentamente.

—Ya, supongo que es así.

Sean exhaló un suspiro de alivio.

—Pero ¿no se te ocurre nada?

—Vi cañas de pescar apoyadas en la pared del lavadero cuando estuve en su casa. —Kathy parecía exasperada consigo misma—. Solían ir a pescar a un lugar del río cerca de aquí. Es poco más que un arroyo, pero algo pescan. Y Tyler y su padre pasaban el rato charlando. He estado allí un par de veces con Tyler, pero a mí la pesca no me va. Yo miraba y hablaba.

Sean sacó el bloc de notas y el boli.

—¿Puedes decirnos exactamente dónde es?

Kathy les dio las indicaciones. Le dieron las gracias y se encaminaron de vuelta al Land Cruiser.

—Dame las llaves —pidió Sean.

—¿Qué?

—Las llaves —repitió, chasqueando los dedos.

—¿Por qué?

—Porque el tiempo del que disponemos no nos permite que nos pare la policía por exceso de velocidad o conducción temeraria.

—Cuando veníamos hacia aquí no nos han parado, ¿verdad?

—De milagro. No podemos contar con eso otra vez. Llaves, por favor.

Michelle se las lanzó bruscamente.

—Gracias —dijo él con sequedad.

Subieron al coche y se marcharon.

Michelle comprobó la hora.

—Ya son las siete y media. Tenemos el tiempo muy justo. ¿Seguro que no quieres que conduzca?

—Segurísimo, gracias.

Sean siguió las indicaciones que Michelle le iba dando.

—¿Qué plan tenemos? —preguntó mientras Sean giraba bruscamente a la izquierda y apretaba el acelerador.

—Tenemos que dar por supuesto que Wingo vendrá armado y que estará paranoico. Por supuesto confiará en su hijo, pero en nadie más.

—No podemos ser juez y verdugo a la vez, Sean.

—Joder, tú fuiste quien dijo que quizá tuviéramos que matarlo.

—También dije que no era la primera opción.

—Tenemos que controlar la situación. Y luego ganarnos su confianza.

—No veo que sea fácil cumplir ninguno de esos objetivos.

—No lo será.

—Pero si ha vuelto por su hijo, ¿no es eso una prueba lo bastante convincente de su inocencia?

Sean la miró.

—Quizá. Pero no es una prueba concluyente. Y no olvides que si le tendieron una trampa, la persona que lo hizo no querrá que vuelva y hable con alguien.

—¿Y si nos encontramos en medio de esa situación?

—Ya estamos metidos hasta el fondo.

Michelle sacó la pistola, comprobó que llevaba una bala en la recámara y la enfundó. Exhaló un largo suspiro.

—¿Y si Wingo no viene solo?

—¿Con quién va a venir?

—Suponiendo que no sea inocente.

Sean asintió con expresión pensativa.

—El problema es que conoce ese lugar de pesca mucho mejor que nosotros.

—Sí, pero apuesto a que no le han entrenado para que escudriñe un lugar en seis segundos, igual que a nosotros.

—Vamos a tener que separarnos. Yo seré la persona de contacto, tú me cubres.

—¿Y por qué no al revés?

Él sonrió.

—No tengo problema en reconocer que eres mejor tiradora que yo.

Michelle lanzó una mirada a la parte trasera del coche.

—Ahí atrás llevo el rifle de francotirador.

—Bien. Quizá lo necesitemos.

—¿Crees que Tyler alberga dudas sobre su padre?

Sean negó con la cabeza.

—No. Es obvio que lo tiene idealizado. Lo único que espero es que el sargento no decepcione como héroe. —Miró al frente—. Enseguida lo averiguaremos. Ese es el desvío de la carretera que lleva al sitio para pescar. Vamos a aparcar lejos. Lo último que nos hace falta es que Tyler vea tu coche. Retrocederemos, haremos un reconocimiento, estableceremos un punto de observación y esperaremos.

—Quizá Wingo esté ahí esperando.

—Puede ser. —La miró—. ¿Eres capaz?

—¿Capaz de qué?

—De apretar el gatillo contra Wingo si llega el momento. ¿Delante de Tyler?

Michelle no vaciló.

—No voy a permitir que te pase nada, Sean. Puedes estar seguro de ello.

47

—¿Sabías que esto vale más que el oro? Que el platino. Que... joder... no sé —dijo el hombre.

Alan Grant se sentó en el coche y lo miró.

—Lo entiendo —dijo—. Más que el platino. Pero aun así me lo cobras a precio de platino. Gracias por el detalle.

El hombre era Milo Pratt. Era bajito, rechoncho y había pasado muchos años en lugares que le habían permitido conseguir el platino que Grant necesitaba.

Sonrió a Grant.

—¿Sabes cuánto cuesta el platino?

—Mucho. Más que el oro.

—El oro ni siquiera se le acerca. ¿Cómo dices que te llamas?

—No importa.

—¿Por qué lo quieres?

—Por curiosidad, siempre la he tenido —contestó Grant—. Es lo mío.

Pratt sonrió de oreja a oreja.

—Pero ¿por qué esto? ¿Por qué esta información? Tengo que preguntarlo... Lo entiendes, ¿no?

—Perfectamente. Si no hubieras preguntado, me habría llevado un chasco.

—Bien, bien. Así que ¿por qué? En serio.

—¿Acaso no es obvio?

—¿Eres un traidor? Eso no me supone ningún problema, pero me gustaría saberlo.

—No soy un traidor, más bien al contrario.

—¿Eres del FBI? ¿Alguna operación clandestina en marcha?

Grant sonrió.

—Tienes buen ojo.

—Puede cambiar, por supuesto. Pero no depende de mí.

—Lo entiendo. Sencillamente tendré que incorporarlo en la operación.

Pratt le mostró un lápiz USB.

—Está todo aquí.

—No lo dudo. —Grant lo cogió.

—Sé que el dinero está en mi cuenta, de lo contrario no estarías cogiendo esto —dijo Pratt.

—Yo en tu lugar, haría exactamente lo mismo. Pero con una pequeña diferencia.

—¿Cuál?

Grant empotró el cuello de Pratt contra el volante y le aplastó la tráquea. Observó cómo Pratt moría asfixiado y caía de lado en el asiento.

—Pues que nunca haría el intercambio en un lugar solitario porque podría acabar muerto. Como tú.

Salió del coche y al cabo de un minuto subió al suyo. Condujo sin exceder el límite de velocidad hasta su siguiente parada. El acondicionamiento de la vieja emisora de radio avanzaba a buen ritmo. Sabía que sus hombres trabajaban duro, pero que tendrían que trabajar todavía más duro. Una vez finalizada la rehabilitación, llamaría al equipo técnico. Eran un grupo internacional. Ni uno solo de ellos estaba comprometido con nadie que no fuera él mismo. Ninguno de ellos abrazaba bandera alguna. Eso le gustaba. Cuando el dinero es la motivación, uno siempre sabe el terreno que pisa. Eran los mejores y Grant lo sabía.

El Pentágono estaba tan ajetreado entonces como durante el resto del día. Es un edificio que nunca duerme y que la gente visita a todas horas. Pasó por los controles de seguridad y fue otra vez directo al despacho de su suegro, que le esperaba. Él y Dan Marshall iban a cenar juntos esa noche, y Grant contaba con enterarse de algún chismorreo sobre temas que le interesaban.

Marshall lo recibió con el mismo entusiasmo de siempre, estrechándole la mano y dándole luego un abrazo.

—Leslie dice que últimamente estás muy liado. Recuerda que tienes que dedicar algo de tiempo a mis nietos.

—Descuida, Dan. Te lo prometo. Lo que pasa es que ahora mismo tengo varios asuntos entre manos. Quiero ir forjando una buena vida para la familia. Leslie y yo también queremos darte más nietos. No vamos a quedarnos en tres. Todavía somos relativamente jóvenes.

Dan desplegó una amplia sonrisa.

—No me oirás quejarme de tener más mocosos con los que pasar el rato.

Ambos se dirigieron a un restaurante del Pentágono y se sentaron a una mesa apartada.

—Te veo preocupado por algo —comentó Grant, observando a Marshall.

Este soltó una risita, se frotó la cara y dio un sorbo a la Coors de barril que había pedido. Grant solo pidió agua. Cuando Marshall dejó el vaso ya había adoptado una expresión mucho más seria.

—¿Has leído las noticias? —preguntó.

Grant asintió.

—Raro, por no decir otra cosa. ¿Cómo es posible que mil millones de dólares del erario público acaben perdidos en Afganistán junto con un reservista?

Marshall miró alrededor para asegurarse de que nadie les oía.

—En realidad eran euros.

—¿Euros? ¿Por qué?

—No lo sé a ciencia cierta.

—¿Para qué coño era el dinero? —preguntó Grant, aunque añadió—: Lo siento, seguro que es información confidencial.

—Circulan rumores en todos los medios. Rumores muy malos. Conspiración. Incumplimiento de la ley. Uso indebido de fondos. Y todo apunta muy arriba.

—¿Rumores con algo de verdad?

—Voy a serte franco, Alan. No puedo poner la mano en el fuego diciendo que no son ciertos.

«No tienes ni idea de lo que te espera», pensó Grant.

Estiró el brazo y puso la mano en el brazo de su suegro.

—Dan, estás en Adquisiciones. Compras cosas para el ejército. Controlas mucho dinero. Pero no estás implicado en este asunto, ¿verdad?

A Grant le caía bien Dan Marshall, de verdad que sí, pero no tanto como para no sacrificarlo en pos de su objetivo. No había persona en el mundo que le cayera tan bien como para eso.

Marshall se pasó otra vez la mano por la cara, como si quisiera despojarse de una capa de piel.

—Bueno, Alan, yo diría que este marrón es lo bastante grande como para arrastrar a unas cuantas personas.

Grant retiró la mano.

—Lo siento, Dan. —Y en cierto modo lo sentía. Pero eso era todo. Él era quien había puesto a su suegro en esa situación. Sabía que ese momento llegaría. Por deferencia hacia su esposa, esperaba que su suegro no quedara muy tocado.

«Pero mi padre y mi madre no tuvieron tanta suerte. Los arruinaron, machacaron y luego se suicidaron. Fueron las únicas bajas, cuando debería haber habido muchas más.»

—¿Qué me dices de ese reservista, Sam Wingo? ¿De dónde salió? —preguntó.

—Quién sabe. Ese hijo de puta no ha dado la cara desde que desapareció con el dinero del Tío Sam.

—Vi en internet que parte del dinero estaba destinado a insurgentes musulmanes. Pero no especificaban de qué país.

Marshall lo miró con expresión desdichada.

—Yo también lo he visto.

—Eso no sentará bien en ciertos círculos de aquella zona.

—Por lo poco que sé, las vías diplomáticas se están utilizando tanto que están al rojo vivo. Sigo sin saber cómo llegó esta noticia a los medios. Era muy, pero que muy confidencial.

—Para mí también es un misterio —mintió Grant—. No obstante, si pilláis a Wingo podréis controlar la situación rápidamente. ¿Alguna pista al respecto?

—Podría haberla, la verdad. Me mantienen al corriente de la situación por varios motivos, más que nada porque estoy metido hasta el fondo en esto. Wingo tiene un hijo, un adolescente. Su madre murió, pero Wingo volvió a casarse. —Bajó la voz—. Pero la boda no fue real.

—¿Qué coño dices? —se asombró Grant, que lo sabía perfectamente.

—Solo fue una farsa, parte de la misión en que participaba Wingo. Era enrevesado, pero no podía dejar al chico solo. Ahora la mujer ha desaparecido. Nadie sabe dónde está.

«En una tumba adecuada en medio de ninguna parte con el cuello cortado porque me desobedeció e intentó matarme», respondió Grant para sus adentros mientras seguía mirando a Marshall con una expresión de interés educado.

—Y hay dos investigadores que se han entrometido. Sean King y Michelle Maxwell, ex agentes del Servicio Secreto. Han estado fisgoneando a pesar de que se les ha advertido que se mantengan al margen.

—Pero ¿no hay noticias del paradero de Wingo?

—Se cree que ha conseguido regresar a Estados Unidos, probablemente en un vuelo privado o en un avión de transporte. Quizá tenga documentos de identidad falsos de los que no hay constancia. Según los informes que he leído del tío, es bueno, muy bueno. Por eso lo eligieron para la misión.

—Podría haber robado el dinero —señaló Grant.

—Sí, quizás. Y si así es, quizás haya vuelto para llevarse a su hijo y desaparecer. Y es muy posible que lo haya hecho. —Bajó la voz—. Acabo de recibir un mensaje que dice que Tyler Wingo ha desaparecido de la custodia del FBI.

Aquello sorprendió a Grant.

—¿Qué?

—Así es. Lo tenían en custodia junto con King y Maxwell como medida de protección o algo así, porque un motel en el que estuvieron saltó por los aires. Desconozco los detalles, pero probablemente lo vieras en las noticias. ¿Te suena, en el sur de Alexandria?

—Sí, vi la noticia. Pensé que había sido por una fuga de gas.

—No creo.

—¿Y dónde están King y Maxwell?

—Supongo que intentando encontrar al chico. Probablemente piensen que si encuentran al hijo, encontrarán al padre.

«Exactamente —se dijo Grant—. Motivo por el cual tengo a alguien siguiéndoles ahora mismo.»

48

Michelle nunca habría planificado un operativo de ese modo: deprisa y corriendo, con escasa preparación y sin evaluación real de los pros y contras. Y sin plan B por si se producía algo inesperado. El lugar donde iba a situarse tenía varios puntos débiles y un tipo como Wingo sería capaz de identificarlos con los ojos cerrados.

Estaba encaramada a casi cuatro metros de altura en lo alto de un árbol y describía arcos amplios con el rifle de francotirador apuntando al paisaje que tenía a sus pies. Sean se colocó cerca de donde creía que el padre y el hijo se reunirían. Sin embargo, quizás estuvieran equivocados al respecto y aquel lugar de pesca no fuera el punto de encuentro.

Sean se comunicaba con ella mediante un pinganillo y un transmisor. Ella iba equipada igual. Tenían la impresión de volver a estar en el Servicio Secreto. En cierto modo, aquello se parecía mucho a una misión de protección. Michelle no iba a permitir que le ocurriera nada ni a Tyler ni a Sean. Todavía no sabían qué pensar de Wingo. Podía salir rana. Y dependiendo de cómo fuera, quizá tendría que pegarle un tiro. Justo delante de su hijo.

Michelle bajó la mirada hacia el dedo en el gatillo y se preguntó si sería capaz de hacerlo, aunque ya sabía la respuesta: sí que lo haría. En esa situación Sean era su protegido, y estaba dispuesta a llevarse un tiro por él si la situación lo exigía.

Oyó a Sean por el pinganillo.

—He visto algo. Pero no distingo qué es.

—¿Dónde?

Le dio las coordenadas y ella balanceó el rifle con la mira puesta en esa dirección. Vio algo. Aparecía y desaparecía fugazmente entre los árboles, casi como si fuera vapor.

Hasta que lo tuvo en la mira.

—Es Tyler —anunció. Por lo menos habían ido al lugar adecuado.

—¿Y su padre?

Michelle escaneó la zona.

—Todavía no lo veo.

—Lo más probable es que esté reconociendo el terreno.

—Es exactamente lo que estoy haciendo —dijo una voz.

Sean se dispuso a volverse, pero la voz dijo:

—No te muevas.

Sean se quedó petrificado.

Michelle le habló por el pinganillo.

—A diez metros a tu derecha, detrás del roble. No puedo confirmar que sea Wingo.

Sean asintió de forma casi imperceptible.

—¿Dónde está tu compañera? —preguntó la voz—. Quiero que baje aquí ahora mismo.

—¿Y eso por qué, Sam? ¿Quieres abatirnos a los dos? —Lo dijo con voz especialmente alta para que se le oyera bien.

—¿Quiénes sois? —preguntó Wingo, que apenas mostraba su cuerpo detrás del roble.

—Intentamos ayudar a tu hijo —añadió en voz alta—. ¿Verdad, Tyler?

—Cállate —espetó Wingo—. O te pego un tiro.

—¿No has venido para encontrarte con Tyler? Está aquí.

—¡He dicho que te calles! —gruñó Wingo. Se asomó por detrás del roble apuntando a Sean con la pistola.

Michelle se dirigió a Sean mediante el pinganillo.

—Tengo un tiro limpio, Sean.

Él negó con la cabeza con un gesto seco y ella apartó el dedo del gatillo.

—Podríamos haberte abatido ahora mismo, Wingo. Pero no estamos aquí para eso.

—¡Tonterías!

—Aquí tienes una prueba —dijo Sean.

Michelle disparó a la rama que Wingo tenía a medio metro de su cabeza y el soldado se parapetó detrás del árbol.

—¿Ahora nos crees? —preguntó Sean.

—¡Papá, papá!

Tyler apareció corriendo en el claro, pero se paró en seco al ver a Sean.

—¿Qué estás haciendo aquí?

—Intentando convencer a tu padre de que no me pegue un tiro.

Tyler miró alrededor.

—¿Papá? ¿Papá, estás aquí?

Sean sabía por qué Wingo vacilaba.

—Si te muestras, diré a mi socia que se muestre también, Wingo. Estamos aquí para ayudar.

—Es verdad, papá. Me han ayudado mucho —añadió Tyler.

Al cabo de unos momentos, Michelle apareció en el extremo del claro, con el rifle apuntando al suelo.

Wingo lo vio y poco a poco fue colocándose en un lugar visible. Todos se miraron entre sí.

—A lo mejor quieres abrazar a tu hijo, Sam, más que nada para demostrarle que no eres un fantasma —sugirió Sean.

Padre e hijo intercambiaron una mirada durante lo que pareció un momento excesivamente largo. Acto seguido, Wingo enfundó la pistola y abrió los brazos. Tyler se abalanzó hacia él. Se fundieron en un largo abrazo. Las lágrimas corrían por las mejillas de ambos.

Michelle se acercó a Sean y le habló con voz queda.

—Las cosas se complican.

Sean asintió.

—Este hombre tiene cara de haber sido engañado y no saber qué coño está pasando.

—Ya. Quizá no sepa más de lo que nosotros sabemos.

—Vete a saber. Ahora por lo menos podemos preguntárselo.

Al final, Wingo y su hijo deshicieron el abrazo, aunque el padre siguió rodeando a su hijo con un brazo por encima de los hombros con gesto protector. Se secó las lágrimas mientras Tyler, avergonzado, hacía lo mismo. Wingo se acercó a Sean y Michelle.

—¿Cómo os metisteis en esto?

—Vimos a tu hijo corriendo por la calle una noche de tormenta después de que el ejército le comunicara tu muerte —explicó Michelle—. Pura casualidad.

Wingo asintió.

—Gracias por no dispararme cuando he salido al claro.

—Y yo te agradezco que no me dispararas a mí —dijo Sean.

—Papá... te veo distinto —observó Tyler.

Wingo se frotó la cabeza rapada y la barba reciente y dijo:

—Es lo que hay que hacer cuando te buscan.

—¿Quién te busca? —preguntó Sean.

—Buena pregunta —replicó Wingo.

—¿Tu gente? —preguntó Michelle—. ¿El ejército? Por lo que parece, has armado una gorda en el Pentágono y en la Casa Blanca.

—No se suponía que tenía que salir así.

—¿Y cómo entonces?

—Es confidencial.

Sean frunció el ceño.

—Después de todo lo que has pasado, ¿vas a salirnos con la gilipollez esa de la confidencialidad?

—Mirad, podrían someterme a consejo de guerra por hablar de esto con vosotros.

—¿Has visto las noticias? —preguntó Michelle.

Wingo asintió.

—Entonces ya sabes que buena parte de este asunto ha dejado de ser confidencial.

—El Departamento de Seguridad Nacional nos contó lo de los dos mil kilos de euros.

—Que al parecer perdiste de alguna manera —añadió Michelle.

Tyler miró a su padre.

—¿Es cierto, papá?

Wingo miró incómodo a Michelle y luego a su hijo, pero no dijo nada.

—Si trabajamos juntos —dijo Sean—, quizás hagamos algún avance.

—Pero dices que Seguridad Nacional os ha informado. O sea que trabajáis con ellos.

—No. Y hemos ido a ver al FBI. Incluso al presidente —explicó Michelle—. Y hemos decidido no colaborar con ninguno de ellos. Al menos, no por ahora.

Wingo se quedó sorprendido.

—¿Os habéis reunido con el presidente? ¿Por esto?

—Por lo que parece, eres una prioridad en su larga lista de asuntos que atender. Felicidades.

—¡Mierda! —exclamó Wingo, tapándose los ojos con la mano—. Me cuesta creer lo que está pasando.

—Pues está pasando —espetó Sean—. Y tenemos que hacer algo al respecto.

—¿Cómo? —preguntó Wingo—. ¿Qué podéis hacer?

—Papá, son investigadores. Pertenecieron al Servicio Secreto. Son muy buenos. Pueden ayudar.

—No sé si hay alguien que pueda ayudarme, hijo.

—Entonces, ¿te rindes? —planteó Michelle—. ¿Después de conseguir llegar hasta aquí desde Afganistán? ¿Vas a dejar que se salgan con la suya?

Tyler la miró enfadado.

—Mi padre no es de los que abandonan.

—No estoy diciendo que lo sea ni que deje de serlo, Tyler. La respuesta depende de él.

—Te ayudaremos si nos dejas —añadió Sean.

—¿Por qué? —preguntó Wingo—. ¿Por qué queréis enfangaros cuando el problema no es vuestro?

—Creo que ya lo hemos convertido en nuestro —respondió Sean—. Y no podemos esconder la cabeza bajo el ala y esperar que desaparezca. Así pues, la única manera de resolverlo es aunar fuerzas y ver qué se puede hacer.

Tyler cogió a su padre del brazo.

—Venga, papá, acepta.

Al cabo de un instante, Michelle advirtió:

—Viene alguien.

49

Wingo y Tyler fueron hacia la izquierda, Sean y Michelle hacia la derecha.

Un grupo de hombres armados se acercaba a ellos desde el este y el oeste. Sin embargo, la agudeza auditiva de Michelle les había dado un poco de ventaja. Con un poco de suerte, bastaría.

Michelle empujó a Sean para que la adelantara.

—Sigue el sendero y gira a la izquierda. Te llevará al coche. Ponlo en marcha y espérame dos minutos.

—No pienso dejarte aquí para que te enfrentes sola a esos tipos.

—Tengo el rifle. Solo tienes que estar preparado para conducir más rápido que cuando vinimos aquí. ¡Venga, muévete!

—Pero...

Michelle le dio otro empujón.

—¡Márchate!

Sean corrió por el sendero y giró a la izquierda.

Michelle dio media vuelta, calibró el terreno rápidamente y corrió hacia la derecha para colocarse detrás de un árbol caído. Lo utilizó para protegerse y el tronco para apoyar el arma, prepararla y apuntar hacia donde creía que aparecerían. Respiró más tranquila, relajó los músculos y esperó.

El primer hombre apareció en la línea de fuego y pagó el precio con un disparo en la rodilla. Cayó gritando y agarrándose la articulación reventada.

Michelle se levantó de un salto, corrió a un lado y adoptó otra posición en la confluencia de dos árboles que se cruzaban.

Preparó el rifle y con la mira barrió el terreno que tenía delante. Era consciente de que ahora se moverían con cautela. Disparó a su siguiente objetivo en cuanto lo tuvo a tiro.

Le atravesó un brazo y el hombre cayó al suelo, sujetándose la extremidad para cortar la hemorragia.

Michelle volvió a moverse. Esperaba a oír el sonido que ansiaba escuchar. Lo oyó al cabo de unos segundos: su Land Cruiser al ponerse en marcha.

Aquello significaba que Sean se había puesto a salvo. Ahora le tocaba a ella. El siguiente sonido que oyó fue una bala silbando por encima de su cabeza que dio al árbol que tenía a su espalda. Un trozo de la corteza le golpeó en la cabeza, haciéndola sangrar. Se tambaleó hacia atrás, recuperó el equilibrio, apuntó y disparó varias veces hacia el terreno que tenía delante.

Se oyó otro disparo y observó sorprendida que un hombre armado con fusil caía de un árbol situado a unos quince metros delante de ella. Michelle miró a su espalda, hacia el origen del disparo.

Sam Wingo estaba bajando el arma. Sus miradas se encontraron un segundo. Ella asintió a modo de agradecimiento y él desapareció de su vista. No tenía ni idea de dónde estaba Tyler. Tal vez Wingo lo había puesto en un lugar seguro y luego había vuelto a ayudar.

Michelle dio media vuelta y corrió hacia el Land Cruiser. Cuando llegó al claro, vio a un hombre tendido boca abajo. Durante un momento temió que se tratara de Sean, pero el Land Cruiser se desplazó marcha atrás hacia ella y la puerta del pasajero se abrió.

—¡Sube de una vez! —gritó Sean.

Ella se encaramó y Sean pisó el acelerador. El todoterreno salió disparado, los neumáticos traseros resbalando un poco en el barro antes de ganar tracción. Cuando estuvieron de nuevo en el asfalto, Sean la miró y exclamó:

—Estás sangrando.

—Gracias por darte cuenta. —Se inclinó hacia el suelo del habitáculo y cogió una toalla andrajosa de la maraña de artículos varios y porquería acumulada. Se secó la sangre.

—Dudo de que esté limpia —comentó él.

—Dudo de que me importe.

—¿Estás bien?

Michelle se miró en el espejo de cortesía y se apartó el pelo de en medio para ver el corte que tenía en el cuero cabelludo.

—Es superficial. Me ha caído encima un trozo de corteza de árbol —añadió. Rebuscó en la guantera, sacó un antiséptico, se lo aplicó y luego se puso una tirita. Se recostó en el asiento y exhaló un largo suspiro—. Acabamos de consumir nuestras siete vidas.

Sean asintió.

—Y encima hemos perdido a los Wingo. Espero que no los hayan matado ni apresado. —De repente aminoró la velocidad—. ¿Crees que deberíamos regresar?

—No. Seguramente han salido airosos.

—¿Cómo lo sabes?

—Él me ha salvado la vida —reconoció Michelle con voz queda.

Sean le lanzó una mirada.

—¿Quién?

—Sam. Uno de los tipos me tenía en la mira de su fusil desde un árbol. Wingo lo abatió antes de que me disparara.

—Bueno, a lo mejor resulta que está del lado de los buenos.

Michelle lo miró.

—¿Y el tío que estaba junto al coche? ¿Qué ha pasado?

—Imaginé que nos habrían seguido. O a nosotros o a Tyler. No pensé que habrían conseguido una pista sobre Wingo con tanta rapidez. Supuse que apostarían a alguien en el vehículo por si regresábamos. Me lo cargué antes de que me abatiera.

—No he oído el disparo.

—Es que lo tumbé con una piedra.

—¿Estabas lo bastante cerca para ello?

—No. Le acerté en la cabeza desde unos diez metros.

—¿Con una piedra? —preguntó asombrada.

—¿Nunca te he dicho que fui lanzador de bala en la universidad?

—Pues no.

—Bueno, es reconfortante saber que todavía sé lanzar.

—¿Y ahora qué hacemos?

—El problema es que creo que nos siguieron para llegar a Wingo.

—¿Crees que él piensa que lo engañamos? —preguntó ella.

—No, teniendo en cuenta que el tipo del árbol quería abatirte. Y oí otros disparos.

—Yo tumbé a un par. No maté a ninguno, pero han quedado fuera de circulación por una temporada.

—Entonces Wingo debe de ser consciente de que a nosotros también nos tendieron una emboscada —repuso Sean.

—Lo cual no responde a mi pregunta. ¿Qué hacemos ahora?

—Tenemos que encontrar a Wingo y Tyler. Él es la única vía que tenemos de seguir adelante. De lo contrario seguiremos en ascuas hasta que una bala o una bomba no fallen.

—¿Y cómo los encontramos?

—Haces muchas preguntas. ¿Quieres dar algunas respuestas e intentarlo tú solita?

—Bueno, ahora sabemos qué pinta tiene Wingo. Ha cambiado bastante de aspecto.

—¿Y?

—Si podemos conseguir grabaciones de los aeropuertos, quizás averigüemos cómo regresó al país. Tuvo que ser en avión. Un barco mercante habría tardado mucho más.

—Buena idea.

—Gracias —dijo ella—. Tengo una al año.

—Entonces, ¿acudimos a McKinney o Littlefield con la petición?

—Oh, ¿por qué dejar que uno lo pase mejor que el otro? Abordémosles a los dos a la vez.

—De acuerdo, suena bien.

—Ojalá —dijo Michelle no muy convencida.

50

Alan Grant había estado escuchando las noticias con interés. El cadáver de Milo Pratt había sido descubierto en su coche, con la garganta destrozada. La policía carecía de pistas y de sospechosos y confiaba en que alguien aportara alguna información que ayudara a atrapar al asesino.

Grant sabía que nadie aportaría nada ni aparecerían pistas. Nadie le había visto. Él no era de los que dejaba rastros a su paso.

Todavía no habían descubierto el cadáver de Jean Shepherd. Dudaba de que llegaran a encontrarlo. Pero aunque así fuera, no le preocupaba. Había ocultado su rastro de forma eficaz. La policía no tendría manera de relacionarlo con ella.

Siguió conduciendo hacia su destino fuera de la ciudad. Pasó por el puesto de control, subió por la carretera estrecha y empinada y se apeó. Recorrió el perímetro de su nueva compra. La emisora de radio presentaba un aspecto totalmente distinto al de hacía unos días. Ya había electricidad. Sus operarios trabajaban con precisión y rapidez. Cuando acabaran, el equipo técnico aparecería y se produciría la magia.

A la torre de transmisión le estaban incorporando antenas parabólicas. Observó cómo uno de sus hombres subía hasta lo alto en una plataforma de trabajo articulada, para colocar una antena. Luego desvió la atención hacia la tableta electrónica situada en el capó de su coche. Necesitaba un poco de tranquilidad para redactar aquel mensaje, y el sonido de la obra en el interior de la vieja emisora de radio no era lo más adecuado.

Utilizaba un portal de correo electrónico imposible de rastrear. Hoy en día se tenía la impresión de que no existía nada imposible de rastrear. Pero no era cierto si uno sabía lo que se tenía entre manos. Y era su caso.

Escribió el mensaje y lo editó durante varios minutos. Mientras tecleaba «Afganistán» y «amapolas» sonreía. Una vez satisfecho con lo escrito, pulsó la tecla de enviar. Era como lanzar un torpedo. Esperaba que golpeara a su destinatario con un resultado incluso más devastador que el primero, con la historia de ciertos insurgentes que estaban siendo financiados por el gobierno de Estados Unidos.

Hizo una limpieza en la tableta digna de la NSA para borrar todo rastro del mensaje enviado y luego se guardó el dispositivo en el bolsillo. El teléfono sonó. Lo sacó y miró la pantalla. Su sonrisa enseguida se transformó en una mueca de preocupación.

Por lo que parecía, King y Maxwell eran unos verdaderos artistas de la evasión. Maxwell había disparado a dos de sus hombres y King había dejado incapacitado a un tercero. Sam Wingo, que también había logrado escapar con su hijo, había matado al cuarto hombre.

Se guardó el teléfono en el bolsillo, se apoyó en el coche, contempló el cielo oscuro y cerró los ojos. Tarareó la melodía de *Rapsodia en azul*, uno de sus métodos favoritos para relajarse. Luego abrió los ojos, contempló la emisora de radio y pensó con calma en su siguiente movimiento.

El correo que acababa de enviar detonaría como un obús en Washington D.C. Luego las ondas de choque emanarían de allí. Dada la prevalencia de las redes sociales, hoy en día era muy fácil conseguir que un mensaje fuera viral, aparte de la cantidad de ojos ociosos en busca de la siguiente noticia bomba que pasar por el espectro digital.

Así pues, su plan era bueno en ese sentido. Pero no tan bueno en otros.

Esos ex agentes del Servicio Secreto estaban dificultando seriamente sus esfuerzos. De no ser por ellos, habría avanzado mucho más. Ahora Wingo se ocultaría de verdad y encima se llevaría a su hijo con él. Ya no tenía sentido ir a por él arrasando con todo. Mejor ir a por un objetivo que no fuera tan duro o esquivo.

King y Maxwell eran quienes estaban más a mano. Estaba claro que no eran un objetivo fácil, pero Grant tenía las estadísticas a su favor. Además, tal como veía las cosas, lo mejor era ir a por ellos. Pero había maneras indirectas de hacerlo. No quería más bajas en sus huestes.

Sacó la tableta y realizó una búsqueda. La respuesta fue rápida y esclarecedora. Miró la página de Facebook de aquella persona: joven, dulce, inocente. No se esperaría lo que estaba a punto de golpearla como un tsunami.

King y Maxwell serían su objetivo. En cuanto los tuviera, aprovecharía su influencia para llegar a Wingo. Cuando él quedara fuera de juego, Grant se quedaría más tranquilo acerca del éxito de su plan.

Hizo una llamada y dio las órdenes. Se cumplirían con rapidez y eficacia, de eso no le cabía duda.

Luego observó la emisora de radio. Aquello era la clave. Ahí estaba el meollo de la cuestión. Si conseguía que funcionara, nada de lo demás importaría.

51

Tyler se sentó en el delgado colchón y se quedó mirando a su padre.

Sam Wingo estaba observando por la ventana de la habitación del hotel, pistola en mano, y con la otra mano apartando apenas la cortina.

—¿Papá? —dijo Tyler con voz temblorosa.

Wingo alzó la mano para acallar a su hijo. Permaneció junto a la ventana varios minutos más, escudriñando las calles con la mirada, desde la parte alta de los edificios y las ventanas que tenía delante hasta los coches estacionados allá abajo, pasando por los transeúntes.

Al final, corrió las cortinas, enfundó la pistola y se volvió hacia su hijo. Wingo se disponía a decir algo, pero se abstuvo al ver el miedo que destilaban los ojos de su hijo. Acercó una silla a la cama y se sentó, con las rodillas casi en contacto con las del chico.

—Lo siento, Tyler. Siento todo esto. Todo lo que te he hecho pasar.

—Yo... me alegro de que estés vivo, papá.

Su padre lo rodeó con sus brazos y se quedaron así, balanceándose ligeramente. Luego Wingo se apartó, respiró hondo y empezó a hablar.

—Para empezar, yo no robé el dinero ni he traicionado a mi país. Me tendieron una trampa.

—Lo sé, papá. Nunca pensé que fueras culpable de nada de eso.

—Ahora pienso averiguar quién me tendió la trampa.

—Sé que lo harás.

Guardaron silencio y se miraron con fijeza.

Al final Wingo se levantó y se paseó por la pequeña habitación.

Tyler miró en derredor.

—¿Vamos a quedarnos aquí? Me refiero a que tengo clase y dentro de poco hay un campeonato de natación.

Wingo se detuvo y lo miró.

—No podemos quedarnos aquí. Y con respecto al instituto y la natación... —Volvió a ir de un lado a otro.

—¿Qué me dices de Jean? —preguntó Tyler.

Su padre se sentó en la silla.

—¿Qué quieres saber?

—¿Quién era?

A Wingo la pregunta le incomodó visiblemente.

Tyler continuó:

—¿Sabes? Me dijeron que era una infiltrada. Que tú creías que trabajaba contigo, pero quizás estaba trabajando para otros. Una especie de espía.

—¿Quién te dijo eso?

—Sean y Michelle.

—King y Maxwell, ¿los investigadores privados?

—Sí. ¿Es verdad? ¿Era una infiltrada?

—Es complicado, Tyler.

El chico frunció el ceño y se sentó más erguido en la cama.

—No, no lo es, papá. O lo era o no lo era.

Wingo presionó las palmas contra los muslos.

—A Jean le tocó quedarse contigo durante mi ausencia.

Tyler lo miró con apatía.

—¿O sea que una persona que hacía un «trabajo» sustituyó a mamá?

Wingo se sonrojó.

—No fue nada de eso, hijo.

—¿Y me ocultaste todo esto? ¿A tu hijo? ¿Durante casi un año? ¿Yo no podía enterarme?

—Era confidencial, Tyler. No podía decírselo a nadie que no estuviera autorizado.

—Fantástico. A mí me dejaron fuera. Menos mal que tenías un buen motivo.

Se levantó y se acercó a la ventana para mirar al exterior.

—¡Tyler, apártate de ahí!

—No te preocupes por mí, papá. No estoy enterado. No formo parte de la misión.

—Tyler, por favor. No podía decírtelo.

—¿No podías o no querías? —Se volvió para mirarlo—. Ni siquiera sabía que seguías en el ejército. Pensé que trabajabas en otra empresa.

—Eso también formaba parte de la tapadera —reconoció Wingo.

—Ya, tapadera. Para todo el mundo, incluido yo.

—Hice un juramento, hijo. Servir a mi país lo mejor posible.

—Ya, y el país está por encima de la familia. A lo mejor me alisto cuando acabe los estudios. Así podré ocultarte lo que me dé la gana y no podrás quejarte. Porque estaré «sirviendo» a mi país.

—No me enorgullezco de cómo he manejado todo esto, hijo. Me sabe fatal cómo han salido las cosas.

—No tan mal como a mí.

Wingo se dispuso a replicar, pero se contuvo.

Tyler volvió a mirar por la ventana.

—¿Qué hacemos ahora?

Wingo le lanzó una mirada.

—Necesito averiguar quién me tendió la trampa.

—¿Cómo?

—Tengo algunas pistas.

—¿Y qué pasará conmigo?

—No puedes volver al instituto. Ahora no. Tienes que quedarte conmigo, así estarás a salvo.

Tyler se volvió para mirarlo.

—Te vi matar a un hombre.

Wingo se levantó y se colocó a su lado.

—Siento que tuvieras que presenciar una cosa así. Pero tuve que hacerlo. Iba a disparar a la mujer.

—Michelle. Me cae bien. Los dos me caen bien.

—¿Confías en ellos?

—Sí. Y tú también deberías. Pueden ayudarte. Son inteligentes.

Wingo lo apartó de la ventana y lo hizo sentarse de nuevo en la mesa.

—No sé si podemos confiar en alguien.

—¡Ellos pueden ayudarte, papá!

—Esos hombres vinieron a por nosotros por su culpa.

—No fue culpa suya.

—No puede haber margen de error, Tyler.

—¿Dejarás que te ayuden?

—No creo que pueda.

—Entonces me iré con ellos.

—He dicho que te quedarás conmigo.

—Sí, lo has dicho. Pero no significa que vaya a hacerte caso.

—¡Eres mi hijo! No he viajado diez mil kilómetros para reencontrarme contigo y volver a perderte.

—Pero yo no estoy enterado. No puedes contármelo todo. Así que ¿cómo voy a ayudarte?

—Tienes que permanecer conmigo para estar a salvo.

—Ellos velarán por mi seguridad.

—Tyler, no hay discusión en este asunto.

—¿Cómo vas a velar por mí y averiguar quién te tendió una trampa? Correré peligro si voy contigo... Reconócelo, papá, necesitas ayuda. Necesitas a Sean y Michelle.

Wingo se sentó lentamente en la silla.

—¿De verdad crees que pueden ayudarme?

—Sí, seguro.

Wingo alzó la vista hacia su hijo.

—¿Confías en mí?

Tyler lo observó.

—Te creo cuando dices que no hiciste nada malo. Pero no sé si confío en ti. Por lo menos no todavía.

Wingo asintió y bajó la mirada.

—Después de lo que ha pasado, supongo que no puedo culparte.

—Pero sigues siendo mi padre. Además, tenemos que superar esta situación, ¿vale?

—Vale.

52

Sean y Michelle estaban en un lado de la mesa y los agentes McKinney y Littlefield ocupaban el otro. Era la mañana siguiente y se encontraban en una sala de reuniones en una de las oficinas del Departamento de Seguridad Nacional en Virginia. Ambos agentes tenían un gesto adusto.

—¿El chico sigue sin aparecer? —preguntó Sean.

—Lo encontraremos —afirmó Littlefield.

—Más vale que así sea antes de que lo encuentren otros.

—¿Qué quieres decir? —preguntó McKinney.

—Pues muy sencillo. Hay gente que va a por su padre. Lo cual significa que podrían utilizar al hijo como cebo.

—Sí, ya nos lo hemos planteado —dijo Littlefield—. ¿Y a qué viene este cara a cara?

—Ya sabéis que nos reunimos con el presidente. Nos hizo una petición. Vamos a aceptar.

Littlefield y McKinney se pusieron más erguidos en el asiento.

—De acuerdo —dijo Littlefield.

—Pero tenemos un pequeño problema.

—¿De qué se trata?

—El presidente quiere que aprovechemos la relación que tenemos con Tyler para llegar a su padre.

—Pero perdisteis a Tyler —añadió Sean—. Supongo que el presidente lo sabe, ¿no?

McKinney lanzó una mirada a Littlefield, que dirigió los ojos al suelo.

—¿Agente Littlefield? —lo urgió McKinney.

—El presidente es un hombre muy ocupado. No podemos interrumpirle con nimiedades.

—¡Nimiedades! —exclamó Sean—. En estos momentos Tyler Wingo es el adolescente más importante de nuestro país.

—Mierda —masculló McKinney, y esbozó una ligera sonrisa, probablemente al pensar en el aprieto que aquello suponía para el FBI.

Michelle se centró en él.

—Y yo creo que, cuando se entere, el presidente no va a dedicarse a identificar al culpable, agente McKinney. ¿FBI? ¿Departamento de Seguridad Nacional? Para él no habrá diferencias. Agencias que la han cagado y punto.

La sonrisa se esfumó de la cara de McKinney.

—Vale, habéis puesto las cartas sobre la mesa —declaró Littlefield—. ¿Qué queréis?

—Un poco de cooperación e intercambio de información —dijo Sean.

—¿Por ejemplo? —preguntó Littlefield con recelo.

—Como las grabaciones de las cámaras de vigilancia de los aeropuertos de Dulles, Reagan National y Baltimore/Washington International de los últimos cinco días.

—¿Para qué? —preguntó McKinney.

—Si Wingo ha vuelto a nuestro país habrá llegado en avión: comercial, privado o de transporte.

—Ya las hemos pasado por un software de reconocimiento facial —explicó Littlefield.

Sean miró a Michelle.

—Aquí no me siento querido. ¿Por qué no vamos a hablar con el presidente para ver si autoriza lo que estos tíos nos niegan?

—A mí me parece bien —dijo Michelle. Se dispuso a levantarse.

—Espera, espera —instó Littlefield, levantando las manos—.

Supongo que dos pares más de ojos no estarán de más. Pero hay muchas imágenes.

—No si se sabe qué buscar —repuso Michelle.

—¿Y tú lo sabes? —preguntó McKinney receloso.

—Servicio Secreto. Tenemos la mejor vista de la profesión.

McKinney bufó. Sean le señaló la oreja.

—Tienes un poco de espuma de afeitar en la oreja. Supongo que esta mañana se te ha pasado por alto. Me extraña que tus compañeros de Seguridad Nacional no te hayan dicho nada. —Miró a Littlefield—. O tu buen amigo del FBI.

McKinney se llevó el dedo a la oreja y se miró la espuma de afeitar que le quedó en el dedo.

Michelle sonrió.

—Esta ha sido gratis.

Al cabo de una hora estaban sentados delante de una batería de pantallas de ordenador.

—¿Por cuál empezamos? —preguntó Michelle.

—Empecemos por Dulles. Es el más cercano. Y el Reagan no gestiona vuelos internacionales de los países de los que Wingo pudo venir.

Seis horas y tres tazas de café cada uno más tarde, se reclinaron en los asientos con aspecto derrotado.

—Sin el software de reconocimiento facial vamos a tardar una eternidad. Hay demasiados rostros que analizar manualmente.

Sean asintió sin dejar de darle vueltas al asunto.

—Centrémonos en los aviones de transporte. A pesar de su nuevo aspecto, no creo que Wingo se atreviera a viajar en un avión comercial.

Recuperaron ese segmento de las imágenes.

Cuando empezaron a visionarlas, Sean se dio cuenta de una cosa.

—Estas imágenes son demasiado recientes. Seguro que Wingo ya había llegado al país.

Michelle le tomó del brazo.

—Un momento. Mira ese coche.

Sean se fijó en un coche aparcado en el exterior de una de las terminales de carga.

—Es él —dijo.

—Y parece que está observando a alguien. ¿Puedes ajustar el ángulo?

Sean pulsó varias teclas y la pantalla cambió para mostrar la línea de visión de Wingo. Un hombre salía de un edificio. Subía a un coche y se marchaba. Sean pulsó otras teclas más y observaron cómo Wingo salía a la carretera y seguía el coche del otro hombre.

—Está siguiendo a ese tío —observó Sean.

Michelle estaba escribiendo algo en el teléfono.

—Matrícula de ambos coches —aclaró.

Sean asintió mientras volvía a cambiar el ángulo de las imágenes.

—Heron Air Service —dijo cuando vio el cartel en un lateral del edificio de donde había salido el hombre.

Michelle lo vio y pulsó otras teclas en el teléfono.

—¿Crees que volvió en un vuelo de esa empresa? La acabo de buscar en Google. Entre otras cosas, gestionan un servicio de transporte internacional.

—Pero si viajó con ellos, ¿por qué seguirles?

—Ya.

—Tal vez estuviera siguiendo una pista relacionada con el dinero —sugirió Sean—. Tal vez Heron tuviera algo que ver con el transporte de los mil millones.

—Pues entonces tenemos que seguir la misma pista. ¿Cómo quieres hacerlo?

—Engaños y mentiras, lo de siempre.

—Podría pedirle a Edgar que compruebe estas matrículas.

—Buena idea. Y yo averiguaré todo lo posible sobre Heron Air Service.

—¿Y los federales? —preguntó Michelle.

—Les decimos que no hemos encontrado nada en los vídeos.

—¿No te apetece confiar en ellos?

—He confiado en ellos durante veinticinco años. —Se reclinó en el asiento—. Pero debemos tener en cuenta que esos tipos nos siguieron para llegar a Wingo, Michelle. Tienen la mira puesta en nosotros. Lo cual implica que tenemos que quitarnos de en medio.

—Es difícil de hacer mientras investigamos esto —observó ella.

—Pero no nos queda otra. A no ser que Wingo espabile, tenemos que hacerlo todo solos.

—Y a la vez mantener a los federales a raya. Y al presidente. Eso es mucho pedir, Sean.

—¿Dónde está tu actitud de «todo es posible» que conozco y tanto me gusta? —dijo con una sonrisa.

—Creo que la dejé aparcada en la habitación del motel reventado o en el bosque donde casi me llevo un disparo.

Sean se encogió de hombros.

—Tú fuiste quien insistió en hurgar en este marrón. Así que ahora hay que apechugar.

Ella exhaló un largo suspiro.

—Sí, lo sé. Lo que no sé es cuánto nos va a durar la batería.

53

Michelle, sentada en el asiento del pasajero, iba con la vista clavada en el móvil.

Sean conducía. Habían pedido prestado el vehículo a un amigo. Habían pasado la noche en un motel y pagado en efectivo.

—¿Y bien? —preguntó él, expectante.

—Edgar ha respondido. La matrícula del coche de Wingo procede de un vehículo trasladado al depósito municipal hace un mes por la policía de Washington D.C.

—Robó las placas de matrícula para ponérselas a su coche. Probablemente sea de alquiler. Utiliza documentación falsa y no quería que nadie pudiera rastrearle y estropearle la tapadera.

—Eso mismo —dijo Michelle con aire ausente—. Probablemente solo tenga un juego de documentación y una tarjeta de crédito con ese nombre. Si eso le falla, se queda sin recursos.

—¿Y el otro vehículo?

—Está a nombre de Vista Trading Group, LLC, con sede en Washington D.C. Tienen la oficina al lado de la calle L, en el noroeste.

—¿Y qué sabemos de Vista Trading Group?

—Consultores en el campo de los contratistas de Defensa. Operan en muchos países, pero parecen estar especializados en Oriente Medio.

—¿Lo bastante especializados como para robar mil millones de euros? —preguntó Sean.

—Tal vez.

—¿Relación con Heron Air Service?

—No se menciona nada en el sitio de internet.

—¿Has investigado más sobre Heron?

—Son una empresa de vuelos chárter. Disponen de una flota de diez aviones. Todos con capacidad suficiente para cruzar el charco y más allá con el depósito lleno.

—¿Y el tío que conducía?

—Ni idea. Su foto no aparece en ninguna página. El presidente de Vista es un tal Alan Grant. Aquí aparece su biografía. No llega a los cuarenta años. Padre de familia. Ex militar. Con un MBA de Wharton. —Levantó el teléfono—. Aquí está su foto. Parece un hombre agradable.

Sean miró la foto.

—Pero ¿no hay ninguna imagen del tío del coche que vimos?

Michelle negó con la cabeza.

—No hay nada en la web de Vista. Y Heron no tiene página, lo cual parece raro.

—Bueno, si está metido en esto, la foto de su ficha policial pronto aparecerá en muchos sitios.

—¿Cómo abordamos a Vista?

—Es complicado porque algunos de ellos quizá nos hayan visto. Tal vez haya que descartar mi plan habitual de ir a por ellos sin miramientos.

—Podemos montar un puesto de observación y ver qué pasa.

—O investigar a ese tal Grant. Antecedentes, socios comerciales. Lo que ha hecho en el pasado. ¿Has dicho que perteneció al ejército?

Michelle asintió.

—Pero en la biografía no consta graduación ni destinos.

—El Pentágono lleva unos registros minuciosos. Puedo comprobarlo discretamente.

—O sea que se llevaron el dinero. ¿Por qué?

—Bueno, mil millones en efectivo ya es un motivo, ¿no crees?

—Pero ¿qué me dices del bloguero que soltó la bomba de que el dinero estaba destinado a insurgentes musulmanes?

—Reconozco que eso complica esta historia todavía más.

—La Casa Blanca está aguantando sin rechistar. Creo que esto no se limita a un robo de dinero, Sean.

—Tal vez deberíamos identificar al bloguero. ¿Cómo dijiste que se llamaba?

—George Carlton. Con domicilio en Reston. Pero tú dijiste que quizá mantenga un perfil bajo.

—Bueno, entonces tendremos que investigar más a fondo. Pero si consigue esta información de una fuente, tenemos que encontrarla. Y la forma más directa de hacerlo es abordar a Carlton.

—¿Quieres que Edgar investigue a Grant y a Vista?

—¿Crees que lo hará? La última vez se metió en un buen lío. Michelle lo miró.

—Creo que lo hará si los dos se lo pedimos.

—¿Por qué los dos?

—Admira tu talla, Sean.

—Mide dos metros. Solo admira la talla de los jugadores de la NBA.

—Ya me entiendes.

—Me extrañaría que Bunting nos deje acercarnos a él después de lo ocurrido.

—Bueno, le salvamos la vida a Edgar. Y Edgar es muy buena persona y muy especial. Nunca lo olvidará.

Sean miró por la ventanilla.

—Bueno, llámale y a ver si tiene tiempo para quedar con nosotros. Tal vez podamos involucrarle en esto con discreción. Pero no puede dejar ningún rastro. No quiero que Bunting vuelva a saltarme a la yugular.

—Ahora tenemos el apoyo del presidente. Eso supera a Defensa y a Peter Bunting, ¿no?

Sean sonrió.

—Tienes razón.

—Vamos a asegurarnos de que no nos siguen.

Sean aceleró mientras Michelle llamaba a Edgar.

Al cabo de dos horas estaban frente a Edgar Roy en una cafetería al aire libre a muchos kilómetros de donde trabajaba para el gobierno federal.

—Sentimos lo ocurrido, Edgar —empezó Michelle.

—Bunting se enfadó mucho —dijo Edgar mientras apartaba la mirada—. No me gusta que la gente grite de ese modo.

—A mí tampoco —intervino Sean—. Y te agradecemos que comprobaras esas matrículas para nosotros. Espero que Bunting no se entere.

—Bunting es muy listo, pero no tanto —repuso Edgar.

—¿Quieres decir que no dejaste rastro? —preguntó Michelle.

—Me gusta ayudaros. Sé que intentáis ayudar a otras personas. Igual que me ayudasteis a mí.

Sean miró a Michelle.

—Es verdad, Edgar. Y no recurriríamos a ti si no fuera porque realmente necesitamos el tipo de ayuda que puedes brindarnos. Es importante. En realidad estamos trabajando para el presidente en esto.

—Entonces, seguro que a Bunting no le importará que os ayude. ¿Qué necesitáis?

Le explicaron lo de Vista Trading Group y Alan Grant.

—Todo lo que consigas averiguar sobre la empresa y el hombre —añadió Michelle.

—¿Está implicado en todo esto?

—Sospechamos que podría estarlo —matizó Michelle.

—Puedo ponerme con ello hoy mismo.

—¿Y el Muro? —preguntó Sean.

—Temas de mantenimiento, o sea que tengo bastante tiempo libre.

—¿Una pausa en tu labor de salvar el mundo? —dijo Michelle, sonriendo.

—¿Qué? —repuso Edgar con desconcierto.

—Era una broma —dijo Michelle.

—Vale —dijo Edgar, intentando sonreír—. Pero probablemente me lleve bastante tiempo.

—No pasa nada —lo tranquilizó Sean—. Tenemos unas cuantas pistas que seguir en el Pentágono. Puedes enviarnos un email con lo que averigües.

—¿Tenéis la cuenta bien encriptada?

—Pues... protegida con una contraseña —dijo Sean.

—Tu contraseña es cero-cinco-cero-ocho. No es muy fuerte.

Sean se quedó asombrado.

—¿Cómo sabes mi contraseña?

—Es tu fecha de nacimiento al revés. La averigüé al tercer intento cuando pirateé tu cuenta hace algún tiempo. La habría averiguado a la segunda, pero no creí que fuera tan obvia.

—¿Por qué me pirateaste?

—Entonces no te conocía tan bien. No sabía si eras mi amigo o no. Nunca pirateo a mis amigos.

—¿Y pirateaste también a Michelle?

Edgar la miró.

—No.

—¿Por qué no? —quiso saber Sean.

—Supe enseguida que la señorita Maxwell era mi amiga.

—Gracias, Edgar —dijo ella al tiempo que daba a Sean un codazo en las costillas.

—Cambiaré la contraseña para que sea más difícil de adivinar —dijo Sean.

—Vale. Tu fecha de nacimiento no es suficiente, aunque la intercales.

La expresión de Sean dejó claro que aquello era precisamente lo que había pensado hacer.

—¿Qué sugieres entonces? —preguntó con exasperación.

—Números y letras al azar, mayúsculas y minúsculas, que

no guarden relación con tus datos personales. Treinta caracteres como mínimo. Y no la escribas en ningún sitio.

Sean estaba anonadado.

—Perfecto, pero ¿cómo se supone que voy a recordar treinta caracteres al azar sin escribirlos en alguna parte?

Edgar se quedó perplejo.

—¿No eres capaz de recordar treinta caracteres al azar?

—Pues no —espetó Sean.

—Ya es mayor, Edgar. Pierde neuronas cada día a una velocidad que ni te imaginas —intervino Michelle.

—No sabes cuánto lo siento —dijo Edgar en tono sombrío—. Bueno, si no hay otra opción, puedes acortarla a veinticinco caracteres, pero es lo mínimo —sugirió.

—Gracias —dijo Sean con sequedad—. Me pondré manos a la obra.

54

Volvía a estar en el cementerio contemplando las mismas tumbas.

La inscripción de la lápida de la izquierda decía que Franklin Grant había sido un esposo amantísimo, un padre cariñoso y un verdadero patriota.

—Te echo de menos, papá —dijo Grant—. Cada día más. Deberías estar aquí. Deberías ser un abuelo para mis hijos.

Se giró hacia la otra tumba. «Esposa y madre ejemplar», rezaba la inscripción.

Había intentado visualizar la imagen que tales inscripciones evocaban, pero no lo había conseguido por un motivo obvio.

A los trece años había visto a sus padres muertos en el coche, sus facciones asfixiadas de una palidez cadavérica y con los ojos saltones bien abiertos, caídos el uno junto al otro, una vez materializado su pacto suicida.

—A ti también te echo de menos, mamá —masculló. Y era cierto.

Pero su mirada y sus pensamientos regresaron rápidamente a su padre.

Había sido un verdadero patriota que lo había dado todo por su país. Había llegado alto. Había trabajado en la Casa Blanca. De niño, Grant había acompañado allí a su padre, había estrechado la mano del presidente de entonces, visto el centro del poder de la nación más poderosa. La experiencia le había dejado una impresión indeleble. Había sido un motivo de peso para alistarse al ejército. Pero la verdad tras el final trágico de sus padres le había dejado una marca mucho más profunda, como una quemadura de tercer grado. Dudaba de que llegara a cicatrizar jamás.

Lo que mantenía vivo a Grant era su plan. Lo estaba ejecutando y estaba saliendo bien, a pesar de algunos obstáculos en el camino. Se lo había esperado. Los planes tan complejos no se desarrollaban sin problemas. Se había preparado para tal eventualidad, lo cual era positivo.

Depositó las flores en las tumbas de sus progenitores, les dio un último adiós y regresó al coche.

Al cabo de una hora entraba en su casa y saludaba a sus hijos. El de siete años estaba en el cole, pero su hija de cinco y el pequeño de dos corrieron a recibirlo. Alzó a su hijo en brazos, cogió a su hija de la mano y entró en la cocina, donde su esposa preparaba el almuerzo.

Leslie Grant tenía treinta y cinco años y seguía siendo tan encantadora como el día que la pidió en matrimonio. Se besaron. Él cogió un trozo de pepino de la ensalada que estaba preparando y se dirigió a la sala de estar adyacente con su hijo en brazos.

Dan Marshall estaba sentado delante del televisor de pantalla panorámica vestido con pantalones caqui, camisa de franela y mocasines con borlas.

Grant dejó a su hijo, que fue corriendo al cuarto de juegos donde estaba su hermana. Grant se volvió hacia Marshall, que miraba un canal de deportes cerveza en mano.

—¿Qué tal van los Wizards? —preguntó Grant.

—Mejor. Los Nets nos vapulearon la última vez. Espero que les devolvamos el favor en esta ocasión.

Marshall dio una cerveza a Grant, que la abrió y bebió un sorbo antes de sentarse en el sillón reclinable y observar a su suegro.

—¿Qué tal estás? —preguntó.

—Podría estar mejor —admitió Marshall.

—¿Por el trabajo?

Marshall se reclinó en el asiento y miró a su yerno.

—Nunca he dejado de echar de menos a Maggie —reconoció, refiriéndose a su difunta esposa—. Pero esta es la primera vez que también me alegro de que no esté para ver esto.

Grant dejó la cerveza en la mesita.

—La última vez que hablamos no pensé que fuera tan grave.

—Es que estábamos en el Pentágono. Hay que vigilar lo que se dice ahí.

—¿Ha empeorado la situación?

Marshall exhaló un suspiro, apuró la cerveza y dejó la botella vacía.

—Es grave, Alan. Yo autoricé esta misión. Tenía mis dudas, pero las órdenes de arriba eran claras. Iba a producirse, con o sin mi firma.

—¿Y entonces por qué vas a cargar con las culpas?

—No entiendes cómo funciona el gobierno, y en concreto el Departamento de Defensa.

—Estuve en el ejército.

—Pero no en la burocracia militar. Tiene normas propias y muchas carecen de sentido. Pero la que nunca falla es que cuando el liderazgo civil la caga en un asunto relacionado con el ejército, alguien con uniforme acaba cargando con el muerto.

—Pero tú no llevas uniforme estrictamente hablando.

—Da igual. Tengo el cargo y el rango y la bola pesa unos dos mil kilos y se dirige directamente a mí. En el peor de los casos me machacará, en el mejor me dejará malherido.

—¿Y qué salida ves?

—Me pasaré el resto de mis días testificando ante el Congreso. Si tengo suerte, no me acusarán. Si no la tengo, es probable que acabe en la cárcel.

—Dios mío, Dan. No tenía ni idea. —Grant, por supuesto, lo sabía perfectamente pero aun así, le sabía mal por el hombre—. ¿Puedo hacer algo por ti?

Marshall le dio una palmada en el brazo.

—Mira, todos tenemos problemas. Pero tienes una gran familia y has hecho muy feliz a mi hija. Sigue así. La situación ya se decantará hacia un lado u otro.

«Claro que pienso seguir así», se dijo Grant.

Almorzaron y ninguno de los dos mencionó la disyuntiva en que se encontraba Marshall delante de Leslie y los niños.

Marshall se despidió una vez terminada la comida. Grant le estrechó la mano y le dio un abrazo.

—Lo siento, Dan —dijo, y lo sentía de verdad. Pero llegado el momento de vengar la muerte de su padre, no pensaba dejar títere con cabeza. Incluido él mismo.

Salió al jardín trasero, se sentó en una tumbona y se quedó contemplando el cielo. Observó un avión iniciando el descenso final sobre Dulles.

A él también le pareció que estaba en el descenso final. La emisora de radio iba bien. Su plan parecía sólido como una roca y muy prometedor. El satélite que había arrendado estaba perfectamente ubicado para cumplir su cometido. Y los fragmentos que había dejado allí resultarían muy útiles para procurarle los resultados esperados.

Y ese resultado esperado era que alguien tenía que pagar por un acto injusto cometido hacía veinticinco años. Aquella injusticia le había costado la vida a su padre. Su padre era el único que había pagado un precio. Ahora había llegado el momento de que pagaran otros. Se había convertido en la fuerza motriz de la vida de Grant. No era solo un objetivo, era una obsesión. Y las obsesiones tienden a anular todo lo demás. Grant era consciente de ello, y no podía impedirlo. Al fin y al cabo, así eran las obsesiones.

Así pues, había decidido arriesgar la carrera de su suegro y tal vez su vida para alcanzar su objetivo. Si era necesario, estaba incluso dispuesto a sacrificar la felicidad de su familia. Porque Grant era incapaz de ser feliz si no reparaba aquella injusticia. Y solo había una forma de hacerlo. Nada iba a entrometerse en su camino. Y si algo se entrometía, tendría que eliminarlo, a la fuerza si era necesario.

Tal como había hecho con Jean Shepherd y Milo Pratt. Tal como tendría que hacer con Sam Wingo e incluso su hijo. Y con Sean King y Michelle Maxwell. Estaba convencido de que tendrían que morir antes de que acabara todo.

Apartó la mirada del avión que desaparecía tras los árboles. En unos segundos, el tren de aterrizaje tomaría tierra y se pondrían en marcha los empujes inversos y los frenos. Otro aterrizaje seguro, igual que sucedía millones de veces al año.

Su aterrizaje no sería tan suave. Pero Grant tenía una posibilidad, una posibilidad real de hacer que funcionara, de conseguir que se hiciera justicia y luego llevar una vida normal. Aquello sería el ideal. Una vez despojado de aquella carga, podría vivir otra vez.

No todos tendrían tanta suerte. Antes de que todo acabara, moriría más gente. Y Grant sabía exactamente quiénes. Sería un acontecimiento histórico a ojos del mundo.

Sin embargo, para él no sería más que vengar la memoria de su ser más querido.

55

—Sí, señor; gracias, señor.

Sean colgó y miró a Michelle.

Estaban en otra habitación de motel por la que habían pagado en efectivo.

Sean acababa de hablar por teléfono con el presidente John Cole.

—¿Estamos dispuestos a seguir al comandante en jefe?

—Creo que sí. Con su apoyo podemos ir a todas partes y pedir prácticamente cualquier cosa.

—Ya me he dado cuenta de que has tenido mucho tacto al tratar el tema de Tyler.

—No tengo intención de perjudicar las carreras de McKinney o Littlefield. Quizá nos resulten útiles. El presidente espera que en algún momento le entreguemos a Tyler. Solo tenemos que manejar los tiempos con eficacia.

—¿Por dónde empezamos?

—El Pentágono. Vamos a reunirnos con el jefe de Adquisiciones que participó en el programa de dinero en efectivo en Afganistán y con el coronel Leon South, que era el superior directo de Wingo sobre el terreno.

—Vamos allá.

Al cabo de una hora recorrían escoltados un largo pasillo del Pentágono. De hecho, todos los pasillos del Pentágono eran largos. Era un laberinto dentro de otro. Se rumoreaba que todavía quedaban trabajadores de la década de 1960 en algún lugar buscando una salida.

Llegaron a un despacho exterior y les acompañaron a una sala de reuniones adyacente. Les esperaban dos hombres. Uno uniformado y el otro no.

Dan Marshall se levantó y tendió la mano.

—Señor King, señora Maxwell, bienvenidos al Pentágono. Soy Dan Marshall, secretario adjunto de Adquisiciones, Logística y Tecnología. Soy el que gasta un montón de dólares de los contribuyentes en este lugar.

Se dieron la mano.

El coronel South no se levantó para saludarles. Se limitó a asentir.

—Coronel Leon South. Entiendo que están aquí con el beneplácito del presidente.

Sean, Michelle y Marshall se sentaron a la mesa.

—Eso es —confirmó Sean.

—No acabo de entender cómo encajan unos investigadores privados en una misión reservada, la verdad es que no lo entiendo. ¿Me lo pueden explicar?

—Leon —intervino Marshall—, si tienen la autorización del presidente no creo que haga falta entrar en esto.

—Entiendo que pida explicaciones. Nos topamos con este caso por casualidad. A raíz de una serie de eventos desafortunados, acabamos relacionándonos con uno de los personajes más importantes de esta pequeña saga. Al presidente le pareció valioso y por eso estamos informados del caso.

South asintió lentamente con expresión inescrutable.

—¿Y qué queréis de nosotros?

—Información sobre la misión —sugirió Sean—. Y sobre Sam Wingo.

—Wingo es un traidor —espetó South.

Marshall levantó la mano.

—Eso no lo sabemos, Leon. Lo cierto es que no sabemos muchas cosas.

—Mil millones de euros desaparecidos. No necesitamos saber más.

—Pero él se puso en contacto contigo —dijo Marshall—. E insistió en su inocencia.

—Por supuesto que sí, para despistar —replicó South.

—¿Cuándo se puso en contacto con usted? —preguntó Sean.

—Poco después de que la misión se fuera al garete.

—¿Qué versión dio? —preguntó Michelle.

—Que se encontró con unos desconocidos en el punto de reunión. Le dijeron que eran de la CIA y le enseñaron sus credenciales.

—¿Langley lo ha confirmado? —preguntó Sean.

South lo miró con desdén.

—Al principio me fie de su palabra.

—Vale. ¿Qué dijo Langley cuando al final se lo preguntó? —quiso saber Sean.

—Que no tenían ni idea. No tenían ningún agente cerca de donde se desarrollaba la misión.

—¿Cuántas veces se ha puesto Wingo en contacto con usted? —preguntó Sean, cambiando de tercio.

—Dos veces. Ambas para insistir en su inocencia. Y en su intención de averiguar quién le había tendido una trampa.

—Pero resulta obvio que usted no le creyó —dijo Michelle.

—No, no le creí.

—¿Conocía a Wingo antes de esta misión?

—De oídas. Y su buena fama le precedía. De lo contrario, no le habrían elegido.

—No obstante ¿da por supuesto que es culpable? —dijo Sean en tono inquisitivo.

—Dinero desaparecido y hombre desaparecido. Sí, eso creo —repuso South en tono cortante.

—Supongamos por un momento que dice la verdad —empezó Sean—. ¿Quién se beneficiaría de tenderle una trampa?

—Cualquiera que quisiera mil millones de euros —respondió Marshall—. Desde el primer momento dije que teníamos que enviar por lo menos tres hombres, pero me desautorizaron. Era demasiado para una sola persona, incluso para alguien tan bien preparado como Wingo.

Sean lo miró.

—¿Conocía a Wingo de antemano?

—De oídas, igual que Leon.

—¿Y no cree que sea culpable? —preguntó Michelle.

—No he llegado a ninguna conclusión. Sé que fue sometido a un proceso de comprobación personal muy severo y tuvo que soportar un año de colaboración con otra agente de campo que tuvo un fuerte impacto en su vida personal.

—Se refiere a Jean Shepherd, ¿no? —dijo Michelle—. Su supuesta segunda esposa.

—Sí.

—Que también ha desaparecido —dijo Sean.

—Cierto —intervino South—. A lo mejor ahora están en la Riviera disfrutando de los frutos de su robo.

—¿Creéis que estaban juntos en esto?

—¿Por qué no? Tuvieron un año para planificarlo. Con mil millones de euros tienen la vida solucionada.

—Estoy de acuerdo en todo menos en una cosa —dijo Sean.

—¿Cuál? —preguntó South.

—Tyler Wingo.

—No creemos que abandonara a su hijo. Estaban muy unidos —añadió Michelle.

South se encogió de hombros.

—Quizá tenga pensado volver por su hijo.

—Así que eso también convierte al chico en cómplice —dijo Michelle.

—Tal cantidad de dinero hace hacer cosas raras a la gente —replicó South.

—Tenemos entendido que el dinero estaba destinado a ciertos luchadores por la libertad musulmanes para la compra de armas. ¿Es así? —preguntó Sean.

South y Marshall intercambiaron una mirada nerviosa.

—¿Eso significa que sí? —preguntó Michelle.

Marshall carraspeó.

—No es falso.

—Bien, porque es lo que nos dijo el presidente —añadió ella.

—¿Y por qué nos lo preguntáis entonces? —se quejó South.

—Para cerciorarnos de que todos estamos en la misma página.

—O sea que la Casa Blanca está en un buen apuro —dijo Sean.

—No solo la Casa Blanca —puntualizó Marshall—. Estrictamente hablando, esos fondos no pueden transferirse de ese modo. Así que estamos todos en el mismo barco. No sé si el Congreso cogerá el bisturí para diseccionar el tema.

—Más bien será un cuchillo de carnicero —apuntó South.

—¿O sea que estrictamente hablando esto quizá sea ilegal? —dijo Michelle.

—Podría argumentarse que sí —reconoció Marshall—. Es probable que los luchadores por la libertad combatan a un régimen que no es nuestro aliado. Pero no puede decirse que la mayoría de esos rebeldes sean caballeros de reluciente armadura.

—Muchos de ellos quieren volver a implantar la ley islámica en los países árabes secularizados —añadió South—. Y en los países en los que ya impera esa ley, podrían ser tan malos o incluso peor que el régimen actual. O sea que es una situación jodida se mire como se mire.

—Igual que cuando apoyamos a Bin Laden y los muyahidines en Afganistán contra los soviéticos en los años setenta —observó Sean—. Después emplearon las armas que les entregamos contra nuestras tropas.

—La geopolítica nunca será una ciencia exacta —comentó South.

—Algunos dirían que basta con tener sentido común —apuntó Michelle.

—Pues se equivocan —espetó South.

—Así que tu carrera recibirá un duro revés por esto, ¿no? —dijo Sean, mirándole de hito en hito.

South se sonrojó.

—Me preocupa más enmendar este error que mi próximo ascenso.

—Y si la misión hubiera tenido éxito, ¿cuál habría sido el papel de Wingo?

—Llevar el dinero hasta el final y entregarlo a los luchadores por la libertad. Se supone que un grupo de ellos tenía que encontrarse con él en el punto de entrega. Wingo tenía que salir del país con ellos y el dinero. La ruta estaba planificada y tenía las autorizaciones necesarias para que los jefes tribales les permitieran pasar a lo largo del trayecto.

—¿Por qué Afganistán? ¿Por qué no llevar el dinero directamente a los luchadores por la libertad? —preguntó Michelle.

—No podíamos ser tan transparentes —reconoció South—. De hecho, el dinero no iba oficialmente a los luchadores por la libertad. Había un paso intermedio en el que los fondos iban a servir para comprar armas y munición.

—¿A quién?

South y Marshall intercambiaron otra mirada, pero no dijeron nada.

—A no ser que me falle la memoria, hay un país grande justo al lado de Afganistán que no es exactamente nuestro amigo.

—Y se llama Irán —precisó Michelle.

Sean miró a South.

—Decidme por favor que no estamos tratando con luchadores por la libertad para derrocar el gobierno de Teherán.

—Ni lo confirmo ni lo niego. Y dudo de que el presidente os diera una respuesta directa a esta pregunta —dijo South.

Sean miró a Marshall.

—Necesitamos saberlo.

Marshall asintió y se levantó.

South le puso la mano en el brazo para impedir que se marchara.

—Dan, piensa en lo que estás haciendo.

—Leon, tienen el visto bueno del presidente. ¿Cómo van a entender nada de esto sin saber toda la historia?

Se acercó a una pared en la que había un mapamundi. Señaló distintos puntos.

—El plan inicial era desviarse hacia el norte. Los euros se blanquearían en Turkmenistán y Kazajstán.

—¿Y a los rusos les parecía bien? —se apresuró a preguntar Sean.

Marshall miró a South.

—Estaban de acuerdo —afirmó el coronel—. Es una cuestión geopolítica complicada para los neófitos como vosotros, pero están tan hartos de las fanfarronadas de Irán como nosotros.

Sean negó con la cabeza.

—No creo.

—¿Cómo? —espetó South.

—A los rusos les gustan las bravuconadas, sobre todo si nos afectan. Siria es el mejor ejemplo. Además, la economía rusa se basa sobre todo en el petróleo y el gas, que poseen en abundancia. Si los intransigentes de Teherán son desbancados y su petróleo vuelve al mercado mundial, los precios bajarán. Eso perjudicaría sobremanera a Moscú. En realidad, su plan de estabilización económica consiste en desestabilizar la región. Cuanto más frágil esté la situación, más dinero ganan con sus recursos naturales.

Marshall sonrió y Michelle pareció impresionada.

—¿Cómo sabes todo eso? —dijo.

Sean se encogió de hombros.

—Es que me gusta leer *The Economist* por muy neófito que sea.

—Las armas iban a comprarse a través de traficantes en Turquía que actuarían de intermediarios y luego cruzarían la frontera hasta Siria, y después se entregarían a los luchadores por la libertad.

—¿En Irán? —preguntó Sean—. ¿Los luchadores por la libertad eran de Irán? —Marshall asintió—. Vale, ¿y Wingo iba a acompañarlos durante todo el proceso?

—Eso es —contestó Marshall mientras volvía a reclinarse en el asiento.

—¿Un militar implicado en algo que pertenece al ámbito de la inteligencia? —observó Michelle.

—Habladnos de la DIA —pidió Sean.

—Yo soy de la DIA —dijo South—. Igual que Wingo. La mayoría de la gente no es consciente de que la DIA es un coloso en cuanto a recursos, humanos y materiales, comparado con la CIA. Hemos estado reclutando e instruyendo a miles de nuevos agentes para misiones en todo el mundo. Los enviamos a unidades del ejército regular diseminadas por el planeta y los mantenemos allí hasta que las unidades se retiran. Es una tapadera excelente. Hace tiempo que nuestros enemigos se han percatado de que la tapadera del Departamento de Estado son los agentes secretos de inteligencia. Trabajamos con la CIA en muchas operaciones conjuntas. Pero en este caso íbamos en cabeza. —Hizo una pausa—. Y hemos metido la pata hasta el fondo, lo cual significa que quizá sea la última vez que lideremos una misión.

Sean lo miró con curiosidad.

—¿Eso implica que Langley tendrá el mando de las futuras operaciones?

—Probablemente.

—¿O sea que tenían motivos para querer que esta misión fracasara?

Marshall negó con la cabeza.

—Lo dudo. Antes de que esto termine, todos acabaremos quedando en ridículo. Y si hubieran sido los culpables y se supiera la verdad, la CIA quedaría debilitada durante décadas. Demasiado arriesgado.

—¿Qué habéis hecho para intentar localizar a Wingo? —preguntó Michelle.

—Todo lo humanamente posible —dijo South.

—¿Y creéis que Wingo está solo en esto?

—Sí.

—Entonces es inocente —afirmó Sean.

—¿Cómo?

—Hay muchas personas implicadas en esto y varias han intentado matarnos a mi socia y a mí. Y ninguna de ellas era Wingo.

—Bueno, con el dinero que tiene ahora, puede contratar a quien quiera para hacer el trabajo sucio —repuso South.

—Tengo la corazonada de que no es el caso —declaró Sean.

—Oh, bueno, eso lo cambia todo —ironizó South.

—¿Os veis capaces de encontrar a Wingo? —preguntó Marshall.

—Lo intentaremos. Y tenemos un gran aliciente.

—¿Os referís a que el presidente confía en vosotros? —preguntó Marshall.

—No. El gran aliciente es que seguiremos con vida.

56

Sean se sentó en el coche y lanzó una mirada al edificio. Una voz crepitó por el pinganillo.

—Vista Trading Group está en el sexto piso —dijo Michelle, sentada en la terraza de una cafetería cerca de la siguiente intersección.

—Lo tengo.

—Ha sido una suerte que Edgar nos proporcionara tanta información y tan rápido.

—Sí, pero no ha sido tanta suerte —se quejó Sean—. Vista es un negocio legal. Alan Grant procede de una buena familia. Su padre fue militar y luego pasó al gobierno civil. Y tiene un historial impecable. Pasado militar, también, y ahora es un hombre de negocios de éxito. Ni siquiera tiene multas de aparcamiento.

—Sí, está limpio. Demasiado, en mi opinión.

—No se puede condenar a alguien por ser demasiado cumplidor.

—Pero a alguien que trabaja ahí le interesa Wingo por algún motivo.

—No sabemos por qué le interesa. Estaría bien preguntarle directamente a Wingo.

—¿Le has enviado un mensaje a Tyler? —preguntó ella.

—Dos. Todavía no ha respondido.

—Quizás alguien controle su nueva cuenta de Gmail.

—Utilicé su código. Solo le pregunté si estaba bien. Que queríamos mantenernos en contacto con él.

—Quizá Wingo no le deje responder. Tal vez no se fíe de nosotros.

—Yo en su lugar, no me fiaría de nadie —repuso Sean.

—¿Y qué hacemos con Vista?

—Esperaremos.

Cuatro horas más tarde, cuando Michelle había pedido su cuarta taza de café, su paciencia se vio recompensada.

Oyó la voz de Sean crepitando en su oído.

—Alan Grant y nuestro amigo policía a las tres.

Michelle se giró discretamente para mirar en esa dirección. Llevaba una gorra de béisbol bien encasquetada y la larga melena recogida. Las grandes gafas de sol le cubrían la mitad de la cara.

—Los estoy viendo —repuso.

Grant y su colega parecían hombres de negocios jóvenes y exitosos que mantenían una reunión rápida en la calle. Michelle no oía lo que decían y no quería arriesgarse a cruzar la calle para acercarse. Si la veían, igual fastidiaba la única posibilidad que tenían de progresar en la investigación.

—¿Plan? —susurró ella.

—Si se separan, yo sigo a Grant y tú al poli. Si entran los dos en el edificio de oficinas, síguelos y observa y escucha lo que puedas. Lo mismo si el poli entra solo.

—¿Y si me identifican?

—Vas muy bien disfrazada y hay mucha gente por aquí. Creo que tenemos que arriesgarnos.

—¿Y tú?

—Si uno o ambos se marchan en un coche, yo seguiré a Grant mientras tú sigues al otro. ¿Tienes el coche cerca?

—A la vuelta de la esquina. Pero echo de menos mi Land Cruiser.

—Mira, esparce un poco de basura dentro del coche y te sentirás como en casa.

—Con lo gracioso que eres, no sé por qué no te dedicas a la comedia.

—Todo el mundo necesita una alternativa profesional.

—¿De verdad crees que esto nos va a conducir a algún sitio?

—Si a Wingo le interesan estos tíos, a nosotros también.

—Están entrando en el edificio.

—Buena suerte.

—Recibido.

Michelle se levantó y se dispuso a seguirles. Se coló entre un grupo de gente que entraba en el edificio detrás de Grant y su colega.

Consiguió entrar en el ascensor con Grant, el otro hombre y diez personas más. Se colocó al fondo de forma que Grant y su compañero quedaron situados delante de ella. Captó retazos de su conversación, pero dudó de que hablaran de temas confidenciales en público.

Bajaron en la sexta planta, tal como Michelle había imaginado. También bajaron otras cuatro personas, así que decidió arriesgarse. Los siguió pasillo abajo hasta que entraron en las oficinas de Vista Trading Group. Era una puerta doble con un aspecto impresionante. Grant debía de tener éxito ya que aquel edificio era de lujo y los alquileres no eran baratos en aquella zona de la capital.

Dobló la esquina y luego volvió sobre sus pasos.

Y entonces se llevó un susto de muerte.

Volvió rápidamente a la esquina antes de que el hombre la viera.

—Acabo de ver a un tipo entrando en Vista —le dijo a Sean por el intercomunicador.

—¿A quién?

—No te lo vas a creer.

—Empiezo a creer que todo es posible. ¿A quién has visto?

—Al tío con el que acabamos de reunirnos en el Pentágono.

—¿Al coronel South?

—No, al otro. A Dan Marshall, el secretario adjunto de Adquisiciones y tal. El mismo que perdió mil millones de euros de los contribuyentes.

—Joder.

—Eso mismo.

—¿Qué relación tiene con Vista?

—¿Casualidad? —dijo Michelle.

—Si es así, es una casualidad del tamaño de Texas. Tenemos que investigar más a fondo.

—¿Edgar?

—Ya investigó el pasado de Grant. Me sorprende que no encontrara un vínculo con Dan Marshall.

—Hasta a los genios se les escapan cosas.

—A lo mejor es que está perdiendo neuronas.

—No te preocupes, le quedan muchísimas.

57

Michelle se puso en contacto con Edgar y le explicó lo que necesitaban. Él prometió ponerse manos a la obra y llamarla en cuanto tuviera algo. Mientras tanto, ambos socios se dirigieron a Reston, Virginia, en el coche de Sean para verse con George Carlton, el bloguero.

Sean le telefoneó con antelación y Carlton les recibió en la puerta de su casa, que, según les dijo mientras les acompañaba al interior, hacía las veces de despacho.

—Qué raro que no haya furgonetas de los medios de comunicación aquí fuera —observó Sean—. Después de tu primicia.

Carlton, bajo y corpulento, rondaba los cincuenta años. Llevaba barba recortada y el bigote le cubría el labio superior. Los miró con expresión rara y luego explicó:

—Tengo la lentilla derecha rayada. He de ir al oculista.

Les hizo entrar en el despacho, una sala pequeña contigua al vestíbulo. Había montones de libros, artículos de periódico, revistas y DVD. En el escritorio había un ordenador de mesa mientras un servidor zumbaba debajo, en el hueco para las piernas.

Todos tomaron asiento. Carlton se atusó el bigote y los miró con expresión pensativa.

—Los medios no tienen cabida en mi mundo de bloguero.

—¿No os lleváis bien? —preguntó Michelle sentada en el borde de una silla, que compartía con una pila de revistas.

—Somos como el agua y el aceite. A mí me interesa la verdad. A ellos el entretenimiento, las audiencias y el poderoso caballero que es don Dinero.

—Yo abogo por la verdad —declaró Sean.

—Según dijiste en tu llamada, tienes información que tal vez me interese —dijo Carlton.

—Podemos hacer un intercambio.

Carlton frunció el ceño.

—Yo me dedico a recopilar y dar información por internet, no a ofrecerla de forma individual. Y no pienso pagar por ella.

—Nosotros nos dedicamos a averiguar la verdad —dijo Michelle—. Y necesitamos tu ayuda para ello.

—¿Quiénes sois?

Sean enseñó a Carlton su identificación.

—¿Investigadores privados? ¿Y quién es vuestro cliente?

—Eso es confidencial —respondió Sean—. Pero dependiendo de lo que nos digas, quizá tengamos algo que contarte.

—¿Por ejemplo?

—Por ejemplo, sobre el trasfondo de la noticia que ya estás dando sobre los mil millones desaparecidos.

Carlton sonrió.

—Está claro que no has leído mi última publicación. La acabo de colgar hace media hora. Espero que se vuelva viral de un momento a otro. El índice de visitas ya está por las nubes.

—No, no la hemos visto —reconoció Sean—. No soy lector de blogs.

—Y piensa que lo de viral se refiere a una infección —añadió Michelle.

Carlton se echó a reír.

—Bueno, a mí sí me sorprende que los medios no hayan acudido en tropel después de esta. O al menos los del FBI.

Carlton pulsó unas teclas y giró la pantalla para que la vieran. Sean y Michelle leyeron rápidamente la última publicación en el blog. Carlton los observaba.

—Da la impresión de que no os sorprende.

Sean lo miró.

—¿Que los mil millones iban a financiar armas para gente que intenta derribar el gobierno iraní y que un paso intermedio para canalizar el dinero eran las amapolas de Afganistán con que se produce la heroína? Sí, es una gran sorpresa para nosotros —añadió con sinceridad—. Sobre todo la parte de las amapolas y la heroína.

Carlton lo miró con malicia.

—Pensaba que te interesaba la verdad. Pero lo que acabas de decir es una gilipollez.

—¿Cuál es tu fuente? —preguntó Michelle.

Carlton puso los ojos en blanco.

—Por favor, ni lo intentes.

Sean contó rápidamente con los dedos antes de mirar a Michelle.

—¿Han asesinado ya a seis personas y han dejado a cinco heridas de gravedad en esta historia o he contado mal?

Michelle hizo un cálculo mental.

—Creo que son cinco asesinados y seis en estado crítico. Sin olvidar a la mujer que ha desaparecido y que probablemente esté muerta. Todas ellas en este país. Pero eso no incluye a las bajas en Afganistán. Ahí se ha producido una verdadera carnicería.

—Es cierto. Lo he contado al revés. Bueno, a mi favor diré que el número de bajas cambia a diario. Ya he perdido la cuenta.

Carlton los miró asombrado.

—¿De qué coño estáis hablando?

—¿Te has enterado del ataque al motel de Alexandria? —preguntó Sean.

—¿Eso está relacionado con este asunto? —preguntó Carlton con voz temblorosa.

—Bueno, dado que estábamos allí y casi nos matan, pues sí, está relacionado. Así pues, George, lo que tienes que plantearte es que alguien te está suministrando una información por un motivo que no acaba de estar muy claro. Pero de lo que no cabe duda es que tienen la costumbre de acabar con los cabos sueltos. —Sean lo miró con toda la intención—. ¿Me explico?

—¿Que soy un cabo suelto? Pero si no soy más que un bloguero. No sé nada que perjudique a nadie.

—Bueno, si la fuente te escribe por correo electrónico, eso deja rastro. Y ese rastro empieza contigo y acaba en la fuente.

—Pero mi fuente se ocupa de eliminar ese rastro.

—Da igual. No se pueden correr riesgos. Yo imagino que cuando ya no resultes útil, vendrá a matarte, se llevará el ordenador, el teléfono y la tablet y ese servidor que veo ahí abajo, y luego dejará la casa reducida a cenizas y tus restos esparcidos. —Miró a Michelle—. ¿Tú qué opinas? Es lo que harías si fueras la fuente, ¿no? Eliminar todo rastro, ¿no?

—Sin duda —respondió Michelle—. Pero antes de quemarlo lo descuartizaría. Y usaría un ácido. Hace que resulte más difícil identificar a la víctima.

Carlton parecía a punto de vomitar, pero habló con un hilo de voz.

—Pretendéis asustarme.

Sean negó con la cabeza.

—No pretendo nada. Deberías estar asustado. Yo estuve en el Servicio Secreto y no me asusto fácilmente, pero esto me tiene acojonado.

—Tienes que pensártelo seriamente, George. Muy seriamente —intervino Michelle—. Todas las personas relacionadas con este asunto están cayendo como moscas. Han estado a punto de matarnos tres veces, pero nosotros sabemos cómo cuidarnos. —Se fijó en su complexión menuda y rechoncha—. Sin embargo, tú no estás en la misma situación.

—Pero ¿qué puedo hacer? —gimió Carlton.

—Descarga los emails en un lápiz USB y dámelo ahora mismo. Luego haz la maleta y cómprate un billete de avión que te lleve lejos, muy lejos de aquí durante un mes más o menos. Lee los periódicos o, mejor aún, los blogs para saber qué está pasando aquí. Si seguimos vivos transcurridos treinta días, vuelve. Debería ser seguro.

—¡Me estáis engañando!

Sean miró a Michelle y volvió a mirar a Carlton.

—También puedes quedarte aquí y morir.

Carlton se quedó callado.

Al final, Sean se levantó.

—Vamos, Michelle. Estamos perdiendo el tiempo.

Ella se levantó.

—Allá tú, estás avisado. Lo siento, George, no sé qué decirte. Paga el seguro de vida. Notifica a tus familiares más próximos del dinero que van a cobrar. Y comprueba que el propietario de tu casa tiene el seguro pagado, para cuando vengan a incendiar este sitio contigo dentro.

Se dispusieron a marcharse.

—¿Adónde puedo ir? —gritó Carlton.

Sean se volvió.

—¿Adónde te gustaría ir?

Carlton se quedó pensativo unos momentos.

—Siempre he querido ver la Ópera de Sídney.

—Buena elección.

—Inmejorable —corroboró Michelle.

—¿Memoria USB? —dijo Sean, acercándose de nuevo al escritorio.

Carlton buscó un *pendrive* en el cajón del escritorio y lo introdujo en la ranura del ordenador.

—¿Podéis llevarme al aeropuerto? Puedo comprar el billete por internet y tardaré un momento en hacer la maleta y coger el pasaporte.

—¿Por qué no? —respondió Sean.

—¿Vais armados? —preguntó Carlton.

Sean señaló a Michelle.

—La tengo a ella, o sea que la respuesta es sí. Voy armado.

Sean observó a Carlton mientras copiaba los emails al lápiz USB, lo extraía y se lo daba.

Luego lo llevaron al aeropuerto y lo dejaron allí.

—Buena suerte —le deseó Sean.

—Creo que la necesitaréis más que yo, chicos —dijo Carlton antes de desaparecer deprisa y corriendo entre la multitud de Dulles.

En el trayecto de vuelta, Michelle dijo:

—¿Crees que Edgar será capaz de rastrear el origen de los emails?

—Si alguien puede, es él. La dirección IP y el resto de la información que yo no entiendo se podrá rastrear. El remitente habrá hecho todo lo posible para no dejar rastro, pero seguro que Edgar encontrará algo.

—Encontrará a alguien, querrás decir.

Sean la miró.

—Ese viaje a Nueva Zelanda tiene cada vez mejor pinta.

—Pues sí —reconoció Michelle.

El teléfono de Sean sonó. Respondió, escuchó, dio las gracias y luego giró el coche en la dirección contraria.

—¿Qué ocurre?

—Dana ha despertado y quiere verme.

—Me sorprende que el hospital te lo notifique. No eres familiar directo.

—No era el hospital. Era su marido, el general. Y también quiere hablar con nosotros.

58

Curtis Brown, el condecorado marido de Dana, se quedó en un rincón de la habitación con Michelle mientras Sean se sentaba junto a la cama a hablar con la convaleciente. Estaba atontada y dolorida, pero viva. Incluso consiguió sonreír varias veces, aunque solo con muecas.

—Debería haberte hecho caso, Sean —dijo lentamente—. Debí marcharme del centro comercial.

—¿Por qué no lo hiciste?

—Supongo que quizá me dejé llevar por la costumbre. No quería que te hicieran daño. Pero veo que estás bien. ¿Y Michelle?

—Ahí con el general, en plena forma.

—Me alegro, me alegro mucho —dijo ella resollando.

—Deberías descansar.

Ella le cogió la mano con más fuerza.

—¿Y los agresores?

—Ya están fuera de circulación.

—¿Has averiguado ya qué está pasando?

—Cada vez estoy más cerca de saberlo —mintió. Lanzó una mirada a Brown—. Sé que tu maridito no se ha separado de ti. Creo que esta vez acertaste. Está claro que estáis hechos el uno para el otro.

Dana sonrió mientras Brown bajaba la mirada. Michelle le

dio una palmada en el hombro y le dedicó una mirada tranquilizadora.

—Estoy bien, pero muy cansada —dijo Dana.

—Es por la morfina. Disfruta mientras puedas.

Ella cerró los ojos y le soltó la mano al quedarse dormida. Sean se levantó y se acercó a Brown y Michelle.

—Los médicos han dicho que será lento, pero que probablemente se recupere por completo —explicó el general.

—Es una gran noticia —declaró Sean.

Brown le lanzó una mirada y luego apartó la vista.

—Sobre lo que hemos hablado antes... —dijo.

—¿Ha averiguado algo?

—Vamos a la cafetería, si tenéis un momento.

—Tenemos todo el tiempo del mundo. Vamos.

Pidieron cafés y se sentaron a una mesa alejada de las demás.

Brown vertió un sobre de azúcar en la taza y removió lentamente.

—El Pentágono todavía no ha dicho nada —dijo.

—Ajá.

—Pero ha habido otra filtración —dijo Brown.

—¿Que dice que intentamos derrocar al gobierno de Irán blanqueando capital para armas con envíos de amapola? —sugirió Michelle.

Él la miró con severidad.

—¿Lo habéis visto?

—Salió en ese blog.

—Bueno, ese bloguero está metido en un buen lío.

—Creo que lo sabe.

—Una cosa es la libertad de expresión, pero no se pueden publicar secretos de seguridad nacional robados y que no pase nada.

—Entonces, ¿es cierto? ¿Lo de Irán?

Brown dio un sorbo al café.

—La gente ve la matanza de Siria y le parece mal. Pero no ven lo que está ocurriendo en Irán, o en Corea del Norte. Esos países han cortado toda comunicación con el mundo exterior. Los cadáveres se están apilando de forma inaudita.

—O sea que vamos primero a por Irán. ¿Y luego a por Corea del Norte? Pensaba que en Corea no había oposición.

—Pues os sorprendería saber que buena parte de la oposición está en Corea del Sur, pero quiere regresar a su país y cambiarlo. Irán era una prueba para ver si una cosa así podía funcionar. Si funciona, se pondría en práctica en Corea del Norte.

—Es mucho pedir —dijo Michelle—. A lo mejor no basta con mil millones de euros para derrocar a un gobierno.

—No hace falta. Basta con desestabilizarlo. Si Irán o Corea del Norte pensaran que son vulnerables desde el interior quizá moderarían su retórica, se acercarían a la mesa de negociaciones y empezarían a comportarse como adultos. Sí, es mucho pedir, pero las sanciones económicas y las amenazas del exterior no han funcionado. Nos gusta llamarlo guerra en plan barato. —Negó con la cabeza—. Me cuesta creer que os lo esté contando. Me he enterado hace poco. Esto es de lo más confidencial que existe. Si se enteran de que os lo he contado, me someterán a un consejo de guerra.

—De nosotros no va a salir, te lo aseguro —dijo Sean.

—Os lo agradezco.

—¿Y qué pasa con Wingo?

—El Pentágono cree que se ha vendido.

—Pues se equivoca —replicó Sean.

—¿Cómo lo sabes?

Sean miró a Michelle antes de hablar.

—Le hemos conocido. Le salvó la vida a Michelle cuando unos tipos nos atacaron.

—¿Qué? ¿Dónde? ¿Qué tipos?

—Probablemente compinches de los que dispararon a Dana. Pero a Wingo le tendieron una trampa.

—¿O sea que trabajáis con él?

—Lo intentamos, pero, como cabe suponer, no está en situación de confiar en nadie.

—¿Y su hijo?

—Está con él. Pero por favor, no lo diga.

—Descuida. Si reconociera saberlo, tendría que decirles que me he reunido con vosotros y entonces sería mi fin. —Dio otro sorbo al café—. ¿Y el dinero?

—Desaparecido.

—¿Sabes quién le tendió la trampa?

—Tiene ciertas teorías. Y ha estado moviéndose para comprobarlas.

—¿Cree que ha sido algún topo? Dijisteis que en mi oficina había algún infiltrado. Pero lo he comprobado, y no lo hay. Es imposible.

—Estoy empezando a pensar que la filtración procede de otro sitio. ¿Qué sabes de Heron Air Service o de Vista Trading Group de Washington D.C.?

—Nada. ¿Tienen algo que ver con esto? Puedo intentar averiguar algo.

—Ya tenemos quien se encarga del tema. ¿Y Dan Marshall del Pentágono? ¿Le conoces?

—Un poco. Hemos coincidido en varias reuniones. Es quien autoriza las adquisiciones. A decir de todos, incluido yo mismo, es un tipo legal. ¡No me digáis que está implicado en este asunto!

—Eso sigue sin saberse a ciencia cierta —dijo Michelle—. Su carrera se resentirá por el dinero desaparecido. Y más teniendo en cuenta su destino. Al menos es lo que nos dijo.

—Me sorprende que se sincerara con vosotros.

—Se nos ha olvidado mencionar que tenemos a un nuevo aliado.

—¿Quién? —preguntó Brown.

—El presidente Cole.

El general se quedó boquiabierto.

—¿Y qué me dices del coronel Leon South? ¿Le conoces? —preguntó Sean.

—No. ¿Es del ejército?

—De la DIA.

—No tengo mucha relación con los espías militares. —Brown se reclinó en el asiento con la sensación de haberse quedado sin ideas—. ¿Qué más puedo hacer?

—Mantener los oídos y los ojos bien abiertos. Puedes localizarme en cualquier momento por teléfono. Pero creo que ahora estarás muy ocupado con Dana.

—Eso espero. —Brown sonrió.

—Cuídala, Curtis. Quienquiera que está metido en esto puede volver a intentarlo contra ella.

—Pues tendrá que pasar por encima de mi cadáver.

—Oh, no me cabe duda.

Al salir del hospital, vieron dos todoterrenos estacionados al lado de su vehículo. Dos hombres y una mujer con traje y gafas de sol estaban de pie al lado.

Sean miró a Michelle.

—¿Te acuerdas?

—Sí, tienen la misma pinta que teníamos nosotros.

—¿Sabes adónde vamos? —preguntó Sean.

—Claro —respondió Michelle.

59

Alan Grant y Dan Marshall salieron juntos de las oficinas de Vista Trading Group.

—Gracias por haber venido —dijo Grant.

—No, gracias a ti por sacarme del Pentágono —repuso Marshall.

—¿Sigue la mala racha?

—Va empeorando por momentos. ¿Has visto las últimas noticias?

—Son del mismo bloguero. ¿Irán? ¿Amapolas afganas? ¿En serio?

—Eso dicen los medios. No puedo comentar nada, ni siquiera a ti.

—¿Puedo hacer algo por ayudar?

—Cuida de mi hija y mis nietos.

—A lo mejor esto sale a la luz, Dan.

—Sí, y a lo mejor mañana tampoco sale el sol.

Comieron en un restaurante cercano y hablaron de otros temas. Se despidieron en la calle.

—Va a haber represalias por parte de Irán —comentó Grant.

—Ya. Esto dará a Teherán una oportunidad magnífica para sacar pecho y empezar a gritarnos. También dará cuerda a los locos que quieren atacarnos. Bueno, yo caeré al abismo.

—Cuídate, Dan. Hablamos.

Se dieron la mano y Marshall se marchó caminando.

Su yerno lo observó unos instantes antes de dirigirse al coche en el aparcamiento subterráneo y marcharse. El trayecto se alargó por culpa de las obras que habían cerrado algunos carriles al tráfico en la interestatal 66. Al final llegó a su salida y condujo un rato más. Había cambiado el ajetreo de la capital por la paz y tranquilidad de una zona rural en menos de dos horas y media.

Pasó el control de seguridad y siguió colina arriba. Detuvo el coche delante de la remozada emisora de radio y salió. Contempló con admiración la torre de transmisión. Ya estaba provista de antenas parabólicas dispuestas en ángulos precisos de las que emanaba el zumbido del poder.

Recorrió el perímetro del edificio y comprobó que el exterior estaba acabado. Entró y observó la actividad del interior. Los generadores portátiles zumbaban. Las herramientas eléctricas emitían estallidos y golpeteos. Estaban levantando paredes y tabiques. La cámara interior ya estaba casi terminada. Los hombres se movían con rapidez por la obra, como si formaran una coreografía, con la mente fija en el incentivo que recibirían si acababan antes de tiempo.

Grant repasó los planos con el jefe de obra antes de recorrer el interior con él para asegurarse de que todo se hacía correctamente. Realizó algunas modificaciones menores mientras supervisaban la obra y luego salieron al exterior.

Grant se quedó mirando las estribaciones de las Blue Ridge que se divisaban a lo lejos. Washington estaba justo al este, pero desde ahí no se veía. Aunque lo que sí vio fue un avión que descendía hacia el aeropuerto de Dulles. Tomó aire y exhaló un largo suspiro.

En breve sus hombres, sus *hackers*, se adentrarían en internet. Le darían a las teclas y entrarían dondequiera que tuvieran que entrar, cual exploradores con sus machetes abriéndose paso entre selvas densas.

Había escogido a esa gente personalmente. Gozaba de su total lealtad gracias al dinero que había pagado por sus servicios. Les daba igual la geopolítica y no se jugaban nada en ningún terreno. Grant sí se jugaba mucho, pero no era un traidor a su país. Cuando aquello terminara, Estados Unidos se recuperaría y seguiría avanzando, no le cabía la menor duda.

«Lo único que hago es reparar una injusticia.» Introdujo la mano en el bolsillo del abrigo y sacó el valioso documento, el que le había enviado Milo Pratt. Aquel documento le había costado la vida, pero sin él, el plan de Grant no habría tenido ninguna posibilidad. Podían salir mal muchas cosas, pero aquella no.

No podía decir lo mismo de otros elementos. Wingo seguía suelto por ahí. Igual que King y Maxwell.

No obstante, Grant tenía algunas ideas para ocuparse del asunto.

Bajó la vista hacia el papel, aunque le costaba apartar la mirada del desenlace, del verdadero premio. Solo tenía que acertar y entonces finiquitaría aquella operación, sin dejar rastro. Y seguiría con su vida. Por lo menos ese era el plan.

Alzó la vista al cielo. Su satélite alquilado estaba ahí arriba, en una órbita segura. Los fragmentos que su gente había encontrado en él bastaban para llevarle a donde quería ir.

Miró otro punto en el cielo, donde otra plataforma evolucionaba alrededor del planeta. Cuánta porquería había allá arriba. Escombros y plataformas en funcionamiento. La Estación Espacial. Pronto, incluso la gente de a pie, bueno, al menos los ricos, podrían ir de viaje al espacio.

Pero para él no eran más que las dos plataformas que giraban alrededor de la Tierra describiendo un trazado preciso. No tenían nada que ver la una con la otra. Por lo menos, no todavía. Pero pronto estarían entrelazadas, al menos en su mente. El resto del mundo nunca sabría del hermanamiento de aquellos dos trastos de metal. Todas las señales quedarían erradicadas mediante un método especialmente ingenioso que destruiría todas las pruebas en el ciberespacio para luego explotar en un trillón de piezas.

«Humpty Dumpty se sentó en un muro»...

Bajó la vista al suelo otra vez.

Ojalá fuera igual de fácil lidiar con los problemas de ahí abajo.

Comprobó la hora cuando se volvió para contemplar el avance de las obras. Echó una mirada a su teléfono al recibir el mensaje. La tarea había terminado. Lo que Grant había ordenado se había cumplido.

Aquello significaba que tenía un lugar al que ir.

A ver a cierta persona. Y si esa persona no accedía a su petición, entonces tendría a alguien a quien matar.

A alguien más a quien matar.

60

—Hace tiempo que no vengo por aquí —dijo Sean mientras el todoterreno cruzaba unas puertas capaces de frenar a un tanque en movimiento.

—Sí, y la última vez no fue muy agradable —comentó Michelle.

—Sí, ya me acuerdo.

Les acompañaron al Ala Oeste de la Casa Blanca.

—Nunca te tocó proteger al presidente, ¿verdad? —preguntó Sean.

—Mi carrera terminó justo antes de llegar ahí. Una de las pocas cosas que lamento.

—No es tan emocionante como lo pintan.

—Mentiroso —dijo ella, dándole un ligero codazo en el costado.

Les condujeron a la sala Roosevelt y les hicieron esperar.

Mientras Sean recorría la estancia contemplando los famosos cuadros que colgaban de la pared, Michelle dijo:

—¿Reconoces a alguno de los que protegen al presi?

—Hace mucho que lo dejé. La gente de mi quinta está pluriempleada en otras agencias. ¿Y tú?

—La mujer que estaba en el exterior del hospital me resultó familiar, pero no sé cómo se llama.

—¿Celosa?

—Sí, ¿por qué no iba a estarlo?

—Porque trabajas conmigo a tiempo completo.

—Mi respuesta es la misma.

—Muchas gracias.

La puerta se abrió y entró el agente que iba en cabeza seguido del presidente Cole y el resto de guardaespaldas. Sean y Michelle se levantaron enseguida y esperaron a que el mandatario se sentara frente a ellos antes de volver a tomar asiento.

Cole se los quedó mirando.

—¿Sabéis algo de ese bloguero?

—Sí, señor —respondió Sean.

—Adelante.

Sean calibró su respuesta y luego dijo:

—George Carlton. Independiente. No está vinculado a ninguna agencia de prensa.

—Fuisteis a verle.

—¿O sea que sus hombres nos han seguido? —terció Michelle.

—No. Tienen vigilada la casa de Carlton. Aparecisteis vosotros. Motivo que hizo que os convocara.

Sean observó a Cole. Daba la impresión de haber envejecido diez años desde que lo vieran en Camp David.

«Está pensando que este es su Watergate», supuso Sean.

—Me sorprende que los federales todavía no le hayan visitado.

—Libertad de expresión. El cuarto poder... —respondió Cole—. Es peliagudo. No tengo intención de censurar a los medios. Ya me acusan de suficiente mierda sin avivar ese fuego. Pero vosotros no sois el gobierno. A lo mejor podéis hacer cosas que nosotros no podemos.

—¿Para luego informarle a usted? —terció Michelle.

Sean la miró.

—Acordamos que eso es exactamente lo que haríamos. Que trabajaríamos juntos. Empezando por encontrar a Sam Wingo aprovechando la relación que tenéis con su hijo.

Sean volvió a mirar a Michelle, pero ella no dijo nada.

—Y por si se os ocurre encubrir a los hijos de Hoover, ya sé que el FBI ha perdido al chico.

—No tenemos colegas entre los hijos de Hoover, señor —dijo Michelle.

Cole se encogió de hombros.

—Si esto acaba bien, borrón y cuenta nueva.

—Es una muestra de generosidad por su parte, señor —dijo Sean, aunque su expresión traslucía otra idea.

Cole no pareció darse cuenta o fingió no importarle.

—Entonces se trata de Irán, ¿es eso lo que estábamos haciendo?

—No es tan sencillo.

—Dinero a cambio de armas para dar pábulo a los insurgentes de Irán. ¿Y Corea del Norte ocupa el siguiente lugar de la lista?

—¿Quién te ha dicho eso?

—Somos investigadores privados, señor. Tenemos que respetar la confidencialidad.

—Igual que hacemos con usted —añadió Michelle.

—O sea que si no es tan sencillo, ¿puede explicárnoslo? —pidió Sean.

—¿Por qué?

—Necesitamos tener una panorámica clara si queremos avanzar en esto, señor presidente.

Cole se lo quedó mirando unos segundos antes de reclinarse en el sillón.

—Tal como asegura ese estúpido blog, los euros estaban destinados a la compra de amapolas para la producción de heroína. Pero las amapolas no iban a usarse para fabricar droga. Por lo menos, no por nosotros.

—Pero necesitaba una forma de blanquear los euros —aventuró Sean—. Antes de que llegaran a su destino final.

Cole asintió.

—Las amapolas compradas acabarían en manos de terceros.

—A ver si lo adivino —dijo Sean—. ¿Un traficante de armas internacional?

—Y entonces las armas obtenidas a cambio de las amapolas conseguirían entrar en Irán.

—¿Y qué haría el traficante de armas con las amapolas?

—He dicho que no íbamos a utilizar las amapolas para producir heroína. No puedo hablar por los demás.

—¿Puedo hablar con total franqueza, señor presidente? —pidió Sean.

—Teniendo en cuenta que ya no pertenece al Servicio Secreto, puede hacerlo.

—Hay que despedir a quien urdió este plan, señor.

—Es una estupidez —añadió Michelle—. Tenía demasiadas posibilidades de salir mal. Y así fue.

Cole se sulfuró, pero se contuvo.

—Acepté la dimisión de esa persona hace dos días. No es que eso importe. Yo soy el responsable último porque yo lo autoricé.

Se hizo el silencio durante unos instantes.

—¿Qué dijo el bloguero? —preguntó Cole.

—Nada —respondió Sean—. No sabe nada de su fuente.

—¿Le crees?

—Sé ver miedo en los ojos de un hombre —declaró Sean—. No tenía ni idea. Solo quería dar la gran noticia.

—¿Tenéis pistas acerca de la fuente?

—Estamos trabajando en ello.

—Si ha llegado por correo electrónico, mi gente podría averiguar la fuente, pero...

—... ese equilibrio tan delicado —aventuró Michelle—. Libertad de expresión, el cuarto poder.

—Cierto. Un escándalo es una cosa, a eso se puede sobrevivir, pero encubrir el escándalo es imperdonable.

—Entonces déjenos hacerlo a nuestra manera, señor presidente —dijo Sean.

—¿Podéis localizar a Wingo?

—Creo que sí.

—¿Creéis que está implicado en esto?

—Más bien que le tendieron una trampa.

—¿Quién?

—Todavía no está claro. Tenemos ciertas pistas y las estamos investigando.

El presidente se puso en pie.

—Entonces os dejo seguir con el tema. Ahora tengo una audiencia.

Sean y Michelle se pusieron en pie.

—Gracias, señor —dijo Sean.

—Si puedo ayudar en algo, no dudéis en decírmelo. No puedo descuidar todos los asuntos de gobierno, pero esto es prioritario.

—Entendido.

Sean y Michelle siguieron desde una distancia prudencial a Cole y sus guardaespaldas, que formaron un diamante a su alrededor, pasillo abajo.

Salieron al exterior, donde esperaba la caravana de coches.

La limusina presidencial, llamada la *Bestia*, esperaba con el motor en marcha. La policía de Washington D.C. había despejado todas las carreteras por las que pasaría la caravana. La *Bestia* no se detenía en los semáforos rojos ni nada por el estilo.

Antes de que la portezuela se cerrara, Cole les miró.

—Confío en vosotros.

Y la caravana se marchó.

Michelle adoptó una expresión nostálgica mientras los coches se alejaban.

—Es impresionante —reconoció Sean.

—Ya.

—Pero envejece rápido.

Michelle soltó un bufido.

—Cierto.

—Por aquí —indicó un agente del Servicio Secreto.

Los condujeron de vuelta al vehículo que habían dejado en el aparcamiento del hospital.

Mientras subían al Land Cruiser, Sean, que notó la expresión apagada de su socia, dijo:

—Eso fue tu pasado, Michelle. Uno no puede vivir en el pasado.

—Por supuesto que puede, Sean, si el futuro no le emociona.

61

—¿Su suegro? —dijo Sean.

Estaban sentados frente a Edgar Roy en la granja de este situada al oeste de Washington D.C. El lugar presentaba un aspecto incongruente: el interior y el mobiliario eran rústicos, pero había material informático reluciente por todas partes.

Cuando regresaban del hospital, Edgar les había enviado un SMS diciendo que tenía noticias que darles y se dirigieron a su casa inmediatamente.

Edgar estaba sentado a su escritorio, que en realidad era un rectángulo grande de contrachapado de diez centímetros de grosor pintado de negro y apoyado en cuatro borriquetas. Encima había tres pantallas de ordenador gigantes.

Edgar asintió con expresión disgustada.

—Sí, Dan Marshall es el suegro de Alan Grant.

—¿Su suegro? —exclamó otra vez Sean.

—Sí. Alan Grant se casó con Leslie Marshall hace nueve años. Tienen tres hijos. Dan Marshall es viudo. Su esposa, Maggie, murió de cáncer hace dos años. —Hizo una pausa—. Siento no haber descubierto antes esta relación. Me cuesta creer que se me pasase.

—No pasa nada —dijo Michelle en tono apaciguador—. Solo demuestra que eres humano como los demás.

—Claro —convino Sean—. La diferencia es que tú tienes

una capacidad mental cuatro veces superior al resto de mortales.

Aquello pareció animar a Edgar, por lo que habló con voz más firme.

—Alan Grant sirvió en el ejército y se licenció con todos los honores. Dirige Vista Trading Group. No he conseguido encontrar un vínculo entre Vista y Heron Air Service.

—¿Y los padres de Grant? Dijiste que encontraste algo ahí —dijo Sean.

—Un pacto suicida. Se suicidaron en 1988, cuando Grant tenía trece años.

—¿Un pacto suicida? —se extrañó Michelle—. ¿Por qué motivo?

—Franklin Grant sirvió como asistente del Consejo de Seguridad Nacional en los años ochenta. Se implicó en el *affaire* Irán-Contra y supongo que no fue capaz de soportarlo, ni su mujer. Todo muy, muy triste.

Michelle miró a Sean.

—¿Y eso resulta significativo?

—Tal vez.

Sean miró a Edgar.

—¿Qué más puedes contarnos sobre las funciones de Franklin Grant en el Consejo de Seguridad Nacional?

—Parte de este asunto sigue siendo confidencial. Pero por lo que he visto, es posible que Franklin Grant estuviera al corriente del plan pero en contra del mismo. He investigado un poco más allá de los periódicos y otras noticias de la época. Al parecer, Grant intentó hablar abiertamente contra sus superiores, pero acabó siendo el chivo expiatorio. —Edgar bajó la mirada antes de añadir—: Sé lo que eso supone.

—Lo sabemos, Edgar —dijo Michelle—. O sea, un chivo expiatorio que deja huérfano al joven Alan de repente.

Sean adoptó una expresión pensativa.

—Recuerdo leer sobre el escándalo Irán-Contra en los periódicos, aunque llegué a Washington después de que terminara. No recuerdo el nombre de Franklin Grant.

Edgar contempló su pantalla.

—No había gran cosa que encontrar. Había participantes más jugosos. Reagan y todos sus oficiales de alto rango en la administración. Oliver North. El secretario de North. Manuel Noriega. Da la impresión de que Franklin Grant se perdió en el transcurso de la historia.

—Pero fue el único que pagó el precio más alto, ¿no? —opinó Michelle.

—Por lo que recuerdo —añadió Sean—, aunque un montón de documentos acabaron perdidos o retenidos durante el transcurso de la investigación, unos cuantos funcionarios fueron acusados formalmente o condenados, incluyendo al entonces secretario de Defensa. Pero un buen puñado de condenas se rechazaron en segunda instancia o fueron sobreseídas. Y la siguiente administración indultó a quienes quedaban. Creo que North fue condenado a prisión pero también fue indultado, o algo así.

—Se le concedió una suspensión condicional de la pena y prestó algún servicio a la comunidad. Pero la condena fue revocada y al final todas las acusaciones retiradas.

—O sea que Franklin Grant fue el único que pagó por ello —concluyó Sean.

—A lo mejor, a pesar de intentar denunciar el caso, tenía mala conciencia —dedujo Michelle.

—O era más íntegro que otros implicados —repuso Sean—. Pero la cuestión es que esto da a Alan Grant muchos motivos para haber planificado lo que está sucediendo ahora.

—Yo era demasiado joven para seguir el escándalo Irán-Contra. ¿Qué ocurrió exactamente? —preguntó Michelle.

Sean miró a Edgar.

—Yo tenía edad suficiente. Pero tú acabas de investigar el tema, probablemente puedas explicarlo mejor que yo, Edgar. No recuerdo bien los detalles.

Edgar lo miró.

—Lamento tu acelerada pérdida de neuronas...

Michelle tosió para disimular la risa.

Sean se mostró indignado.

—Oye, mira, pierdo las neuronas al ritmo normal para alguien... alguien de mi edad.

—Existe medicación que ayuda —sugirió Edgar con ingenuidad—. Y conozco a varios especialistas en este campo.

Michelle sofocó otra risa.

—Irán-Contra, ¿vale? ¿Podemos ir al grano? —dijo Sean con impaciencia—. No perdamos el tiempo.

Edgar se reclinó en el asiento.

—Suena complicado, pero es muy simple. Empezó siendo una manera de liberar rehenes estadounidenses retenidos por un grupo radical vinculado con Irán. El plan original era que Israel enviara armas a Irán para que luego Estados Unidos reabasteciera a Israel y cobrara por ello. Luego derivó en un plan directo de armas a cambio de rehenes en el que las armas se venderían a Irán, lo cual estaba prohibido por la ley estadounidense, y los rehenes quedarían liberados a cambio de esa venta. Después el plan se modificó de forma que se usó a un intermediario de Irán para vender las armas y una parte de los beneficios se desvió a la Contra de Nicaragua. Se hizo para que Manuel Noriega y sus Fuerzas de Defensa de Panamá pudieran derrocar a los sandinistas, que eran nuestros enemigos. Pero el Congreso de Estados Unidos había prohibido que las agencias de inteligencia brindaran más apoyo a la Contra. Por eso se urdió este plan clandestino al tiempo que se intentaba conseguir la liberación de los rehenes en Irán mediante la venta de armas paralela.

—¿Y dices que esto es simple? —exclamó Michelle.

—Pues sí —repuso Edgar.

—Tan simple como que los políticos parecen capaces de todo —comentó Sean—. Y luego Noriega resultó no ser tan amigo.

Edgar asintió.

—No es tan raro. Al fin y al cabo, Saddam Hussein nos caía bien hasta que dejó de caernos bien.

—Recordadme que nunca me dedique a la política —dijo Michelle.

—Ni te conviertas en dictadora —apuntó Sean. Se reclinó y miró a su socia—. Irán-Contra en los ochenta. Y ahora la fuente del bloguero Carlton aduce que Estados Unidos ha intentado canalizar dinero mediante la venta de amapolas afganas a las fuerzas anti-iraníes para comprar armas a fin de derrocar al gobierno de ese país. No existe un paralelismo exacto.

—Quizá sea lo máximo que ha podido hacer dadas las circunstancias —dijo Michelle—. No fue él quien urdió el plan. Tal vez se enteró del asunto y eso fue el desencadenante de sus actos.

—¿Estamos hablando de Alan Grant? —preguntó Edgar.

Sean asintió.

—Está conchabado con alguien que guarda relación con Heron Air Service. Wingo seguía a ese tío. Quizá fuera quien le condujo hasta Grant.

—Pero no he encontrado ningún vínculo entre Vista y Heron —objetó Edgar.

—Quizá no exista tal vínculo. O puede que hayan ocultado muy bien el rastro. Tal vez incluso haya sido la compañía aérea empleada para sacar el dinero de Afganistán. Wingo dijo que unos hombres que dijeron ser de la CIA le quitaron el cargamento.

—Pero entonces lo más probable es que el dinero no acabara en Irán —apuntó Michelle.

—No. Creo que es posible que haya acabado aquí.

—Tal vez todo esto no sea más que un robo muy enrevesado —dijo Michelle—. Grant es el yerno de Marshall. Marshall estaba al corriente de lo de los euros. Tal vez se le escapara delante de Grant y este planeara el golpe para quedarse con el dinero.

Sean negó con la cabeza.

—Yo habría pensado lo mismo de no ser por la historia de sus padres. Ahí hay un motivo muy fuerte de venganza. No creo que sea tan sencillo como los mil millones de euros. Si fuera un simple robo, ¿por qué dar a Carlton toda la munición para su blog? No; está desacreditando a Cole y a su administración. Además, Grant no necesita el dinero, ¿verdad, Edgar?

—Todo apunta a que su negocio tiene mucho éxito y cuenta con clientes importantes en el sector gubernamental. Tiene una casa valorada en casi un millón de dólares y la hipoteca pagada desde hace tres años. Su historial bancario es excelente y no tiene juicios ni pleitos pendientes. Incluso he *hackeado* su declaración de la renta y su nivel de ingresos le sitúa en la parte superior de la escala contributiva.

—¿Has *hackeado* sus declaraciones de la renta? —preguntó Michelle—. ¿Eso no es ilegal?

—No del todo. Tengo carta blanca para ir a donde necesite ir. La seguridad nacional da vía libre para muchas cosas. Y podría decirse que amplié ese privilegio al trabajo que estaba haciendo para vosotros —añadió sin mucha convicción.

Sean sacó el lápiz USB del bolsillo.

—Y ahora tenemos esto.

—¿Qué contiene? —preguntó Edgar mientras se lo cogía a Sean y lo conectaba en su ordenador.

—Los correos de la fuente del bloguero. Ahí está la dirección IP. Confiamos en que puedas decirnos de dónde proceden. Dudo de que el remitente lo pusiera fácil, pero necesitamos que lo rastrees.

Edgar tecleó a una velocidad inaudita mientras sus ojos recorrían la pantalla con rapidez.

—Los protocolos normales no han funcionado.

—¿Cómo lo sabes? —preguntó Michelle.

—Porque los acabo de utilizar.

Sean y Michelle intercambiaron una mirada.

—Yo creo que a él se le reproducen las neuronas día tras día en vez de perderlas. A lo mejor coge algunas de las mías a través de un proceso de ósmosis o algo así —dijo Sean en voz baja.

—Pero ¿tú sabes lo que es la ósmosis? —siseó ella.

—Me suena de cuando iba al instituto. Si lo averiguas, ya me contarás.

Ambos se levantaron y se marcharon.

—¿Por qué me siento tan imbécil cada vez que estoy con él? —preguntó Sean.

—Porque, en comparación, lo somos.

Michelle se detuvo y Sean chocó con ella.

—Pero ¿qué coño...? Michelle, ¿estás...?

Se quedó mudo cuando vio a quién miraba su socia.

Sam Wingo les devolvía la mirada.

62

—Eres difícil de encontrar —dijo Sean.

—Bueno, aquí estoy. —Wingo dio un paso adelante.

—Sí, ya lo veo. ¿Y cómo es que estás aquí?

—Os he seguido. Pero no os preocupéis, porque no os ha seguido nadie más.

—Pues entonces debes de ser muy bueno, porque no te hemos visto —reconoció Sean—. ¿Desde dónde?

—Desde el hospital. Tyler me contó lo de tu amiga. Monté vigilancia y aparecisteis. ¿Os han dejado ahí los del Servicio Secreto?

—Ajá —dijo Sean—. ¿Dónde estabas?

—Confidencial.

Michelle miró por encima del hombro de Wingo.

—¿Y Tyler?

—En un lugar seguro. Necesitaba asegurarme de ciertas cosas antes de dejarle aparecer en público.

—Te refieres a asegurarte acerca de nosotros, ¿verdad? —dijo Sean.

—Necesito ayuda. Y no es algo que yo diga con facilidad. Tyler cree que sois de confianza, así que yo le creo.

—¿Qué piensas si digo que nosotros todavía no tenemos claro si eres de fiar? —observó Sean.

—Lo entendería.

—Te vimos siguiendo al tipo en las imágenes de la cámara de vigilancia del aeropuerto —dijo Michelle—. Heron Air Service. Y eso te llevó a Vista Trading Group.

Sean miró nervioso alrededor.

—Aquí me siento un tanto expuesto. Vayamos a otro sitio, preferiblemente con cuatro paredes y una puerta cerrada.

Michelle sacó sus llaves y sonrió a Wingo.

—Espero que puedas seguirme.

Regresaron en coche al motel donde se alojaban y entraron en la habitación de Sean, que se sentó en una silla. Michelle se encaramó a la cama y Wingo se quedó al lado de la puerta.

—Somos todo oídos —dijo Sean.

—Ya sabéis mucho.

—Pero no las partes más interesantes —repuso Michelle.

—He visto las noticias. Lo de Irán.

—¿Sabías que eso formaba parte de la misión? —preguntó Sean.

Wingo asintió.

—¿Y qué te parecía? —preguntó Michelle.

—Mi trabajo no consistía en opinar al respecto. Soy un soldado. Me ofrecí voluntario para una misión. Mi única preocupación era desempeñarla de la forma adecuada.

—Lo cual no ocurrió.

—Créeme, hasta ahí llego —espetó Wingo.

—¿Qué sabes de Vista Trading? —empezó Sean.

—No gran cosa. Tyler hizo una búsqueda con Google, pero no salió casi nada.

—Pero se supone que hay algún vínculo con Heron Air Service —dijo Michelle.

Wingo asintió.

—Como has dicho, seguí a un tipo de Heron hasta Vista. Ese es el vínculo.

—¿Y qué interés tenía para ti el tipo de Heron?

—Estaba con la gente que me abordó en Afganistán. Imaginé que tener un chárter privado era una buena manera de mover dinero, sobre todo si pesa más de dos toneladas. También recibí un chivatazo de un amigo del extranjero informándome de la implicación de Heron. Eso es lo que me llevó a ellos al comienzo.

—Alan Grant dirige Vista Trading Group. ¿Le conoces?

—No. ¿Qué pinta en todo esto?

—Es algo muy personal que se remonta a varias décadas atrás —respondió Michelle.

Aquello pilló por sorpresa a Wingo.

—Es una larga historia —dijo Sean—. Pero quizá Grant esté llevando a cabo una campaña personal de desprestigio y tal vez esté utilizando los mil millones para ello.

—Vale —dijo Wingo lentamente—. Pero ¿tenéis pruebas?

—Ni una —reconoció Michelle.

—¿Sabéis cuál es su objetivo final?

—Ni idea —reconoció Sean—. Pero si requiere robar mil millones de euros y exponer públicamente a Estados Unidos de tal forma que podría conducir a una guerra con Irán o a nuevos atentados terroristas, entonces no creo que haya que tomárselo a la ligera.

—¿Y cómo paramos esto? —preguntó Wingo—. Sea lo que sea...

—Si Grant o uno de sus compinches fue la fuente de los blogs acerca del dinero desaparecido y el derrocamiento del gobierno iraní, entonces es algo que podemos llevar ante las autoridades. En tal caso, pueden hacer caer el peso de la ley sobre Grant.

—¿Y cómo se enteró de los euros?

—Acabamos de enterarnos de que su suegro es Dan Marshall.

—¿El secretario adjunto Marshall? —exclamó Wingo.

—El mismo.

—Él estaba informado. Eso lo sé seguro. ¿Creéis que trabaja con Grant?

—No lo sabemos —repuso Sean.

—¿Y qué hacemos mientras tanto? —dijo Wingo—. ¿Sentarnos a esperar a que pase algo?

—A mí no me gusta esperar —terció Michelle.

—Ella es del tipo de mujer que dispara y luego pregunta —explicó Sean, lo cual provocó la mirada mordaz de su compañera.

Wingo miró a Michelle.

—Pues me gusta esa actitud.

Ella sonrió.

—Y gracias por salvarme el cuello en nuestro primer encuentro. No vi al tío del árbol.

—Estabas muy ocupada —dijo Wingo—. Y a mi juicio, tú también me salvaste.

—Más tarde podréis palmearos la espalda —dijo Sean—. Estoy pensando en un plan para poner a Grant en evidencia y ver si está tramando lo que pienso.

El teléfono de Wingo emitió un sonido.

—Es Tyler.

Leyó el mensaje.

—Oh, mierda.

—¿Qué pasa? —preguntó Sean.

Wingo no contestó. Respondió al mensaje y luego pulsó un número.

—Venga, venga, responde el puto teléfono.

Le salió el buzón de voz.

—No te muevas de ahí. Vamos ahora mismo. No hagas nada ni vayas a ningún sitio, ¿entendido? ¿Me oyes? No vayas a ningún sitio.

Dejó el teléfono y alzó la mirada.

—¿De qué se trata? —preguntó Sean.

—Kathy Burnett le ha llamado. Ha dicho que tenía que verle inmediatamente en el centro comercial de Tysons.

—¿Para qué? —preguntó Michelle.

—Ha dicho que la CIA la había visitado. Y que quieren que yo vaya a hablar con ellos.

—¿Cómo han contactado con Kathy? —preguntó Michelle.

—No lo sé.

—Probablemente no sea la CIA —dijo Sean.

—No; es probable que no.

—Pero dices que ella le llamó y se supone que habló con él. ¿Sonaba coaccionada? ¿Asustada?

—No lo ha dicho en el mensaje.

—¿Crees que ya va camino del lugar de encuentro? —preguntó Sean.

Wingo le lanzó una mirada.

—Sí, me temo que sí. —Bajó la mirada hacia el SMS—. Mierda, no se ha enviado. Menuda porquería de móvil.

—En esta zona hay muy poca cobertura —dijo Michelle.

—Pero le has dejado un mensaje de voz —dijo Sean.

—Tyler nunca activa el sonido del móvil. Ni siquiera se habrá dado cuenta de que he llamado. —Dio un puñetazo a la pared—. ¿Por qué narices los jóvenes ya no llaman a sus padres? ¿Por qué no les responden al teléfono? ¿Por qué se pasan el día con los putos mensajes?

—¿Ha dicho en qué sitio del centro comercial? —preguntó Michelle sin perder la calma.

—Starbucks, cerca de la librería Barnes and Noble.

—Vamos.

Los tres salieron corriendo por la puerta.

63

Más temprano ese mismo día, Kathy Burnett había salido de su casa y bajado por la calle. Llevaba una raqueta de tenis bajo el brazo y una lata de pelotas en la mano. Tenía intención de practicar en el parque que había tres manzanas más allá.

Estaba preocupada por Tyler. No había ido al instituto y se preguntó por qué. Había pasado por su casa, pero no había encontrado a nadie, aunque el coche de los Wingo estaba en el camino de entrada.

Por lo que parecía, todos los Wingo habían desaparecido.

Dobló la esquina y llegó a un tramo de árboles que se prolongaba hasta la manzana siguiente. Iba tan ensimismada que no oyó la furgoneta que paraba a su lado ni la puerta al abrirse.

En un santiamén, la levantaron del suelo y una mano le presionó un paño húmedo contra la cara. Respiró hondo y se desmayó. La puerta de la furgoneta cerró y el vehículo se marchó. La raqueta y la lata de pelotas fue todo lo que quedó de Kathy en la acera.

La furgoneta circuló durante más de una hora, serpenteando por carreteras secundarias y evitando zonas pobladas. Su destino era la pequeña cabaña del bosque cerca de donde estaba enterrada Jean Shepherd. La cabaña estaba a oscuras, pero delante había un coche aparcado.

La furgoneta se detuvo y un hombre bajó, abrió la puerta

corredera, levantó a Kathy, que seguía inconsciente, y la entró en la cabaña.

La ataron a una silla y le vendaron los ojos. No le taparon la boca con cinta adhesiva porque querían que hablara. Y allí no había nadie que pudiera oír sus gritos.

El conductor de la furgoneta retrocedió y apoyó el hombro en la puerta de la cabaña. Alan Grant acercó una silla a Kathy. Observó sus facciones y preparó su interrogatorio. No estaba desesperado por encontrar a Sam Wingo, por lo menos no todavía. Pero se le estaba acabando el tiempo y esperaba que esa chica le facilitara las cosas.

Esperó pacientemente a que volviera en sí. Kathy meneó la cabeza mientras recobraba el sentido, antes de notar que tenía los ojos vendados.

Grant le tocó el brazo, lo cual le hizo dar un respingo y gritar.

Lo había hecho a propósito. Necesitaba que la chica sintiera cierta calma, pero también que estuviera asustada e intimidada.

—¿Quién eres? —preguntó ella con voz temblorosa.

—Alguien que solo quiere hablar, Kathy.

—Por favor... por favor, no me hagas daño.

—Nadie va a hacerte daño. Solo quiero hablar. Y necesito que hagas una cosa por mí.

—¿El qué?

—Tyler Wingo es amigo tuyo, ¿verdad?

Kathy asintió. Le temblaba tanto el cuerpo que las patas de la silla se movían ligeramente.

—Pues quiero ayudarle.

—¿Por qué ibas a secuestrarme y atarme si quieres ayudarle?

Grant sonrió. La chica tenía agallas. Pero pronto volvería a tener miedo, siempre pasaba lo mismo.

—Es complicado, Kathy. Muy complicado. Así son estas cosas. ¿Sabes de qué está acusado Sam Wingo?

—No me lo creo —dijo ella indignada—. Es un buen hombre. Nunca robaría ese dinero. Es un soldado.

—Te creo, Kathy. Yo tampoco creo que fuera él. Pero otras

personas sí. Y esos otros pueden hacerle daño a él y a Tyler. Estoy aquí para evitarlo.

—¡No es verdad! —espetó ella—. No tienes buenas intenciones.

—Voy a quitarte la venda de los ojos para enseñarte una cosa, ¿vale?

Grant asintió hacia el otro hombre, que se giró y salió de la habitación. Luego se situó detrás de Kathy.

—No gires la cabeza, Kathy. Mira hacia delante. Espero que lo que vas a ver te convenza de mis buenas intenciones.

Sostuvo una cosa delante de ella y con la otra mano le quitó la venda. Kathy parpadeó rápidamente y luego se centró en lo que tenía delante.

—¿Eres de la CIA? —jadeó ella al ver las credenciales que él sostenía delante de ella.

—Sí. Agente secreto, por eso no puedo permitir que me veas la cara. El lío en que se ha metido Sam Wingo es muy grave. Creemos que le tendieron una trampa, pero no tenemos pruebas. Wingo no va a confiar en nadie, ni siquiera en nosotros. Pero tenemos que comunicarnos con él de alguna manera. Hacer que colabore con nosotros.

—Pero ¿para qué me necesitas a mí?

—Hemos intentado ponernos en contacto con él, pero, como he dicho, no se fía de nadie. Creo que de ti se fiará, Kathy.

—¿Qué quieres que haga?

—Ponerte en contacto con Tyler y decirle que quieres quedar con él. Elije tú el sitio. Que sea un lugar bien público para que ambos os sintáis seguros.

—Pero ¿qué quieres que le diga?

—Que su padre tiene que ponerse en contacto con nosotros. Que tiene que venir a Langley. Sabes qué es Langley, ¿verdad?

—Es la sede de la CIA.

—Eso es, Kathy. Ahí hay gente preocupada por lo que le pasa a Sam Wingo. Quieren hacer las cosas bien, pero cuanto más tiempo esté por ahí de incógnito, peor será la situación. Eres consciente de ello, ¿no?

Kathy asintió lentamente sin dejar de mirar la placa de la CIA que él seguía sosteniendo delante de ella. Grant necesitaba que la joven creyera que era de la CIA, que era de los «buenos».

—Entonces, ¿lo harás? ¿Le llamarás?

—Vale. Pero no puedo garantizar que quiera quedar conmigo.

—Lo sé. Pero creo que accederá. Le caes bien y confía en ti. Sé que quiere lo mejor para su padre, igual que nosotros. Y su padre confiará en Tyler. Estoy seguro.

Grant le mostró el teléfono, que le habían quitado con anterioridad.

—Voy a marcar el número de Tyler.

—Puedo enviarle un SMS.

—Mejor que oiga tu voz. Si le envías un mensaje no sabrá seguro si eres tú.

—Oh, bueno. Claro. Pero ¿dónde quedamos?

—¿Qué tal el centro comercial de Tysons? Ahí hay un Starbucks, ¿verdad? No está muy cerca de donde vivís, pero es un lugar céntrico, con mucha gente.

—Sí, hemos ido allí algunas veces.

—Te llevaremos al centro comercial y te dejaremos ahí. Tú le transmites el mensaje y a continuación te vas a casa. ¿Qué te parece?

—Me parece bien —dijo ella, más aliviada.

Grant sonrió.

—Ya. Y tu país agradece tu ayuda.

Pulsó la tecla de marcación rápida del número de Tyler.

Tuvo que llamar dos veces antes de que el chico respondiera.

—¿Kathy?

Ella le transmitió el mensaje con la mayor tranquilidad posible.

—De acuerdo, nos vemos allí —dijo Tyler, y colgó.

Kathy miró a Grant.

—Has hecho lo correcto —dijo él. «Para mí.»

64

Tyler entró presuroso en el centro comercial y miró en derredor. La llamada de Kathy le había dejado perplejo. ¡La CIA quería hablar con su padre! Costaba de creer. Kathy le había dicho que creían que le habían tendido una trampa. Si conseguía contactar con la CIA, a lo mejor conseguiría solucionar todo aquello.

El Starbucks estaba más adelante. Miró con cautela alrededor una vez más. Confiaba plenamente en Kathy, pero con todo lo que estaba pasando mejor ser cuidadoso. Sin embargo, el centro comercial estaba bastantc lleno, lo cual daba sensación se normalidad y seguridad.

Notó una mano en su brazo y dio media vuelta. Se encontró frente a un agente de policía.

—¿Tyler Wingo? —dijo el hombre.

—¿S-sí...?

—Tienes que acompañarme, hijo.

—¿Por qué?

Detrás de él apareció otro hombre trajeado. Le mostró la placa.

—FBI. Agente especial Martin. Acompáñanos, Wingo. Iremos a la oficina de Washington para interrogarte.

—¿Sobre qué?

El hombre lo miró con incredulidad.

—Acerca de tu padre, el señor Wingo. ¿Sobre qué iba a ser si no? ¿Acaso lideras una red de narcos?

—No. Pero he quedado con alguien en Starbucks.

—Estamos al corriente de tu cita con la señorita Burnett. Ya la hemos recogido. Está metida en un buen lío. ¿Sabes qué significa ser encubridor?

Tyler abrió los ojos como platos.

—N-no. ¿Es malo?

—Podría serlo, dependiendo de cómo salga esto. Ahora vamos.

Escoltaron a Tyler al exterior y los tres subieron en un todoterreno negro con cristales tintados. El vehículo salió de inmediato.

A Tyler le vibró el móvil en el bolsillo. Por fin le llegaba el SMS de su padre, pero ahora no podía responder. El SMS se quedó sin respuesta, igual que el mensaje que su padre le había dejado en el buzón de voz.

Al cabo de media hora, Sean, Michelle y Wingo entraron corriendo en el centro comercial.

Michelle alzó una mano.

—Alto, hagamos esto bien. Es posible que hayan utilizado a Tyler para pillarte, Sam, lo cual implica que quizás estén a punto de tendernos una emboscada.

—¿En un centro comercial atestado?

—A nosotros ya nos lo hicieron una vez —dijo Sean—. No les importa dónde atacan o quién resulte herido.

Se dividieron y se dirigieron hacia el Starbucks que Tyler había mencionado en el mensaje. En cuanto llegaron, vieron que ninguno de los dos adolescentes estaba allí.

—Ya los han pillado —dijo Wingo.

—No lo sabemos a ciencia cierta —dijo Michelle.

—¡Joder, sí lo sabemos! Tienen a mi hijo. ¡Mierda! —Se apoyó contra una pared y se llevó una mano a la cara.

Sean le puso una mano en el hombro.

—Lo recuperaremos, Sam. Lo único que necesitamos es mantener la calma y encontrar la manera.

—No soy capaz de pensar con frialdad. No tratándose de Tyler...

—Eso es exactamente lo que buscan —comentó Michelle.

—Continuemos esta conversación fuera —aconsejó Sean.

Regresaron al coche de Michelle.

Sean iba en el asiento del copiloto y Wingo en la parte de atrás. Se volvió para mirar al militar.

—Suponiendo que tengan a Tyler, se pondrán en contacto contigo para hacer un trato.

—Cierto, yo a cambio de Tyler.

—Esa será la oferta.

—Y eso es lo que les daremos. Tyler queda libre. No hay nada que debatir. Y Kathy también, si es que la tienen.

—Quizá no quieran eso. A lo mejor os quieren a los dos.

—Tyler no sabe nada de todo esto.

—Ellos no pueden estar seguros. Quizá teman que le hayas contado algo.

—Mirad, yo no soy más que el chivo expiatorio. Lo que intentan es cargarme el muerto.

—Pero Tyler es su garantía.

—¿Qué viste cuando fuiste a Afganistán? —preguntó Michelle.

—Un grupo de tíos que me enseñaron credenciales de la CIA. El jefe se llamaba Tim Simons. Por lo menos eso ponía en su documentación. Dijeron que el plan había cambiado. Que tenía que entregarles el cargamento.

—¿Cómo te salvaste?

—El camión estaba repleto de explosivos y yo tenía el detonador con el botón presionado. Si me disparaban, aflojaría el dedo y todo estallaría.

—Un interruptor para tontos —comentó Sean.

Wingo asintió.

—¿Serías capaz de reconocerlo? ¿Al tal Simons? —preguntó Michelle.

—Sí. Pero eso también se lo dije a mi superior.

—¿Al coronel South?

—Sí.

—¿Qué más?

—Tengo un contacto allí que, por cierto, me ayudó a salir de Oriente Medio y regresar aquí. Me dijo que es posible que hubiera algún vínculo entre el dinero desaparecido y Heron Air Service.

—Motivo por el que vigilabas la sede de Dulles —observó Michelle.

—Eso es. Fue entonces cuando vi a uno de los tipos que me abordó en Afganistán saliendo del edificio de Heron. —Wingo se dio una palmada en el muslo—. Se me había olvidado.

—¿El qué? —preguntó Michelle.

—Cuando seguía al tío de Heron, fue en coche hasta Washington D.C. y entró en las oficinas de Vista Trading Group, como he dicho. Cuando salió de ahí, le seguí. Pero entonces me di cuenta de que me seguían y tuve que dejarlo. Me escabullí por los pelos.

—O sea que saben que vas a por ellos. Que estás al corriente de la relación entre Vista y Heron. Con eso basta para ponerte en su lista de objetivos —concluyó Sean.

—Supongo —reconoció Wingo con aire sombrío.

Sean miró a Michelle.

—¿Llamamos a los federales para que se encarguen de esto? Si han secuestrado a los chicos...

—¡No! Si hacemos eso, los matarán y punto —advirtió Wingo—. Esto no es un secuestro normal. Lo que está en juego es mucho más trascendente. Estos tíos no pretenden cobrar un rescate. Me quieren a mí. Y sabes que los daños colaterales les importan un pimiento.

—Entonces la cuestión radica en qué hacemos cuando planteen su petición.

—Tenemos que asegurarnos de que cuando me entregue, Tyler y Kathy quedan libres, sanos y salvos —dijo Wingo.

—Más fácil de decir que de hacer —observó Michelle.

—Pero hay maneras —dijo Sean—. El plan ideal sería que ninguno de los tres sufriera ningún daño.

—¿Cuándo crees que llamarán? —preguntó Wingo.

—No será enseguida. Querrán que sudes. Que pienses en las consecuencias de un incumplimiento.

—Eso nos dará tiempo para prepararnos —comentó Michelle.

—Pues sí —dijo Sean—. Y tenemos que sacar el máximo provecho de ese tiempo.

—¿Sois expertos en secuestros? —preguntó Wingo.

Ambos socios intercambiaron una mirada.

—Baste decir que no es la primera vez —respondió Sean.

Michelle pisó el acelerador y se marcharon.

65

—¡Seáis quienes seáis, no sois del FBI! —gritó Tyler.

Él y Kathy estaban atados a sendas sillas y con los ojos vendados.

Alan Grant estaba sentado frente a ellos.

—Es más complicado que eso.

—Sois malos —espetó Tyler—. Tendisteis una trampa a mi padre.

—Pero ahora ha vuelto. Estaba contigo. Eso es bueno, ¿no?

—Intentáis matarlo.

—Te equivocas.

—¡Mentira!

Grant miró a uno de sus hombres que estaba al fondo. Se acercó a ellos y sujetó a Tyler por el hombro con tanta fuerza que le hizo lanzar un grito ahogado.

—Basta —se limitó a decir Grant. El hombre soltó al muchacho.

—¿Por qué crees que queremos hacer daño a tu padre?

—Porque ya habéis intentado matarlo.

—¿Cómo sabes que fuimos nosotros?

—Lo sé. ¿Quién iba a ser si no?

—Tal vez su gobierno. Y tienes razón, no pertenecemos al gobierno.

—Entonces, ¿quiénes sois? —intervino Kathy.

Grant se acercó a ella.

—Buena pregunta. ¿Quiénes somos? ¿Quiénes crees que somos si no pertenecemos al gobierno?

—¡Espías o terroristas! —exclamó Tyler—. ¡Sois de los malos!

—A veces los espías están en el bando de los buenos —declaró Grant—. Incluso los espías que tienen que secuestrar a niños porque no hay otro modo de proceder.

—¡Mentira! —repitió Tyler.

—Eres tan tozudo como tu padre.

—Usted no conoce a mi padre.

—Te equivocas, le conozco muy bien. Y a la mujer que fingía ser tu madrastra.

—¿Fingía? —preguntó Kathy.

—Ha desaparecido —dijo Tyler.

—Lo sé. ¿Sabes adónde ha ido?

—No. ¿Y tú?

—Eres muy valiente, Tyler, aunque sé que estás muy asustado. —Grant se acercó para sujetarlo suavemente del brazo. El adolescente dio un respingo—. No sé cómo va a acabar esto, Tyler, pero sí sé que en algún momento verás a tu padre. Te lo garantizo.

—¿Por qué?

—Tengo que hablar con él. Y cuando esto acabe, tú y él volveréis a estar juntos.

—¿Tan sencillo? —se burló el chico.

—Haremos una llamada. Él querrá hablar contigo.

—Entonces le diré que se mantenga bien lejos.

—¿Estás seguro?

—No me da miedo.

Grant soltó a Tyler, apoyó la mano en la cabeza de Kathy y apretó ligeramente.

—Pero a tu amiga sí. Recuerda que también tienes que pensar en tu amiga.

Tyler aparentó perder todo su valor.

Grant soltó a la muchacha, se volvió y salió de la habitación. El otro hombre lo siguió y cerró la puerta con llave detrás de él.

Tyler habló en cuanto oyó que los pasos se alejaban.

—Lo siento, Kathy. No era mi intención que te vieras implicada en esto.

Ella reprimió las lágrimas y acertó a decir:

—No te preocupes. No es culpa tuya. —Dejó escapar un sollozo y Tyler intentó consolarla, pero las ataduras se lo impidieron.

—Tenemos que escapar. Ellos nunca nos dejarán marchar.

—¿Cómo? —preguntó Kathy.

—Algo se nos ocurrirá. Nuestros padres son militares, nos han enseñado cosas. Por lo menos el mío. ¿Y tu madre?

—Me hizo aprender taekwondo. Y sé cómo sobrevivir en el bosque sin comida ni agua. Pero eso no sirve ahora mismo.

Oyeron un coche ponerse en marcha y partir.

—Noto que estás a mi lado. Si inclino la cabeza hacia ti, ¿crees que puedes quitarme la venda de los ojos con los dientes?

—Probemos.

Tardó cinco minutos, pero al final Kathy clavó los dientes en el nudo que su amigo tenía en la nuca y lo fue deshaciendo.

—Se va... soltando —farfulló ella.

Transcurrió otro minuto y de repente la venda cayó encima de las rodillas de Tyler.

Parpadeó y la miró.

—Buen trabajo —susurró. Miró en derredor. La estancia era pequeña y los únicos muebles eran las dos sillas en que estaban sentados. Había una ventana, pero estaba tapiada—. Bueno, voy a quitarte tu venda. Inclina la cabeza hacia mí. Ahora que veo será más fácil.

La venda cayó en menos de un minuto.

Se quedaron mirándose el uno al otro, alentados por aquella pequeña victoria.

—Ahora tenemos que librarnos de las ataduras —dijo Tyler.

—Sentémonos espalda contra espalda. Puedo intentar deshacer tu nudo. Tengo mucha fuerza en los dedos.

—Vale, pero con cuidado, para que no oigan los arañazos de las sillas contra el suelo.

Consiguieron girar las sillas con sigilo y quedaron espalda contra espalda. Tyler notaba los dedos de Kathy apretando y aflojando la cuerda que lo sujetaba.

—Está muy prieta —dijo ella—, pero cede un poco.

Tardó una media hora durante la cual él oyó la respiración pesada de su amiga debido al esfuerzo. Pero al final tuvo las manos sueltas. Se deshizo el nudo de la cuerda que le sujetaba los pies y luego liberó a Kathy.

—¿Y ahora qué? —susurró ella.

Tyler señaló la ventana.

—Si somos capaces de salir ahí fuera, podemos huir.

—¿Y si hay alguien apostado en el exterior?

Tyler se subió la pernera del pantalón holgado. Llevaba un cilindro sujeto a la pantorrilla.

—Espray de pimienta. Me lo dio mi padre. Es un obseso de la seguridad.

Se acercaron a la ventana con el máximo sigilo porque los tablones del suelo eran viejos y solían crujir.

Tyler descorrió la tela negra que cubría la ventana y miró fuera.

—Está oscuro —susurró—. Eso nos beneficia.

Examinó el cierre de la ventana. Era de los sencillos. Luego subió al alféizar con cuidado de no hacer ruido. Abrió y pasó por el hueco. Luego ayudó a Kathy.

Se quedaron quietos y escudriñaron el terreno. Había un todoterreno negro aparcado en la parte delantera. Era el mismo en que habían metido a Tyler en el centro comercial. Luego le habían colocado un paño en la cara que le había hecho perder la conciencia.

—Parece que estamos en un bosque —susurró a Kathy. Ella asintió y se estremeció.

—¿Por dónde tiramos? —preguntó.

—¡Eh!

Se volvieron y vieron a un hombre en el porche.

—¡Corre, Kathy! —gritó Tyler.

Ella se volvió y salió disparada. El hombre se lanzó en su persecución. Tyler le salió al paso y le roció la cara con el espray de pimienta. El hombre gritó, se tambaleó, chocó contra el muchacho y los dos cayeron al suelo en un enredo de brazos y piernas. Tyler daba puñetazos y patadas al hombre cegado, pero de pronto vio algo que lo dejó paralizado: al amparo de la oscuridad, un hombre había atrapado a su amiga y le apuntaba a la cabeza con una pistola.

Tyler dejó de forcejear al instante.

—Craso error, Tyler, un error imperdonable —declaró Alan Grant.

—¡Por favor, no le hagáis daño! —gritó el chico con lágrimas en los ojos.

Se oyó un disparo.

66

—¡Han pasado veinticuatro horas! —exclamó Wingo.

—Pues sí —repuso Sean tranquilamente.

Se encontraban en el motel donde habían pasado la noche a la espera de recibir una llamada o un mensaje de Tyler.

Michelle estaba apoyada en la pared de la habitación.

—Ya te dijimos que harían esto para alargar la situación, para sacarte de quicio.

—Y tienen a Kathy —añadió el militar, abatido—. Han anunciado su desaparición en las noticias—. Conozco a sus padres. Su madre pertenece a las Fuerzas Aéreas. Lo único que encontraron fue... una raqueta de tenis y una lata con pelotas en la acera.

—Nadie vio ni oyó nada —dijo Michelle—. Lo cual indica que son profesionales.

—Pero la buena noticia es que aunque saben que nos hemos conocido, no saben que nos hemos aliado —terció Sean—. Vamos a cubrirte de una forma que no se imaginan.

—Tenemos poco tiempo para prepararnos —añadió Michelle—. Llamarán y nos convocarán enseguida en algún sitio.

—¿Qué plan tenemos? —preguntó Wingo—. No me gusta reaccionar a posteriori, sobre todo cuando tienen a mi hijo.

—Igual tendremos que prepararnos —insistió Sean.

—¿Prepararnos basándonos en qué? —preguntó Wingo.

—Basándonos en haber sido agentes del Servicio Secreto —contestó Michelle.

—Yo soy de las Fuerzas Especiales. Estamos más habituados que vosotros al combate cuerpo a cuerpo.

Michelle se lo quedó mirando.

—¿Te caían bien todos los tipos junto a los cuales luchaste?

—Por supuesto. La cuestión es estar dispuesto a morir por quien tienes al lado.

—¿Alguna vez has tenido que comerte una bala de alguien que no te caía bien? —preguntó Sean.

—No —reconoció Wingo.

—Pues es una putada —añadió Michelle—. Pero forma parte de la mochila de un agente del Servicio Secreto.

—Y te da otra perspectiva de la situación —matizó Sean.

—¿Por ejemplo? —quiso saber Wingo.

—No dejar que los malos sepan dónde estás mirando. Por eso siempre llevamos gafas de sol reflectantes. Bien, pongámonos manos a la obra.

Grant estaba en la emisora de radio.

La remodelación estaba acabada. Los obreros de la construcción se habían marchado y había llegado otro grupo. No eran jóvenes musculosos. No llevaban armas ni iban de machotes. Su arma era el cerebro; su munición, un teclado. Eran ciberguerreros.

Avanzó por el interior del viejo edificio remozado y transformado en un centro tecnológico de última generación con un único objetivo.

El caos intencionado.

Aquello significaba que un acto tendría efectos catastróficos en todo el mundo. A Grant le daba igual esa parte de la ecuación, otros se beneficiarían de ello. Él solo quería enmendar una injusticia. Así de simple. No iba a perder de vista ese objetivo.

Un lector colocado en el exterior de la cámara acorazada le

escaneó la retina para franquearle el paso, era la única persona que tenía acceso. Se sentó ante una batería de ordenadores y los observó uno a uno. Iban haciendo progresos. El satélite buscaba lo que necesitaba. Era como un detective privado en busca de un sendero firme por donde seguir, que desembocaría en un sospechoso, que llevaría a una detención y una condena subsiguientes.

La diferencia era que los elementos eran series de unos y ceros en vez de carne y hueso, y su sabueso estaba confinado en los datos inalámbricos que surcaban el éter. El sistema que intentaban piratear contenía más de treinta millones de líneas de código. Había muchas formas de entrar en él, pero una vez dentro, el *malware* que había que colocar debía permanecer oculto, lo cual limitaba los posibles puertos de entrada.

Grant continuó observando la particular confrontación que tenía lugar en la pantalla del ordenador. Era un delicado conjunto de movimientos coreografiados, amagos, tanteos, contraataques y más contiendas. Resultaba más fascinante que cualquier enfrentamiento sobre el terreno con armas y bombas. Estas eran sumamente eficaces destruyendo, pero les faltaba la pureza intelectual, el alto nivel de sofisticación necesario para llevar a cabo algo como eso.

Con cualquier otro objetivo, Grant ya se habría salido con la suya. Pero este no era un objetivo cualquiera y estaba celosamente protegido, consciente de las amenazas que se cernían sobre él. De hecho, era uno de los objetivos más famosos del mundo. Y nunca se había visto amenazado de forma seria. Pero eso no significaba que no fuera vulnerable, solo lo convertía en un desafío mayor, y a Grant le encantaban los desafíos. Hasta las mejores medidas de seguridad se relajaban a medida que pasaban los años y no se producía ningún ataque. Por eso ahora Grant tenía ocasión de lograr lo que nadie había conseguido jamás.

Observó que las barreras para impedir la entrada que aparecían en pantalla iban cayendo una a una. De hecho, a ese paso acabaría antes de lo esperado.

Sacó el itinerario por el que había matado a Milo Pratt. Recorrió la columna con la vista y al final se detuvo en una que podía situarse dentro de la ventana de posibilidades. Se recostó en el asiento y soñó con lo que durante mucho tiempo le había parecido un sueño imposible.

Venganza y justicia. Dos de los deseos más potentes del mundo, no excluyentes. En realidad, pensó Grant, se combinaban sumamente bien. Su padre se había suicidado por un escándalo que no había sido culpa suya. Ahora el presidente actual planeaba una maniobra similar e igual de desacertada sobre el escenario geopolítico. Bueno, esta vez la administración pagaría un precio. El hecho de que Grant se hubiera enterado de la operación había sido el principal motivo para elegir el momento de actuar. Había llegado justo a tiempo. El dolor que le producía la muerte de sus padres había llegado a resultarle insoportable.

Por fin estaba a punto de acabar.

67

—¿Dónde realizamos el intercambio? —preguntó Wingo.

Por fin había llegado la llamada, a la noche siguiente mientras la lluvia arreciaba y la temperatura se desplomaba como consecuencia del sistema tormentoso que asolaba la región.

La voz filtrada era mecánica, pero las palabras contundentes:

—No habrá intercambio.

Sean y Michelle, que estaban escuchando porque Wingo había activado el altavoz del móvil, intercambiaron una mirada.

—¿Qué coño estás diciendo? —espetó Wingo—. Estoy dispuesto a entregarme si soltáis a mi hijo.

—Eso se te habrá ocurrido a ti, pero no a nosotros.

—Entonces, ¿qué?

—Mantén la calma, Wingo. Solo tienes que estarte quieto. No hagas nada. Si cumples, verás vivo a tu hijo. Si no, morirá.

Wingo se tapó la cara con las manos y respiró hondo. Michelle le apoyó una mano en el hombro para reconfortarlo.

—¿Cómo sé que sois de fiar? —preguntó Wingo.

—¿Cómo sabemos que eres de fiar?

—Aunque me esté quieto, ¿cómo sabréis que lo he hecho?

—Lo sabremos, Wingo. Tenemos recursos. Si hablas con alguien, si vas a algún sitio, si le cuentas al FBI lo de tu hijo, si das información a alguien, nos enteraremos. Y entonces tu hijo morirá.

Sean señaló el teléfono y luego su oreja. Pronunció el nombre de Tyler moviendo los labios.

—Quiero hablar con mi hijo —dijo Wingo—. O no hay trato.

Transcurrieron unos segundos y se oyó la voz de Tyler al otro lado de la línea.

—¿Pa-papá?

—Tyler, ¿estás bien?

—Tengo mucho miedo. Esta gente...

Se oyeron unos gritos y la voz del muchacho se cortó.

—¿Tyler, Tyler? —gritó Wingo por el teléfono.

Volvió a oírse la voz mecánica.

—Estate quieto, Wingo. Así le recuperarás.

—¿Y Kathy Burnett?

—Estate quieto y recuperarás a tu hijo.

Y colgaron.

Wingo se incorporó lentamente.

Sean se frotó la mandíbula.

—Bueno, esto sí que no lo esperábamos.

Michelle miraba a Wingo.

—Vamos a recuperarle, Sam.

—No es seguro —replicó Wingo con amargura—. Y parece que Kathy está muerta.

Michelle miró a Sean, pero este no dijo nada. Lo cierto es que daba esa impresión.

Wingo alzó la vista.

—O sea que no hay nada más que hacer. Excepto esperar y rezar para que cumplan su palabra.

—Eso tú, Sam, pero no nosotros —dijo Sean—. Tenemos que seguir adelante.

—Pero quizá pongáis en peligro a Tyler.

—Ya corre peligro —afirmó Michelle—. Y seré brutalmente sincera: no creo que vayan a soltarle por iniciativa propia independientemente de que tú te estés quieto o no.

Wingo se la quedó mirando y arrugó la frente.

—Tienes razón —admitió.

—La mejor opción para recuperar a los chicos es encontrarles.

—Pero ¿cómo? —bramó Wingo—. No tenemos ninguna pista.

Sean se sentó a su lado.

—Sé que estás bajo una tensión enorme. Nunca he sido padre, pero te pido que confíes en nosotros, Sam. Sabemos movernos. Y haremos todo lo posible para recuperarlos vivos.

Michelle se arrodilló al otro lado de Wingo.

—El único motivo por el que me inmiscuí en esto es Tyler. Noté que le pasaba algo. Supe cuánto te echaba de menos, Sam. Hasta qué punto se resistía a tu ausencia. Haré lo que sea para devolvértelo, aun a riesgo de mi vida.

Wingo asintió lentamente.

—Vale, vale, confío en vosotros. Devolvedlos sanos y salvos, por favor.

Dejaron a Wingo en el motel y subieron al Land Cruiser de Michelle.

—Le hemos hecho una promesa muy grande a este hombre —reconoció Sean—. Y ahora tenemos que cumplirla.

—¿Qué me dices de Kathy?

—Hemos hablado de los dos. Eso significa lo que significa.

—Pero ¿y si está muerta?

—Solo nos queda intentarlo, Michelle. Es lo máximo que podemos hacer.

—¿Edgar es nuestra siguiente parada? ¿Para ver si ha logrado rastrear la dirección IP de la fuente de Carlton?

—Si hubiera podido, se habría puesto en contacto con nosotros. No es buena idea que le controlemos. Los genios trabajan mejor solos.

—Entonces, ¿qué?

—Tenemos una pista que todavía no hemos seguido.

—¿Cuál?

—La relación entre Heron y Vista.

—Edgar no encontró nada sospechoso.

—Él solo miraba los píxeles. Hay que buscar información comprometedora de forma comprometida. Tal como solían hacer los detectives.

—¿De qué manera? Nos preocupaba que alguien de allí nos reconociera.

—Lo haremos con sigilo.

—Insisto, ¿cuál es el plan?

—Las condiciones sobre el terreno nos señalarán el plan.

—Es decir: todavía no se te ha ocurrido nada e intentas ganar tiempo.

Sean frunció el ceño.

—Pues cuando se te ocurra algo a ti, no tengas reparos en proponerlo.

Michelle exhaló un suspiro y miró por la ventanilla.

—No podemos cagarla, Sean. Hay mucho en juego.

—Siempre hay mucho en juego.

—Me refiero a los chicos.

—Ya hemos pasado por situaciones similares. Y no les dejamos morir. Los encontramos y los devolvimos a casa sanos y salvos.

—Lo sé. Lo único que espero es lograrlo esta vez también.

Transcurrieron unos segundos y Sean repuso:

—Creo que podremos.

Michelle lo miró con severidad.

—Se te acaba de ocurrir un plan, ¿eh?

—Pues sí. Se me acaba de ocurrir un plan.

68

Sean conducía mientras Michelle se mantenía alerta.

—Bonito barrio —dijo él mientras pasaban junto a mansiones con jardines suntuosos. Miró varias casas—. Muy bonito.

—Sí, si te va este estilo —repuso Michelle.

—¿Qué quieres decir, sin montones de basura?

—Muy gracioso.

Salieron del vecindario y entraron en el siguiente.

—Está por la izquierda —dijo Michelle—. La tercera.

Sean aminoró la marcha hasta parar junto a la acera detrás de una furgoneta. Apagó el motor y los faros. Michelle sacó unos prismáticos de visión nocturna y escudriñó el otro lado de la calle.

—¿Es la casa de South? —preguntó—. ¿Qué esperas encontrar aquí?

—Con un poco de suerte, una pista que nos lleve al sitio adecuado.

—Pensaba que nuestro infiltrado era Dan Marshall, no South.

—Cuanto más vueltas le doy, más pienso que es demasiado obvio. Y nos reunimos con los dos. Ya viste el lenguaje corporal de ambos. ¿Qué opinas?

—Que Marshall es legal. South estaba encogido. La vista abajo a la derecha. Los brazos cruzados. Demasiadas poses. Demasiadas bravuconadas a la defensiva.

—Ya. La filtración tuvo que venir de otro sitio y yo apuesto por el coronel South.

—¿Motivo?

—Marshall ha ganado mucho dinero y puede retirarse cuando quiera. South sigue escalando, pero tiene cincuenta y un años, por lo que quizá piense que ya no podrá subir más alto. Tal vez quiera un plan de jubilación mejor que el que puede ofrecerle el Tío Sam.

—¿Y por qué hemos venido a vigilar su casa? —preguntó Michelle.

—Por si las moscas. Está divorciado y sus dos hijos son mayores y están emancipados desde hace tiempo. Así que vamos a ver si le sacamos algún provecho a esta noche oscura y tormentosa.

Al cabo de dos horas nadie había ni entrado ni salido. Las luces de la casa estaban encendidas y habían visto movimiento en el interior, pero daba la impresión de que solo había una persona, supuestamente South, cuyo coche oficial estaba estacionado en el camino de entrada.

Sean se estiró.

—¿Damos por terminada la jornada? No parece que vaya a ir a ningún sitio.

Michelle iba a decir algo cuando los faros de un coche iluminaron la noche.

Sean consultó la hora.

—Es casi medianoche. Tal vez algún vecino que vuelve a casa.

Los dos se agacharon en el coche mientras el vehículo pasaba lentamente por su lado.

Michelle cogió los prismáticos e hizo un barrido.

—¡Mierda!

—¿Qué pasa?

—Es el tío de Heron.

—¿Estás segura?

—Totalmente.

—Pues no ha parado en casa de South.

—Sean, es él.

Sean puso el coche en marcha y se dispuso a seguir al otro vehículo.

—Somos los dos únicos coches. Es probable que nos descubra.

—Síguele un poco más. Ahora viene una intersección grande. Habrá más tráfico y podremos ocultarnos mejor. No quiero perder a este tío.

Sean obedeció.

—Va a girar a la izquierda.

Llegaron a la intersección. Por suerte, el semáforo estaba en verde y no tuvieron que parar detrás del otro vehículo y correr el riesgo de que los viera. Ambos coches giraron a la derecha y Sean se quedó atrás, tras un Chevy verde para situarse a cierta distancia sin perderlo de vista.

Michelle dejó los prismáticos y abrió su portátil. Empezó a teclear con rapidez.

—¿Qué haces? —preguntó Sean, lanzándole una mirada.

—*Hackear* la página de la Jefatura de Tráfico.

—¿Sabes hacerlo? —dijo él sorprendido.

—Hace poco Edgar me enseñó a hacerlo. Ya sé, ya sé que no es del todo legal...

—En realidad, no es nada legal.

—Mira, solo intento darle un empujón al caso. Así que no me leas la cartilla.

—No, si me parece fantástico. ¿Me enseñas a hacerlo?

Michelle lo fulminó con la mirada.

—¿Que te enseñe a hacerlo? Pero si no tienes ni idea de informática.

Sean frunció el ceño.

—Sé usar internet... más o menos.

—Sean... ¡pero si descubriste los emoticonos la semana pasada!

Michelle siguió tecleando hasta que se abrió una página.

—Trevor Jenkins, cuarenta y un años. Vive en Vienna.

—¿Puedes *googlear* y averiguar más acerca de él?

—¿*Googlear*?

—Hazlo, Michelle. Estoy siguiendo a un sospechoso. Por lo que parece, es todo lo que mis neuronas menguantes son capaces de hacer.

Michelle fue abriendo más enlaces.

—No encuentro gran cosa. El tío no es precisamente un famoso con página web propia y cuenta en Twitter. Espera, tiene una cuenta en LinkedIn, red a la que me enorgullezco de pertenecer.

Accedió al perfil y leyó la página.

—¿Y bien? —dijo Sean expectante.

—Ex militar. West Point. 101.ª División Aerotransportada. Ahora es presidente y CEO de Heron Air Service. Soltero. Sin hijos. Tiene licencia de piloto comercial. Pertenece a varias asociaciones del ramo. Pasó tiempo en Oriente Medio, supuestamente realizando misiones de combate.

—Alan Grant también fue militar. Me pregunto si perteneció a la 101.ª.

Michelle pulsó más teclas y descubrió que Grant también tenía un perfil en LinkedIn.

—No, Grant perteneció a la infantería. Pero de todos modos no es raro que los soldados de tierra y los de aire se conozcan. Todos pertenecen a una misma madre.

—Cierto. Vale, va a girar.

Sean giró a la izquierda al igual que Jenkins.

Michelle miró en derredor.

—Creo que se dirige a casa, Sean. La dirección de su archivo de la Jefatura de Tráfico está muy cerca.

—Pues entonces dejaré de seguirlo y daré media vuelta para que no sospeche.

Tomó otra ruta para llegar a la dirección del archivo de Tráfico a tiempo de ver el coche de Jenkins entrando en el garaje de una casa relativamente nueva flanqueada por casas más viejas.

Pasaron de largo.

—¿De qué nos ha servido esto? —preguntó Michelle—. ¿Aparte de la identidad, historial y domicilio de Jenkins?

—Estaba en el barrio de South.

—Pero no ha ido a ver a South. Pasó de largo.

—Ya. Tal vez estuviera vigilando.

—Quizá —dijo Michelle no muy convencida.

—Yo tampoco lo creo —reconoció Sean al ver la expresión dubitativa de su compañera.

—Pero sabemos que existe relación entre Jenkins y Vista y supuestamente Alan Grant. Los dos estuvieron en el ejército.

—Y Wingo identificó a Jenkins como uno de los tipos de Afganistán que le arrebató los euros.

—Y es posible que un avión de Heron haya traído el dinero hasta aquí.

—No es seguro. Supongo que uno de sus jets grandes podría transportar más de dos toneladas de dinero en efectivo. ¿Crees que toda la empresa está implicada en esto?

—Jenkins es el director. Él mismo podría haber pilotado el avión. Tiene licencia. ¿Y qué mejor manera de pasar algo así por la aduana? Seguro que sabe mil y una maneras de ocultar cargamentos.

—Pero todo esto no nos sirve para saber dónde buscar a Tyler y Kathy.

—Es como un rompecabezas. Tenemos que encontrar todas las piezas para ver la imagen completa.

—No sé si tenemos tiempo para buscar todas las piezas, Sean.

—¿Esperamos sentados toda la noche a ver adónde va Jenkins por la mañana? Quizá nos conduzca hasta los chicos.

—O tal vez sea una gran pérdida de tiempo.

Sean le lanzó una mirada.

—¿Se te ocurre otra idea?

Michelle suspiró y negó con la cabeza.

—No. Hay un Dunkin' Donuts abierto toda la noche a dos manzanas de aquí. Puedo ir a buscar algo de comida y café mientras tú te quedas aquí de guardia.

—De acuerdo.

Michelle se desabrochó el cinturón de seguridad y lo miró.

—¿Qué pasa? —le preguntó.

—No sé. Algo de antes.

—¿De antes de qué?

—De cuando estábamos al lado de la casa de South. No, antes de llegar al barrio de South.

—Desembucha.

—He tenido la impresión de que conocía la zona. Que había estado allí antes.

—¿Cuándo? ¿Por qué?

Sean negó con la cabeza.

—No me acuerdo —sonrió con resignación—. Pérdida de neuronas. A lo mejor va en serio.

—Pues métete los dedos en las orejas para que no se te escapen más. Vamos a necesitar toda nuestra capacidad mental para llegar al fondo de este asunto.

69

Sean notó un codazo en el hombro. El cerebro le falló unos segundos mientras su mente se debatía entre el sueño y la vigilia. Se despertó con el siguiente codazo. Miró alrededor y vio a Michelle a su lado, cámara en mano.

—Hola, bello durmiente. ¿Listo para trabajar? —Habían hecho turnos de dos horas para dormir.

—¿Qué hora es? —preguntó Sean mientras parpadeaba; bostezó y se incorporó en el asiento.

—Pasan unos minutos de las ocho.

Sean miró al exterior. Seguían envueltos en lluvia y penumbra. Se veía oscuro.

—¿Jenkins se ha movido?

—Todavía no. Las luces se han encendido a las siete en punto. Probablemente se puso el despertador. He estado haciendo fotos de todo lo que me ha parecido relevante.

—¿Ha habido movimiento en la calle?

—Sí, por supuesto. Trabajadores yendo a pringar, niños de camino hacia la parada del autobús. Un par de corredores bajo la lluvia para mantenerse en forma antes de morir de pulmonía. —Abrió la guantera, sacó una barrita energética de chocolate, dejó caer el envoltorio al suelo y le dio un mordisco. Miró a Sean, que observaba la basura del suelo. Le tendió la barrita—. ¿Quieres un poco?

—Antes comería cagadas de ratón. Probablemente sea lo que contiene. Los excrementos tienen muchas proteínas.

—¿Qué hacemos cuando salga?

—Seguirle.

—Quizá nos vea.

—Quizá, pero tenemos que arriesgarnos. Es la única pista viable que tenemos ahora mismo.

—¿Estamos cometiendo un grave error al no recurrir a Littlefield y al FBI?

Sean se frotó el cuello entumecido, se dio unas palmadas en la cara para despertarse y se reclinó en el asiento.

—Una parte de mí dice que somos idiotas por no hacer exactamente eso.

—¿Y la otra parte?

—Todavía no sé qué opina.

—Ahí está.

Los dos se deslizaron hacia abajo en el asiento cuando la puerta del garaje se abrió y el coche de Jenkins salió marcha atrás. Pasó junto a ellos.

—Oye, ¿tienes la ganzúa? —preguntó Sean.

—Claro, faltaría más.

—Entra en la casa, a ver qué encuentras. Yo seguiré a Jenkins y luego quedamos.

—Vale, pero ¿y cómo vuelvo?

—Llama un taxi.

—Muy amable.

—Y que no te pillen. El allanamiento de morada está muy mal visto. De hecho es un delito.

Michelle bajó del Land Cruiser y se quedó vigilando mientras Sean salía tras el otro vehículo. Miró a uno y otro lado y se alegró de que la mañana fuera oscura y que los retazos de niebla se adhirieran a los árboles situados entre las casas. Caminó hasta el porche de Jenkins y llamó por si había alguien observándola.

Espió por una ventana lateral contigua a la puerta y vio el

dispositivo de alarma en una pared. El piloto rojo parpadeaba, lo cual indicaba que estaba activada.

«¿Por qué las cosas no pueden ser más fáciles?»

Se dirigió a la parte posterior al amparo de la sombra de la casa.

Por culpa de la alarma, las puertas delantera y trasera quedaban descartadas. La ganzúa no le servía de nada y solo le quedaba una alternativa.

Se fijó en una pequeña ventana a la que podía acceder por el entarimado trasero. Dedujo que era la del baño.

Miró a su espalda. No había ninguna casa, solo hileras de árboles lo bastante frondosos para ofrecerle protección.

Forzó rápidamente el cierre con su cuchillo. Deslizó la hoja hacia arriba, rezando para que las ventanas no estuvieran conectadas al sistema de alarma, y saltó al interior, al lado del inodoro. Cerró la ventana y se encaminó a la puerta para observar el pasillo, por si había detectores de movimiento.

No vio ninguno y salió con cuidado al pasillo. Se quedó petrificada al oír sonidos de pasos.

El perrito apareció en una esquina y se paró delante de ella, ladrando. Acto seguido, se echó panza arriba y Michelle se agachó para rascarlo un poco.

—Bueno, amiguito, ¿quieres contarme dónde se esconden los secretos turbios?

Registró rápidamente las habitaciones de la planta baja, pero no encontró nada.

En la planta de arriba estaba el estudio de Jenkins.

Era pequeño y contenía un escritorio, una silla y una estantería llena de libros, sobre todo de aviones y temas de la Dirección Federal de Aviación.

Sobre el escritorio había un ordenador Apple. Se sentó y pulsó unas teclas, pero necesitaba contraseña. Probó media docena basándose en la fecha de nacimiento de Jenkins y otros datos personales, obtenidos de los registros de la DMV. Ninguna sirvió, lo cual no le extrañó.

Tamborileó el escritorio con los dedos. Si tuviera su coche, podía haberse llevado el ordenador y conseguir que Edgar entrara en él. Pero no podía salir a la calle con un ordenador Apple con pantalla de 24 pulgadas bajo el brazo y parar un taxi.

¡Edgar!

Lo llamó.

—Tengo un problemilla —le dijo—. Estoy guardando la casa de un amigo y me dijo que podía usar su ordenador, pero olvidó darme la contraseña. Y no responde al teléfono ni al email. ¿Podrías ayudarme?

—¿Qué ordenador es?

—Un Apple.

—Llevará tiempo.

—Vaya —dijo ella con desesperación—. ¿Cuánto?

—Por lo menos un minuto.

Michelle sonrió.

—Te quiero, Edgar.

Se produjo una pausa silenciosa.

—Es que ya tengo novia, Michelle.

—Eh... me alegro por ti, Edgar. Yo me lo pierdo.

Él la fue guiando por una serie de pasos en el ordenador. En menos de un minuto el disco duro quedó a su disposición.

—Ya está. Gracias.

—De nada. ¿Michelle?

—¿Sí?

—No estás guardando la casa de nadie, ¿verdad?

—Pues...

—Ya me lo ha parecido. Te acabo de ayudar a entrar en el ordenador de alguien, ¿no?

—Es por una buena causa.

—Bueno, si tú lo dices...

—Adiós, Edgar.

—Adiós. Y ya te informaré si la cosa no sale bien con la mujer con la que estoy saliendo.

—Ah, vale, gracias.

Michelle pulsó unas teclas y accedió al máximo de archivos posible. También encontró un lápiz USB en el escritorio y descargó todos los archivos que le parecieron pertinentes.

Se sobresaltó al oír una sirena a lo lejos. Extrajo el *pendrive*, utilizó la chaqueta para borrar sus huellas del teclado, se levantó y salió de la habitación. Bajó rápidamente la escalera mientras la sirena se acercaba.

«¿Acaso he hecho saltar alguna alarma silenciosa?»

El perrito ladró junto a sus talones mientras ella corría al baño, abría la ventana y saltaba por el alféizar. Dejó atrás el entarimado y no corrió hacia la calle, sino hacia el bosque de detrás de la casa. Apareció al otro lado y caminó rápidamente hasta la ancha intersección de la noche anterior.

No vio ningún taxi y subió a un autobús que la llevó hasta una parada de metro. Allí cogió un taxi que la llevó a su oficina. Por el camino llamó a Sean.

—¿Dónde estás? —le preguntó.

—Entrando en Heron Air Service en Dulles. Había mucho tráfico incluso para salir de la ciudad. ¿Y tú?

Le explicó brevemente lo que había hecho y dónde estaba. Tenía el lápiz USB en la mano.

—Voy a coger el coche de alquiler que dejamos en la oficina e iré a ver a Edgar. A lo mejor encuentra algo interesante en el USB.

—Buena idea. Me reuniré contigo en cuanto pueda.

Michelle colgó.

Sean dejó el teléfono en el preciso instante en que le presionaban una pistola contra la cabeza.

70

Visión periférica. Es necesaria para muchos trabajos.

Los *quarterbacks* de la NFL la necesitan para que nos les machaquen los defensas cuando van al ataque. Los árbitros de baloncesto, para cubrir todos los ángulos de la cancha.

Y los agentes del Servicio Secreto, para evitar que ni sus protegidos ni ellos sufran daños.

Sean vio la pistola y a quien la empuñaba sin mover la cabeza.

Tocó el claxon con el codo y el sonido rasgó la relativa quietud matutina que reinaba en el aeropuerto. Al oír el sonido, la mano del pistolero se movió ligeramente, pero fue suficiente para dar a Sean el espacio que necesitaba para hacer lo que hizo a continuación.

Agarró al hombre por la camisa y tiró de él hacia delante.

La cabeza le chocó contra el duro marco de la puerta del Land Cruiser. La sangre salpicó a Sean, además de fragmentos de diente del hombre antes de que se desplomara en el asfalto.

Sean ya tenía la marcha puesta. Pisó el acelerador y el coche salió disparado del aparcamiento. Miró por el retrovisor y vio que el hombre se levantaba lentamente y se balanceaba hacia un lado antes de volver a caer.

No era Jenkins.

—Mierda —masculló Sean. Le habían visto. Aquello no pintaba bien, especialmente para Tyler y Kathy.

Llamó a Michelle por teléfono. Habló mientras conducía y le contó lo sucedido.

—No he visto al tío hasta el último momento. La he cagado.

—Te he distraído con mi llamada —dijo ella.

—Soy capaz de mascar chicle y hablar a la vez —espetó él—. Por lo menos, antes podía —añadió con tono sombrío.

—¿Se lo contamos a Wingo?

—No, ya está al límite. Esto seguro que le haría hundirse.

—Entonces, ¿qué hacemos?

—Nos vemos en casa de Edgar. Esperemos que pueda desentrañar algunos archivos para que tengamos línea directa con estos cabrones antes de que sea demasiado tarde.

Al cabo de una hora Sean llegó a la casa de campo de Edgar. El cielo se había despejado en parte y el sol hacía todo lo posible por asomar entre las nubes grises. El coche de alquiler de Michelle ya estaba allí. Teniendo en cuenta cómo conducía su socia, no le extrañó. Tocó el capó al pasar: ni siquiera estaba caliente. Llevaba allí un rato, probablemente hubiera ido echando chispas todo el camino. Y nunca le ponían multa. Meneó la cabeza y siguió adelante.

Llamó antes de entrar en la casa.

Michelle estaba encorvada por encima del hombro de Edgar mientras él contemplaba las distintas pantallas en el escritorio de contrachapado.

—No estaba cuidando una casa. Estaba allanando una morada. Eso es un delito —dijo Edgar.

—Sí, yo le he dicho lo mismo. ¿El café está recién hecho? —preguntó Sean al ver la taza que Michelle sostenía en la mano—. Tengo el cerebro atrofiado.

Edgar le dedicó una mirada significativa. Sean se dispuso a decir algo, pero decidió callárselo.

—Tiene una Keurig. Elige el tipo de cápsula —informó Michelle.

Sean fue a la cocina, se hizo un café, volvió con ellos y se sentó en el extremo del escritorio.

—Bueno, ¿qué tenemos?

—Un montón de archivos que revisar —contestó Michelle.

—¿Y el resto del material? ¿La dirección IP del correo electrónico de la fuente del bloguero?

—He pasado tres de las cinco barreras —respondió Edgar.

—¡Vaya, eso está muy bien!

—Las dos restantes están resistiéndose. La persona sabe lo que se lleva entre manos.

La expresión emocionada de Sean se apagó.

—Pues si tú no puedes craquear esto, no sé quién va a poder.

—No he dicho que no pueda. Solo he dicho que se me está resistiendo.

Michelle señaló la pantalla con la taza de café.

—Pero aquí podría haber algo.

Sean miró la pantalla con ojos entornados.

—¿Qué es esto?

—Según parece, una factura de combustible de avión —explicó Edgar.

—Pero las apariencias engañan —añadió Michelle.

—¿A qué te refieres?

Edgar pulsó unas teclas a modo de respuesta y la página que estaban mirando se convirtió en un revoltijo de símbolos inentendibles.

—Esto lo he visto otras veces —dijo Sean—. Cuando mi ordenador se vuelve loco y convierte un documento en un galimatías.

—Es un fallo del ordenador al no reconocer el código del documento —explicó Edgar—. Y eso puede suceder por varios motivos, como que el archivo está dañado o que haya un problema con el procesador. Y con los conocimientos suficientes, se puede habilitar la capacidad del ordenador para leer bien el código. Es lo que acabo de hacer. Pero también es otra cosa.

—¿Qué?

—Lenguaje cifrado —dijo Michelle.

—¿Te refieres a que ocultan el lenguaje cifrado en el galimatías? —preguntó Sean.

—Un diamante entre la mierda, según se dice en el mundo de la seguridad cibernética —dijo Edgar—. En realidad es muy guay porque a todo el mundo le pasa. No es más que un pequeño fallo de software. Uno no piensa que sea otra cosa.

—Pero tú has visto que hay algo más —dijo Michelle.

—Bueno, a mí ya no se me escapa nada, estoy curtido —respondió Edgar.

—Entonces, ¿qué dice este código? —preguntó Sean.

—Es una comunicación con un interlocutor desconocido pero que sospecho que es el mismo del rastro IP del bloguero, ya que ha erigido exactamente las mismas barreras para bloquear el acceso a la fuente del otro extremo.

—Pero ¿qué pone? —insistió Sean.

—Son una serie de números —repuso él.

—¿Y qué significan esos números?

—Si no me equivoco, son las coordenadas de un satélite; las he visto antes. No he acabado de descifrar el mensaje, por lo que todavía no sé la ubicación del satélite, si es que se trata de eso.

Sean miró hacia arriba.

—¿Un pájaro en el cielo? ¿Qué tiene que ver con todo esto?

—Ojos en el cielo —dijo Michelle. Adoptó una expresión pensativa mientras sorbía el café—. ¿Cuánto cuesta un satélite de esos?

—Mucho —dijo Edgar—. Primero hay que fabricarlos, y no son baratos. Luego hay que colocarlo allí arriba, y eso tampoco es barato. La gente que tiene esa necesidad suele limitarse a alquilar espacio en una plataforma existente.

—¿Eso se puede hacer? —preguntó Michelle—. ¿Alquilar espacio en un satélite como si fuera un apartamento?

Edgar asintió sin dejar de pulsar teclas.

—Es muy habitual. Hay negocios dedicados a ello. El gobierno utiliza satélites que alquila a empresas comerciales.

—¿El gobierno? —se asombró Sean—. ¿Y cómo se mantiene la seguridad?

—Existen varias maneras. A veces se alquila el satélite entero.

—Ahí debe de haber mucho dinero en juego —dijo Sean.

—¿Unos mil millones de euros? —replicó Michelle.

Sean le lanzó una mirada penetrante.

—¿Es eso lo que estás pensando? ¿Que alguien compró un satélite? ¿Por qué?

Michelle le dio otro sorbo al café.

—No sé. Pero si los satélites son caros, seguro que mil millones de euros vienen muy bien.

—Sin duda —añadió Edgar.

—¿Cuánto costaría comprar o alquilar un satélite? —preguntó Sean.

Edgar empleó la mano izquierda en otro teclado mientras los resultados iban apareciendo en otra pantalla, sin dejar de trabajar con la mano derecha en el primer teclado. Su mirada iba de una pantalla a otra.

—Depende en gran medida del tamaño y alcance del satélite —explicó—. Fabricar uno cuesta entre quinientos y dos mil millones de dólares. Pueden pesar entre quinientos y dos mil kilos. Pero existen otras variantes. Yo les llamo quemadores.

—¿Y eso por qué? —preguntó Michelle.

—Se pueden construir en plan barato, por un millón de dólares o menos, colocarlos en órbita en un cohete alquilado junto con otra carga útil. La plataforma se arrienda a tantos clientes como sea posible, a veces por unos cientos de dólares a la semana, para recuperar la inversión y conseguir un beneficio aceptable, y al cabo de un par de años el pajarito vuelve a la Tierra y entra en combustión en la atmósfera. Por eso es como si se quemaran.

—Pero estos satélites baratos no tienen el alcance de los caros, ¿no?

—Por supuesto que no. Hasta en el espacio uno obtiene lo que paga. Sin incluir la gravedad. —Edgar sonrió y volvió a mirar a Sean—. Es broma.

—Sí, ya me he dado cuenta. Así pues, ¿cuántos satélites hay en el cielo?

Edgar pulsó más teclas.

—Más de mil. La mayoría son propiedad de Estados Unidos, Rusia y China, y los utilizan para aplicaciones civiles, comerciales, gubernamentales y militares. Pero la mayoría de los países poseen satélites o partes de ellos. La mayoría de los satélites comerciales están en lo que se llama una órbita geosincrónica, a diferencia de las órbitas más cercanas a la Tierra, donde se encuentra buena parte de las plataformas de los gobiernos.

—¿Y para qué se usan principalmente los satélites? —preguntó Michelle.

—Comunicaciones. Para mover información alrededor del mundo a toda velocidad. Servicios telefónicos, navegación, redes informáticas, lo que sea. El Muro depende de ellas, lo cual implica que yo también.

Sean apartó la mirada pensativo.

—¿Qué motivos podría tener Grant para comprar o alquilar un satélite?

—¿Espionaje? —sugirió Michelle.

Sean no estaba muy convencido.

—¿Para quién? ¿Y por qué el robo de los mil millones? Edgar ha dicho que se puede alquilar espacio en un satélite por mucho menos. Y Grant debe de ser la fuente del blog. La administración está recibiendo mucha presión al respecto. Ya has visto qué preocupado estaba el presidente Cole. Y si todo esto es una venganza por lo que le pasó al padre de Grant durante el escándalo Irán-Contra, entonces el satélite debe de estar incluido en los planes del hombre.

Sean dejó la taza de café y señaló la pantalla.

—Edgar, ¿puedes encontrar una lista de operadores de satélite comerciales?

—Sí.

—¿Puedes averiguar quién podría haber alquilado espacio en uno de ellos en, por ejemplo, las últimas semanas?

—Puedo intentarlo.

—Vale —repuso Sean, y volvió a coger el café.

—¿En qué estás pensando? —preguntó Michelle.

—Comunicaciones, para eso son los satélites. Lo que estoy pensando es que Grant quiere comunicar, manejar los hilos. Él fue quien proporcionó a George Carlton todos los secretos sobre la debacle de Afganistán.

Michelle asintió, mientras parecía hacerse la luz en su interior.

—¿Crees que utiliza el satélite para comunicar otra cosa?

—Sí, eso pienso. Pero no sé el qué. Y quizá no sea solo información. —Miró a Edgar—. Mediante un satélite también se pueden controlar cosas en tierra, ¿no?

—Sí. El gobierno lo utiliza para hacer funcionar la red eléctrica, el arsenal nuclear, las funciones de mando y control, un montón de cosas de las que todos dependemos.

—¿Crees que intenta tomar el control del arsenal nuclear de Estados Unidos? —intervino Michelle.

—No. Eso está en satélites del gobierno y bajo unas medidas de protección extraordinarias. Además de las salvaguardias manuales para esos dispositivos sobre el terreno.

—¿Pues entonces qué, Sean?

—No sé —dijo, claramente frustrado—. Pero sea lo que sea, sé que va a ser algo grande.

—¿Qué hacemos mientras Edgar trabaja en esto?

—Tenemos que hablar con Wingo. Contarle lo ocurrido.

—Pero como bien dijiste, quizá se hunda del todo.

—Dependerá de cómo le planteemos la situación, Michelle. Habrá que ser muy diplomático.

—Entonces, ¿quieres que hable con él?

—Pues no.

—¿Por qué no? —quiso saber Michelle.

—No te lo tomes a mal, pero eres tan diplomática como ese cabrón que gobierna Corea del Norte.

—Puede ser, pero también soy mucho más dura.

71

Alan Grant no estaba muy contento con el desarrollo de la jornada.

Sean King había estado en Heron Air Service, pero se les había vuelto a escapar.

Habían allanado la morada de Trevor Jenkins y aunque daba la impresión de que no faltaba nada, no podía estar seguro.

Cogió el teléfono manipulado e hizo la llamada empleando un filtro electrónico para disimular la voz.

Wingo respondió al primer tono.

—¿Diga?

—Tenemos un problema, Wingo.

—¿De qué se trata?

—Dos problemas, en realidad: King y Maxwell.

—No sé de qué me hablas.

—Te dije que te quedaras quieto.

—Y es lo que he hecho. No me he movido desde que llamaste.

—Pero tus amigos sí.

—No son mis amigos.

—¿Quieres que te envíe una parte de tu hijo para que te quede claro?

—Escucha, por favor, no le hagas daño.

—Sé que trabajas con King y Maxwell, así que no intentes

tomarme el pelo. Y si crees que me voy a quedar de brazos cruzados mientras intentan encontrarme, estás cometiendo un craso error.

—¿Qué quieres que haga?

—Déjalos fuera de juego.

—¿Cómo?

—Lo dejaré a tu imaginación. Mátalos si quieres. Me da igual. Si veo que vuelven a entrometerse, recibirás a Tyler en una bolsa de plástico. ¿Ha quedado claro?

—Sí —respondió Wingo con voz apagada.

Sean y Michelle entraron en el aparcamiento del motel y se apearon.

—Lo cierto es que no sé cómo plantear el tema a Sam.

—A mí no me preguntes. Yo estoy a la altura del cabrón de Pyongyang en cuanto a nivel de diplomacia.

—Mira, no quería ser tan duro.

—Pues lo has sido.

Sean llamó a la puerta de la habitación de Wingo.

—Somos nosotros.

—Pasad, no está cerrado con llave —dijo Wingo.

Abrieron la puerta y entraron. Michelle la cerró detrás de ellos. Al darse la vuelta vio que Sean tenía los brazos en alto. Miró al otro lado de la habitación.

Wingo estaba ahí, apuntándoles con una pistola.

—¿Algún problema? —preguntó Sean.

—He recibido una llamada. Habéis estado fisgoneando. Me han dicho que si seguís así, me enviarán a Tyler en una bolsa de plástico.

Sean miró la pistola.

—Sam, te dijimos lo que íbamos a hacer. Convinimos en que era el mejor plan para recuperar a los chicos sanos y salvos.

—No; lo acordasteis vosotros. Yo no tuve mucho que decir. —Meneó la pistola—. Ahora sí.

—Estás mordiendo el anzuelo, Sam. Si nos quedamos de brazos cruzados, Tyler nunca volverá.

—Lo que tengo claro es que si no paramos, lo matarán. Si nos quedamos de brazos cruzados, a lo mejor tengo alguna posibilidad.

—Eso no te lo crees ni tú —repuso Sean.

—No me digas lo que creo o dejo de creer —bramó Sam—. No voy a permitir que condenéis a mi hijo.

—Ya lo has hecho, Sam —dijo Michelle—. Haciendo lo que estás haciendo.

—Tenemos pistas —añadió Sean—. De las buenas. Estamos cada vez más cerca.

—Decid lo que os dé la gana. Yo tengo que pensar en mi hijo.

—¿Y crees que nosotros no lo hacemos? El único motivo por el que nos hicimos cargo del caso es tu hijo.

Wingo bajó la mirada un momento.

—No os culpo, ¿vale? Sé que intentáis ayudar. Pero yo estoy entre la espada y la pared.

—Bueno, tú eres quien se metió en esto. No nosotros. Ni Tyler. Aceptaste esa misión por voluntad propia.

Wingo endureció la expresión.

—¿Crees que no lo sé? He lamentado esa decisión desde el momento en que la tomé.

Sean se sentó en el borde de la cama.

—¿Así que tu opción es quedarnos aquí de brazos cruzados y esperar a que esos asesinos liberen a tu hijo? ¿Esa es tu estrategia?

Wingo se dejó caer en una silla apoyada contra la pared, aunque siguió apuntándoles con la pistola.

—¿Qué otra opción me queda?

—¿Y si les volvemos las tornas?

—¿Cómo?

—Estamos seguros de que Alan Grant está metido en esto.

—Vale, ¿y eso de qué sirve?

—Él también tiene familia.

—¿Y?

Sean se lo quedó mirando.

—Te han puesto contra la pared. No tienes salida. Eres un hombre desesperado.

—No te sigo.

—Han amenazado con matar a tu hijo.

—Sí —espetó Wingo—. Pero ¿qué debo hacer?

—Estoy harto de estar en sus manos. Pasemos a la ofensiva —propuso Sean.

—¿De qué manera? —planteó Michelle.

—Sam puede amenazar con matar a la familia de Grant.

Michelle parpadeó. Wingo arrugó el entrecejo.

—No creerá que soy capaz de hacer tal cosa.

—¿Estás desesperado?

—Sí.

—En momentos de desesperación se adoptan medidas desesperadas.

—Aunque estuviera dispuesto a hacerlo, ¿cómo me comunico con él?

Sean señaló el teléfono de Wingo.

—Con eso.

—Sean, no nos vamos a cargar a los hijos de Grant —dijo Michelle.

—Por supuesto que no, he dicho amenazar. Eso es todo.

—Pero... —empezó ella.

—Enviemos la amenaza —decidió Sean—, y a ver qué pasa.

Michelle puso cara de comprender. Miró a Wingo, que seguía sentado con expresión confusa. Al final, dejó la pistola a un lado y cogió el teléfono.

—Decidme cómo hacerlo.

—Primero tenemos que ir a un sitio —dijo Sean.

72

Alan Grant estaba observando la pantalla de un ordenador en la cámara acorazada de la remozada emisora de radio cuando el teléfono manipulado le vibró en el bolsillo.

Lo sacó y lo miró. Y abrió los ojos como platos.

«Un hijo por otro. Si te quedas el mío, yo me quedo con los tuyos. Y tú tienes tres.» Se levantó con tanta rapidez que se golpeó la rodilla contra el borde del escritorio.

Cojeando ligeramente, salió del edificio y corrió a su coche.

Telefoneó a casa mientras conducía. No obtuvo respuesta. Probó a llamar al móvil de su mujer. Tampoco hubo respuesta.

Condujo a toda velocidad, pero aun así tardó más de dos horas en llegar a su camino de entrada y apearse de un salto. Los vio mientras se dirigía a la casa.

Su esposa estaba con los dos niños pequeños y el labrador negro. El niño más pequeño iba en el carrito. Su hija de cinco años ayudaba a empujarlo. Era obvio que habían salido a dar un paseo.

Leslie Grant se sorprendió al ver a su esposo.

—Alan, ¿qué haces en casa? —Vio la preocupación en su rostro—. ¿Todo bien, cariño?

—¿Dónde está Danny? —preguntó, refiriéndose a su hijo mayor.

Ella no acababa de entender.

—Está en el cole. Llegará esta tarde en el autobús. —Se acercó cuando su hija fue corriendo hacia su padre.

Grant se frotó la cara y esbozó una sonrisa forzada mientras la cogía en brazos.

Leslie se colocó a su lado. Grant acarició al perro e intentó disimular su preocupación.

—Alan, ¿todo va bien? —dijo ella en voz baja.

—Papi está bien —terció su hija, que se llamaba Margaret pero a quien todos llamaban Maggie, como a su abuela. Sujetó el rostro de su padre entre sus manitas—. Papi está bien —repitió.

—Papi está muy bien —dijo Grant, rodeando a su esposa con un brazo mientras sujetaba a Maggie con el otro—. Mirad, ¿qué os parece si os llevo a almorzar? ¿Os apetece?

—Tendré que arreglarme un poco —dijo Leslie.

—De acuerdo. Tengo que coger unas cosas del coche. ¿Estás lista en veinte minutos?

—Sí.

Leslie entró con los niños y el perro, pero lanzó una mirada a su esposo antes de cerrar la puerta.

Grant estaba al lado del coche cuando oyó que el teléfono manipulado vibraba.

«Bonita familia, Alan. Esperemos que siga así. No te preocupes, al chucho no lo tocaremos.» Miró en todas direcciones en busca del remitente del SMS.

No vio a nadie y dejó el teléfono.

Aquello complicaba el asunto. Estaban en una situación de empate con los hijos, pero eso no afectaba al plan general. Todas las piezas estaban en su sitio. Y aunque Wingo hubiera conseguido descubrir su implicación en todo aquello, no tenía ninguna prueba concluyente. Grant podía apretar el gatillo y no quedarían pruebas de que hubiera hecho nada ilegal.

Cuando todo acabara, ya pensaría qué hacer con Wingo. Y con King y Maxwell.

Más abajo, detrás de una hilera de coches aparcados, Michelle bajó los prismáticos y miró a Sean, sentado al volante. Wingo estaba en la parte de atrás mirando también a Grant a través de unos prismáticos.

—Tenías razón —reconoció Michelle—. Esto le ha dejado descolocado. Como un perro cazador al que se le escapa la codorniz en medio del matorral.

—Era mi intención —dijo Sean con expresión satisfecha.

—¿Crees que abandonará?

—Tiene familia, igual que yo —intervino Wingo—. No quiere que les pase nada.

—Hasta ahí llego —replicó Michelle.

—Pero dudo de que vaya a abandonar su plan global —observó Sean—. Te refieres a eso, ¿no?

Michelle asintió.

—Lo cual significa que lo de los rehenes no tendrá ninguna consecuencia con respecto a sus intenciones.

—Satélite, dinero desaparecido, conspiración gubernamental, infiltrados —enumeró Sean.

—¿Todo eso motivado por el suicidio de sus padres después del Irán-Contra? —objetó Michelle—. Parece algo exagerado.

—Pero no podemos ir al FBI con nada de eso —se lamentó Sean—. Littlefield nos tomará por locos. O aun peor, indagará y a lo mejor lo echa todo por la borda.

—Ese satélite... —dijo Wingo—. ¿Estáis intentando establecer su posición?

—Sí. También estamos intentando encontrar la fuente del bloguero, pero algo me dice que estamos observando su casa. O sea que esa parte está solucionada.

—Pero si Edgar es capaz de establecer un vínculo entre Grant y Carlton, eso es una prueba —dijo Michelle.

—La prueba de una filtración, no la prueba de un crimen importante. Y a no ser que se demuestre que Grant robó información confidencial, sus derechos a la libertad de expresión podrían obstruir todo intento de juicio.

—Entonces, ¿qué hacemos? —preguntó Wingo.

—Averiguar para qué es el satélite. Si lo conseguimos, avanzaremos unas cuantas casillas y quizá podamos comernos al rey.

—Estás mezclando las damas con el ajedrez —comentó Michelle.

—Sí, porque no sé a qué juega Grant.

—¿Qué podemos hacer? —insistió Wingo.

Sean se quedó pensativo unos instantes.

—El satélite.

Michelle lo miró con expresión inquisidora.

—Sí, ese tema ya lo hemos tratado.

—No, no me refiero a ese satélite. Hablo de otro.

Michelle le tocó la frente.

—¿Tienes fiebre?

—Me pregunto de dónde ha venido Grant. No venía de su oficina del centro de la ciudad. Ha tardado más de dos horas en llegar hasta aquí desde que le enviamos el mensaje. Y a estas horas se tardan treinta minutos como máximo en llegar aquí desde las afueras de Washington.

—Es verdad —convino Michelle con aire pensativo—. Además, conduce un Mercedes bastante nuevo. El GPS va incluido de serie en estos modelos.

—Y el GPS está controlado por un satélite —comentó Sean.

—Así que... ¿cómo podemos conseguir que un satélite siga su...? —Michelle se interrumpió cuando Sean la miró con expresión resuelta—. Edgar —se respondió.

—¿Quién es ese Edgar del que siempre estáis hablando? ¿Es el acrónimo de un sistema informático o algo así?

—Algo así —repuso Sean.

73

Dejaron a Wingo en el motel y se dirigieron a la casa de campo de Edgar. Él accedió a ayudarles en cuanto comprendió lo que querían.

—Deberíamos tenerte en nómina, Edgar —bromeó Michelle—. Creo que te sacamos más provecho que el gobierno. ¡Menudo equipo formaríamos!

Edgar la miró extrañado.

—¿Cuánto pagáis?

—Dudo de que pudiéramos igualar lo que cobras. No tenemos la cartera del Tío Sam —intervino Sean.

—Ni su deuda, por suerte —añadió Michelle con sequedad.

—¿Qué prestaciones ofrecéis? —preguntó Edgar—. Yo tengo cuatro semanas de vacaciones pagadas y un plan de pensiones. Y desayuno y almuerzo incluidos. Y un buen apartamento en la ciudad.

—Humm, creo que Michelle estaba bromeando —dijo Sean.

Sin embargo, Edgar no pareció escucharlo.

—Me lo pensaré —dijo mientras Sean lanzaba una mirada ansiosa a Michelle.

—Algo acaba de pasar —masculló.

—No estoy segura —le contestó ella con un susurro.

—Entonces, ¿te ves capaz de hacerlo, Edgar? —preguntó Sean con voz normal—. ¿Esto del rastreo?

—Me has dado el número de matrícula del vehículo de Grant. A partir de ahí puedo conseguir el número de bastidor con facilidad. Y entonces se abren muchas puertas.

Sus dedos volaban por encima de los distintos teclados.

—Por curiosidad, ¿alguna vez sufres de lesiones por movimientos repetitivos? —preguntó Michelle mientras observaba cómo trabajaba.

—No.

—¿Cuánto tardarás en rastrearlo mediante el GPS? —preguntó Sean.

—No demasiado. Me pondré en contacto con vosotros cuando acabe.

Regresaron al coche y se marcharon.

—Creo que se piensa que le hemos ofrecido un empleo —dijo Michelle.

—Querrás decir que piensa que tú le has ofrecido un empleo.

—Lo decía en broma. No podríamos pagarle.

—Lo sé. Pero no podemos seguir pidiéndole que haga estas cosas gratis. —Hizo una pausa antes de añadir con un atisbo de esperanza—: ¿O sí?

—No, no podemos —respondió ella con firmeza.

Sean puso la radio y sintonizaron el noticiario de la hora en punto. Estaba dominado por el creciente escándalo en que estaba sumida la administración Cole. La oposición en el Congreso exigía con vehemencia una comisión investigadora; ya estaban redactando citaciones. Un congresista incluso había mencionado la posibilidad de *impeachment*. Asimismo, el gobierno de Irán se estaba envalentonando y denunciando las acciones de Estados Unidos. Y los aliados de Estados Unidos se distanciaban de la situación. El portavoz de Cole ofrecía el típico discurso lleno de circunloquios y toda la situación parecía endeble y evasiva.

—Menudo panorama —comentó Michelle.

—Bueno, es que menuda estupidez cometieron. No se puede comprar una democracia, ni siquiera con mil millones de euros.

—Qué elocuencia la tuya.

—Tengo mis momentos.

—¿Y ahora qué? ¿Nos cruzamos de brazos hasta que Edgar haga lo suyo?

—No. Vamos a dividirnos.

—¿Adónde irás? —preguntó ella.

—A cuidar de Wingo para que no cometa ninguna estupidez.

—¿Y yo?

—¿Quieres pasar por el hospital a ver qué tal está Dana?

Dio la impresión de que a Michelle le entraba el pánico.

—¿Yo? Sean, no van a dejar que la vea.

—Si ella lo autoriza, sí.

—Pero ¿por qué no vas tú?

—Yo... ¿No puedes hacerlo por mí, Michelle?

Ella empezó a protestar, pero cuando vio la expresión de Sean, dijo:

—Vale, iré. Déjame en mi coche. Pero si pasa algo, me llamas, ¿entendido?

—Descuida. Y... gracias.

—De nada.

Al cabo de una hora Michelle entraba en el hospital y se dirigía a la UCI. Temía encontrarse con Curtis Brown. Sin embargo, se enteró de que el general no estaba en el hospital, pues una enfermera la informó de que se había marchado hacía un rato, aunque iba a volver.

La enfermera llamó por el interfono a la habitación de Dana, quien aceptó recibir a Michelle.

—No puede quedarse mucho rato. Necesita descansar —advirtió la enfermera.

—Por supuesto.

Entró en la habitación de Dana y contempló el despliegue de tubos y máquinas a los que estaba conectada para ayudar en su recuperación. No había pasado tanto tiempo desde que Michelle estuviera en una cama de hospital conectada al mismo equipamiento médico mientras se debatía entre la vida y la muerte.

Acercó una silla al lado de la cama.

Dana la miró. Todavía se la veía débil, pero presentaba mejor aspecto, pensó Michelle.

—¿Sean no ha venido? —preguntó.

—Ahora no. Creo que vendrá más tarde.

Dana asintió lentamente sin ocultar su decepción.

—Tengo entendido que el general ha estado aquí hace un rato.

Dana intentó incorporarse un poco, pero Michelle se lo impidió poniéndole una mano en el hombro.

—Mejor que levante la cama, ¿vale?

Michelle pulsó el botón elevador y el torso de Dana se alzó un poco.

—Curtis se ha portado de maravilla en todo este asunto —dijo Dana.

—No lo dudo, pero tú también. —Michelle le dio un apretón en el brazo con ademán tranquilizador.

—¿Habéis averiguado algo?

—Seguimos intentándolo, pero estamos cada vez más cerca.

—Sean llegará al fondo del asunto, seguro.

—Veo que tienes una buena relación con tu ex —dijo Michelle con un ligerísimo tono mordaz.

—Bueno, no manteníamos ningún tipo de relación hasta que me llamó. No había sabido nada de él desde que nos divorciamos.

Michelle fue a decir algo, pero se contuvo. Echó una mirada a los monitores y goteros y decidió no ir más allá. Dana estaba todavía muy frágil.

—Puedes preguntar lo que quieras, Michelle.

Volvió la cabeza y se encontró con la mirada de Dana.

—Es un buen hombre y me equivoqué dejándolo marchar.

—¿Te arrepientes?

—Preferiría no emplear esa palabra. Tengo a Curtis. Debo mirar hacia delante, no hacia atrás. —Hubo un breve silencio y Dana añadió—: ¿Vosotros sois algo más que socios?

—¿Te importa?

—¿Puedes pasarme ese vaso de agua?

Michelle le aguantó el vaso mientras Dana bebía un sorbito. Se recostó en la cama y respiró hondo varias veces. Uno de los monitores empezó a pitar y Michelle se levantó.

—¿Llamo a una enfermera?

—No. Ese cacharro falla desde hace dos días. Tiene los parámetros demasiado bajos, o eso me han dicho. Nadie ha venido a ajustarlos todavía.

Michelle volvió a tomar asiento.

Dana se miró la muñeca, donde llevaba insertada una vía.

—Supongo que sí me importa, Michelle, pero probablemente no por el motivo que piensas. —Ladeó la cabeza y la miró—. Soy muy feliz con Curtis. Me gustaría que Sean también lo fuera.

—Es feliz.

—Ser feliz solo y ser feliz con alguien son dos cosas distintas. Así pues, ¿sois más que socios?

—No sé lo que somos, Dana.

—¿Esa es tu versión de los hechos o la de Sean?

Michelle frunció el ceño.

—Mira, ya sé que te han disparado y tal, pero esto no es asunto tuyo, ¿verdad que no?

—¿Sean te contó por qué nos separamos?

—No, la verdad es que no.

—Fue todo por mi culpa.

—Estar casada con un agente del Servicio Secreto no es fácil.

—Lo engañé. Varias veces. Nunca jamás olvidaré su expresión cuando se enteró. Sé lo muy traicionado que se sintió.

Michelle cambió de postura en el asiento.

—No es imprescindible que hablemos de ello.

—Si le quieres, Michelle, no seas dura contigo misma y díselo. He visto cómo se comporta en tu presencia. Lo conozco. Sé qué siente por ti.

—Solo nos has visto juntos aquella vez y no por mucho rato.

—Me di cuenta enseguida.

Michelle bajó la mirada y se pasó una mano por la melena.

—Gracias por el consejo.

—Pero ¿lo vas a seguir o no?

—No puedo prometer nada. Pero el mensaje me ha quedado muy claro.

El teléfono de Michelle sonó. Lo sacó pensando que era Sean. Pero no.

El nombre que aparecía en pantalla habría llamado la atención de cualquiera.

Era la Casa Blanca.

74

Sean estaba en su coche sentado al lado de Sam, vigilando la casa de Jenkins.

—¿De qué va a servir esto? —preguntó Wingo.

—Tres cuartas partes del trabajo de los investigadores privados acaban en nada. Pero hay que pasar por ello para llegar al otro veinticinco por ciento que acabará sirviendo de algo. Lo mismo puede decirse del Servicio Secreto. Noventa por ciento de tedio, diez por ciento de acción.

—Pues a mí esto me parece una pérdida de tiempo.

—¿Cuando eras soldado no tenías que armarte de paciencia?

Wingo exhaló un suspiro y negó con la cabeza.

—En realidad era noventa y nueve por ciento de tedio y un uno por ciento de acción. —Miró a Sean—. Lo siento, supongo que los nervios me están jugando una mala pasada.

Sean le dio una palmada en el hombro.

—Por ahora tu hijo está a salvo. Hemos ganado algo de tiempo. Solo tenemos que... —Se interrumpió cuando le sonó el teléfono. Miró la pantalla—. Es Edgar. Tal vez haya funcionado su varita mágica con el satélite o haya descubierto la manera de rastrear el coche de Grant.

Sin embargo, Edgar no había conseguido ninguna de las dos cosas. Pero tenía algo distinto.

—He revisado el historial de Jenkins y he encontrado una cosa que podría servir.

—¿El qué?

—La factura correspondiente a un impuesto sobre bienes inmuebles que no es la de su casa.

—¿Dónde está?

—Cuarenta mil metros cuadrados en el condado de Rappahannock, Virginia. Lo consulté en un viejo listado de propiedades inmobiliarias que está en internet. Es una cabaña. Muy aislada.

—¿Consta la dirección?

—Ahora mismo te envío las indicaciones por email. Buena suerte.

Sean colgó e informó a Wingo.

—¿Crees que podría ser el lugar donde retienen a Tyler y a Kathy?

—Rural y aislado. Tal vez Grant estuviera ahí cuando le llegó el correo que le hizo dar un respingo. Está a más de una hora de distancia.

—¿Y qué hacemos? ¿Irrumpimos en plan bestia?

—No. Tenemos que hacer las cosas bien.

Echó una mirada al teléfono y llamó a Michelle. Le salió el buzón de voz. Pensó que estaría con Dana en el hospital.

Marcó otro número.

—Agente especial Dwayne Littlefield —respondió una voz.

—Littlefield, soy Sean King.

—¿Has desaparecido de la faz de la Tierra o qué? Estoy esperando con el presidente...

Sean lo interrumpió.

—Creo que tengo una pista sobre el paradero de Tyler y Kathy.

—¿Dónde?

—Va a haber una lluvia de fuego si los chicos están retenidos ahí.

—Tenemos a gente especializada en estas cosas, King. ¿Cuán fiable es tu información?

—No lo sabré hasta que lleguemos.

—¿Lleguemos? No, el FBI se encargará de todo.

Sean tenía el altavoz del teléfono activado y cuando Wingo oyó esa última frase, le arrebató el aparato a Sean.

—Es mi hijo y pienso ir. Me importa un bledo lo que digas.

—¿Quién coño eres? —Littlefield hizo una pausa—. ¿Sam Wingo? ¿Eres tú? ¿Eres consciente del fangal en que estás metido? ¿Y Sean King? ¿Acogiendo a un fugitivo? Obstrucción a la justicia y encubrimiento. Y esto no es más que el comienzo. La has cagado, King.

Sean le cogió el teléfono a Wingo y lo fulminó con la mirada.

—Tranqui, Dwayne, centrémonos en recuperar a los chicos sanos y salvos. Si lo consigues, creo que el presidente volverá a mirar con buenos ojos al FBI. Y luego ya hablaremos de esos detalles sin importancia.

—¿Detalles sin importancia?

—Céntrate, Dwayne. Los chicos son la priorirdad.

—Puedo enviar al Equipo de Rescate de Rehenes y todo acabará en cinco minutos.

—No, no vamos a hacerlo así. Si luchas contra el fuego con más fuego, al final se acaba quemando todo el mundo.

—¿Intentas decirme cómo hacer mi trabajo? —espetó Littlefield.

—¿Recuerdas cuando secuestraron a la sobrina del anterior presidente?

—Sí.

—Pues mi socia y yo fuimos quienes la rescatamos sana y salva, o sea que no nos chupamos el dedo, ¿entiendes? Podemos ayudar.

—Esto se sale del protocolo.

—Hace tiempo que me he salido del protocolo.

—¿Y cómo quieres hacerlo, entonces? —preguntó Littlefield.

—Yo y Wingo. Tú y McKinney. Irrumpimos por sorpresa y rescatamos a los chicos.

—¿Y tu socia, Maxwell? He oído decir que se defiende como una leona.

—He intentado localizarla, pero hay que actuar rápido.

—Preferiría hacerlo de noche.

—Es precisamente entonces cuando se esperarán algo. Iremos mientras haya luz y los pillaremos desprevenidos.

—Esto no me gusta.

Sean miró a Wingo.

—Tenemos a un tipo de las Fuerzas Especiales. Te tenemos a ti, a mí y a McKinney. No somos aficionados. Creo que esos tíos deben de estar quedándose sin efectivos, así que quizá vayan ligeros de armamento. Podemos hacerlo, Dwayne. Ahora mismo voy a recibir el plano de la cabaña. Lo repasamos, hacemos un reconocimiento y cargamos.

—Si te equivocas...

—Entonces seré todo tuyo. Pero por ahora lo haremos a mi manera.

—De acuerdo. Dime cuándo y dónde.

Sean le respondió y colgó.

Wingo le lanzó una mirada.

—¿Estás tan seguro como aparentas?

—Ni por asomo. —Sean encendió el coche y arrancaron bruscamente.

75

Al cabo de dos horas el cielo desplegó toda su ira y Sean miró hacia las alturas, dando las gracias al Todopoderoso. Era una tormenta breve pero muy ruidosa. En media hora aproximadamente terminaría, el cielo recuperaría un hermoso azul y el viento amainaría. Pero en esos momentos llovía a cántaros, el viento ululaba con fuerza y el retumbo de los truenos ocultaba el ruido que hacían al acercarse a la cabaña.

Ya se habían encontrado con Littlefield y McKinney. El hombre del Departamento de Seguridad Nacional se había mostrado más escéptico que su colega del FBI, pero quedó convencido cuando Sean le señaló las opciones que tenía. Si rescataban a los chicos, serían héroes. Si los chicos no estaban allí, entonces tendrían a Wingo y Sean como instigador y cómplice.

No obstante, mientras Sean ascendía lentamente por la colina hacia la cabaña, el instinto le decía que los chicos estaban allí.

Wingo iba a su derecha. Llevaban las pistolas dentro de las parkas para que no se mojaran. McKinney y Littlefield se acercaban por el otro lado.

Edgar le había enviado por email la distribución interior de la cabaña que había conseguido por internet. Era alucinante lo que el larguirucho Edgar era capaz de hacer con el teclado y un cerebro con más neuronas que el resto de los mortales.

Sean deseó tener dinero suficiente para costearse sus servicios.

La cabaña tenía dos habitaciones de igual tamaño. Sean estaba prácticamente seguro de que los chicos estarían en la trasera porque en la delantera estaba la única puerta. No era lógico tener prisioneros en una estancia con salida. Y cuando se acercó lo suficiente para espiar por la ventana de atrás, su suposición quedó confirmada, pues estaba tapiada con tablones.

Miró a Wingo.

—¿Has visto eso?

Wingo asintió.

—Pero si intentamos quitar los tablones, los guardias les pegarán un tiro.

—No si antes nos encargamos de los guardias.

—Quizás haya uno en la habitación con los chicos.

Sean observó el vehículo estacionado delante de la cabaña. Por desgracia, no era el Mercedes de Grant.

—Cinco plazas —dijo—. Lo más probable es que haya dos guardas. Si tienen que trasladar a los chicos, ya ocupan cuatro plazas. —Sean portaba un dispositivo de comunicación conectado a los que llevaban McKinney y Littlefield. Habló por el pinganillo—. Estamos en posición.

—Recibido. Nosotros también.

—Parece que tenemos dos guardias y los rehenes en el cuarto de atrás.

—Los tenemos vigilados. ¿Cómo queréis hacerlo?

Sean se acercó más a la cabaña. Intentaba conseguir una línea de visión directa por una de las ventanas delanteras. Pero la tormenta, si bien cubría su aproximación, dificultaba la visión.

Miró otra vez a Wingo y le indicó que avanzara. El soldado fue dando brincos y zigzagueando hacia él, al igual que sin duda habría hecho en Oriente Medio para evitar ser un blanco fácil.

Se detuvo al lado de Sean.

—¿Cuál es el plan?

—Plantéatelo como si estuvieras en combate. ¿Qué harías?

Wingo observó el entorno.

—Lo normal sería abrir fuego, para revelar su posición, y luego continuar con fuego centrado o recurrir a un ataque aéreo.

—Me temo que se nos han acabado los F-16. Lástima que uno de nuestros amigos federales no trajera una cámara termográfica. Podríamos ver dónde se concentra el calor corporal ahí dentro.

En la lejanía, un rayo alcanzó un árbol, lo partió en dos y le prendió fuego. Le siguió un trueno ensordecedor. El árbol partido cayó al suelo, donde la fuerte lluvia apagó enseguida las llamas.

Sean observó el árbol encendido antes de mirar a Wingo.

—Esto es lo que vamos a hacer. Gracias, Madre Naturaleza.

A Michelle la llevaban a la Casa Blanca en un todoterreno negro acompañada de cuatro agentes del Servicio Secreto, a dos de los cuales conocía.

—¿De qué va esto? —preguntó a uno de ellos.

El hombre se encogió de hombros.

—No es asunto mío.

—Lo sabrás enseguida —añadió el otro—. El jefe te lo dirá en persona.

Y a juzgar por la expresión sombría de los cuatro agentes, Michelle tuvo la impresión de que el jefe no estaba de buen humor.

Le habían hecho desconectar el teléfono. Nada de comunicaciones. Nada de imágenes. Ningún tipo de grabación. Esperaba que Sean no la llamara mientras ella estaba incomunicada.

Entraron en el 1600 de Pennsylvania Avenue y Michelle fue conducida al Despacho Oval. Le dijeron que esperara; el presidente se reuniría con ella enseguida.

«Decidle que no hay prisa», dijo Michelle para sus adentros cuando se cerró la puerta y la dejaron sola. Bajó la mirada hacia su teléfono. Ardía en deseos de encenderlo, pero sabía que la estaban vigilando. La Casa Blanca estaba desbordada, se producían filtraciones y estaban todos paranoicos. Si intentaba comunicarse con el exterior, quizá la hicieran desaparecer sin contemplaciones. Bueno, quizá no fueran tan drásticos, pero tampoco quería echar más leña al fuego. Exhaló un suspiro, se reclinó en el asiento y esperó a que el hombre más poderoso del mundo entrara en la sala y le fastidiara el día todavía más.

Los dedos de Edgar Roy martilleaban los teclados con una fiereza inusitada. La situación no pintaba bien. Casi nunca se le había resistido nada que persiguiera por medios electrónicos. La gente intentaba ocultarle cosas, pero nunca lo lograban. Era capaz de contemplar un muro de pantallas con información procedente de todos los rincones del mundo y encontrarle el sentido en pocos minutos. Su mente estaba preparada para funcionar a un nivel muy elevado en medio del caos absoluto. Sabía aportar orden, motivos y resultados a situaciones que parecían inmunes a cualquiera de esos elementos.

Había conseguido rastrear el Mercedes de Grant, lo cual era relativamente fácil. Ahora estaba centrado a más de cien kilómetros al oeste de la cabaña cuya dirección había dado a Sean. Había enviado la información a Sean por correo electrónico y se había dedicado a su siguiente tarea. El satélite.

Sin embargo, no era capaz de encontrar el ojo en el cielo que supuestamente Alan Grant había alquilado. Por supuesto, podía haber utilizado un alias o, aún más probable, una empresa fantasma. Edgar había analizado los satélites estrictamente comerciales y luego las plataformas del gobierno y entonces decidió interesarse por la categoría intermedia: satélites comerciales alquilados al gobierno. Sean le había contado que Grant estaba muy enfadado con el gobierno, así que quizás intentara vengarse.

Algo le llamó la atención mientras le daba a las teclas. Pulsó otras teclas al tiempo que su mirada revoloteaba de una pantalla a la otra. Para un observador ocasional, aquello suponía toda una hazaña, pero para Edgar era pan comido. Estaba acostumbrado a observar veinte pantallas a la vez. Pensó en la petición que Sean le había hecho: rastrear el Mercedes de Grant mediante el GPS. Lo había hecho. La policía lo hacía constantemente. El chip del GPS en el ordenador de a bordo de un coche facilitaba mucho la tarea. Dichos sistemas eran sumamente complejos pero, como estaban conectados a otros sistemas, eran susceptibles de ser *hackeados*, que es lo que había hecho Edgar.

Sin embargo, a medida que los datos fluían por la pantalla fue poniendo cara de preocupación.

¿Acaso aquello podía ser posible?

76

—¿Hueles a humo? —preguntó el hombre.

Los dos estaba sentados en la habitación delantera de la cabaña. Ambos llevaban pistoleras en el hombro. Uno había estado leyendo una revista y el otro jugando a un videojuego en el móvil.

El otro alzó la vista e inhaló.

—Pues sí.

Los dos desviaron la vista hacia la ventana.

—Hace un momento un rayo alcanzó un árbol. Quizá sea eso.

El otro hombre negó con la cabeza.

—Demasiado lejos. Y con la lluvia que está cayendo, el fuego se extinguió enseguida. No ha soltado mucho humo.

Ambos se levantaron a mirar.

—¡Ahí! —exclamó el primer hombre. Entraba humo por una grieta de la pared. Los dos se acercaron y examinaron la zona.

—Creo que está en la pared. Menuda mierda de sitio. A lo mejor la tormenta ha provocado un cortocircuito. —Miró a su compañero.

—Más vale que vayamos al refugio. Voy a buscarles.

Fue a la otra habitación y regresó al cabo de unos instantes con Tyler y Kathy, amordazados y con los ojos vendados. Kathy llevaba una venda en el brazo donde Grant le había disparado. El disparo solo le había hecho un rasguño intencionadamente, la bala no había entrado, pero le había quemado la piel, había sangrado mucho y le dolía horrores.

—Vamos —instó el hombre mientras los empujaba—. ¡Moveos!

Su compañero ya estaba en la puerta.

—Ya preguntaré de camino, mejor informarle de lo que estamos haciendo.

Salieron al porche y se prepararon para quedar empapados al correr hasta el coche. No obstante, no tenían de qué preocuparse porque nunca iban a llegar al vehículo.

Un puño machacó la mandíbula del primer hombre. Se vino abajo como si le hubiera golpeado un oso pardo. El segundo hombre chilló, soltó a los chicos y se llevó la mano al arma. Cuando vio las pistolas que le apuntaban a la cabeza a escasos centímetros de distancia, tuvo la sensatez de alzar los brazos.

Wingo se colocó por encima del hombre al que acababa de derribar al tiempo que se frotaba el puño.

Miró a Sean.

—Qué bien me ha sentado esto.

—¡Papá! —Tyler consiguió escupir la mordaza al oír la voz de Sam.

Wingo corrió hacia su hijo y lo desató.

Sean hizo lo mismo con Kathy. Estaba llorosa y se sujetaba el brazo.

Mientras Wingo abrazaba a su hijo, Sean confortó a Kathy.

—Ya pasó, Kathy. Ahora todo irá bien.

—Me disparó —gimoteó la joven.

Sean bajó la mirada hacia el brazo vendado y la abrazó.

—Va a pagar por esto. Va a pagar por muchas cosas.

Llevaron a los chicos al coche.

Sean apagó la pequeña hoguera que había encendido con trapos, papeles y un poco de gasolina que había encontrado en una lata detrás del pequeño cobertizo. Wingo se le acercó.

—Una táctica brillante —reconoció.

Sean pisoteó los últimos rescoldos y vertió un poco de agua en el fuego para asegurarse de apagarlo. Aunque la lluvia lo había humedecido todo, no quería arriesgarse a que la cabaña ardiera de verdad.

—Todas las tácticas son brillantes cuando funcionan.

Wingo le sujetó del hombro.

—Gracias, Sean. Yo...

Sean imitó el gesto de Wingo y dijo:

—Lo sé, Sam, lo sé.

McKinney y Littlefield esposaron a los dos hombres y los introdujeron en el todoterreno. Sean asomó la cabeza al interior del vehículo.

—Acabo de consultar mi email. Tenemos una pista de nuestro hombre gracias al GPS de su coche. Estaba estacionado en una vieja emisora de radio AM en medio de ninguna parte.

Littlefield asintió y sacó su teléfono.

—Dame la dirección y haré que envíen a un equipo especial lo antes posible.

Sean lo hizo antes de añadir, mirando a los dos prisioneros:

—¿Ya han confesado?

—Quieren un abogado —respondió Littlefield—. Y no me extraña. Secuestro, intento de homicidio, conspiración para cometer un atentado terrorista —enumeró en voz alta para que los dos prisioneros le oyeran. Se volvió hacia McKinney—. Oye, si los clasificamos como terroristas o combatientes enemigos, ¿tienen derecho a un abogado?

—Bueno, yo ejercí de abogado —dijo Sean—. Quizá podáis enviarlos directamente a Guantánamo.

—¡Soy ciudadano americano! —gritó uno de los hombres.

—Da igual —dijo McKinney—. Si pensabas atacar a este país, hay un precedente. —Sonrió a Sean—. Esto puede ponerse muy divertido.

—Quizá —dijo Sean—. Pero el responsable máximo sigue en libertad.

—Pero hemos recuperado a los chicos —señaló Littlefield.

—Lo sé. Y eso es lo más importante.

—¿Pero? —dijo McKinney.

—Pero secuestrar no era el objetivo último del plan, ¿no?

Alan Grant contempló la pantalla de ordenador probablemente por última vez. Estaba en la cámara acorazada de la vieja emisora de radio. La actividad frenética de sus hombres había cesado. Estaba vacía. Él era el único que quedaba. Su equipo había cumplido su cometido.

Observó el itinerario una vez más y confirmó el horario. Consultó la hora. Pronto acabaría todo. La pesadilla en que había estado sumido durante décadas terminaría. La experiencia le había marcado. Y no estaba seguro de si evitaría ir a la cárcel. Pero de todos modos valdría la pena. Sus hijos seguirían teniendo a su madre. Ella tenía dinero de sobra, no les faltaría de nada. Se quedarían escandalizados por lo que había hecho, pero él era el único capaz de comprender hasta qué punto aquello era justo. Además, en cierto modo se sentía afortunado. Afortunado porque el presidente actual había cometido el mismo error garrafal que su predecesor de hacía tantos años. De no ser por eso, nunca le habría llegado la oportunidad.

Llamó a la cabaña para ver cómo iba todo. No recibió respuesta. Volvió a llamar. Nada. Se puso un tanto nervioso, descargó lo que necesitaba en su portátil, cogió las llaves y fue hacia el coche. En veinte minutos llegaría un tráiler y el equipo correspondiente para deshacer todo lo que se había hecho allí y dejar el lugar inmaculado.

Fue hasta un lugar preestablecido de Washington, cerca del lado de Virginia. Haría lo que tenía que hacer desde allí usando una función remota que había incorporado a su portátil. Desde ahí disfrutaba de una buena vista de la capital, que pronto sería una capital caótica.

Preparó el objetivo y consultó la hora. Faltaba muy poco.

Edgar había acabado de teclear y estaba asombrado ante lo que veía. Era un tipo de puerta trasera electrónica desconocido para él. Estaba maravillado ante el ingenio de sus creadores. Habían tomado lo que equivalía a fragmentos de ADN electrónico de un satélite que había alquilado el gobierno en una ocasión y lo habían empleado para disfrazarse, casi como un virus o una célula cancerígena, a fin de infiltrarse en otro satélite, un satélite muy especial, destinado a un usuario y solamente uno. Y por un motivo muy sólido. De lo contrario se produciría una catástrofe. O quizá ya se había producido.

77

—Siento haberla hecho esperar, señorita Maxwell.

El presidente Cole se veía agobiado y desazonado cuando entró en el Despacho Oval.

—No pasa nada, señor —dijo Michelle, levantándose.

—¿Y el señor King?

—No está aquí. Nos hemos separado. Hoy solo estoy yo.

Cole asintió sin decir nada. Se le veía profundamente ensimismado.

—¿Un mal día, señor? —preguntó Michelle, intentando que se centrara en el motivo de aquel encuentro.

Cole se sobresaltó, se volvió hacia ella y esbozó una sonrisa forzada.

—Podría decirse. Pero en este trabajo todo es relativo. Un día realmente malo es aquel en que se envía a jóvenes valientes a morir por su país.

—Entonces supongo que un escándalo normal y corriente no es tan nefasto.

—No, pero distrae. Y da carrete a mis enemigos políticos. Y no puede decirse que se queden cortos atacándome.

—¿En qué puedo servirle, señor? Sé que tiene todos los minutos del día programados.

—Me temo que vamos a tener que mantener esta reunión sobre ruedas.

Fue entonces cuando Michelle se dio cuenta de que Cole llevaba esmoquin.

—¿Señor?

—Tengo un evento formal esta noche en Mount Vernon. Soy el orador principal. ¿Preparada para un viaje en la *Bestia*? —Sonrió—. Mis hombres la traerán de vuelta.

—Sí, señor.

Mientras se encaminaba a la caravana de vehículos que esperaban fuera, sacó el teléfono, lo encendió y escribió un SMS para Sean y Edgar. Pulsó la tecla de enviar, sonrió y se guardó el móvil en el bolsillo.

Un agente del Servicio Secreto que conocía le abrió la puerta de la limusina. El presidente siempre entraba el último. En cuanto posaba el trasero en el asiento, la caravana se ponía en marcha. A Michelle le costó disimular la sonrisa cuando subió al interior y ocupó el asiento situado frente al mandatario, en la dirección contraria al sentido de la marcha.

En cuanto él subió, la puerta se cerró y todos los sonidos del exterior se apagaron. No reaparecerían hasta que volviera a abrirse la puerta, porque las gruesas ventanillas no podían bajarse. La caravana se puso en marcha.

La *Bestia* tenía el aspecto del Cadillac DTS que era por fuera, pero era un vehículo único en los demás sentidos. Trescientos mil dólares permitían ciertas opciones de equipamiento interesantes. Pesaba más de ocho toneladas y estaba completamente aislado por si alguien intentaba atacarlo con armas bioquímicas. El depósito de gasolina estaba sellado con espuma. Aunque chocara, no explotaba. Contaba con suministro de oxígeno y extintores en el maletero, junto con reservas de sangre del mismo grupo sanguíneo del presidente. El guardabarros delantero incorporaba cámaras de visión nocturna y cañones de gas lacrimógeno. El armazón del coche era una mezcla de cerámica, titanio y la fiabilidad del acero de toda la vida. Los neumáticos tenían un revestimiento de Kevlar y eran del tipo *run-flat*. Las puertas eran tan pesadas como el portón de la cabina de un jet debido al blindaje de quince centímetros de grosor. Las primeras capas de las ventanillas eran a prueba de balas, capaces de absorber una bala, mientras que las capas internas eran de un tipo especial de plástico que atraparía cualquier bala como una mosca en una telaraña.

Los dos inconvenientes eran la velocidad y el consumo de combustible. La *Bestia* podía circular a una velocidad máxima de cien kilómetros por hora y consumía treinta litros cada cien kilómetros por culpa de su enorme peso.

Michelle se fijó en el chófer y en el otro agente que ocupaba el asiento delantero. Luego miró por la ventanilla y vio la caravana formada por treinta vehículos. Acto seguido, volvió a admirar el lujoso interior del compartimento trasero.

Cole la observaba ligeramente divertido.

—¿Es la primera vez que viajas en la *Bestia*? —preguntó.

Michelle asintió.

—Dejé el Servicio Secreto antes de que me tocara la misión de protección en la Casa Blanca.

—Recuerdo mi primera vez. Me pareció un sueño.

—Ahora ya debe de haberse acostumbrado.

—Qué va. Es un honor y un privilegio, y sigue siendo una pasada. —Se acomodó en el asiento y miró por la ventanilla—. Nunca puedo ir a ningún sitio de incógnito. Ni siquiera puedo conducir por una vía pública.

Michelle también se reclinó.

—Probablemente no sea tan malo. Así evita tener que discutir con los policías de tráfico por una multa por exceso de velocidad.

Cole sonrió antes de mirar al agente que iba delante.

—Sube la ventanilla, Frank —ordenó.

El cristal que separaba las dos secciones de la *Bestia* se deslizó hacia arriba.

Cole esperó a que acabara de subir y entonces se centró en Michelle.

—Voy a hablarle con franqueza, señorita Maxwell.

—Sí, señor.

—Mi administración está metida en un buen lío.

—Ya me lo había parecido.

—Lo cierto es que intentábamos hacer algo positivo, algo que ayudaría a otro país a ser libre.

—La mejor de las intenciones y el peor de los resultados.

—Mis oponentes siempre me exigen que envíe tropas, que use el gran ejército estadounidense. Pero cuando hacemos algo cuyo efecto sería el mismo por un coste mucho menor, amenazan con someterme a un *impeachment*.

—Creo que eso se llama política, señor.

—El problema es que esta vez creo que me he pasado. Y está a punto de estallar. —La miró con ceño—. ¿Habéis conseguido averiguar algo tú y tu socio?

—Sí, señor. —Y le contó todo lo que habían averiguado, incluido el secuestro de Tyler y su amiga Kathy.

—Dios mío, no sabía nada de eso. ¿Y creéis que a Sam Wingo le tendieron una trampa y que este tal Alan Grant está detrás de todo esto? ¿A causa de un escándalo político que provocó la muerte de sus padres hace más de veinte años?

—Eso creemos.

—¿Y él es la fuente de las filtraciones al bloguero?

—También lo creemos, sí.

—¿Tenéis pruebas?

—Las estamos recopilando. De hecho, si me permite hacer una llamada a mi socio, quizás haya novedades.

—Adelante.

Michelle llamó a Sean, que respondió al segundo tono.

—He recibido tu mensaje —dijo—. La *Bestia*, ¿eh? ¿Con el presi?

—Sí, aquí estoy —dijo ella con alegría.

—Pues nosotros también tenemos una gran noticia. Tenemos a Tyler y Kathy, sanos y salvos. Están en el Fairfax Hospital. Kathy tenía una herida superficial en el brazo. Están bajo la protección del FBI. Se ha informado a sus padres y están en el hospital con ella.

—Sean, es una noticia fantástica.

—Y hemos pillado a dos de los matones de Grant. Littlefield y McKinney van a apretarles las clavijas. Si hablan, tendremos línea directa con Grant.

—Mejor que mejor. —Se volvió hacia Cole—. Señor, han encontrado a los chicos. Están a salvo. Y han apresado a los secuestradores. El FBI los tiene detenidos. Pueden llevarnos directamente a Grant.

—Gracias a Dios. Es un milagro.

Michelle miró por la ventanilla. Se acercaban al Memorial Bridge que los conduciría a Virginia. No había coches en la carretera aparte de la caravana presidencial, porque la *Bestia* no compartía rutas con el resto de los mortales. Era una hermosa tarde ahora que había pasado la lluvia y el sol bajo se reflejaba en la superficie gélida del Potomac.

—¿Y por qué te has reunido con el presi? —preguntó Sean.

Entonces en pantalla apareció un mensaje de Edgar. Michelle abrió unos ojos como platos y se le encogió el estómago.

—¿Michelle? —dijo Sean.

—¡Oh, mierda! —exclamó ella.

—¿Qué ocurre? —preguntó Cole.

—Michelle, ¿estás bien? —insistió Sean.

Ella miró al presidente.

—Tenemos que... —No consiguió terminar.

78

Fue como si al chófer de la *Bestia* le arrancaran el volante de las manos y dio un giro brusco hacia la izquierda. Al mismo tiempo el acelerador fue hasta el fondo y el vehículo de casi ocho mil kilos aceleró y chocó violentamente contra la balaustrada de piedra del puente. Los pasamanos de piedra eran fuertes, pero no estaban diseñados para detener un coche tan pesado a tanta velocidad. El morro de la *Bestia* reventó la piedra y las ruedas delanteras salieron de la calzada. Las ruedas traseras mantuvieron la tracción y, con otro estallido de potencia, la *Bestia* traspasó el puente por completo y quedó suspendida en el aire durante unos instantes. A continuación el morro se inclinó hacia abajo y se desplomó. Golpeó el agua al cabo de unos segundos. El extremo trasero cayó también y el coche se dio un planchazo contra la superficie del Potomac.

La *Bestia* era impresionante en muchos aspectos, aunque flotar no se contaba entre sus incontables propiedades. Se hundió rápidamente.

—¡Michelle! —gritó Sean por el teléfono. No hubo respuesta. Se volvió hacia Wingo—. Ha pasado algo muy gordo. Está con el presidente y... —Le sonó el teléfono. Era Edgar.

»Edgar, ¿qué ocurre?

—Acabo de enviarle un mensaje a Michelle —dijo—. Está con el presidente.

—Lo sé. Me ha llamado. Pero entonces ha ocurrido algo. No consigo comunicar con ella... Edgar, ¿estás ahí?

El superinformático habló a continuación con voz tensa.

—Acabo de recibir una noticia de última hora en pantalla.

—¿De qué se trata? —preguntó Sean con el corazón en un puño.

—La limusina del presidente ha chocado contra el Memorial Bridge y ha caído al Potomac.

—¿Qué? ¿Cómo?

—Es la confirmación del mensaje que le he enviado a Michelle.

—¿De qué estás hablando?

—El satélite, Sean. Han *hackeado* el satélite que la limusina presidencial utiliza para la navegación y comunicación. Es muy difícil de explicar cómo lo han hecho.

—Vale, lo han *hackeado*, ¿y qué?

—La limusina tiene más de treinta millones de líneas de código, Sean. Ese vehículo está controlado totalmente por ordenadores. Y si *hackeas* el cerebro...

—... controlas el coche. —Sean acabó la frase por él.

—Sí. Velocidad. Dirección. Frenos. Todo.

—Grant —dijo Sean, mirando a Wingo—. Ese hijo de puta se acaba de vengar de un presidente que no tuvo nada que ver con la muerte de sus padres. Y Michelle está con él —añadió con voz temblorosa.

—¿Qué piensas hacer? —preguntó Edgar.

Sean soltó el teléfono, pisó el acelerador y el coche salió disparado.

Wingo acababa de poner la radio y escucharon la noticia de última hora. Sonaba desalentadora. Estaban organizando rápidamente la operación de rescate, pero necesitarían un equipamiento pesado para sacar el vehículo del lecho del río. La buena noticia era que la limusina contaba con suministro de oxígeno y quedaba totalmente sellada, por lo que no se filtraría agua.

—Los federales harán todo lo que puedan —dijo Wingo—. Y ya has oído la radio. El vehículo cierra herméticamente y cuenta con oxígeno.

Sean tenía la vista fija en la carretera.

—Pero el hecho de haber chocado contra el puente puede haber «desprecintado» a la *Bestia*. Es un tanque, pero incluso los tanques pueden sufrir daños.

—...

—Un ordenador controla a la *Bestia*, Sam. Quien domina el ordenador, posee a la *Bestia*. Y Alan Grant es demasiado listo para que algo así se le haya pasado por alto.

Cuando la limusina se aposentó en el lecho del río, Michelle se desabrochó el cinturón de seguridad y se acercó al presidente. Estaba inconsciente. Le tomó el pulso. Lo tenía regular, aunque estaba pálido. Le palpó el cuello para ver si tenía alguna fractura o bulto, pero no notó nada. Acto seguido, hizo una cosa casi inimaginable.

Le dio no una, sino dos bofetadas en la cara.

Él reaccionó a la segunda y la miró con apatía.

—¿Qué demonios ha pasado? —balbuceó.

—¿Está herido, señor presidente? ¿Se nota algo roto, magullado, dolorido?

Él movió brazos y piernas con cuidado.

—Dolorido, pero creo que estoy entero —repuso—. ¿Qué ha pasado?

Michelle exhaló un corto suspiro.

—Hemos caído por el puente. Estamos en el Potomac. —Miró por la ventanilla y lo vio todo negro—. En el fondo del Potomac —precisó.

—¿En el Potomac? —preguntó el mandatario con incredulidad.

Ella encontró el mando en la consola para la partición de cristal. Milagrosamente seguía funcionado. La *Bestia* tenía energía, pero probablemente no durara mucho allí abajo. El motor se había apagado y dudaba de que fuera capaz de volver a arrancar bajo el agua. Además, ¿adónde iban a conducir?

El cristal se deslizó y Michelle avanzó a cuatro patas para ver cómo estaban los agentes de delante. Los airbags habían saltado, lo cual le resultó esperanzador.

La esperanza se desvaneció en cuanto vio la sangre y los ojos abiertos.

Les tomó el pulso, aunque ya sabía la respuesta. Los airbags se habían abierto al chocar contra la barandilla. Probablemente habían sobrevivido a aquello, pero no al impacto contra el agua. Miró las ventanillas laterales y el marco de acero. Estaban ensangrentados. Lo más probable era que se hubieran golpeado contra ellos. Seguramente habían muerto en el acto.

Ella y el presidente estaban solos en el fondo del río.

Se deslizó con los pies por delante y regresó al compartimento trasero.

—¿Cómo están? —preguntó Cole angustiado.

Michelle negó con la cabeza.

—No han sobrevivido, señor.

—Oh, Dios mío.

Michelle echó un vistazo a la mullida y gruesa tapicería de cuero. Aquella especie de capullo acolchado les había salvado la vida, mientras que los agentes de delante habían pagado el precio de la colisión.

Bajó la mirada hacia el teléfono. Sin cobertura, obviamente.

A veces le fallaba la conexión en tierra, así que bajo el agua... qué se podía esperar.

Abrió la consola central, donde había un teléfono, y lo extrajo.

—Esto pondrá a prueba la garantía del fabricante —dijo.

El presidente se deshizo la pajarita y se desabotonó el botón superior.

—El ambiente empieza a estar cargado aquí dentro —dijo.

—Estoy segura de que están reuniendo un equipo de rescate ahora mismo, señor. Enseguida llegarán los submarinistas.

Michelle había remado por el Potomac, conocía bien el río. Sabía que era poco profundo en su mayor parte. La profundidad media de la cercana bahía de Chesapeake era de apenas seis metros y medio. El punto en que se encontraban no era mucho más profundo que eso. Pero el hecho de estar sentados en un vehículo que era lo más parecido a un tanque con más de seis metros de agua encima dificultaría las labores de rescate.

Echó una mirada a las puertas. Quince centímetros de placas blindadas. No eran fáciles de abrir, ni siquiera con medios hidráulicos. Con la presión de toneladas de agua, sería imposible abrirlas sin maquinaria pesada. Y sería lento. Y podía entrar agua. Se imaginaba una situación en la que el agua llenaba el habitáculo mientras abrían la puerta lentamente a la fuerza. Podían acabar ahogados con sus salvadores a escasos centímetros de distancia.

Quizá consiguieran maquinaria como la que hay en los desguaces, con un extremo magnetizado para levantar el coche. Pero ¿funcionaría bajo el agua? ¿Sería lo bastante potente como para levantar un coche ya de por sí ultrapesado del fondo de un río?

La mejor opción sería sujetar un cable al morro de la *Bestia* y tirar de él hasta la costa con maquinaria emplazada en tierra.

De todos modos, también sería lento.

Aunque era la primera vez que viajaba en ese vehículo, sabía que la *Bestia* disponía de suministro de oxígeno portátil que se activaría automáticamente en caso de escasez de aire en el habitáculo. O sea que les quedaba tiempo. En esos momentos agradeció que el vehículo fuera hermético. Miró en derredor. No veía que entrara agua por ningún sitio.

Volvió a mirar el teléfono. Intentaría ponerse en contacto... Exhaló un suspiro, pero se sorprendió al notar que se le quedaba ahogado en la garganta.

Miró a Cole. Le dio la impresión de que estaba más pálido.

Entonces recordó lo que el presidente le había dicho hacía unos instantes: «El ambiente empieza a estar cargado aquí dentro.»

—Señor, ¿puede pasar al asiento de enfrente?

Lo ayudó a desabrocharse el cinturón y lo acompañó al otro lado del habitáculo. Echó el respaldo hacia atrás y pasó al maletero blindado. Vio los extintores y la lata con las reservas de sangre. Entró allí a gatas y desenganchó el revestimiento del suelo del maletero. Había bombonas de oxígeno. Las examinó con cuidado. Parecían llenas, pero no estaban conectadas. Golpeó una de ellas con los nudillos y luego acercó la oreja a los tubos que conectaban con el habitáculo. No pasaba aire por ellos.

A muchas personas ya les habría entrado el pánico. Pero al igual que los pilotos que intentan salvar un avión que cae en picado, Michelle estaba preparada para reaccionar ante situaciones críticas. Estaba demasiado ocupada intentando salvar al presidente y a ella misma como para ponerse a chillar.

No había ningún tipo de llave manual en las bombonas que le permitiera abrirlas. Maldijo aquel fallo tan obvio de planificación. Respiró de forma superficial y notó que se mareaba un poco. Resultaba exasperante pensar que había grandes cantidades de oxígeno ahí pero inaccesibles.

Le dio un puntapié con la esperanza de que empezara a fluir, pero al acercar la oreja a los tubos no oyó nada. ¿Cómo era posible que hubiera fallado el sistema de seguridad? Era como si todos los motores de un avión se pararan al mismo tiempo. Esas cosas no pasaban.

Entonces recordó el mensaje de Edgar. «Sal de la limusina. Tiene un problema.» Contra todo pronóstico, la poderosa *Bestia* había sufrido un sabotaje.

Regresó al compartimento trasero.

El presidente la miró.

—El oxígeno no funciona, ¿verdad? —preguntó.

Michelle negó con la cabeza.

—Pues no.

—¿El chófer ha sufrido un colapso súbito?

—No creo, señor.

—Entonces, ¿cómo ha sucedido esto? ¿Acaso nos ha golpeado algo?

—Creo que alguien se ha apoderado de la *Bestia*.

—¿Apoderado? ¿Cómo?

—No estoy segura. —Michelle volvió a mirar el teléfono. Lo cogió y marcó el número, rezando para que el sistema de comunicaciones de última generación de la *Bestia* hiciera honor a su coste.

—¿Diga? —La voz sonó desesperada, presa del pánico.

—Sean, soy yo.

—Michelle, cuéntame. Dame la situación.

Ella lo hizo. Dos agentes muertos. El presidente bien. El oxígeno sin funcionar.

—Grant ha asumido el control de la *Bestia* —explicó Sean—. Y la ha hecho chocar contra el puente.

—Edgar me envió un mensaje mientras hablaba contigo diciendo que había un problema con la limusina. ¿Qué está pasando ahí arriba?

—Acabo de llegar al lugar. Está acordonado y con barricadas, como puedes imaginar. He conseguido localizar a Littlefield y gracias a él me dejaron llegar hasta el puente. Ahora mismo te estoy mirando. Los barcos de rescate están en camino, pero vienen desde Anacostia. Tardarán un rato, pero están intentando que lleguen lo antes posible. Hay un barco de policía en la superficie para localizaros mediante un radar. También hay helicópteros en camino con ganchos de sujeción.

—La *Bestia* pesa ocho toneladas.

—Lo sé. Necesitan helicópteros de transporte militar e incluso así dudo de que lo consigan. Tenéis varias toneladas de agua encima.

—Entonces tenemos que esperar a los submarinistas —dijo ella con voz resignada—. A ver si logran sujetar un cable al guardabarros y luego alzarnos...

—Michelle, escúchame. No podéis esperar a que os saquen. Tenéis que salir por vuestros propios medios.

—Fantástico, Sean, pues ya me contarás cómo.

—Es arriesgado pero es vuestra única posibilidad. ¿Cuánto aire crees que os queda?

Lanzó una mirada a Cole, que estaba pálido.

—Si respiramos de forma superficial, unos minutos como máximo.

79

Alan Grant había estado observando con tensa fascinación cómo la limusina presidencial chocaba contra el lateral del Memorial Bridge y se sumergía en las turbias aguas del Potomac. Había pulsado unas teclas más en su portátil para desactivar el suministro de oxígeno del coche. No se molestó en inhabilitar los sistemas de comunicación del vehículo. Quería que hablaran entre sí, que oyeran la desesperación. No serviría de nada. Era demasiado tarde. Tardarían treinta minutos en organizar una operación de rescate. Para entonces, el presidente y los demás ocupantes de la limusina estarían muertos, envenenados por el monóxido de carbono que despedía su propio aliento, sin aire fresco que aspirar.

Bajó la tapa del portátil y observó unos segundos más el caos absoluto que se había apoderado del puente y la orilla del río. Las furgonetas de los medios de comunicación empezaban a llegar. Los curiosos se habían congregado lo más cerca posible de la escena. La policía y los helicópteros de las noticias sobrevolaban la zona, aunque de poco pudiera servirles.

La poderosa *Bestia*, muerta por su propio peso, junto con el presidente en su interior.

El FBI, el Departamento de Seguridad Nacional, el Servicio Secreto, la policía metropolitana, el ejército y probablemente otra media docena de agencias rondaban por ahí intentando hacer algo. En vano.

«Si no fuera tan patético, sería incluso divertido», pensó.

Grant arrancó el coche y se alejó lentamente. Había vuelto a llamar a sus hombres de la cabaña, pero seguía sin recibir respuesta. Aquello resultaba muy inquietante. Le sonó el teléfono y respondió. Era Trevor Jenkins. Lo había apostado en la vieja emisora de radio.

—¿Ya lo han sacado todo?

Jenkins habló con voz tensa.

—No, y no creo que lo hagan.

—¿Por qué? —espetó Grant.

—Porque un convoy de todoterrenos está subiendo por la carretera a toda mecha. Creo que es un equipo de las fuerzas especiales.

—¡Lárgate de ahí inmediatamente, Trevor! —gritó Grant.

Dejó el teléfono y notó cómo el pánico iba en aumento.

Su salida de escena discreta se había ido al traste. Habían descubierto el tinglado.

Pero él había conseguido a su hombre. Había conseguido su objetivo.

El presidente estaba muerto. Había vengado la muerte de su padre. Conseguirlo le había costado veinticinco años y una obsesión enfermiza. Pero ya estaba hecho.

Por fin.

Michelle había situado al presidente en el asiento delantero con ella después de dejar caer los dos cadáveres al suelo del habitáculo. Le había hecho quitar el ligero chaleco antibalas puesto que en el agua habría supuesto su muerte.

Cogió una escopeta Remington que había en un compartimento cercano al asiento del conductor. Sean le había indicado su ubicación, y también habían hablado acerca de lo que ella se disponía a poner en práctica.

Tras bajar los respaldos de los asientos traseros para dejar el maletero al descubierto, le había explicado al presidente lo que se proponía hacer. Él había aceptado la estrategia como su única posibilidad. Pero, al ver su expresión, Michelle se había dado cuenta de lo que pensaba.

Ella era joven, fuerte y estaba en forma.

Por el contrario, él era un hombre de mediana edad con barriga incipiente. Y aunque probablemente hiciera ejercicio, lo que iba a tener que hacer para sobrevivir era mucho más que eso.

Michelle había tenido en cuenta todo eso después de que Sean le hablara sobre los pasos a dar. Repasó mentalmente lo que iba a suceder. Ahora tenían luz gracias a la unidad de electricidad hermética de la *Bestia*, pero en cuanto hiciera lo que iba a hacer, quedarían sumidos en la oscuridad. Por tanto, tenía que esforzarse al máximo para grabar en su mente tanto la salida con el presidente como el ascenso hasta la superficie.

Estaban a seis metros de la superficie. No parecía mucho, pero conteniendo la respiración y ascendiendo con dificultad, bien podría haber sido un kilómetro, sobre todo llevando a alguien agarrado.

Lanzó una mirada a Cole. Había encontrado un poco de cuerda, unas cintas de velcro y una linterna de emergencia detrás del panel de un asiento del que Sean también le había informado. Ató un extremo de la cuerda a la cintura del presidente y se ató el otro extremo en la suya propia. Dejó la cuerda corta a propósito. Debía evitar que se liara con algo en la oscuridad mientras salían del coche porque supondría la muerte de ambos. Descorrió el pestillo del maletero, pero la presión del agua lo mantuvo hermético. Por lo menos no estaba cerrado con llave.

—Señor, cuando dispare, probablemente se vaya la luz y entrará agua. Tome aire tres veces y contenga la última respiración. Yo iré hacia delante para salir y luego hacia arriba. Puede mover los pies y los brazos en cuanto estemos fuera del coche. Así llegaremos arriba enseguida. Estaré con usted todo el rato. No le dejaré. No voy a dejarle morir. ¿Entendido?

Él asintió mientras la frente se le perlaba de sudor.

—De acuerdo.

Michelle se había sujetado con velcro la linterna alrededor de la cabeza. Rogó que funcionara bajo el agua.

—A la de tres —dijo mientras apuntaba con la Remington—. Uno... dos... tres.

Disparó a las bombonas de oxígeno. Se produjo una explosión y un destello de luz. El depósito de combustible era a prueba de explosiones y estaba lleno, por lo que había muy poco vapor. Y si bien la *Bestia* estaba preparada para soportar el ataque exterior de un lanzacohetes RPG, los diseñadores del coche no habían pensado en una explosión avivada por el oxígeno interior.

El maletero se abrió de repente y el agua entró a raudales.

Michelle soltó la escopeta y se lanzó hacia delante, arrastrando al presidente detrás de ella. Se encontró de bruces con el agua fría. La linterna seguía funcionando, aunque de forma más débil. Pero la iluminación bastaba.

El Potomac tenía corrientes subterráneas y superficiales de una fuerza inusitada. Se había cobrado la vida de muchos nadadores incautos, pero Michelle era una nadadora avezada. Salió con fuerza sirviéndose de los asientos y la carrocería para impulsarse.

Se puso de pie en el maletero durante unos instantes, pues ya no tenía tapa. Afianzó bien los pies y se impulsó con fuerza para ascender con rapidez. El maletero estaba a medio metro por encima del lecho del río, lo cual significaba que quedaban menos de seis metros por subir.

Movió piernas y brazos con vigor. Notaba que el presidente hacía lo mismo detrás de ella, aunque sin tanta energía.

La distancia se acortó en tres metros. Los brazos y las piernas empezaban a dolerle debido al frío y al esfuerzo que tenía que hacer para arrastrar a un hombre hecho y derecho.

Tres metros se convirtieron en dos. Veía un atisbo de luz allá arriba.

Se impulsó de nuevo con fuerza e intentó no pensar en el esfuerzo que estaba exigiendo a sus pulmones.

Los dos metros se redujeron a la mitad. Pero la cabeza le palpitaba con tanta fuerza que le pareció que se le iba a reventar una vena. También notó que Cole flaqueaba. Ya no movía los pies.

Notó que la arrastraba hacia abajo.

Hizo acopio de todas sus fuerzas y se impulsó hacia arriba, patada a patada, brazada a brazada. Si iba a morir pensaba dejarse la piel en ello, igual que había hecho en los Juegos Olímpicos. Su equipo había perdido en la final y ganado la plata, pero aun así había sido una experiencia increíble. Bueno, ahora no bastaba con quedar segunda. Aspiraba al oro.

El metro se convirtió en cincuenta centímetros. Se dio un impulso extraordinario y rompió la superficie del agua. Sujetó la cuerda y tiró con todas sus fuerzas. El esfuerzo hizo que volviera a sumergirse, pero el cuerpo flácido del presidente pasó por su lado y asomó la cabeza a la superficie. Cole tosió y vomitó.

De repente, unas manos fuertes los agarraron a ambos. Michelle salió casi del agua gracias a unos brazos que le parecieron de acero. Miró en derredor y vio a un submarinista a su lado. Otras manos la sujetaron, la sacaron totalmente del agua y la dejaron en el bote salvavidas.

Al cabo de unos instantes, el presidente estaba a su lado. Michelle tosió un poco de agua, aspiró grandes bocanadas de aire y se sentó apoyada en un hombro.

—¿Señor presidente? ¿Está usted bien?

Intentó incorporarse, pero dos técnicos sanitarios que estaban arrodillados a su lado lo hicieron tumbar con cuidado. Mientras lo examinaban, Cole miró a Michelle y le sonrió con debilidad.

—Puede integrarse en mi equipo de protección cuando quiera, señorita Maxwell —farfulló.

Envolvieron a Michelle con unas mantas mientras ella se tumbaba y cerraba los ojos. Y entonces sonrió.

«Por fin he conseguido ir en la *Bestia*», pensó.

80

Sean y Michelle recibieron el agradecimiento oficial por salvar al presidente de una muerte segura en un acto celebrado en la Casa Blanca. Además, por suerte para John Cole, ese atentado contra el máximo mandatario de la nación y su salvación heroica y dramática le habían hecho ganar enteros de popularidad. Hasta sus más acérrimos enemigos políticos habían acallado sus demandas de investigación e *impeachment*, por lo menos de momento.

Una vez concluido el acto, Cole estrechó la mano a Sean y le dio las gracias por haber pensado con rapidez y aconsejado bien a Michelle. Acto seguido, se saltó el protocolo y dio a Michelle un fuerte y sincero abrazo mientras la primera dama hacía lo mismo con los héroes de la jornada.

—Gracias —dijeron el presidente y su esposa al unísono.

Littlefield y McKinney habían asistido al acto. Ambos agentes fueron elogiados por su labor para desbaratar una conspiración que habría avergonzado a la nación y posiblemente la hubiera abocado a la guerra, además de provocar la muerte de su líder.

Lástima que los culpables todavía no habían roto su silencio. Y el equipo de mudanzas de la remozada emisora de radio no sabía nada acerca de las cosas que trasladaban. O por lo menos eso decían. Los mil millones de euros, o lo que quedara de ellos, seguían desaparecidos. Además, lo más significativo era que Alan Grant se encontraba en paradero desconocido.

Michelle habló mientras se dirigían al Land Cruiser después del acto en la Casa Blanca.

—Te queda muy bien el traje. Deberías vestir así más a menudo.

Sean sonrió y negó con la cabeza.

—Ya vestí suficientes trajes durante mi etapa en el Servicio Secreto. Mi armadura de batalla era un Brooks Brothers estándar, corbata y cuello de esmoquin. Y gafas de sol. Pienso pasar el resto de mi vida con ropa de *sport*.

Michelle sostuvo la medalla que el presidente les había concedido.

—Excepto cuando recibas una de estas, supongo.

—Eso mismo. ¿Cómo te han sentado los pinchazos?

Michelle y Cole habían sido tratados con antibióticos, algunos de los cuales eran inyectables, por haber estado en el Potomac y tragado agua. Aunque el río estaba más limpio que hacía unas décadas, a veces arrastraba residuos químicos, por lo que no era recomendable beber de él.

—Mis nalgas han vivido tiempos mejores, dejémoslo así. —Subieron al todoterreno—. Hace tiempo que quiero preguntarte una cosa.

—Dispara —dijo Sean.

—¿Cómo se te ocurrió que disparara a las bombonas de oxígeno para salir de la *Bestia*? Me cuesta creer que ensayarais esa situación cuando estabais en misiones de protección.

—No —reconoció él mientras se ceñía el cinturón de seguridad—. Ni por asomo. Para el *Air Force One* sí que se ensayan situaciones de amerizaje, pero no con la *Bestia*.

—Entonces, ¿cómo?

—¿Quizá gracias a mi mente brillante e incisiva capaz de calibrar cualquier situación crítica y encontrar una solución con la rapidez de un láser?

Michelle se ciñó el cinturón y puso el motor en marcha.

—No me tomes el pelo, Sean King.

Él suspiró.

—Vale, pero solo para tus oídos. —Hizo una pausa—. Recordé que lo había visto en *Tiburón*.

Michelle se inclinó sobre el volante y se lo quedó mirando.

—¿Qué tiburón?

—La película *Tiburón*. El personaje de Roy Scheider es el sheriff de pueblo que está en medio del océano y el tiburón va a por él. Pero el bicho lleva una bombona de oxígeno encajada en la boca tras haber hundido un barco de buceo. Resulta que Scheider lleva pistola. Dispara, le da a la bombona. Bum. Se carga al tiburón.

—O sea que ¿estoy aquí sentada hablando contigo en vez de en la morgue gracias a una peli de Spielberg?

—Qué quieres que te diga. Me dejó impresionado cuando la vi por primera vez.

Michelle le dio una palmada en el hombro.

—Pues no sabes cuánto me alegro —repuso Michelle—. ¿Qué va a pasarle a Wingo? —preguntó cuando hubieron salido de la ciudad.

—Nada. Saben que le tendieron una trampa y que es inocente. Saben que secuestraron a su hijo para mantenerlo a raya. Joder, el tío merece una medalla como nosotros, y el ejército lo sabe. Todo irá bien. Y Tyler recuperó a su padre.

—Bueno, creo que Cole está encantado de estar vivo y de que, al menos por el momento, haya remitido el escándalo de los euros desaparecidos.

—Lo único que hace falta es una nueva noticia más emocionante. ¿Te acuerdas de Chandra Levy y el congresista que algunos creían que la había matado?

—Pues no, la verdad.

—Es porque era la «noticia» hasta que se produjo el 11-S.

—O sea que la pieza que falta es...

—Alan Grant, sí. Su esposa ha sido interrogada, por supuesto. Por lo que Littlefield me ha contado, está tan sorprendida como todos. Pero la culpabilidad de su esposo está bien demostrada.

—¿Y Dan Marshall, su presunto infiltrado y cómplice?

—Le han interrogado y volverá a ser interrogado.

—¿Por la policía?

—Sí. Pero también por nosotros.

—¿Qué?

—Nos contrataron para hacer un trabajo, Michelle. Y todavía no lo hemos terminado.

—Al comienzo no querías saber nada de esto.

—Me ha enganchado. Y cualquier persona que intente matar al presidente de mi país me ofende profundamente. —Se volvió para mirarla—. O a ti.

—Entonces, ¿vamos a ver a Marshall?

—Sí, pero antes quiero hablar con Edgar.

—Ha averiguado cómo Grant *hackeó* el satélite que utiliza la *Bestia*.

—Lo sé. En la vieja emisora de radio encontraron material con tecnología punta. Seguro que ahí fue a parar parte de los mil millones. Además de en el alquiler del satélite. Y el tipo que se lo alquiló reconoció a Grant en una foto. El pobre hombre no tenía ni idea de en qué iba a utilizarlo.

—Pues tendrá que seleccionar mejor a sus clientes —afirmó Michelle.

—Apuesto a que Grant no hizo esto solo. Debe de contar con alguien que posee un talento espectacular para *hackear* ordenadores. El FBI está comprobando los movimientos de delincuentes conocidos con habilidades informáticas.

—Probablemente hayan desaparecido hace tiempo.

—Pues sí —convino Sean—. Pero espero que encuentren a Grant. Él fue quien disparó a Kathy. Ella también le identificó. Y eso indica que no tenía intención de dejarlos marchar.

—¿Qué me dices de nuestro viejo amigo Trevor Jenkins?

—Desapareció como un fantasma para cuando la policía llegó al edificio de la emisora.

—¿Crees que él y Grant están compinchados?

—No pondría la mano en el fuego. Pero les va a costar lo suyo salir del país. Todo el mundo les busca.

Michelle pisó el acelerador.

—Cielos, qué gusto da volver a estar en tierra firme.

81

—Me alegro mucho de verte sana y salva, señorita Maxwell —dijo Edgar con toda la emoción que era capaz de demostrar.

—Yo también, Edgar, gracias. Y ya sabes que puedes llamarme Michelle.

Estaban sentados a la mesa de la cocina en la casa del informático.

—Comprendiste lo que pasaba antes que los demás —dijo Sean—. Y se lo hemos dicho al presidente. No te asustes si recibes una llamada.

—Ya la he recibido. Quería que fuera a la Casa Blanca, pero le dije que tenía que dar de comer a las gallinas.

Sean palideció.

—Edgar, por favor, dime que no le has dicho al presidente de Estados Unidos que no podías ir a la Casa Blanca porque tenías gallinas que alimentar.

—En realidad no se lo he dicho.

—Gracias a Dios.

—Se lo dije a su jefe de gabinete, que supongo que se lo comunicó a él.

Sean meneó la cabeza con aire incrédulo mientras Michelle se mordía el labio para contener la risa.

—El cuidado de las gallinas exige dedicarles mucho tiempo, Sean —explicó Edgar—. Ya iré en otro momento a la Casa Blanca.

—¿Cómo rastreaste los movimientos de Grant?

—Fue más por casualidad que intencionado. Pero el hecho de que me pidieras que encontrara su coche utilizando el chip del GPS me hizo ver las cosas desde otro ángulo. Hoy día, los coches llevan mucho hardware y software para que funcionen como la gente necesita. Hay aproximadamente cien megabytes de código binario en los modelos de alta gama que se ejecutan en más de cincuenta unidades de ordenador. Pero esto también ofrece múltiples puntos de entrada a los *hackers*. Telemática, Bluetooth, entrada sin llave, incluso sensores de neumáticos que emplean conexiones inalámbricas. O se puede *hackear* un vehículo entrando por el reproductor de CD o DVD. Pero la mayoría de los *hackers* atacan un vehículo por algo llamado puerto de Diagnóstico a Bordo. Se trata de un puerto de acceso al que los mecánicos conectan su ordenador de diagnóstico para comunicarse entre sí.

—Suena como un paciente con su médico —dijo Sean—. No un coche.

—Al parecer hemos avanzado mucho desde el viejo Mustang de 1966 —añadió Michelle—. Yo conducía uno de esos, heredado de mi hermano, cuando iba a la universidad. Tenía algo llamado reproductor de ocho pistas.

Sean se la quedó mirando.

—En momentos como este me doy cuenta de que soy mucho mayor que tú.

Ella le sonrió con dulzura.

—Pues no estás mal, para un hombre de edad tan avanzada.

Sean se volvió hacia Edgar.

—El FBI ha hecho diseccionar la *Bestia* para ver de dónde vino el ataque —dijo.

—Empezó con un satélite comercial que se alquiló al gobierno en una ocasión —explicó Edgar—. Se supone que eliminan todo el material sensible cuando el gobierno ya no lo usa, pero, según parece, Grant encontró algunos restos. Los utilizó para infiltrarse en el satélite destinado a la navegación del GPS y a las funciones de control de la limusina presidencial. Apuesto a que los técnicos del FBI encontrarán el *malware* que permitió a Grant controlar todas las funciones del coche de forma remota.

—Seguro que sí —dijo Michelle—. El coche empezó a conducirse solo. El agente que iba al volante no podía dominarlo. Cambió de trayectoria, aceleró y acabó en el agua. Encima, el sistema de oxígeno no funcionaba.

—Estoy convencido de que el *malware* tuvo que ver con eso —apuntó Edgar.

—Si fueron capaces de *hackear* la *Bestia*, ningún coche está a salvo.

—Absolutamente cierto —confirmó Edgar impasible—. En realidad pone de manifiesto las bondades y los inconvenientes de la tecnología. Dependemos de ella para lo bueno y para lo malo.

—Todavía no hemos averiguado quién es el infiltrado —dijo Michelle—. Grant estaba al corriente de la misión secreta de Wingo en Oriente Medio. Tuvo que enterarse de algún modo.

—¿Y el itinerario del presidente? —preguntó Edgar—. Grant sabía exactamente cuándo iba a pasar por el puente.

—Era del dominio público que el presidente iba a asistir a ese acto en Virginia —dijo Sean—. Pero es imposible que supiera el momento en que la caravana de vehículos iba a salir de la ciudad. Aunque podía verla.

—A no ser que dispusiera de información confidencial, probablemente no lo habría sabido con tanta precisión. Tampoco es que la agenda presidencial se publicite a bombo y platillo. Ni la ruta que tomaría la caravana de vehículos. Quizá quería disponer de varias opciones para pillar a Cole y eligió la mejor.

—Bueno, quizá consiguió la agenda del presidente a través de alguien. Pero probablemente ese alguien no sea la persona que estaba al corriente de la misión en Afganistán.

—Yo sigo apostando por Dan Marshall —dijo Michelle—. Es el suegro de Grant. No estoy diciendo que lo hiciera a propósito. Grant tenía una vía de entrada y es probable que la explotara. Y si fue capaz de *hackear* el satélite del presidente, el ordenador de Marshall en el Pentágono le resultaría un juego de niños.

—Si lo hubiera hecho, lo sabrían —opinó Edgar—. El Pentágono recibe ataques informáticos de vez en cuando, pero enseguida se resuelven.

Michelle adoptó una expresión de duda.

—Bueno, ¿qué hacemos ahora? ¿En quién nos centramos? ¿Vamos a casa de Jenkins y echamos un vistazo?

—El FBI ya ha estado allí. Y dudo de que vaya a volver a recoger sus artículos del afeitado. Probablemente esté en Venezuela antes de desaparecer por completo gracias a su parte del millón de euros.

—Ya —dijo Michelle—. A no ser que tenga una idea mejor.

—Sabía que ibas a decirlo —repuso su socio. Ella se levantó y sacó las llaves.

—Pues vamos a ver qué encontramos.

82

Se dirigieron en coche a casa de Jenkins. Había oscurecido y el viento iba en aumento. La amenaza de lluvia en el cielo era inminente. Michelle tiritaba un poco y miró a Sean.

—Creo que no he llegado a darte las gracias como te mereces —dijo.

—¿Por qué? —preguntó él con curiosidad.

Ella se quedó boquiabierta.

—Oh, pues no sé. ¿Por salvarme la vida?

—La vida te la salvaste tú misma, Michelle. Yo solo te sugerí una manera.

—Eres un hombre difícil de halagar.

—Por lo menos esta vez no te apuñalaron. Solo corrías el peligro de ahogarte.

—¿Vas a ponerte duro conmigo otra vez? —Él exhaló un suspiro e intentó esbozar una sonrisa—. Sean, ya hemos tenido esta conversación otras veces.

—Y nunca le hemos encontrado solución.

—No tiene solución si seguimos dedicándonos a lo que nos dedicamos. Y olvídate de tu sugerencia de seguir como investigador privado mientras yo me dedico a hornear galletas.

—Yo no sugerí que hornearas galletas.

—Me alegro, porque se me da fatal. Tú eres quien sabe cocinar, no yo.

Él iba a responder, cuando miró por la ventanilla y cayó en la cuenta.

—Maldita sea —masculló.

—¿Qué ocurre? —preguntó Michelle.

—¿Recuerdas cuando vigilamos el domicilio de South y te dije que se me hacía raro recorrer aquellos barrios?

—Sí, como si hubieras estado aquí antes y no recordaras cuándo ni por qué.

—Pues creo que acabo de recordar ambas cosas. Solo que espero equivocarme.

—¿Tiene que ver con Grant?

—No; con el infiltrado. —Sacó el teléfono y marcó un número—. Edgar, soy Sean. ¿Te quedan fuerzas para *hackear* una vez más esta noche? El Pentágono —añadió.

Edgar tardó dos horas en ofrecerle las respuestas que necesitaba. También había conseguido información adicional sobre la persona en cuestión.

—La gente debería ocultar mejor el rastro que deja en internet —comentó Edgar—. Dos servidores *proxy*, tres direcciones IP fantasma, una confluencia digital inventada en Hong Kong y un programa de dispersión de bytes que va por libre sobre flujos de datos sobrantes que se reagrupan en una plataforma de Dubái. Eso ya no da el pego.

Sean se frotó la sien.

—Vale, Edgar, no tengo ni idea de lo que acabas de decir, pero ¿te pueden rastrear?

—Yo estoy limpio. La seguridad nacional...

—Está por encima de todo —concluyó Sean.

Guardó el teléfono y miró a Michelle.

—A juzgar por tu ceño fruncido —dijo ella—, deduzco que tu deseo no se hizo realidad. Tenías razón en vez de estar equivocado.

—Te indicaré el camino para nuestro siguiente destino.

—¿Sean? —dijo ella con tono de duda burlona.

Él había puesto cara larga.

—Ahora no, Michelle. Ahora no.

Ascendieron hasta la puerta de la majestuosa casa esquinera. Sean llamó al timbre. Oyeron pasos que se acercaban. Al cabo de unos momentos, Curtis Brown, el condecorado marido de Dana, abrió la puerta y se sorprendió.

—Vaya, pensaba que hoy estaríais haciendo la ronda por los programas de televisión. Héroes nacionales. Impresionante.

—¿Podemos pasar, Curtis? —preguntó Sean en tono sombrío.

El general dio un paso atrás.

—Por supuesto, ¿qué sucede?

—Sé que es tarde, pero quería hacerte unas preguntas. Acerca de Dana.

—Está mucho mejor. Los médicos creen que podrán darle el alta en una semana para empezar la rehabilitación.

—Es una noticia excelente.

El general cerró la puerta y los condujo a la sala de estar.

Sean contempló la decoración y el mobiliario exquisitos. Todo estaba hecho con mucho gusto.

—¿Intuyo aquí la mano de Dana? —preguntó.

—Sí. Yo sé liderar tropas en el campo de batalla. Pero sería incapaz de decorar una habitación o de combinar colores aunque me fuera la vida en ello.

Curtis se sentó y les indicó que hicieran lo mismo.

—Bueno, ¿en qué puedo serviros?

—No nos habías dicho que ibas a retirarte del ejército —empezó Sean.

Brown se mostró sorprendido.

—¿Cómo te has enterado?

—¿Es cierto?

—Sí. Con dos estrellas me basta. Tendría que seguir en el circuito si quisiera ascender y obtener una o dos más. Y ya me he cansado del juego.

—¿Y te mudas a Malasia?

Brown se levantó y lo fulminó con la mirada.

—Me habéis estado espiando. Habéis entrado en mi historial sin permiso.

—Yo no, no sabría cómo. Pero a un amigo mío se le da muy bien. Lo que pasa es que Malasia no es tu última parada. Solo estará allí unas semanas. Compraste propiedades a través de una empresa fantasma en una isla de Indonesia. Una finca muy grande, frente al océano. Mucho más de lo que un general de dos estrellas puede costearse aunque tenga un fondo fiduciario.

—Y qué casualidad que Indonesia no disponga de tratado de extradición con Estados Unidos —añadió Michelle.

El general se reclinó en el asiento.

Sean se levantó y miró alrededor de la habitación.

—Cuando estuvimos vigilando la casa del coronel South pasamos por este barrio. Lo reconocí, aunque no sabía de qué. Pero había pasado por aquí hace años.

—¿Por qué?

—Me había enterado de que Dana se había vuelto a casar. Hice algunas averiguaciones y conseguí la dirección. Quería comprobar que ella estaba bien.

Sean bajó la mirada con un atisbo de incredulidad en el rostro ante sus propias palabras. Michelle lo observaba atentamente.

—¿Estás bien? —dijo ella.

Él se irguió.

—Estoy bien. La cuestión es que pasé en coche por aquí. Bonito barrio, bonita casa. Tú tenías buena fama. Pensé que se había casado con un buen partido.

—Y yo.

Sean se volvió para mirarlo a la cara.

—Entonces, ¿a qué viene el billete solo de ida, Curtis? ¿Y por qué es el único que tiene la reserva hecha? ¿Dónde está el billete de Dana? Tú viajas dentro de dos días. Según lo que acabas de decir, para entonces ella ni siquiera habrá salido del hospital.

Brown guardó silencio.

—Aquella noche vimos pasar a Jenkins por la casa de South, pero resulta que no paró ahí. Jenkins salía de esta casa, Curtis. Ya se había reunido contigo. Tú eras el topo de Grant en el Pentágono, no Dan Marshall. Nos dijiste que habías asistido a unas reuniones con Marshall. Te olvidaste de mencionar que también estabas enterado de la misión encomendada a Sam Wingo. Y no me refiero solo a la información que Dana te sonsacó.

—Y el precio que Grant pagó por ello va a comprarle una nueva vida en una isla de Indonesia. Vida para uno —añadió Michelle.

—Financiada con los cincuenta millones de dólares ingresados en una cuenta en el extranjero después de la trampa que le tendieron a Sam Wingo. La transacción se realizó a través de una empresa fantasma que también acaba desembocando en ti. Es una parte de los mil millones de euros, ¿no? ¿Tienes idea de dónde podría estar el resto?

Brown se limitó a mirarlos fijamente.

Sean se le acercó.

—Cuando Dana empezó a fisgonear para mí, ¿pensó que tenías la peor suerte del mundo? El ex de su mujer aparecía haciendo preguntas sobre el complot en que tú estabas metido de lleno. Debió de entrarte el pánico. ¿Organizaste el ataque en el centro comercial? ¿Así nos eliminabas a los tres a la vez? Y luego ¿te sentaste junto a la cama de Dana en el hospital rezando para que no se recuperara?

—Quiero a Dana —dijo Brown con tono monocorde—. Me voy al extranjero a preparar las cosas. Luego volveré a buscarla. No planeé que le dispararan. Cuando me dijiste que la habían seguido hasta el centro comercial... —De pronto se derrumbó y las lágrimas corrieron por sus mejillas.

—¿Su socio lo ha traicionado? —preguntó Michelle.

—Cuando se enteró de que tú habías hablado con Dana sobre la situación de Wingo, debió de enfadarse mucho —añadió Sean.

—No sabía que lo hacía para ti —reconoció Brown—. Ni siquiera sabía que os habíais visto hasta...

—Hasta que su socio se lo dijo. Y entonces envió a esos asesinos al centro comercial.

—¿Jenkins vino a leerte la cartilla aquella noche, general? —preguntó Sean—. ¿O es que quería asegurarse de que tú fingieras trabajar con nosotros para evitar sospechas?

—Yo... no...

—¿Sabía lo que Grant iba a hacer con la información que usted le proporcionó? —preguntó Michelle—. ¿Matar al presidente? Eso es alta traición y se castiga con la pena de muerte.

Brown se sobresaltó y pareció darse cuenta del significado de todo aquello.

—No sé de qué estáis hablando. Ahora me gustaría que os marcharais —dijo con firmeza.

Se puso en pie.

—No vas a coger ningún avión a Malasia —advirtió Sean, poniéndose frente al general.

—¿Por qué no? No tenéis pruebas de nada. He comprado unas propiedades, ¿y qué? ¿Los cincuenta millones en la cuenta del extranjero? No tengo ni idea de eso. He hecho unas buenas inversiones y conseguí unas condiciones muy buenas para unas fincas.

—Me diste un puñetazo por haber puesto en peligro a Dana —dijo Sean.

—¿Y qué?

Sean le atizó un buen golpe y derribó a Brown encima de un sillón.

—Acabo de devolverte la gentileza —dijo, frotándose la mano.

El general se levantó con agilidad. Sean se preparó para defenderse cuando una voz los dejó a los tres helados.

—¡Basta!

Se volvieron y vieron a Alan Grant de pie en el umbral de la puerta.

En la mano llevaba una caja pequeña con un botón, que presionaba con el pulgar. Se abrió la parte delantera del abrigo con la otra mano. Llevaba tres cargas de C-4 sujetas al torso.

83

Sean y Michelle se apartaron de Grant y su cinturón explosivo, pero Brown se quedó inmóvil.

—¿Qué haces aquí? —preguntó lentamente.

Grant señaló a Sean y Michelle.

—Les he seguido. ¿Eres tú quien me dio una puñalada en la espalda, Curtis? Porque sin ayuda, no alcanzo a comprender cómo han descubierto mi plan.

—No sé de qué me hablas, Alan —repuso Brown, mirando el detonador que el otro sostenía.

Grant se dio cuenta.

—Un botón para tontos. Muy oportuno, la verdad; es lo que Wingo utilizó en Afganistán para escapar. De lo contrario, estaría muerto tal como planeamos y yo no estaría aquí como un artefacto explosivo de carne y hueso. —Miró a Brown—. Lástima que no tuvieras la información sobre el plan alternativo de Wingo, Curtis. De todos modos, debo decir que me has fallado en muchos sentidos.

—No tiene por qué acabar así, Grant —terció Sean.

Grant lo miró.

—Me alegro de conocerlo personalmente, señor King. En estos tiempos, da la impresión de que nos comunicamos demasiado a través de SMS y emails. —Hizo una pausa y su rostro apacible por fin mostró señales de ira—. Veinticinco años. Durante un cuarto de siglo he vivido con este dolor, esta vergüenza. Esta injusticia.

—Pero ¿qué justicia consiste en matar a un hombre que no tuvo que ver con el suicidio de sus padres?

—Bueno, no podía matar al hombre que ocupaba la presidencia entonces, ¿no? Porque ya está muerto. Así que es un acto simbólico, señorita Maxwell. Todo esto empezó en Irak y ahora acabará en Irak. Ese era el plan. Por lo que parece, la heroica salvación del presidente Cole con su ayuda, señor King, le librará de sufrir las consecuencias de sus actos. Los culpables vuelven a quedar libres e impunes y mueren personas honestas.

—Fui yo quien estaba bajo el Potomac —aclaró Michelle.

Grant la miró de hito en hito.

—Debería haber pensado que las bombonas de oxígeno podían servir de explosivo, pero se me pasó. Felicito tu ingenio. —Hizo una reverencia fingida en su dirección.

—¿Así es como quiere que lo vea marchar su familia, Grant? —preguntó Sean—. ¿Convertido en una bola de fuego? ¿Como un terrorista suicida? Luchó contra esos tipos cuando llevaba el uniforme. Ahora se comporta como ellos. ¿Es así es como quiere que le recuerden?

—Tengo pocas opciones.

—Yo no te traicioné, Alan —dijo Brown.

—No te creo. Te pagué bien por tus servicios. ¿Tan difícil era ofrecer lealtad a cambio?

—¡No te traicioné! —gritó el general.

—Dice la verdad, Grant —intervino Sean—. Lo averiguamos nosotros solos. Wingo siguió a Jenkins a Vista Trading. Ahí estuvo el vínculo con usted. Sabíamos lo que le había pasado a sus padres. Es información pública. Eso nos dio el motivo. Rastreamos el satélite que alquiló mediante una empresa fantasma. Jenkins había comprado la cabaña, que encontramos en los registros de su ordenador. Por cierto, la policía encontró ahí una tumba poco profunda con los restos de Jean Shepherd.

—Otra que se desvió del camino —dijo Grant.

—Íbamos a por ella —explicó Michelle—. Por eso huyó.

—¿Y por qué estáis aquí —preguntó Grant— sino para reuniros con vuestro cómplice?

—Hemos venido a decirle por qué el FBI aparecerá de un momento a otro —informó Sean—. Para arrestarlo por conspirar junto con usted para matar al presidente. —Se quedó mirando a Grant—. ¿Acaso cree que acabo de darle un puñetazo porque somos colegas?

Brown palideció.

—¿El FBI?

Sean lo miró.

—¿De verdad piensas que hemos venido para dejaros ir? El FBI ha empleado la información que le dimos para investigar más a fondo. Tienen pruebas para crucificarlos.

—Mientes —bramó Brown.

—Ahora sabrás lo que supone que te arruinen la vida, Curtis —dijo Grant.

Brown se volvió hacia él.

—¿Tú ordenaste atacar a Dana? ¿Estuvo a punto de morir por culpa tuya?

—Trabajaba con estos dos. ¿Y qué hiciste tú? Hablar con esa zorra sobre Wingo. Eso sí que es traición.

—¿O sea que pensabas matarla? ¿Por eso?

—He matado por mucho menos que eso. Igual que ahora mismo.

—Grant, mejor que no lo haga —advirtió Sean.

Grant no se había dado cuenta de que Michelle se había acercado a él cautelosamente.

Le golpeó a la altura del pecho, y con sus dedos firmes sujetó el detonador manteniendo el botón pulsado. Pero Grant era fuerte y ágil. Se revolvió y se la quitó de encima. Sin embargo, no pudo evitar que Curtis Brown se abalanzara y le diera un puñetazo con tal fuerza que los dos hombres cayeron hacia atrás, atravesaron una ventana y fueron a parar al jardín delantero.

Sean agarró a Michelle y corrieron hasta la cocina. Él hizo

que se agachara y ella se tumbó en el suelo y siguió deslizándose. Sean se lanzó hacia delante y cubrió el cuerpo de ella con el suyo.

Cuando el C-4 explotó, destrozó la fachada de la casa. Los muros se desmoronaron y el tejado se hundió. Por todas partes salieron disparados esquirlas y otros restos.

—¡Muévete, muévete! —gritó Sean.

Cogió a Michelle de la mano y salieron a trompicones por la puerta trasera, saltaron desde la terraza entarimada y cruzaron el césped corriendo. Sean la ayudó para saltar la verja y luego saltó él. Aterrizó de bruces en el césped del otro lado justo cuando explotaban las tuberías de gas de la casa de Brown.

Con un destello abrasador toda la casa resultó arrasada. La explosión fue tan fuerte que rompió las ventanas de las casas cercanas a pesar de estar a más de treinta metros de distancia y de las hileras de árboles que las separaban. Los restos de la casa destrozada ardieron enseguida.

La verja detrás de la que estaban Sean y Michelle quedó atravesada por esquirlas de cristal y fragmentos metálicos. La parte superior se retorció.

Michelle ayudó a Sean a incorporarse.

—¿Estás bien?

Él asintió mostrando la mano con un ángulo extraño.

—Creo que me he fracturado la mano.

Michelle llamó al 911 e informó de la explosión.

—¿Es verdad que el FBI está en camino? —le preguntó a su socio.

Sean negó con la cabeza.

Ella exhaló un largo suspiro y se apoyó en un árbol.

—¿Se ha acabado por fin esta historia? —preguntó con voz ronca y exhausta.

Sean negó con la cabeza.

—Falta algo más.

84

A Sean King le pareció el trayecto más largo que tendría que recorrer en toda su vida.

El pasillo del hospital estaba prácticamente vacío. Michelle no le acompañaba, se había quedado fuera en el Land Cruiser. Se había ofrecido a acompañarlo, pero aquello era algo que Sean tenía que hacer solo. Efectivamente, se había fracturado la mano al saltar la valla. Llevaba un yeso ligero. Prefería eso a que le hubiera explotado la cabeza.

Dobló la última esquina del pasillo y se dirigió a la habitación.

Dana Brown había sido trasladada a una habitación normal. Su vida ya no corría peligro. Sobreviviría, por lo menos físicamente. A nivel emocional, Sean no estaba tan seguro.

Llamó, abrió la puerta y entró.

A Sean le bastó con verle la cara para saber todo lo que necesitaba. Estaba al corriente de la muerte de su esposo y de sus tratos con Alan Grant. Dana se incorporó lentamente en la cama a medida que él se acercaba. Se fundieron en un largo abrazo. Él la dejó llorar y notó cómo las lágrimas le afloraban a él también.

Cuando se separaron, Sean acercó una silla y se sentó a su lado. Le cogió la mano y la observó detenidamente. Había envejecido de forma considerable en las últimas semanas. Pero a pesar de haber sido tiroteada, estar a punto de morir y encima haber perdido a su esposo, Sean vio con claridad a la mujer de la que se había enamorado hacía tantos años.

—Me han dicho que no sufrió —dijo ella con voz vacilante.

—No sufrió, Dana. Todo acabó... acabó muy rápido.

—¿Tú estabas presente?

—Sí. Habíamos ido a hablar con él cuando apareció Alan Grant.

—Alan Grant. El cómplice de mi marido —musitó ella con amargura.

—No creo que Curtis supiera lo que Grant planeaba. Le proporcionó cierta información sobre la misión en Afganistán. A Curtis le pareció que no era más que la apropiación de fondos del gobierno y que él se llevaría una tajada.

—Eso también es ser un delincuente, Sean. Me cuesta creer que fuera capaz de tal cosa, me cuesta horrores.

—Tamaña cantidad de dinero supone una tentación enorme. No estoy diciendo que esté bien, pero puedo entender la tentación.

—Supongo que yo también puedo, teniendo en cuenta las veces que he sucumbido a tentaciones a lo largo de la vida —dijo ella con sentimiento de culpa.

—Pero lo cierto es que yo no estaría aquí de no ser por Curtis. Sacrificó su vida por la nuestra, la mía y la de mi socia. Como el buen soldado que era. Acabó con Grant y entregó su vida al hacerlo. Así que si bien hizo ciertas cosas que estaban mal, no hay que quitarle todo el mérito. Y sé que quería matar a Grant porque te había herido, Dana. Curtis se sacrificó por eso, por su deseo de vengarte.

Ella asintió y derramó unas lágrimas más.

—Lo sé —dijo con voz apenas audible—. Lo sé.

Sean la abrazó y la dejó llorar, intentando amortiguar las sacudidas de su cuerpo, su dolor, aunque sabía que era imposible.

Cuando al final Dana se sosegó, Sean dijo:

—Se ofrecía una recompensa por la captura de quienes estaban detrás de todo esto. Se ha decidido que la recibas tú, como viuda de Curtis.

Dana se quedó asombrada.

—Pero Sean, tú y Michelle os jugasteis la vida para...

Él le apretó la mano con más fuerza.

—Curtis sacrificó su vida también por nosotros. Y es dinero más que suficiente para que tengas la vida solucionada. Nunca más tendrás que preocuparte por el dinero, ¿entendido?

Había costado que las partes implicadas acordaran firmar tal acuerdo. Muchos eran reacios a que la viuda de Brown recibiera algo, dado que él estaba implicado en el escándalo. Pero Sean había jugado su baza más importante: una petición personal al presidente Cole. Cuando él aceptó, todos los demás cedieron rápidamente.

Dana se llevó una mano temblorosa a la cara y se secó las lágrimas.

—Muy generoso por su parte.

—Con eso queda solucionado el tema económico. ¿Y ahora qué vas a hacer?

Ella se encogió de hombros con expresión desconcertada.

—No sé. Ahora mismo me cuesta pensar con claridad.

—Es comprensible. Tampoco tienes que pensar en ello ahora. Lo que tienes que hacer es recuperarte. Pronto irás a rehabilitación. Y pienso ir contigo. —Le enseñó la mano herida. Ella no se había fijado todavía.

—Oh, Dios mío, ¿qué te ha pasado?

—Cuestión de torpeza. Pero podemos hacer juntos la rehabilitación, ¿qué te parece?

—Suena muy bien —sonrió ella.

—No estás sola, Dana, ¿entiendes? No estás sola.

Ella se recostó en la cama.

—¿Sabes? Siempre pensé que tendríamos hijos. Familia numerosa.

—La vida no siempre sale como uno espera. De hecho, casi

nunca. Yo quería ser lanzador en la liga profesional. Acabé siendo un escudo humano con traje.

Dana se volvió para mirarlo.

—Lo siento.

—¿El qué?

—Ya sabes qué, Sean. Lo sabes.

—La culpa es una calle de doble sentido.

—Ojalá lo fuera, pero no en este caso.

Él le dio una palmadita en la mano.

—Eres demasiado bueno conmigo —dijo ella.

—Tú eres buena persona.

—Querrás decir que he cambiado —matizó Dana, esbozando una leve sonrisa.

—Una buena persona —repitió Sean con voz queda.

Más tarde volvió a recorrer el pasillo para salir del hospital. Hacía un día frío y claro. No se veía ni una nube después de dos semanas en las que no recordaba haber visto el sol.

Subió al Land Cruiser.

—¿Qué tal ha ido? —preguntó Michelle.

—Como cabía esperar.

Ella puso el coche en marcha.

—¿Volverás a verla?

Sean la miró.

—Le he dicho que iremos juntos a rehabilitación. Mi mano, su cuerpo.

—¿Te parece sensato?

Él frunció el ceño.

—¿Por qué no? Ahora mismo no tiene a nadie. No debería estar sola.

—¿No temes infundirle falsas esperanzas?

—¿Falsas esperanzas acerca de qué?

—De volver a estar juntos.

—Michelle, eso no va a pasar.

—¿Ella lo sabe?

—Bueno, si te refieres a si le he dicho que no existe ninguna posibilidad de una reconciliación, no, no se lo he dicho. Me ha parecido que no era el momento más adecuado ahora que su marido acaba de palmarla —añadió con dureza.

Michelle maniobró para salir del aparcamiento.

—No es más que una opinión. Podrías causarle más daño de cara al futuro.

—¿Es esta algún tipo de charla feminista que no alcanzo a entender?

—Yo pensaba que quedaba muy claro.

—A ver, voy a ser claro. ¿Te sientes amenazada por Dana?

—No, a no ser que vaya a entrar como socia en nuestra empresa.

—¿O sea que es una cuestión meramente profesional?

Michelle lo miró.

—¿Qué iba a ser si no?

—Vale. Pues entonces puedo asegurarte que no va a formar parte de King y Maxwell.

Sean apartó la mirada y no vio a Michelle morderse la lengua y gemir para sus adentros.

—Mira, lo siento, Sean. No era mi intención. Las palabras se han mezclado al salir de mi estúpida boca.

—No es la primera vez.

—Oye, no me merezco que...

Se calló cuando vio que Sean se volvía hacia ella y le sonreía.

—Los celos son buenos en una relación, profesional o del tipo que sea —declaró.

—Eres un cabrón, de verdad que sí.

—Que conste en acta que reconozco que a veces soy un cabrón.

—Te daría un puñetazo si no estuvieras herido.

—Ya me has golpeado otras veces estando herido.

—Sí, pero ahora ya tienes tus años. No querría causarte daños permanentes.

Sean le cogió la mano.

—¿Sabes lo que anhelaba cuando estuve sentado junto a ti en la cama de hospital esperando que despertaras?

Michelle se puso seria.

—¿Qué?

—Ser la primera persona que vieras al despertar.

—Y lo fuiste —dijo ella, con la voz repentinamente quebrada.

—Pues sí.

—O sea que tu deseo se cumplió.

—Mi deseo se cumplió en cuanto abriste los ojos.

—Si sigues así, vas a verme llorar por primera vez en tu vida.

—No será la primera vez.

Michelle lo miró brevemente.

—Lo sé.

El teléfono de Sean sonó. Era Edgar.

—Más vale que respondas —dijo Michelle, y se secó los ojos.

—Hola, Edgar... Sí, vale, pero... Bueno, ya lo sé, pero... Vale, supongo que no entendiste que en realidad era... ¿Edgar? —Dejó el teléfono con expresión sorprendida.

—¿Qué ocurre? —preguntó Michelle—. Por favor, no me digas que el Pentágono ha detenido a Edgar.

—No, no es eso.

—Entonces, ¿qué?

—Ha aceptado nuestra oferta de trabajo.

—¿Cómo? —exclamó.

—Rectifico, para ser exactos ha aceptado la oferta de trabajo de «la señorita Maxwell».

—No fue una oferta de trabajo. Era una broma. Ya lo sabes.

—Sí, pero al parecer él no. Ya ha avisado a Peter Bunting y al gobierno y vendrá a nuestro despacho mañana para ocupar su nuevo puesto. Como supondrás, su decisión no les ha hecho ninguna gracia dado que es el mejor analista de inteligencia del planeta. Y seguro que no están contentos con nosotros. Me imagino que nos harán inspecciones fiscales, investigaciones en el Congreso, y el FBI nos someterá a escuchas telefónicas aleatorias durante el resto de nuestra vida.

—Joder —resopló Michelle.

—Sí —convino Sean con un largo suspiro.

Agradecimientos

A Michelle, por decirme siempre cómo son las cosas en realidad.

A Mitch Hoffman, por mantener viva mi creatividad.

A Michael Pietsch, Jamie Raab, Lindsay Rose, Sonya Cheuse, Emi Battaglia, Tom Maciag, Martha Otis, Karen Torres, Anthony Goff, Bob Castillo, Michele McGonigle, Kallie Shimek y a toda la gente de Grand Central Publishing, por hacer tan bien su trabajo. Y un agradecimiento especial para David Young; tu influencia llega hasta el otro lado del charco, amigo.

A Aaron y Arleen Priest, Lucy Childs Baker, Lisa Erbach Vance, Nicole James, Frances Jalet-Miller, John Richmond y Melissa Edwards, por cubrirme siempre las espaldas.

A Anthony Forbes Watson, Jeremy Trevathan, Maria Rejt, Trisha Jackson, Katie James, Natasha Harding, Aimee Roche, Lee Dibble, Sophie Portas, Stuart Dwyer, Stacey Hamilton, James Long, Anna Bond, Sarah Wilcox y Geoff Duffield de Pan Macmillan, por llevarme al número uno en el Reino Unido y por una excelente visita la pasada primavera.

A Praveen Naidoo y su equipo de Pan Macmillan en Australia; un grito especial por llevarme al número uno también allí. ¡Tres hurras!

A Arabella Stein, Sandy Violette y Caspian Dennis, por ser tan extraordinariamente brillantes.

A Ron McLarty y Orlagh Cassidy, por tus grabaciones de audio que siempre son excelentes.

A Steven Maat, Joop Boezeman y el equipo de Bruna, por mantenerme en lo más alto en Holanda y por vuestra gran hospitalidad la pasada primavera.

A todos mis otros editores del mundo a quienes conocí en la Feria del Libro de Londres, por hacer un trabajo tan bueno en sus mercados respectivos. Resulta reconfortante saber que los libros no solo no están muertos, sino que prosperan.

A Bob Schule, por pasar siempre las páginas.

A Chuck Betack, por responder a mis preguntas sobre el ejército.

A Jim Haggar, por su muy oportuno artículo de revista. Realmente hizo volar mi imaginación.

A Dick DeiTos y Todd Sheller, por llevarme a hacer una visita entre bastidores del enorme aeropuerto de Dulles.

A Tyler Wingo, siempre me ha gustado tu nombre. Espero que hayas disfrutado del personaje.

A John Cole, espero que hayas disfrutado del ascenso.

A MK Hesse, espero que te haya gustado ver tu nombre en estas páginas.

A Kristen, Natasha y Lynette, por mantenerme con los pies en el suelo.

Y a Laura Jorstad, por una gran labor de corrección de estilo. ¡Tu rapidez fue particularmente impresionante!